Karin Ann Müller

Liebe, Magie
und
der Geruch nach Feuer

AF215608

Karin Ann Müller

Liebe, Magie
und
der Geruch nach Feuer

Roman

Impressum
2. Auflage: 2019
Copyright: © 2017 Karin Ann Müller
karinann@hotmail.de

Umschlaggestaltung
Grittany Design: www.grittany-design.de
Covermotive: © demidenko – Adobe Stock/ © csabi_f –
Adobe Stock
© olegbreslavtsev – Adobe Stock/ © hannesthirion –
Adobe Stock
Lektorat: Julia Hallebach, julia.hallebach@gmail.com

Herstellung und Verlag: BoD – Books on Demand,
Norderstedt

ISBN: 978-37481-3197-7

Bibliografische Information
der Deutschen Nationalbibliothek:
Die Deutsche Nationalbibliothek verzeichnet diese
Publikation in der Deutschen Nationalbibliografie;
detaillierte bibliografische Daten sind im Internet über
http://dnb.dnb.de abrufbar.

DIE PROPHEZEIUNG

Eines Tages wird dich die Liebe finden.
Wie ein Feuersturm wird sie dich erfassen und nie
wieder loslassen.

Sie wird jedoch verbunden sein mit großem Schmerz.
Durch sie wirst du lernen, was leiden bedeutet.
Aber diese Liebe wird stark sein. So stark, dass sie
am Ende siegt.

So sagen es die Geister.

Sie jauchzte innerlich vor Freude, als die alte Frau zu sprechen aufhörte. Nur das zarte bunte Tierchen, das auf ihrer Schulter saß und das sie nicht verscheuchen wollte, hielt sie davon ab, aufzuspringen und vor Glück zu tanzen.

Sie war geboren für die Liebe. Alles andere war unwichtig. Was zählte es schon, dass sie vorher ein wenig würde leiden müssen.

In diesem Augenblick erhob sich der Schmetterling und schwebte hinaus in die Dämmerung. Mit einem glücklichen Lächeln sah sie ihm nach, bis er mit der Dunkelheit verschmolzen war.

1. KAPITEL

„Das meinst du nicht ernst, oder?"

„Doch! Klar! Warum auch nicht? Ich wäre nicht der Erste."

„Aber das kannst du nicht tun! Gibt es keine andere Möglichkeit?"

„Ach, Mama!" Tobias versuchte, besänftigend zu klingen. Seine Mutter jedoch stellte mit einem lauten Knall ihre Teetasse auf den Tisch.

„Komm mir nicht mit: *Ach, Mama!*" Ihre Augen funkelten im Licht der Abendsonne. „Ihr seid alles, was ich habe! Da ist es nur natürlich, dass ich mich um euch sorge, oder nicht?"

„Klar ist das logisch", gab Tobias zu und holte tief Luft. „Aber ich bin fast 24 Jahre alt und entscheide selbst, mit wem ich in Urlaub fahre."

„Du kennst sie überhaupt nicht!"

„Das stimmt nicht ganz." Er fuhr sich mit der Hand durch die dunkelblonden Locken und ein kleines Lächeln erhellte sein Gesicht. „Wir haben schon ein paar Mal geskypt. Ich habe einen ersten Eindruck von ihr, und sie scheint sehr nett zu sein. Und hübsch ist sie auch", fügte er mit einem Blick auf seinen Bruder hinzu.

„Nett! Hübsch!" Seine Mutter schnaubte durch die Nase und wandte sich an ihren jüngeren Sohn, der während des Wortwechsels mit vollem Mund kauend abwechselnd zu ihr und seinem Bruder geschaut hatte.

„Florian, sag doch auch mal was! Was hältst *du* denn davon?" Sie lehnte sich in ihrem Stuhl zurück und verschränkte die Arme vor der Brust.

Überrascht legte Flo sein Brot auf den Teller und kaute bedächtig den letzten Bissen, bevor er ihn herunterschluckte. Seine Mutter nannte ihn selten *Florian*. Aber wenn sie es tat, war die Lage ernst. Zu seiner Linken hörte er seinen Bruder leise etwas zischen.

„Ähm – ja!", meinte er dann diplomatisch und wollte sich wieder seinem Brot zuwenden.

„Was: *Ähm ja?*", fauchte seine Mutter und sah ihn mit hochgezogenen Augenbrauen an. „*Ähm ja* für deinen Bruder oder *Ähm ja* für mich?"

Shit, dachte Flo und überlegte, wie er ihr nun einigermaßen schonend beibringen konnte, dass er voll und ganz Tobis Meinung war. Es war an der Zeit, dass Mama lernte, nicht immer so zu klammern. Aber er wollte ihr nicht wehtun. Und Tobi wollte das ebenso wenig. Sie hatte es schon schwer genug.

„Und?" Ihre Stimme klang plötzlich sehr sanft und passte kein bisschen zu ihrem Gesichtsausdruck.

Flo warf seinem Bruder einen hilfesuchenden Blick zu und sah dessen Augen amüsiert aufblitzen. *Na toll*, dachte er und war alles andere als begeistert. *Jetzt bin ich derjenige, der das längst überfällige Thema auf den Tisch bringen muss.*

„Weißt du, Mama", begann er und nahm seine Brille ab, um sie äußerst umständlich mit seinem T-Shirt zu putzen. Vor allem aber, um ein wenig Zeit zu gewinnen. Wie gut, dass er seine Kontaktlinsen heute nicht eingesetzt hatte. „Es gibt ganz coole Webseiten, auf denen man nach einer passenden Urlaubsbegleitung suchen kann. Dort findet man Leute, die genauso reisen möchten wie man selbst: Rucksack, Hotel, Gruppe oder was auch immer. Und wir haben gedacht, dass …" Er brach ab. *Fehler, Florian!* Er wusste es schon beim Sprechen. Und er sollte Recht behalten.

Seine Mutter sah ihn ungläubig an.

„*Wir?* Du hast davon gewusst?"

Tobias kam ihm zu Hilfe. „Wir haben anfangs überlegt, ob wir zusammen nach Südafrika fliegen sollen. Aber wir wollten dich nicht alleine lassen."

„Erstens das", bestätigte Flo und setzte die Brille wieder auf die Nase, bevor er weitersprach. „Zweitens lassen es meine finanziellen Verhältnisse nicht zu und drittens jobbe ich dieser Verhältnisse wegen, wie du weißt, ab ersten August in der Firma von Bodos Vater."

„Und viertens", setzte Tobias fröhlich hinzu, „gibt es da eine süße Tänzerin von der Uni, die er während der Semesterferien erobern möchte. Wie war noch ihr Name?" Daraufhin griff Flo nach seinem Messer und tat, als wollte er es nach seinem Bruder werfen.

Als ihre Mutter mit einem tiefen Seufzer in sich zusammensank, verstummten die beiden und wurden ernst. Bevor einer von ihnen etwas sagen konnte, meinte sie leise: „Es tut mir leid, Jungs. Ihr habt ja Recht. Es fällt mir einfach so schrecklich schwer, zu akzeptieren, dass ihr erwachsen seid und eure eigenen Wege gehen wollt. Es ist mein Fehler."

„Du brauchst dich nicht zu entschuldigen, Mama." Tobias strich ihr über den Unterarm. „Wir wissen alle drei, warum es so schwer für dich ist. Flo und ich sind dir nicht böse deswegen." Er zögerte kurz, bevor er weitersprach. „Aber irgendwann *musst* du lernen, loszulassen. Ich werde in wenigen Wochen 24 und Flo ist 20. Wir sind erwachsen und können selbst auf uns aufpassen."

Seine Mutter nickte. Sie blickte zur offenen Terrassentür und betrachtete die violetten Blüten des Sommerflieders, die im leichten Wind auf- und abschaukelten.

„Euer Vater war auch erwachsen – und konnte nicht auf sich aufpassen", sagte sie mit bitterem Unterton.

„Papa hatte keine Schuld. Er hätte den Unfall nicht verhindern können."

„Ich weiß, Tobias. Ich weiß es doch."

Ein lautes und sehr forderndes Maunzen ließ sie alle drei zusammenfahren. Niemand hatte den Kater bemerkt, der auf Samtpfoten hereingeschlichen war und nun sehr energisch kundtat, dass er, falls er nicht auf der Stelle gefüttert wurde, noch heute einen elenden Hungertod sterben würde.

„Mr. Bean!", rief Flo ungehalten. „Du sollst uns nicht immer so erschrecken!"

Das ungewöhnlich große grauweiß-gescheckte Tier strich mit hocherhobenem Schwanz an seinen Beinen entlang und sah ihn dabei erst vorwurfsvoll, dann flehend an. „Nein", sagte Flo mit entschiedener Stimme. „Ich füttere dich jetzt nicht. Eine Weile kannst du noch warten. Alter Dickkopf!" Mr. Bean warf ihm einen beleidigten Blick zu und zeigte ihm daraufhin sein breites Hinterteil. Veronika lächelte und wandte sich an Tobias:

„Wie heißt sie denn und woher kommt sie?"

„Ihr Name ist Fiona. Sie ist 20 und wohnt am Bodensee. In der Nähe von Konstanz."

„Habt ihr schon darüber gesprochen, wo ihr hinfliegt und was ihr euch ansehen wollt?"

„Wir treffen uns am 21. Juli in Johannesburg. Ich fliege von Frankfurt aus und Fiona von München." Während er sprach, hatte er die benutzten Teller aufeinandergestapelt und trug sie in die Küche. „Wir werden für die erste Nacht in ein Backpackerhostel gehen und uns am nächsten Morgen ein Mietauto besorgen. Unsere genaue Tour werden wir in den kommenden Tagen festlegen", ergänzte er, als er wieder ins Esszimmer trat.

In diesem Moment gab Mr. Bean einen weiteren klagenden Maunzer von sich, worauf Flo genervt aufsprang und fluchend zum Futternapf trottete. Tobias grinste. „Mr. Bean weiß deine Konsequenz sicher sehr zu schätzen", flachste er und setzte sich wieder an den Tisch.

„Der Bodensee ist ziemlich weit weg von hier", gab seine Mutter zu bedenken und trank einen Schluck Tee.

„Aber Mama. Es ist doch nur so eine Art Zweckgemeinschaft für den Urlaub. Zusammen zu reisen macht einfach mehr Spaß als alleine. Und ist natürlich auch sicherer. Wahrscheinlich sehen wir uns danach nie wieder."

„Ach so. Ja, dann ..." Veronika nickte.

„Aber wenn sie so hübsch ist, wie du sagst", rief Flo aus der Küche, „dann kann man ja nie wissen, ob da nicht doch ..."

„Vergiss es", unterbrach ihn Tobias vielleicht ein wenig zu barsch. „Ich bin jetzt seit fast sechs Monaten Single und habe vor, es noch eine Weile zu bleiben."

Flo hatte sich hinter den Stuhl seiner Mutter gestellt. „Zeigst du uns ein Foto?"

„Gerne doch, kleiner Bruder. Aber pass auf: Vielleicht ist sie ja dein Typ und du verliebst dich am Ende noch in sie."

„Ich?" Flo richtete sich auf, machte eine feierliche Miene und legte seine rechte Hand aufs Herz. „Ich gehe nie nach dem Äußeren. Für mich zählen nur die inneren Werte."

„Ist klar!" Tobias lachte. „Das sagt der, der sich vor hübschen Mädchen kaum retten kann! Wie hießen die beiden liebeskranken Täubchen, die letzten Monat ständig vor unserem Haus hin- und hergelaufen sind? Lisa und Lotta? Oder so ähnlich. Und dann hatten sie vor der Tür einen handfesten Streit miteinander! Wegen dir!"

Flo gab sich Mühe, betreten dreinzuschauen. Die Mädchen rannten ihm in Scharen hinterher, was ihn einerseits oft nervte, ihm andererseits aber auch schmeichelte. „Die haben eben alle meine inneren Werte erkannt", feixte er frech. Mit einer geschickten Bewegung wich er seinem Bruder aus, der ihn in die Seite boxen wollte.

„Ich fahre den Laptop hoch und rufe euch dann", verkündete Tobias und sprang die Treppe hinauf.

Veronika sah ihm mit zärtlichem Blick hinterher. Schließlich beobachtete sie ihren jüngeren Sohn, der sich durch die großzügige Futtergabe die Gunst des Katers gesichert hatte. Mr. Bean lag zufrieden auf dem Rücken und Flo durfte ihm den weichen Fellbauch streicheln. Immerhin belohnte er den Jungen mit einem tiefen Schnurren.

Sie liebte ihre Söhne so sehr, dass es manchmal wehtat. Sie waren alles, was ihr von Philipp geblieben war, der es vorgezogen hatte, sich von einem Lastwagen überfahren zu lassen. Vor sieben Jahren. Veronika wusste, dass sie unfair war. Und dass er sicher viel lieber noch am Leben wäre, von Stolz erfüllt auf seine Söhne, die zu tollen jungen Menschen herangereift waren. Manchmal war sie richtig wütend auf Philipp, weil sein Tod den Jungen einen Teil ihrer Kindheit geraubt hatte. Sie hatten viel zu schnell erwachsen werden müssen.

Wie schön war es deshalb, dachte sie wie schon so oft zuvor, dass die beiden sich so gut verstanden und trotz aller Umstände glücklich waren. Das war das Erbe ihres Vaters. Sie konnten jeder Situation, auch wenn sie noch so verfahren war, etwas Positives abgewinnen. Wenn sie in die Augen ihrer Kinder sah, Augen in einem Ton von dunklem Bernstein, so wurde Veronika jedes

Mal aufs Neue an ihren verstorbenen Mann erinnert. Es war ein wenig so, als würde er sie durch die Augen ihrer Söhne ansehen. Flo hatte noch dazu sein dunkles verstrubbeltes Haar, das so viele Wirbel hatte, dass es nie zu bändigen war. Wie sein Vater trug er eine Brille. Bis vor kurzem zumindest. Denn seit einigen Monaten ersetzte er sie immer häufiger durch Kontaktlinsen. Er war groß, schlank und außergewöhnlich hübsch. Doch Veronika kannte den wahren Grund, weshalb Flo die Herzen der Mädchen höher schlagen ließ: Er war immer gut gelaunt und besaß einen umwerfenden Charme. Wenn er lächelte, ging die Sonne auf und man konnte gar nicht anders, als zurückzulächeln. Er war in allem das Abbild seines Vaters. Nur die Sommersprossen, die sich vorwitzig auf seiner Nase tummelten, hatte Philipp nie besessen.

Tobias dagegen war dunkelblond wie sie selbst. Sein Haar fiel ihm in weichen Locken in den Nacken. Er hatte eine feingeschnittene Nase und einen für einen Mann ungewöhnlich sinnlichen Mund. Vielleicht war das der Grund für den Dreitagebart, den er seit einiger Zeit trug. Er war kleiner als Flo und nicht ganz so schmal. Tobias war schon immer der Besonnenere der beiden und war ihr mit seinen damals 17 Jahren eine große Stütze gewesen.

Wieder nagte das schlechte Gewissen an ihr. Mit 17 Jahren sollte man seine Mutter nicht trösten müssen. Möglicherweise wäre er auch gerne mal unbedacht gewesen. Oder unvernünftig. Doch das hatte er sich nie erlaubt. Es wurde Zeit, dass er sein eigenes Leben lebte. Veronika seufzte tief und sah in den Garten hinaus, aus dem das Abendgezwitscher der Vögel schallte.

„Ich bin soweit!", hörte sie Tobias aus dem ersten Stock rufen.

„Hallo Olga", sagte Flo, als er das Bild der jungen Frau erblickte, die mit Tobias auf Reisen gehen würde.

„Wieso Olga?" Seine Mutter, die soeben das Zimmer betreten hatte, klang verwirrt. „Ich denke, sie heißt Fiona?"

„Ja, sie heißt Fiona", bestätigte Tobias. „Fiona Sullivan."

„Ich finde, sie sieht irgendwie russisch aus mit den blonden Zöpfen. Wie eine Olga oder Tatjana oder so. Olga Kalaschnikova aus Novosibirsk. Genau! Das würde perfekt passen." Flos Augenbrauen waren erwartungsvoll in die Höhe gehüpft, als er seinen Bruder herausfordernd ansah. Aber Tobias entgegnete bloß:

„Was anderes fällt dir nicht ein?"

„Nee, leider nicht", gab der Jüngere zu und schob dann versöhnlich hinterher: „Aber sie sieht wirklich gut aus."

Auch Veronika betrachtete das Bild. Es zeigte ein zierliches Mädchen, dessen blaue Augen so intensiv leuchteten, dass sie beinahe aus dem Bildschirm zu springen drohten. Sie standen leicht schräg und betonten den ausgeprägten Unterkiefer, an dessen Seiten zwei dicke blonde Flechten hinabfielen. Sehr apart, aber hübsch. Diese Fiona sah in der Tat ein wenig aus wie eine Russin, da musste sie Flo Recht geben.

„Sie sieht nett aus", stellte sie fest und meinte es ehrlich. „Ist sie Engländerin?"

Tobias zuckte die Achseln. „Keine Ahnung, darüber haben wir nicht gesprochen."

In diesem Moment summte Flos Smartphone. „Na, dann mal viel Spaß mit Olga. Nastrovje!" Er zog sein Handy aus der Hosentasche und stürmte aus dem Zimmer.

„Es tut mir leid, dass ich dich damit so überfallen habe", begann Tobias zögernd, nachdem Flos Zimmertür geräuschvoll ins Schloss gefallen war. Er starrte auf den Bildschirm.

„Mach dir keine Gedanken darüber." Veronika, die immer noch hinter seinem Stuhl stand, strich ihm liebevoll über den braungebrannten Nacken. Für einen Moment ließ sie ihren Finger auf dem dunklen, daumennagelgroßen Muttermal liegen, das ein wenig wie ein Schmetterling aussah. Er hatte es seit seiner Geburt. Veronika erinnerte sich daran, dass Flo, als er sehr klein war, immer versucht hatte, es wegzukratzen. Wie schnell doch die Zeit verflogen war.

Sie legte Tobias die Hände auf die Schultern und drehte seinen Stuhl zu sich herum, sodass er sie ansehen musste. Ihr Erstgeborener, der ihr so nahe stand wie sonst niemand, musterte sie aufmerksam. Veronika holte tief Luft. Das, was sie ihm sagen wollte, fiel ihr schwer. Aber es war schon lange überfällig, und genau jetzt war der richtige Zeitpunkt gekommen. Auch wenn es so wehtat, dass es ihr beinahe den Atem nahm.

„Wenn wir mal ganz ehrlich sind, könntet ihr – oder zumindest du – schon längst aus dem Haus sein. Es ist an der Zeit, dass ich mich ernsthaft mit dieser Tatsache auseinandersetze. Ihr sollt nicht euer Leben lang Rücksicht auf mich nehmen. Nein!" Sie hob energisch ihre Stimme, als Tobias den Mund öffnete, um ihr zu widersprechen. „Du hörst mir jetzt zu. Wenn wir heute schon darüber sprechen, dann auch richtig. Ich möchte, dass du anfängst, deine Entscheidungen für dich zu treffen und nicht für unsere Familie. Der größte Teil deines Lebens liegt noch vor dir und du sollst so leben, wie du willst. Mit deinem Studium hättest du überall einen Job finden können. Du hättest nach Frankfurt, Hamburg oder München gehen können. Aber ich kenne deine Gründe, weshalb du hier geblieben bist. Und ich bin dir mehr als dankbar dafür."

Tobias sah verblüfft zu ihr auf. Ihre Augen waren ernst und voller Entschlossenheit auf ihn gerichtet. Ein angedeutetes Lächeln umspielte ihre Mundwinkel. Dass das Gespräch sich so entwickeln würde, hatte er nicht erwartet, und es traf ihn zu seiner Überraschung stärker als er zugeben wollte.

„Aber", begann er und stockte, bevor er leise weitersprach. „Vielleicht will ich gar nicht von hier weg. Es gefällt mir hier. Bei euch. Bei meinen Freunden."

Veronika strich sich die Haare hinter die Ohren und nickte. Sie ging vor ihrem Sohn in die Hocke, legte ihm die Hände auf die Knie und sah ihn an. „Lass es dir einfach durch den Kopf gehen, Tobias. Nutze deine Reise nach Südafrika, um darüber nachzudenken. Ein bisschen Abstand ist manchmal gar nicht so schlecht für solche Überlegungen."

„In Ordnung, mach ich", versprach er mit gemischten Gefühlen.

„Gut." Seine Mutter erhob sich, gab ihm einen sanften Kuss auf die Wange und wandte sich zur Tür. Ihre Hand lag schon auf der Türklinke, als sie sagte: „Das Land ist nicht ungefährlich, aber das weißt du sicher."

Er nickte. Daraufhin trat sie auf den Flur hinaus und wollte die Tür hinter sich schließen.

„Mama."

„Ja, mein Sohn?"

„Du brauchst dir keine Sorgen um mich zu machen. Ich habe noch nie etwas Unvernünftiges getan und werde auch dort nicht damit anfangen."

„Das weiß ich doch." Als sie die Tür hinter sich zugezogen hatte, wiederholte sie leise: „Das weiß ich."

2. KAPITEL

„Ich werde es vermissen, dieses kleine Königreich", sagte Tobias und sah voller Wehmut zum Wagenfenster hinaus. Über der kargen und rauen Berglandschaft, die sie umgab, wölbte sich strahlend blau der Himmel. Ohne Vorwarnung tat der Wagen einen Satz und er konzentrierte sich wieder auf den geschotterten Weg, der mit seinen tiefen Schlaglöchern der Albtraum jedes Stoßdämpfers war.

„Ich werde auch die fröhlichen Menschen vermissen", fuhr er fort, „das Gebirge mit seiner Schroffheit und ganz besonders den Geruch nach Holzfeuer."

„Nein", entgegnete Fiona kopfschüttelnd und rümpfte die Nase. „Den Geruch nach Feuer wirst du bestimmt nicht vermissen. Wenigstens nicht den innerhalb der Hütte." Sie stieß ihm scherzhaft den Ellenbogen in die Seite und beide lachten.

„Den sicher nicht", gab er zu.

Sie hatten am frühen Morgen ihre Unterkunft im Hochland Lesothos verlassen und waren auf dem mühsamen Weg zur Grenze nach Südafrika. Zu sehr trödeln durften sie nicht, denn sie wollten noch vor Dunkelheit Harrismith erreichen. Die Wege hier waren jedoch alles andere als gut befahrbar. Was auf der Straßenkarte nach einer ausgebauten Strecke aussah, entpuppte sich oftmals als schmaler Schotterweg, gesäumt von steilen, ungesicherten Abhängen und gespickt mit abgrundtiefen Schlaglöchern.

„Apropos Geruch." Tobias runzelte besorgt die Stirn. „Hast du auch den Eindruck, dass das Auto riecht?"

„Ja, schon eine Weile. Ich hoffte aber, solange es keiner von uns laut ausspricht, wird es vielleicht nicht wahr."

„Hm", machte Tobias nicht sonderlich überzeugt und brachte den Wagen zum Stehen. Er betrachtete die Knöpfe im seitlichen Fußraum und zog schließlich an einem von ihnen. Es klickte und er stieg aus, um die Motorhaube zu öffnen. Fiona stellte sich neben ihn. Der Gestank nach heißem Gummi war nicht zu leugnen.

„Kannst du etwas sehen?", wollte sie wissen, als Tobias sich über den Motor beugte.

„Nein. Ich habe allerdings auch keine Ahnung, was ich sehen müsste oder könnte." Nachdenklich schlug er den Deckel zu. „Wenn es weiterhin so stinkt, werden wir in Maseru eine Werkstatt aufsuchen müssen. Wir können beim Tanken danach fragen."

„Ok, gute Idee." Fiona stand inzwischen einige Meter abseits des Weges vor einem verschmutzten Schneerest, der in einer schattigen Ecke sein Dasein fristete.

„Wag es nicht!", drohte Tobias und zog sie fort. „Du wirst mir das Zeug nicht in den Kragen stecken!"

„Warum nicht?" Fiona kicherte vergnügt und bückte sich. In den Tagen im Hochland hatten sie viele Male schneebedeckte Stellen entdeckt, dort, wo die Strahlen der Sonne nicht hinreichten. Ziemlich oft war ein Teil davon auf Tobias gelandet.

Übermütig balgten sie einige Sekunden lang miteinander, bevor sie schnaufend und lachend wieder ins Auto stiegen. Ja, Lesotho hatte ihnen gut gefallen. Sie hatten auf ihrer Reise durch das Land viele beeindruckende Orte gesehen. Sie waren im Krüger-Nationalpark gewesen und auch bei den Zulus in Kwazulu Natal. Tobias aber hatte sein Herz an dieses Land verloren, das wie eine kleine Insel mitten im großen Südafrika lag.

Von den Einheimischen wurde es *Das Königreich über dem Himmel* genannt, da es ausnahmslos aus Hochland bestand. Tobias wäre gerne noch länger geblieben, aber sie hatten eine Reiseroute festgelegt, der sie folgen wollten.

Ein Teil von ihm jedoch, das spürte er deutlich, blieb zurück. Sollte sich jemals die Gelegenheit ergeben, so würde er eines Tages wiederkommen. Das hatte er sich fest vorgenommen.

Fiona dagegen hatte sich in die Tiere des Nationalparks verliebt. Sie waren beide aus dem Staunen nicht herausgekommen und jeden Tag aufs Neue überwältigt gewesen von der bunten Vielfalt der Tierwelt. Tobias verzog amüsiert das Gesicht, als er daran dachte, dass Fiona ausgerechnet die hässlichen Warzenschweine am liebsten gemocht hatte.

„Manche Dinge muss man einfach deswegen mögen, weil sie so hässlich sind. Außerdem liegt es immer im Auge des Betrachters, ob etwas hässlich ist oder nicht." Mit diesen Worten hatte sie ihre Zuneigung zu den Tieren begründet.

In diesem Moment beugte sich Fiona vor und nahm die Straßenkarte aus dem Handschuhfach.

„Was ist?", wollte sie wissen, als ihr Blick ihn streifte. Er sah immer noch belustigt aus.

„Ach nichts. Ich dachte nur gerade an Warzenschweine."

„Ja, ist klar." Sie entfaltete betont energisch die große Karte auf ihrem Schoß, betrachtete sie und meinte dann erheitert: „Du wirst später allen Menschen erzählen, dass du nach dem Urlaub das Königreich Lesotho vermisst hast, deine Reisebegleitung aber Sehnsucht nach den Warzenschweinen hatte."

Die Passkontrolle bei der Ausreise erwies sich als noch aufwändiger als die der Einreise. Wieder wurden alle Stempel im Reisepass genauestens betrachtet, anschließend wurde zig Mal hin- und hergeblättert und irgendwann schließlich der Ausreisestempel darauf gedrückt. Endlich durften sie die Schranke passieren.

In Maseru hatten sie vollgetankt und einige Flaschen Wasser, Weißbrot, Käse und eine Schachtel Kekse gekauft. Da der Wagen keine Auffälligkeiten mehr von sich gab, hatten sie sich dafür entschieden, sofort weiterzufahren und ihre kostbare Zeit nicht zu vertrödeln.

Adieu Lesotho, verabschiedete sich Tobias im Stillen und dachte an die kleine Tüte mit schwarzer Erde, die ganz unten in seinem Rucksack steckte. Eine Handvoll Erinnerung an das Land, das ihn so tief berührt hatte.

In drei Stunden etwa würden sie in Harrismith ankommen. Morgen früh ging es weiter nach Durban. Dort hatten sie auf einem Campingplatz direkt am Indischen Ozean für zwei Nächte einen Wohnwagen gemietet. Tobias hatte in ihrem Reiseführer mittlerweile so viel über Durban gelesen, dass er nicht wusste, ob er sich darauf freuen sollte oder nicht. Nach der friedlichen Stille und der Einsamkeit von Lesothos Bergen würden die Massen von Menschen und die dortige Hektik wie eine große Welle über sie hereinschlagen. Er wusste nicht, ob er dafür bereit war. Ob er es jemals wäre.

„Achtung!", rief Fiona. Im letzten Augenblick wich Tobias zwei Eseln aus, die hinter einer Kurve mitten auf der Straße standen.

„Sollen wir tatsächlich nach Durban fahren?", fragte er kurze Zeit später dann doch und sah zu Fiona hinüber, deren Nase schon wieder im Reiseführer steckte. Sie blickte überrascht auf, die Hand mit dem Textmarker in der Luft.

„Das wollten wir doch, oder nicht? Nicht mehr?" Mit einem lauten Geräusch klappte sie das Buch zu und legte es auf ihren Schoß.

„Naja", gab er zögernd zurück und rückte seine Sonnenbrille zurecht. „Sagen wir: Ich müsste dort nicht unbedingt hin. Durban ist eine riesig große Stadt mit Millionen von Menschen."

Fiona ließ ihren Blick prüfend auf ihm ruhen. Seit einigen Tagen trug Tobi einen kurzen Pferdeschwanz, damit der Wind, der hier nie zu blasen aufhörte, ihm nicht ständig das Haar vor die Augen wehte. Sein Gesicht war dort, wo es nicht vom Bart bedeckt war, sonnengebräunt. Immer wieder glitt sein Blick zum Fenster hinaus, wo in der Ferne die Höhenzüge Lesothos im Dunst langsam verschwanden. Sie hatten sich in den vergangenen Wochen gut kennengelernt. Immerhin waren sie seit beinahe drei Wochen Tag und Nacht zusammen und verbrachten viele Stunden damit, sich zu unterhalten. Fiona wusste inzwischen ziemlich genau, was für ein Mensch er war. Was er liebte und was er weniger mochte. Er war ein ganz besonderer Mensch für sie, dieser Mann, den sie über das Internet gefunden hatte. Sicher hatten nicht alle solch ein Glück auf der Suche nach einem Reisepartner.

„Wir müssen nicht nach Durban fahren", lenkte sie ein und steckte das kleine Buch ins Fach zurück. „Es macht mir nichts aus. Lass uns heute Abend überlegen, wohin wir stattdessen fahren könnten."

„Und was ist mit dem großen Markt, den du dir so gerne ansehen wolltest? Du hast dich doch so darauf gefreut."

„Ach, der!" Fiona machte eine wegwerfende Handbewegung. „So wichtig ist mir das nun auch wieder nicht."

Tobias sah sie zweifelnd an. Er wollte gerade etwas erwidern, als sie ein dumpfes Geräusch aus dem Motorraum hörten. Unmittelbar danach stank es fürchterlich nach verschmortem Gummi.

„Oh nein", stöhnte er entsetzt. Sofort fuhr er den Wagen an den Straßenrand. Sie stiegen aus und betrachteten zum zweiten Mal an diesem Tag den Motor. Als Fiona das Auto startete, während Tobias versuchte zu erkennen, wo der Schaden lag, gab es nur ein zartes Glucksen von sich.

„Tja", meinte er sarkastisch, „was lernt man daraus? Lieber einmal zu viel eine Werkstatt aufsuchen als gar nicht." Fiona kramte unterdessen schon die Papiere der Autovermietung hervor.

„Sieh mal." Sie hielt ihm ein Blatt hin und deutete auf eine Telefonnummer. Gleichzeitig griffen sie nach ihren Handys, als Tobias ein lauter Fluch entfuhr.

„Das kann doch nicht wahr sein, verdammt! Ich habe mein Handy verloren! Ich glaube es einfach nicht!" Vergeblich tastete er erneut seine Hosentaschen ab. Fiona starrte ihn entgeistert an.

„Vielleicht in deiner Jacke?", meinte sie hoffnungsvoll und glaubte selbst nicht daran, denn schließlich wusste er immer, wo sein Handy steckte.

„Das glaube ich kaum." Er holte die Jacke vom Rücksitz, griff in die Taschen und schüttelte den Kopf.

„Ich ruf erst einmal die Autovermietung an, danach suchen wir den Wagen ab", entschied Fiona. Während sie telefonierte, durchsuchte Tobias jeden Zentimeter des Fußraumes. Sie tippte gerade eine weitere Nummer, als er sich zu ihr stellte.

„Ich hab's verloren", sagte er. Nachdem sie das Gespräch beendet hatte, wiederholte er: „Ich habe es verloren, ich weiß es sicher."

„Ja, aber …“, stotterte sie, „aber wann?“ Noch während sie sprach, wusste sie, dass es stimmte und sie wusste auch genau, wann und wo.

„Genau dort“, bestätigte Tobias, der ihre Miene richtig gedeutet hatte.

„Heute Morgen, als wir angehalten haben, weil der Wagen gerochen hat“, stellte sie fest.

„… und als wir wie Verrückte durch die Gegend gesprungen sind“, ergänzte Tobias, wobei seine Augen funkelten.

„… und als ich dir den Schnee in den Kragen gesteckt hätte, wenn er nicht so dreckig gewesen wäre“, schob Fiona hinterher. Um ihre Mundwinkel zuckte es.

„… und als ich dir gezeigt habe, dass du meiner Kraft mitnichten gewachsen bist“, gluckste er und sie brachen in fröhliches Gelächter aus. „Jetzt mal Spaß beiseite“, meinte er schließlich und riss sich zusammen. „Die Lage ist ernst, junge Frau.“ Doch seine Augen blitzten immer noch. „Es ist zwar schade um das Telefon, aber wenigstens muss ich keine Karte sperren lassen. Wie gut, dass wir uns Prepaidkarten besorgt haben.“

Fiona nickte. Das war das erste gewesen, was sie direkt nach ihrer Ankunft am Flughafen in Johannesburg erledigt hatten.

„Die Leihwagenfirma hat mir die Nummer für den AA gegeben. Das ist der südafrikanische ADAC“, erzählte sie. „Da habe ich eben angerufen und habe dem Mann versucht zu erklären, wo wir sind. Er kommt von Harrismith gefahren und meinte, in gut einer Stunde könnte er hier sein.“

„In Ordnung.“ Tobias sah nicht besonders glücklich aus und betrachtete aufmerksam die Umgebung. Es war einsam hier. In den letzten Stunden hatten sie kaum ein Auto gesehen. Das war nicht gerade die Situation, in die er hatte geraten wollen. Er machte sich Vorwürfe. Wieso hatte er in Maseru den Wagen nicht nachsehen lassen?

„Hey, Tobias!" Fiona hatte eine Hand auf seinen Arm gelegt. „Es ist schon in Ordnung. In zwei Stunden sind wir vielleicht schon in Harrismith, da wollten wir sowieso hin. Wenn der Wagen nicht sofort repariert werden kann, kommt er dort in die Werkstatt und wir warten, bis er fertig ist. Durban wäre dann kein Thema mehr. Manche Dinge lösen sich von selbst." Tobias legte einen Arm um sie und drückte sie an sich.

„Lass uns was essen", schlug sie vor. „Wenigstens haben wir noch eingekauft."

Sie warteten noch nicht lange, als ein alter VW-Bus angefahren kam und bei ihnen hielt. Tobias erster Gedanke war, dass das Fahrzeug in Deutschland schon lange keine Erlaubnis mehr für den Straßenverkehr hätte. Der Motor keuchte erbarmungswürdig, und die verschiedenen Blechteile schienen nur vom Rost zusammengehalten zu werden. Angespannt registrierte er zwei Männer, die interessiert zu ihnen hinüberblickten. Der Fahrer kurbelte die Scheibe herunter und beugte sich aus dem Wagen.

„Braucht ihr Hilfe? Ist euer Auto kaputt?", wollte er auf Englisch wissen. Wieder schaute Tobias sich um. Wirklich wohl fühlte er sich nicht. Schließlich wandte er sich an den Mann und antwortete freundlich:

„Das Werkstattauto ist schon unterwegs und müsste jeden Moment hier sein. Vielen Dank, aber nein, wir brauchen keine Hilfe."

Er hoffte, sie würden weiterfahren. Diesen Wunsch erfüllten sie ihm jedoch nicht. Der Fahrer parkte den Bus hinter dem Nissan und zwei hochgewachsene, schlanke Männer stiegen aus. Tobias schätzte ihr Alter zwischen

20 und 25 Jahre. Sie trugen Jeans und Pullover. Zum Schutz gegen die Kälte hatten sie bunte Decken um sich geschlungen. Einer von ihnen hatte eine Wollmütze auf dem Kopf, der andere einen alten Hut. Da der ganze Aufzug typisch war für die Menschen aus Lesotho, vermutete Tobias, dass sie von dort stammten. Er schielte verstohlen ins Innere des Busses. Es fehlte nur noch der Holzstab, dann wäre das Bild vollkommen. Aber auf dem Rücksitz lag lediglich eine abgegriffene Gitarre. Bevor er etwas sagen konnte, gingen die jungen Männer zum Pannenauto und beugten sich über den Motor. Einer von ihnen brummte etwas.

„Kennt ihr euch aus?" Er hörte den Argwohn in seiner Stimme und schämte sich. Man musste auch in Südafrika nicht gleich das Schlimmste annehmen.

„Ein wenig", erwiderte der Jüngere von ihnen, der Tobias mindestens um einen Kopf überragte. „Aber ich kann nichts erkennen."

Sein Kumpel wandte sich Fiona und Tobias zu. Er lachte breit und legte Tobias eine Hand auf den Arm. Sein Gesicht war freundlich und offen. „Wir warten mit euch. Das verkürzt die Zeit und ist nicht so langweilig. Ich bin Ismail. Und der Kleine da, das ist Noah, mein Bruder."

Tobias warf Fiona einen schnellen Blick zu. Sie zuckte die Achseln. „Ist vielleicht besser, als alleine zu warten", meinte sie auf Deutsch. „Wer weiß, wer sonst noch hier entlang fährt."

Es dauerte anderthalb Stunden, bis der Wagen des AA vorfuhr und sich direkt vor den Kleinwagen stellte. Aus dem Führerhaus sprang ein Mann in Werkstattmontur und einem Koffer in der Hand.

Nachdem er ein paar Fragen gestellt hatte, beugte sich der Monteur über den Motor und bat Tobias, den Anlasser zu betätigen. Das Auto grunzte wie schon zuvor nur kurz auf und gab anschließend keinen Ton mehr von sich. Der Mann schüttelte sofort den Kopf und murmelte etwas von einem defekten Ventil und einem Kabel, das erneuert werden musste. Achselzuckend verkündete er, dass er den Wagen nach Harrismith in die Werkstatt bringen würde. So sahen die vier jungen Leute dabei zu, wie der Mechaniker den Nissan mit einem kleinen Kran auf die Ladefläche des Werkstattwagens hievte und mit routinierten Griffen sicherte.

„Wir können los", meinte er kurz darauf, nachdem er einen bedruckten Bogen ausgefüllt hatte und ihn Tobias zum Unterschreiben reichte. „Allerdings kann ich nur einen von Ihnen mitnehmen."

„Wie bitte?", fragte Tobias ungläubig, die Stirn gerunzelt. Er musste ihn falsch verstanden haben.

„Nur einer von Ihnen kann bei mir mitfahren", wiederholte der Mann und hob hilflos die Schultern. „Das ist leider so. Ich habe nur einen weiteren Platz im Wagen."

„Das kann ja wohl nicht sein! Sie können doch nicht einfach den Einen mitnehmen und den Anderen stehenlassen!" Er hatte die Stimme erhoben und seine Augen leuchteten vor Wut.

„Es tut mir leid. Ich rufe Ihnen gerne ein Taxi, das Sie nach Harrismith bringt. Sie kann mit mir fahren, wenn sie möchte." Dabei nickte er Fiona zu.

Tobias und Fiona sahen sich an.

„Wie wäre es", mischte sich unerwartet der ältere der Besothos ein, der mit seinem Bruder interessiert der Unterhaltung zugehört hatte, „wenn wir dich nach Harrismith bringen? Wir haben Zeit. Noah, was meinst du?"

Mit erhobenen Augenbrauen wandte er sich an seinen Begleiter, der sofort eifrig nickte.

„Klar! Zeit und Platz haben wir in Mengen."

Tobias zögerte, ergriff Fionas Hand und zog sie einige Meter weg. „Was hältst du davon?" Fiona kaute nachdenklich auf ihrer Unterlippe.

„Wahrscheinlich bleibt uns gar nichts anderes übrig, oder?" Sie warf einen Blick zu den Männern hinüber. „Der Typ von der Werkstatt ist schon in Ordnung. Und wenn die Brüder Kriminelle wären, hätten sie ausreichend Zeit gehabt, uns auszurauben. Vielleicht sollten wir mehr an das Gute im Menschen glauben. Meinst du nicht auch?"

„Ja, du hast wohl Recht", gab Tobias zu und dachte kurz nach. „Dann hole ich jetzt meinen Rucksack aus dem Wagen und lasse mir die Adresse von der Werkstatt geben. Ich habe meine Sachen lieber bei mir. Mein Handy habe ich ja schon verloren", setzte er hinzu, als er Fionas fragenden Blick bemerkte.

„Ok", nickte Fiona. „Ich gehe davon aus, dass ihr direkt hinter uns her fahren werdet?"

„Ja, klar. Ich werde die Jungs darum bitten."

Tobias kletterte zum Nissan hinauf und nahm den Rucksack aus dem Kofferraum. Schließlich umarmte er Fiona und küsste sie auf die Wange.

„Wir sehen uns in Harrismith."

3. KAPITEL

Flo warf sich auf die andere Seite und zog die Decke über den Kopf. Er verspürte nicht die geringste Lust aufzuwachen, und da er wusste, dass heute Sonntag war, gab es zudem auch keinen Grund dafür. Allmählich jedoch wurde ihm bewusst, was ihn geweckt hatte: Irgendwo im Haus klingelte das Telefon. Ungläubig blinzelte er zum Wecker. Es war halb sechs. Wer um Himmels Willen rief sonntagsfrüh um halb sechs an?

Und warum ging Mama nicht dran. Oder Tobi? Achso, Tobi war ja irgendwo in Afrika. Und Mama schlief seit einiger Zeit mit Stöpseln in den Ohren. Der Grund dafür war Mr. Bean, der neben ihren Füßen schlief. Seit einiger Zeit schnarchte er so laut, dass Mama kein Auge zu tat, wenn sie ihre Ohren nicht zustopfte.

Erleichtert registrierte Flo, dass das Läuten aufgehört hatte. Er kuschelte sich wieder in seine Decke und döste mit der angenehmen Gewissheit ein, dass er heute so lange schlafen konnte, wie er wollte. Und das war nach dem gestrigen Abend, der erst vor zwei Stunden geendet hatte, ein überaus erfreulicher Gedanke.

Ach nein, Shit aber auch! Mehr fiel ihm nicht ein, als ihn das Telefon ein paar Minuten später wieder aus dem Schlaf riss. *Wer zum Henker ...?* Er quälte sich aus dem Bett, tappte schlaftrunken auf den Flur und schließlich die Treppe hinunter ins Wohnzimmer. Die Sonne war längst aufgegangen und er kniff stöhnend die Augen zusammen, als er den Hörer von der Ladestation nahm.

„Ja?", murrte er ungehalten und dachte an sein warmes, federweiches Bett, in das er gleich wieder hineinsinken würde, um nie wieder aufzustehen.

„Hallo? Hier ist Fiona." Die Stimme klang leise und zögerlich. *Immerhin ein schlechtes Gewissen*, dachte er. *Fiona. Wer in aller Welt ist Fiona?* Trotz der uhrzeitbedingten Trägheit seines Verstandes begann er, den vergangenen Abend Revue passieren zu lassen. *Fiona.* Hatte er was verpasst? War das letzte Bier schlecht gewesen und hatte ihm einen Blackout beschert?

„Hallo!", wiederholte das andere Ende der Leitung etwas beherzter.

Flo rieb sich die Augen. Er widerstand dem Bedürfnis, das Gespräch abrupt zu beenden und fragte mit schläfriger Stimme: „Fiona wer? Ich kenne keine Fiona."

Oder doch? Noch immer kurbelte er an seinem Gedächtnis.

„Ich heiße Fiona Sullivan. Bin ich bei Familie Landsberg in Gießen?"

„Ja", meinte er verwirrt, und ganz, aber auch nur ganz langsam begann ihm zu dämmern, wer diese Frau am Telefon war. Olga. Die Frau, die aussah wie Olga. Plötzlich war er schlagartig wach.

„Richtig", sagte er wesentlich lauter. „Hier ist Florian Landsberg. Ist was mit Tobias?"

„Ja", antwortete Fiona, wobei ihre Stimme ein wenig schwankte. „Er ist weg."

„Wie bitte? Was soll das heißen: *Er ist weg?*"

„Tobias ist verschwunden. Seit zwei Tagen."

„In Südafrika?", fragte er sinnloserweise.

„Ja."

„Und wo genau?"

„Nun ja, das ist ein bisschen kompliziert. Ich kann es nicht genau sagen."

„Wieso denn nicht? So ungefähr musst du es doch wissen." Er fing an, ungeduldig zu werden. Gleichzeitig stellte er fest, dass sein Kopf so klar war wie selten zuvor.

„Weil es nun mal nicht so einfach zu erklären ist."

„Versuch es. Ich habe Zeit. Hast du die Polizei verständigt?" Er atmete tief durch und setzte sich auf die Couch. Sein Bett war vergessen.

„Das ist hier nicht so einfach. Ich habe es versucht. Aber entweder *wollen* oder *können* sie mir nicht helfen."

Flos Brust entschlüpfte ein undefinierbarer Laut.

„Wir hatten eine Autopanne", erzählte Fiona. „Das passierte auf dem Weg von Lesotho nach Harrismith. Dort wollten wir übernachten. Am nächsten Tag sollte es nach Durban weitergehen. Aber nur einer von uns konnte mit dem Autoclub nach Harrismith in die Werkstatt mitfahren. Tobias ist dort nie angekommen. Und telefonieren können wir nicht, weil er sein Handy verloren hat."

„Und woher hast du diese Nummer?", wollte Flo wissen, sprang vom Sofa und lief im Wohnzimmer auf und ab.

„Wir haben unsere Privatnummern ausgetauscht, für den Fall, dass etwas passieren würde." Sie klang bedrückt.

„Wie wollte Tobi denn dort hinkommen? Mit dem Taxi?"

„Nein", antwortete Fiona und klang ziemlich kleinlaut. „Da waren zwei junge Männer, die hatten sich angeboten, ihn hinzubringen."

Flo schnappte nach Luft. „Zwei wildfremde Männer? Einheimische?"

„Ja."

„Oh, mein Gott!" Wusste man nicht genug darüber, dass dieses Land gefährlich war? Wer hatte denn Tobi ins Hirn geschissen, dass er sich darauf eingelassen hatte?

„Sie waren wirklich sehr freundlich und nett", versuchte sie ihre Entscheidung zu rechtfertigen. „Man kommt sich echt dumm vor, wenn man immer nur misstrauisch ist."

Vielleicht sollte man es vorziehen, für dumm gehalten zu werden, dachte Flo und wunderte sich erneut über den Leichtsinn seines Bruders.

„Ok", meinte er. „Lass mich mal überlegen." Noch immer durchmaß er das Wohnzimmer mit seinen Schritten, den Hörer ans Ohr gepresst, während es in seinem Kopf fieberhaft arbeitete. Fiona schwieg.

„Also gut", sagte er entschlossen. „Ich komme."

„Du kommst? Hierher?" In ihren Worten schwang ungläubige Hoffnung. Bevor er antworten konnte, hörte er im oberen Stockwerk die Schritte seiner Mutter.

„Hör zu", fuhr er hastig und mit gedämpfter Stimme fort. „Wo bist du jetzt?"

„In einer Pension in Harrismith."

„Hast du ein Auto?"

„Ja, unseren Mietwagen. Er ist repariert."

„Gut. Ich melde mich bei dir, sobald ich einen Flug nach Johannesburg gebucht habe." Schnell blickte er auf das Display des Telefons. „Deine Nummer habe ich. Und du meldest dich sofort, falls du etwas von Tobi hörst. Ich muss jetzt Schluss machen."

Damit beendete er das Gespräch, setzte sich auf die Couch und legte den Hörer zur Seite. Das Herz klopfte ihm bis zum Hals. Mama erschien im Wohnzimmer und sah ihn verschlafen an.

„Hast du eben schon telefoniert?" Ihr Blick glitt stirn-runzelnd zu der antiken Uhr, die zwischen zwei Bücher-regalen an der Wand hing und noch keine 6 Uhr an-zeigte.

Flo deutete auf den Platz neben sich. Er atmete tief durch.

„Mama. Setz dich."

Drei Stunden später hatte er einen Flug gebucht. Er würde am nächsten Abend um 22 Uhr in Frankfurt in eine Lufthansamaschine steigen und am Dienstagmor-gen um 9.30 Uhr in Johannesburg ankommen. Er hatte Glück gehabt. Die Economy-Class war bereits vollstän-dig ausgebucht, mit einem nicht unbeträchtlichen Auf-schlag jedoch hatte er einen Platz in der Business-Class ergattert. Der Preis war ihm egal. Für Tobias würde er alles tun.

Seit dem Gespräch mit Fiona nagte das Gewissen an ihm. Warum war er nicht selbst mit Tobias nach Südaf-rika geflogen? Sein Bruder hatte ihn doch gefragt, und sie hätten bestimmt einen grandiosen Urlaub zusammen erlebt. Aber es hatte überhaupt nicht in Flos Pläne ge-passt. Die Klausuren, der Job in den Semesterferien und die chronische Ebbe in seiner Geldbörse hatten es so gut wie unmöglich gemacht.

Nun machte er sich schwere Vorwürfe. Wäre er bei Tobi gewesen, wäre der nicht so einfach verschwunden. Es musste etwas Schreckliches passiert sein, denn sein Bruder würde niemals eine Frau alleine lassen, dazu war er viel zu gewissenhaft. Flo selbst, nun ja, er wäre wohl gar nicht erst mit einem Mädchen verreist. Frauen mach-ten alles komplizierter, als es sein musste. Wer weiß, vielleicht hatte ja auch Olga – oder Fiona eben – eine

Mitschuld daran, dass Tobi weg war. Hatten sie sich gestritten? Er musste sie danach fragen.

In seinem Kopf spielten sich immer wieder schreckliche Szenen ab: Tobias rannte durch roten Wüstensand, halb verdurstet, auf der Flucht vor einer Horde Speere schwingender Eingeborener ...

Ihm wurde ganz schlecht bei der Vorstellung. *Ich werde dich finden*, dachte er grimmig und warf drei Paar Socken zu dem Stapel Klamotten auf seinem Bett, der inzwischen beachtlich angewachsen war. Er betrachtete ihn skeptisch. Das alles musste in seinen Rucksack passen. Wenigstens flog er nach Afrika, dort brauchte man keine warme Kleidung.

Das Gespräch mit Mama war nicht ganz so schlimm gewesen, wie er erwartet hatte. Während seiner Erklärungen war sie zwar immer blasser geworden, blieb jedoch einigermaßen gefasst. Als er geendet hatte, beschloss sie auf der Stelle, die deutsche Polizei einzuschalten und sich ein Flugticket nach Johannesburg zu besorgen. Es hatte Flo einigen Aufwand gekostet, sie davon zu überzeugen, dass es besser war, wenn sie hierblieb. Denn irgendjemand sollte in jedem Fall zu Hause erreichbar sein. Im gleichen Atemzug teilte er ihr seinen Entschluss mit, selbst nach Südafrika zu fliegen und nach Tobi zu suchen. Das war das einzige Mal, dass seine Mutter um Fassung rang. Vielleicht wusste sie, dass sie es nicht würde verhindern können. Sie verbot es ihm nicht.

Seit einer Weile schon telefonierte sie mit der Polizei, um in Erfahrung zu bringen, wie sie vorgehen würden. Mit Fiona hatte Flo schon gesprochen. Sie erwartete ihn Dienstagmorgen in Johannesburg am Flughafen. Weiter hatten sie noch nicht geplant.

Er stopfte Kleidungsstücke in den Rucksack und überlegte, wie man die Suche nach jemandem startete, wenn man keine Ahnung hatte, wo er war. Er selbst wusste nichts von dem Land und konnte nur hoffen, dass Fiona sich nach drei Wochen ein wenig auskannte.

Als der Rucksack gepackt war – vorsichtshalber hatte Flo noch einen Fleecepulli hineingesteckt – und die nötigen Papiere auf einem für seine Verhältnisse ordentlichen Stoß lagen, startete er den Laptop. Auf Google Maps betrachtete er Südafrika. Das Land, in das er morgen fliegen würde, war riesig. Er entdeckte Städte wie Kapstadt und Pretoria, die er vom Hören kannte. Auch Durban und Port Elisabeth waren ihm ein Begriff. Ungläubig aber blieben seine Augen an Orten haften, die Namen hatten wie Amsterdam, Heidelberg und Bethlehem. Amüsiert suchte er weiter und fand Newcastle, Frankfurt und Heilbronn. Schließlich wanderte sein Blick zum Königreich Lesotho, das wie eine Insel mitten in Südafrika lag und nur aus Gebirge zu bestehen schien.

Von hier aus hatten sich Tobias und Fiona nach Durban aufgemacht. Harrismith, eine Kleinstadt, befand sich etwa auf halber Strecke. Flo googelte Durban und hoffte auf der Stelle, dass sie seinen Bruder nicht in dieser pulsierenden Millionenmetropole suchen mussten. Unvermittelt stieß er geräuschvoll Luft aus. Ein Kribbeln fuhr durch seinen Körper und sein Herz schlug vor Aufregung schneller.

Er hatte keine Ahnung, was auf ihn zukam.

4. KAPITEL

„Guten Morgen, sehr geehrte Damen und Herren, hier spricht Ihr Kapitän. Wir befinden uns bereits im Anflug auf Johannesburg und werden in circa 30 Minuten landen. Den günstigen Windverhältnissen ist es zu verdanken, dass wir unser Ziel etwa 25 Minuten früher als geplant erreichen. Die Lufttemperaturen vor Ort liegen bei 3°C, der Himmel ist leicht bewölkt. Die Kabinencrew und wir im Cockpit hoffen, Sie hatten einen entspannten Flug und wünschen Ihnen einen angenehmen Aufenthalt in Südafrika.

Good morning, ladies and gentlemen ..."

Flos Gedanken schweiften ab. Interessiert sah er zum Fenster hinaus auf das Land, das noch weit unter ihm lag. Er hatte mit verdorrten und wüstenartigen Flächen gerechnet. Zu seiner Überraschung jedoch gab es hier gewaltige Areale von frischem Grün und Ackerland. Felder in den unterschiedlichsten Farben. Er erkannte Wälder und Flüsse, aber auch vereinzelte kleine Siedlungen. Die echte Wüste hatten sie in der Nacht überflogen, das hatte er auf dem Flugradar gesehen.

Nicht mehr lange, und er würde in diesem ihm so fremden Land ankommen. Er schrieb es der Aufregung der vergangenen Tage zu, dass er während der Nacht tatsächlich ein paar wenige Stunden hatte schlafen können. Er hatte einen überaus bequemen Sitz, den er kippen konnte, bis er in der Waagerechten lag. Ja, es hatte schon seine Vorteile, in der Business-Class zu fliegen. Immer wieder schauten nette, hübsche Flugbegleiterinnen vorbei und fragten nach seinen Wünschen. Sie gaben ihm das wunderbare Gefühl, eine *Very Important Person* zu sein. Er verstand es zu genießen. Und das trotz der vielen Gedanken um Tobias, die immer wieder wie Güterzüge durch seinen Kopf schossen. Er war zeitig aufgewacht und hatte ein Frühstück mit Brötchen, Rührei und Schinken erhalten. Sogar ein kleines Schälchen mit Müsli stand auf seinem Tisch. Dazu gab es einen Kaffee, der so gut schmeckte, dass er gleich zwei weitere Tassen davon getrunken hatte. Anschließend war an Schlaf nicht mehr zu denken gewesen.

Mit jedem Kilometer, den sie sich dem Ziel näherten, wuchs seine Anspannung. Jetzt, da das Land unter ihnen immer dichter besiedelt war, schien sein ganzer Körper vor Aufregung zu vibrieren.

Mit einem *Pling* sprangen die Leuchtanzeigen zum Anschnallen an. Und in genau diesem Moment wurde ihm bewusst, was der Kapitän vor einiger Zeit gesagt hatte. *Nein*, dachte Flo, *das kann nicht sein. Er muss sich geirrt haben. Nur 3 °C in Johannesburg? Niemals.*

Er hatte sich nicht geirrt. Das stellte Flo fest, als er mit den anderen Passagieren das Flugzeug verließ und sie ein paar Meter bis zu einem Bus laufen mussten. Es war einfach nur schweinekalt! Dabei hatte er lange Hosen und einen leichten Pulli an.

Während er an der Gepäckausgabe auf seinen Rucksack wartete, beäugte Flo verstohlen die Menschen um ihn herum. Sie hatten damit gerechnet, denn im Gegensatz zu ihm trugen sie definitiv wärmere Sachen. *Na, was soll's*, dachte er, als er sein Gepäck unerwartet schnell entdeckte und sich auf den Weg durch die Kontrolle machte. *Es ist eben ein bisschen frisch heute Morgen.* Tief in seinem Rucksack steckte der warme Fleecepullover, den würde er in den nächsten Tagen vorsichtshalber griffbereit obenauf legen.

Schließlich stand er in der großen Flughafenhalle und sah sich um. Menschen der unterschiedlichsten Hautfarben tummelten sich hier und unterhielten sich in Sprachen, die so bunt waren wie die Stoffe der Kleider, die sie trugen. Einige Südafrikanerinnen in farbenfrohen Gewändern hielten Kleinkinder auf den Hüften, deren winzige Gesichter so ebenholzschwarz waren wie die ihrer Mütter. Er sah Frauen, die mühelos ihr Gepäck auf dem Kopf balancierten, während sie sich lebhaft gestikulierend unterhielten und Männer, die Unmengen an Koffern durch die Halle schoben.

Alles hier war bunt, laut und anders, als Flo es kannte. Schlagartig wurde ihm bewusst, dass er tatsächlich auf afrikanischem Boden stand. Wieder ließ er seinen Blick aufmerksam durch die Halle schweifen und entdeckte den Informationsschalter, der sich im hinteren Bereich befand. Dort wollte er sich mit Fiona treffen. Peinlich berührt dachte er an das schreckliche Selfie, das er ihr gestern vor dem Abflug noch schnell geschickt hatte. Sie sollte ja wenigstens wissen, nach welchem Gesicht sie Ausschau halten musste.

„Can I help you?", fragte eine freundliche Stimme, als er vor dem Schalter stehengeblieben war und die Prospekte in der Auslage betrachtete. Neben Hotels und Mietwagen wurden hier die verschiedensten Ausflugsziele angepriesen.

„Ähm – no, thank you", sagte Flo überrascht und lächelte die Frau hinter dem Tresen an. Sie war jung und unglaublich hübsch.

„You're waiting for pickup?" Ihre Augen strahlten ihn verzückt an. Auch ihr gefiel, was sie sah.

„Yes." Er ließ seine Augen erneut suchend über die lärmende Menge wandern und beschloss, sich das Warten auf Fiona zu versüßen, indem er ein wenig mit der jungen Frau flirtete. Erwartungsvoll drehte er sich zu ihr. Genau in diesem Moment aber drängte sich ein dicker Mann neben ihn, seine vielköpfige Familie dicht hinter ihm. Zwischen den mindestens vier Kindern entbrannte eine Art Wettkampf, wer neben ihrem Vater an vorderste Front gelangen würde. Nach einigem Hin- und Herge-schubse gab Flo schließlich auf und machte ihnen Platz.

Er sah noch, dass die hübsche Südafrikanerin ihm ei-nen bedauernden Blick zuwarf, bevor sie sich dienstbe-flissen ihren neuen Kunden zuwandte.

„Florian?"

Beinahe hätte er die leise Stimme überhört. Vor ihm stand Fiona. Er erkannte sie auf der Stelle. Ihre Augen schienen noch intensiver zu leuchten als auf dem Foto, das er kannte. Ihr Gesicht mit den hohen Wangenkno-chen und dem ausgeprägten Unterkiefer war braunge-brannt. Das Haar hatte sie zu einem unordentlichen Kno-ten zusammengebunden, wobei ihr einige Strähnen entwischt waren. Zu ihrer Jeans trug sie einen dicken, hellblauen Fleecepullover, über den sie eine Weste ge-zogen hatte. Ihre Füße steckten in robusten Wanderschu-hen. Sie sah aus, als hätte sie nächtelang nicht geschla-fen. Was der Wahrheit vermutlich ziemlich nahe kam.

„Hallo Fiona", begrüßte er sie und wusste nicht so recht, was er sagen sollte. Er kannte sie ja nicht. Das Ein-zige, was sie verband, war die Sorge um Tobias. Bevor er jedoch den Mund aufmachen konnte, um weiterzu-sprechen, hatte sie die Arme um seinen Hals geschlun-gen und sich an seine Brust geworfen.

„Ich bin so froh, dass du da bist!", schluchzte sie in sein Shirt. Flo war völlig überrumpelt. Diese Worte zu jemandem zu sagen, den man noch nie zuvor gesehen hatte, kam ihm nun doch ein wenig übertrieben vor. Hilfesuchend sah er sich um, doch niemand in der Nähe schien sich für Fionas Gefühlsausbruch zu interessieren. Schließlich tätschelte er ihr unbeholfen den Rücken. Ihrem Haar entströmte ein leichter Geruch nach Vanille.

„Lass uns in Ruhe irgendwo hier einen Kaffee trinken gehen", schlug er verlegen vor, als Fiona sich gefasst hatte und sich die Nase schnäuzte.

„Nicht hier", entgegnete sie mit belegter Stimme und räusperte sich. „Wir fahren erst ein Stück von Johannesburg weg. Ich weiß, wo ein kleines Kaffee ist."

„Auch gut", brummte Flo enttäuscht. Er hatte Hunger und hätte gerne einen Happen gegessen, bevor sie sich auf den Weg machten. Außerdem wollte er hören, was geschehen war. Aber wenn sie andere Vorstellungen hatte, nun gut.

Zehn Minuten später saßen sie in einem kleinen Nissan und verließen das Parkhaus, während sie von drei bedrohlich aussehenden Männern in Uniform beobachtet wurden. Sie trugen schweres Kaliber und machten den Eindruck, als würden sie das Handeln dem Verhandeln vorziehen. Flo schaute zu ihnen hinüber und dachte an die vielen Gefahren dieses Landes, von denen Tobi wohlweislich nur ihm und nicht Mama erzählt hatte.

„Sie passen auf, dass keine Autos gestohlen werden", erklärte Fiona, die seinen Blick richtig gedeutet hatte. Freundlich nickte sie den Männern zu und lenkte den Wagen durch die Schranke hinaus ins Freie. *Oh mein Gott, Linksverkehr*, stöhnte er innerlich, als die junge Frau sich ohne zu zögern in den Verkehr einreihte und Richtung Autobahn fuhr.

„Ist dir nicht kalt?" Mit einem flüchtigen Seitenblick streifte sie sein Shirt.

„Nicht besonders", gab er kurz angebunden zurück und sah zum Fenster hinaus, wo die Landschaft an ihnen vorbeiflog. Er fror seit dem Moment, seit dem er aus dem Flieger gestiegen war. Doch das würde er selbstverständlich nie zugeben. Inzwischen war ihm eingefallen, was Tobi erzählt hatte: Dass nämlich in diesem Erdteil zurzeit Winter war und die Temperaturen nachts manchmal gegen Null gingen. Flo ärgerte sich über sich selbst, weil er, wie ein kleines Kind, ohne nachzudenken davon ausgegangen war, Afrika sei ein immer und überall heißer Kontinent. Er kam sich gerade ziemlich dumm vor. Doch das musste sie ja nicht wissen. Fiona, die noch viel hübscher war als auf dem Bild, das Tobi ihnen gezeigt hatte.

Sie erreichten den äußeren Bezirk der Großstadt. Er spürte ein eigenartiges Schaudern, als er Siedlungen an sich vorüberziehen sah, die nur aus einfachen Hütten mit Wellblechdächern zu bestehen schienen. Zwischen den Behausungen stieg der Rauch unzähliger kleiner Feuer auf. Flo konnte sich kaum vorstellen, dass es in den Hütten Heizkörper gab, die es behaglich warm machten.

„Das ist einer der Townships von Johannesburg", erläuterte Fiona, die seinen Augen gefolgt war. „Hier wohnen die Ärmsten der Armen auf engstem Raum, ohne Heizung und ohne Strom. Auch ohne Müllentsorgung und natürlich ohne Geld."

Häufig sahen sie Männer in kleinen Gruppen am Rand der Autobahn stehen. Es sah aus, als warteten sie darauf, dass etwas Interessantes passierte. Flo fing an zu überlegen, wie alt wohl dieser Mietwagen war und wie groß die Wahrscheinlichkeit, dass ein Auto innerhalb von kürzester Zeit gleich zwei Pannen haben würde.

„Tagsüber ist es nicht so gefährlich", sagte Fiona. Er machte sich jetzt ernsthaft Gedanken darüber, ob sich das, was er dachte, auf seiner Stirn abzeichnete. Ständig schien sie zu wissen, über was er nachdachte. „Solange es hell ist, fahren hier viele Streifenwagen. Ab 18 Uhr allerdings – dann ist es schon fast dunkel – sollte man hier nicht mehr unterwegs sein. Nirgendwo in Südafrika." Flo fing an zu verstehen, weshalb es besser war, Johannesburg und seine Umgebung so schnell wie möglich hinter sich zu lassen.

„Hast du schon eine Idee oder einen Plan, wie wir nach Tobias suchen könnten?", wollte Fiona wissen, als sie eine Weile später in einem kleinen Straßenlokal saßen und Sandwiches aßen.

„Nein, ich habe nicht die geringste Ahnung", gab Flo zu und biss in ein üppig belegtes Brot. „Du?", fragte er, als er wieder sprechen konnte, ohne befürchten zu müssen, dass er ihr dabei Krümel ins Gesicht spuckte.

„Naja, ich dachte, dass wir uns zuerst in Harrismith umsehen. Dorthin wurde der Wagen zur Reparatur gebracht. Wir hatten verabredet, dass ich bei der Werkstatt auf ihn warte. Als es anfing dunkel zu werden, hat mir einer der Mechaniker eine Adresse genannt, wo ich übernachten konnte."

Sie trank einen Schluck Tee und sah zum Fenster hinaus auf eine große Rasenfläche, wo in einem umzäunten Bereich Hühner gackernd umherliefen.

„Und da warst du bis jetzt?" Er versuchte vergeblich, mit der Gabel eine kleine Tomate aufzupieksen und steckte sie sich schließlich genervt mit den Fingern in den Mund.

„Bis gestern, ja. Ich habe die Tage damit verbracht, durch die Stadt zu laufen und mich umzusehen. Ich bin an einem Tag sogar mit dem Wagen die ganze Strecke bis zu der Stelle zurückgefahren, wo wir die Panne hatten. Ich habe mich aber nicht getraut, auszusteigen und zu rufen. Oder alleine dort herumzulaufen und zu suchen." Fiona sah ihn entschuldigend an. „Gestern bin ich früh genug weggefahren, sodass ich vor Einbruch der Dunkelheit bei den Backpackers in Johannesburg war. Dort haben Tobias und ich die erste Nacht miteinander verbracht."

Flo zog die Augenbrauen in die Höhe. Die erste Nacht. Aha. Er warf ihr einen schnellen Blick zu und sah die sanfte Röte, die ihr ins Gesicht gestiegen war. Offensichtlich war ihr während des Sprechens klar geworden, was sie gerade gesagt hatte.

„Ich meine", korrigierte sie sich hastig und strich sich ein paar lockere Strähnen aus dem Gesicht, „da haben wir übernachtet, als wir angekommen waren. Am nächsten Morgen sind wir gestartet."

„Schon klar", meinte er und überlegte, wie es wohl war, mit Fiona zusammen in einem Raum zu übernachten. Sein Bruder hätte es wesentlich schlechter treffen können mit seiner Reisebegleitung. Als die Bedienung zu ihnen herüberschaute, hob Flo die Hand und bat um eine weitere Tasse Kaffee, die ihm umgehend gebracht wurde.

„Das heißt, wir fahren jetzt nach Harrismith?"

Fiona nickte. „Wir können im *White Roses* übernachten. Sie sind sehr nett und ich habe schon nachgefragt, ob ein Zimmer frei ist. Oder zwei", setzte sie hinzu, ohne ihn anzusehen. „Außerdem", fuhr sie nach einer kurzen Pause fort, „weiß ich, wo in der Stadt ein Outdoorladen ist. Die haben sicher auch warme Pullover." Zum ersten Mal erhellte ein Lächeln ihr Gesicht und er sah kleine, weiße Zähne zwischen ihren Lippen hervorblitzen.

„Ich habe einen Fleece dabei und eine Jacke, aber die Sachen stecken ziemlich weit unten im Rucksack."

„Gut. Man glaubt gar nicht, dass es hier so kalt werden kann, nicht wahr?"

Flo nickte, trank seinen Kaffee aus und wischte sich mit der Serviette den Mund ab. Der Bund seiner Hose drückte an seinem Bauch, und er war sicher, dass er wenigstens heute nichts mehr würde essen können. Fiona hatte ihm, als sie satt war, ihren Teller hinübergeschoben. Und da er nicht der Typ war, der gutes Essen ablehnte und man ja außerdem nie wusste, wann plötzlich schlechte Zeiten über einen hereinbrachen, hatte er das von ihr verschmähte zweite Sandwich auch aufgegessen.

Sie hatte den Kopf leicht schiefgelegt und musterte ihn. Sie lächelte immer noch.

„Was?", fragte er argwöhnisch und wischte sich noch einmal über den Mund. Klebten ihm Essensreste im Gesicht?

„Ich habe dich am Flughafen nicht wegen deines unmöglichen Selfies erkannt."

„Sondern?" Er winkte dem Kellner und deutete auf seine Geldbörse.

„Tobias hat viel von dir erzählt und hat dich ziemlich treffend beschrieben. Ich habe sofort gewusst, dass du es bist."

„Aha!" Das hätte er gerne etwas ausführlicher erläutert bekommen.

„Er hat gesagt", sprach Fiona auch schon weiter, „dass du etwas größer bist als er, manchmal eine Brille trägst und dunkle Haare hast."

Gut, damit konnte er leben.

„Das war aber noch nicht alles", fuhr sie fort und ihre Augen blitzten vergnügt.

Jetzt wurde er skeptisch.

„Er sagte noch, dass du ausgesprochen gut aussiehst und meistens ziemlich lustig bist. Und dass du mit deinem Lachen alle Mädchen um den Finger wickelst."

Oh, Tobias! Wenn ich dich in die Finger kriege. Flo spürte, wie ihm die Hitze in den Kragen kroch. Aber Fiona war noch nicht fertig.

„Ich habe gesehen, wie du die hübsche Südafrikanerin am Infoschalter angelacht hast. Da war es mir klar."

Er war froh, dass es ihm erspart blieb, etwas dazu zu sagen. Der Mann, der sie bedient hatte, kam zu ihnen an den Tisch und kassierte, bevor er ihnen noch einen schönen Urlaub wünschte. Dabei zwinkerte er ihnen wissend zu.

Als sie im Auto saßen, drehte Fiona die Heizung an. Flo glaubte, immer noch ein Lächeln in ihren Augen erkennen zu können.

Es war nicht mehr weit bis Harrismith. Flo war froh darüber, denn die Sonne sank bereits deutlich dem Horizont entgegen.

„Ich hoffe so sehr, dass wir ihn finden. Und ich hoffe genauso sehr, dass ihm nichts passiert ist. Ich weiß nicht, ob ich es ertragen könnte." Fiona sprach leise, und er musste sich anstrengen, um sie zu verstehen.

„Wir hatten so eine schöne Zeit in diesem wunderbaren Land. Es soll nicht so enden." Ihre Stimme klang traurig. Zum ersten Mal fragte er sich, ob Tobi und Fiona sich ineinander verliebt hatten. Sie war nett und hatte zudem ein sehr angenehmes Wesen. Es war tatsächlich vorstellbar.

„Wir werden ihn finden", beruhigte er sie mit wesentlich mehr Zuversicht, als er empfand. Er wollte ihr Mut machen. Sie wieder lächeln sehen. Bevor er über seine Worte nachgedacht hatte, fragte er:

„Habt ihr euch gut verstanden?"

Ein sanfter Ausdruck huschte über ihr Gesicht, als sie sich mit der Hand über die Augen fuhr. „Wir haben uns getroffen und es hat einfach gepasst."

„Und dann? Was ist passiert?"

Sie saßen am Fenster in einem Fastfood Lokal mitten in Harrismith, ein vollgestelltes Tablett zwischen ihnen.

„Sind sie hinter euch hergefahren?" Flo nahm einen großen Schluck Cola und sah Fiona dabei über den Becherrand an. Sie waren vor einer Stunde in der Stadt angekommen und hatten ihr Gepäck bereits in die kleine Pension gebracht.

Fiona schüttelte den Kopf. Sie hatte die ganze Zeit erzählt und noch kaum etwas gegessen. Stattdessen knetete sie unentwegt die billige, weiße Serviette zwischen den Fingern, die mittlerweile aussah wie eine klebrige Kugel von etwas Undefinierbarem.

„Zumindest habe ich nicht gesehen, dass sie losgefahren sind. Sie standen noch zu dritt zusammen und unterhielten sich, als wir um die nächste Kurve fuhren."

„Hm." Flo runzelte die Stirn. „Das heißt, du hast keine Ahnung, ob sie überhaupt losgefahren sind?"

Wieder schüttelte Fiona den Kopf.

„Und du meinst, die beiden Männer kamen aus Lesotho?", bohrte er weiter und nahm sich ein paar kalte Pommes von Fionas Teller.

„Ich bin mir ziemlich sicher", meinte sie nach kurzem Überlegen und schob ihr Essen zu ihm. „Sie waren groß und schlank und trugen gegen die Kälte die typischen warmen Decken um die Schultern."

Flo kaute. Dabei drehte er grübelnd seinen Colabecher. „Meinst du tatsächlich, sie könnten ihn entführt haben? Und wenn ja, weshalb?"

Fiona hob ahnungslos die Schultern. „Darüber denke ich schon seit Tagen nach. Unentwegt. Welchen Grund könnte es geben? Lösegeld vielleicht? Die Menschen sind arm. Richtig arm. Daher wäre es vorstellbar."

Nachdenklich drehte er den Kopf hin und her. Dann setzte er seine Brille ab und rieb sich die Augen. Bleierne Müdigkeit streckte ihre Fänge nach ihm aus und er sehnte sich nach einem Bett. Der Tag war lang gewesen.

„Das glaube ich kaum." Er schüttelte den Kopf. „In diesem Fall hätten sie sich doch bei uns zu Hause gemeldet. Meinst du nicht?"

„Ja, wahrscheinlich schon."

„Was ist mit der Polizei?" Flo lehnte sich auf seinem Stuhl zurück und streckte die Beine unter dem Tisch aus.

„Die Polizei!", stieß Fiona verächtlich hervor. Ihre Augen wurden dunkel vor Zorn und zwischen ihren hellen Augenbrauen bildete sich eine steile Falte. „Ich war auf dem Polizeirevier und habe um Hilfe gebeten. Aber der Beamte, ein dicker weißer Südafrikaner, meinte, dass ich erst einmal abwarten soll. Er war davon überzeugt, dass Tobias in ein paar Tagen wieder auftaucht."

„Ist er aber nicht", stellte Flo gereizt fest. „Wir sollten morgen noch einmal dort hingehen und nachfragen."

Sie sah ihn gedankenvoll an. „Wenn wir Formulare ausfüllen müssen und unsere Daten eintragen, werden sie herausfinden, dass keiner von uns beiden den Leihwagen fahren darf."

„Weshalb nicht?"

„Weil wir noch keine 21 sind. Dann würden wir in Harrismith festsitzen."

„Du hast Recht", gab Flo gähnend zu. „Lass uns morgen früh in dieses Lesotho fahren. Etwas anderes wüsste ich jetzt auch nicht."

Während der Fahrt zurück zur Pension sprachen sie kaum ein Wort. Fiona, die den Wagen geschickt durch den chaotischen Stadtverkehr lenkte, sah hin und wieder zu ihm und schien irritiert. Flo jedoch starrte beharrlich aus dem Fenster, hellwach und mit Gedanken beschäftigt, von denen die junge Frau neben ihm nichts ahnte. So hoffte er.

Sie hatten den ganzen Tag zusammen verbracht und er würde sich selbst belügen, wenn er sich nicht eingestand, dass er sie unwiderstehlich fand. Der Grund dafür war nicht unbedingt, dass sie so hübsch war. Es waren vor allem ihre Art und ihr Wesen, die ihn auf eine ihm unbekannte Weise berührten. Die Befangenheit, die er in ihrer Anwesenheit zunehmend spürte, war ihm vollkommen fremd und ein wenig unheimlich dazu. Sie wirkte auf ihn wie ein Widerspruch. Zurückhaltend, manchmal ein wenig scheu und trotzdem selbstbewusst und bestimmt. Es gab Momente, in denen sie plötzlich aufzutauen schien und ihm zeigte, wer und wie sie wirklich war. Dann strahlten ihre Augen hell und warm. Es waren bloß kurze Augenblicke, die blitzschnell vergingen, doch genau aus diesem Grund wartete er ununterbrochen darauf, dass es wieder passierte. Überdies war ihre Erscheinung so zierlich, dass er fortwährend das Bedürfnis verspürte, sie zu beschützen. Mittlerweile wusste er jedoch, dass sie ganz gut ohne ihn zurechtkam und niemanden brauchte, der sie an die Hand nahm. Es hatte nur diesen ganz kurzen Moment gegeben, heute Morgen am Flughafen. Da hatte sie für einen Augenblick die Fassung verloren und sich ihm um den Hals geworfen.

Und er? Er war überfordert, hatte völlig hilflos reagiert, er Volltrottel. Jetzt wünschte er sich, dass sie wieder Halt bei ihm suchte. Aber davon war sie inzwischen weit entfernt. Sie hatte längst ihre Selbstsicherheit wiedergewonnen und wirkte auf ihn zwar sanft, aber bestimmt.

Was ihn allerdings irritierte, war die Tatsache, dass sie nicht im Geringsten auf ihn zu reagieren schien. Das war ihm fremd. Alle jungen Frauen reagierten auf ihn. Auf die ein oder andere Weise. Es war nicht so, dass er das wollte. Manchmal war es ihm sogar lästig. Aber er hatte sich daran gewöhnt. Nun war hier dieses Mädchen, das kein bisschen von ihm beeindruckt schien. In ihrem Fall hätte es ihm überhaupt nichts ausgemacht.

Hinzu kam, dass sie die bevorstehende Nacht im selben Zimmer verbringen würden. Bei ihrer Ankunft in der Pension hatten sie nur kurz überlegen müssen, ob sie zusammen oder getrennt schlafen sollten. Die Vernunft ließ keine andere Entscheidung zu, denn sie hätten sonst den doppelten Preis bezahlen müssen.

Fiona parkte den Wagen auf dem Vorplatz des *White Roses* und sie stiegen aus. Als sie an der Eingangstür vor ihm stand und aufschloss, roch er den leichten Vanilleduft ihrer Haare und fragte sich, welches Shampoo sie benutzte. Gleichzeitig dachte er an das Badezimmer, das sich im Pensionszimmer befand und die Dusche darin. Sie würde sicher duschen wollen heute Abend. Allein der Gedanke daran verdrängte alles andere aus seinem Kopf. Die Tür sprang auf. Sie hatten noch immer kein Wort gewechselt. Fiona drehte sich zu ihm, und der Blick ihrer blauen Augen traf ihn mit voller Wucht. Er hätte später nicht sagen können, ob oder was er darin gelesen hatte. Das Einzige, was er wahrnahm, war sein Körper, der unwillkürlich und beängstigend intensiv auf sie reagierte.

„Bin gleich da", stieß er hervor und floh. Im dunklen Garten hinter dem Haus fand er sich wieder. Ziellos lief er zwischen Obstbäumen und Sträuchern umher und entdeckte schließlich unter einem Baum eine verwitterte Holzbank, auf die er sich fallen ließ. Angewidert starrte er auf seine Hände, die im Licht der schmalen Mondsichel weiß leuchteten. Übelkeit kroch in ihm empor und sein Gesicht brannte vor Scham. War er von allen guten Geistern verlassen? Sie war die Freundin seines Bruders! Und er war der allerletzte Vollidiot.

Flo legte den Kopf in den Nacken und betrachtete den klaren Sternenhimmel, während der Wind seine Haut kühlte. Dabei sog er die kalte Nachtluft so tief in seine Lungen, dass es schmerzte und stellte erleichtert fest, dass die Übelkeit zu weichen begann.

Verzeih mir, Tobi. Ich weiß nicht, was eben in mich gefahren ist. Aber ich verspreche dir, dass es nicht wieder vorkommen wird.

Nur wie? Wie sollte er das schaffen, wenn er den ganzen Tag mit dieser Frau zusammen war, ihren Duft roch, ihr langes Haar im Wind wehen sah und sich beim Nebeneinandergehen ihre Arme berührten? Er kannte sie doch kaum. Sie sollte ihm völlig egal sein! Aber so war es nicht. Und sie waren erst seit einem Tag gemeinsam unterwegs. Je länger er grübelte, desto klarer wurde ihm, dass es nur eine einzige Lösung gab: Sie mussten getrennte Wege gehen. Jeder von ihnen musste alleine nach Tobias suchen. Nur, wie sollte er ihr das erklären?

Es war sowieso unmöglich. Fiona alleine durch dieses Land ziehen zu lassen war keine Option. Er seufzte laut und setzte sich aufrecht hin. Er würde mit dieser Situation zurechtkommen müssen, entschied er. Er musste auf den nötigen Abstand achten und sich jedes Mal, wenn sich unwillkommene Gedanken heranschlichen, Tobis Gesicht vorstellen. Vielleicht, so überlegte er, sollte er sich eher die nervigen Eigenschaften von Fiona bewusst machen. Ihm fiel zwar jetzt gerade keine ein, aber er kannte genügend Frauen, um zu wissen, dass sie alle auch eine zickige und nervende Seite hatten. Darauf würde er ab jetzt achten, beschloss er. Auf der Stelle fühlte er sich ein wenig besser. *Ich krieg das hin, Tobi, bestimmt.*

Im Garten raschelte es. Kurz darauf hörte er Schritte, die sich zögernd näherten. Fionas dunkle Gestalt tauchte vor ihm auf, das Haar im Mondlicht silbern glänzend.

„Darf ich mich zu dir setzen?" Sie klang unsicher, als würde sie erwarten, dass er verneinte.

„Klar." Flo rutschte ein wenig zur Seite und sie setzte sich, sorgfältig darauf achtend, ihn nicht zu berühren.

„Wir sind in einer merkwürdigen Situation, nicht wahr?" Ihre Stimme war leise, ein Flüstern beinahe.

„Ja, schon. Irgendwie."

Sie schwiegen. In der Ferne heulte ein Hund.

„Meinst du", begann Fiona nach einer Weile und stockte. „Könnte es sein, dass …?"

„Dass was?", fragte er, als sie nicht weitersprach.

„Hast du schon mal über die Möglichkeit nachgedacht, dass Tobias es so gewollt hat?" Sie hörte sich an, als hätte es sie Überwindung gekostet, diesen Gedanken auszusprechen.

Im ersten Moment begriff Flo nicht, was sie meinte. Dann aber begann ihm der Sinn ihrer Worte zu dämmern.

„Wie bitte?", presste er hervor. „Wie meinst du das?"

„Naja", sagte sie gequält, „es ist irgendwie so, als würde das alles zusammenpassen. Tobias hat sich in dieses Land verliebt. Man sah es ihm an. Ich glaube, er wäre am liebsten dort geblieben. Die Autopanne und die beiden Männer…"

Flo konnte immer noch nicht fassen, was sie gerade aussprach. Dass sie es tatsächlich ernst zu meinen schien, entsetzte ihn noch mehr.

„Du denkst", fing er ungläubig an, und es fiel ihm schwer, seine Frage in Worte zu fassen. „Du meinst, die Autopanne war absichtlich herbeigeführt? Fingiert?"

Neben ihm nickte Fiona, das Gesicht bleich und verzweifelt. „Der Mechaniker in der Werkstatt hat gesagt, dass dieses Ventil in der Regel nicht einfach so verschwindet. Und dass es beinahe danach aussieht, als hätte jemand Hand angelegt. Der Schlauch, den er auswechseln musste, hatte einen kleinen Schnitt. Wie von einem Messer. Und dann das mit dem Rucksack. Tobias hätte ihn nicht aus dem Wagen nehmen müssen, wir sollten uns doch gleich wiedersehen."

Flo fasste sich mit beiden Händen ins Haar. Er fühlte sich wie vor den Kopf geschlagen.

„Weißt du, was du da gerade sagst?", fragte er mit belegter Stimme und sah sie von der Seite an.

„Ja, natürlich. So etwas sagt man nicht einfach dahin. Aber ich denke schon eine ganze Weile darüber nach. Vielleicht möchte ich auch nur von dir hören, dass es total abwegig ist", meinte sie hoffnungsvoll und rutschte auf der Holzbank hin und her. „Ist es das?"

Das Herz schlug Flo hart gegen die Brust. Das war einfach unmöglich. Nicht Tobi. Er konnte sich vieles vorstellen, aber das nicht. Es musste einen anderen Grund geben.

„Habt ihr beide euch gestritten?"

„Nein." Fionas Gesicht erhellte sich ein wenig. „Mit Tobias kann man nicht streiten."

„Och, ich schon", bemerkte er und musste wider Willen grinsen.

„Natürlich, ihr seid Brüder. Ich habe auch einen Bruder. Mit ihm kann ich sehr wohl streiten."

„Ich gebe dir Recht", räumte er ein und überlegte gleichzeitig, wie es sein mochte, wenn Fiona mit jemandem stritt. „Es ist nicht einfach, sich mit Tobi zu streiten."

Sie sah ihn immer noch erwartungsvoll an.

„Ich kenne Tobias mein Leben lang", sagte Flo schließlich ernst und seine Stimme hörte sich dabei fremd an. Er räusperte sich, bevor er fortfuhr. „Ich kann mir nicht vorstellen, dass er dich jemals freiwillig allein gelassen hätte."

„Lass uns schlafen gehen", seufzte Fiona ein paar Minuten später. „Wir müssen morgen früh aufstehen und außerdem ist es ziemlich kalt."

Flo lag bereits in einem der beiden Betten, die er zu seiner Erleichterung ohne viel Kraftaufwand auseinander hatte schieben können. Auf ihren fragenden Blick hin hatte er verlegen die Schultern gehoben. „Ich brauche mein eigenes Bett, sonst kann ich nicht schlafen."

Nun hörte er das Wasser in der Dusche rauschen, seine Gedanken jedoch waren ganz woanders. Was Fiona mit ihren Worten gesät hatte, trug längst Früchte. Ihm war schon wieder übel. Mussten sie diese Möglichkeit tatsächlich in Erwägung ziehen? Tobias war ausgerissen? Ausgebrochen aus seinem Leben? Flo wagte kaum, weiter darüber nachzudenken. Denn er befürchtete, dass er zu keinem guten Schluss kommen würde.

Dachte er an seinen Bruder, so sah er Tobias, der ihm Nachhilfe gegeben hatte, als es in der Schule nicht so lief. Es war Tobias, der noch als Schüler in Mamas kleinem Laden mitgeholfen hatte, sobald er mit den Hausaufgaben fertig war. Es war auch Tobias, der nach Papas

Tod die Aufgaben ihres Vaters im Haus übernommen hatte, als wäre es das Selbstverständlichste auf der Welt.

Nur – in Flos Kehle wurde es eng und er schluckte schwer – er hatte nie einen Tobias gekannt, der auf Partys gegangen war. Mal einen über den Durst getrunken und bei Freunden auf der Couch geschlafen hatte. Mal Pflichten Pflichten hatte sein lassen, um die Leichtigkeit des Seins auszukosten. Er war nie ausgebrochen aus diesem Leben. Vielleicht jetzt?

Als Fiona ins Zimmer trat und unter ihre Decke schlüpfte, war er so in Gedanken versunken, dass er es nicht einmal bemerkte.

Irgendwann flüsterte sie: „Gute Nacht, Flo."

„Gute Nacht", murmelte er abwesend und sah dabei das Gesicht seines Bruders vor sich.

5. KAPITEL

„Wie bitte?" Er hatte nicht zugehört. Konzentriert hielt er das Lenkrad umklammert und versuchte, sich im Linksverkehr nicht allzu blöd anzustellen.

„An der Kreuzung dort hinten musst du nach rechts abbiegen. Es dauert nicht mehr lange, dann sind wir aus der Stadt raus." Fiona deutete mit der Hand voraus und machte eine schwungvolle Bewegung nach rechts.

Ok, dachte Flo, *links abbiegen kleiner Bogen, rechts abbiegen großer Bogen*. Diesen Tipp hatte ihm Fiona gegeben, als sie losgefahren waren, und auf diese Weise kam er tatsächlich einigermaßen gut zurecht. Wie gesagt, einigermaßen. Er lernte noch. Als sie nach dem Frühstück ihr Gepäck im Wagen verstauten, hatte er – ein wenig zu vorschnell, wie er kurz darauf fand – vorgeschlagen, er könnte fahren.

„Der Linksverkehr ist für dich in Ordnung? Oder willst du warten, bis wir auf der Landstraße sind?", hatte Fiona wissen wollen und hielt ihm bereits die Autoschlüssel hin.

„Ach, damit habe ich kein Problem."

Vielleicht hätte er warten sollen, bis die Stadt hinter ihnen lag. Es war merkwürdig, auf der falschen Straßenseite zu fahren. Vor allem beim Abbiegen war er ständig versucht, auf die falsche Spur zu wechseln. Fionas Tipp aber konnte er sich gut merken, und so lenkte er den Wagen relativ sicher, aber unter höchster Konzentration durch Harrismith. Was vielleicht gar nicht so schlecht war, denn so musste er sich die Gedanken um Tobias für später aufheben.

Besonders gut geschlafen hatte er nicht. Fiona hatte sich ständig hin und her gewälzt. Er war jedes Mal vom

Knarren des Bettes aufgewacht, hatte daraufhin lange Zeit wachgelegen und ihrem ruhigen Atem gelauscht. Hin und wieder hatte sie im Schlaf leise geseufzt, und jedes Mal hatte ihm dieses zarte Geräusch einen kleinen Stich versetzt. Hätte er die Betten nicht auseinandergeschoben, so hätte er eine Hand an ihre Seite legen können. Ganz nahe zu ihr, ohne dass sie es bemerkt hätte. So waren seine Gedanken abwechselnd um Tobi und Fiona gekreist, was ihm das Einschlafen nicht unbedingt erleichterte.

Er hatte schon lange hellwach im Bett gelegen, als sie aufgewacht war und sich auf den Bettrand gesetzt hatte. Ein wenig plagte ihn das schlechte Gewissen. Da er sich schlafend gestellt hatte, hatte Fiona unbefangen aus einer Tube auf ihrem Nachttisch eine kleine Wurst herausgedrückt und auf die äußere Seite ihres Oberschenkels aufgetragen. Erst, als sie sich vom Bett erhob, erkannte Flo eine lange, zart silbern glänzende Narbe, die von der Mitte ihres Oberschenkels bis kurz oberhalb ihres Knies reichte.

Unmittelbar darauf spürte er ein Kribbeln in beiden Händen. Eine Verletzung, die eine solche Narbe hinterließ, musste schrecklich gewesen sein. Ob es wohl schlimm für Fiona war, dieses Mal auf ihrer Haut? Obwohl er zu gerne gewusst hätte, was ihr zugestoßen war, würde er sie niemals danach fragen. Und doch würde er ihr am liebsten auf der Stelle sagen, dass er sie wunderschön fand, und dass die Narbe auf ihrem Bein nicht das Geringste daran änderte.

„Flo! Flo, wir müssen nach rechts!", rief Fiona und gestikulierte vor seinem Gesicht umher.

„Oh, sorry!" Im letzten Moment wechselte er auf die Abbiegespur, während rechts von ihm der Gegenverkehr vorbeirauschte. Gut, dass sie nichts von dem Oberschenkel ahnte, der ihn so völlig vom Straßenverkehr abgelenkt hatte.

„Siehst du die kleine Ausbuchtung am Straßenrand?" Sie hatten gerade eine enge Kurve passiert. Vor ihnen lag freies, weites Land, während in der Ferne Berge hinter einem Schleier aus Dunst hervorschimmerten.

„Soll ich dort anhalten?"

„Ja, bitte."

Flo lenkte den Wagen nach rechts auf eine geschotterte Fläche und stellte den Motor ab. Erleichtert dehnte er seine Arme, während Fiona ihre Jacke vom Rücksitz griff und hineinschlüpfte.

„Zweites Frühstück?", fragte er hoffnungsvoll und dachte an die prall gefüllte Einkaufstüte, die zwischen den Rucksäcken lag.

„Ja, ist gut", murmelte sie zerstreut und öffnete die Wagentür. Frische Luft strömte ins Auto, als sie ausstieg. „Hier hatten wir die Panne und haben auf den Pannendienst gewartet. Genau an dieser Stelle." Sie schlug die Tür zu.

Als er neben ihr stand, sah er sich aufmerksam um. Einsam war es hier. Seit sie aus der Stadt herausgefahren waren, hatte der Verkehr von Minute zu Minute nachgelassen, bis schließlich kaum noch Menschen unterwegs zu sein schienen. Hier wollte er keine Autopanne haben. Der Wind blies durch seinen Fleece und er stellte den Kragen auf. Als er den Reißverschluss bis unters Kinn zog, bemerkte Fiona enttäuscht:

„Hier ist nichts. Gar nichts."

„Was hast du denn erwartet?"

Bekümmert hob sie die Schultern. „Keine Ahnung. Am Samstag war ich schon mal hier. Aber ausgestiegen bin ich nicht."

Flo deutete auf die schemenhaften Umrisse in der Ferne. „Liegt dieses Gebirge dort hinten in Lesotho?" Sie drehte sich um und folgte seinem Blick.

„Hmhm", nickte sie traurig. Dann etwas munterer: „Das Gebirge *selbst ist* Lesotho! In ein paar Stunden erreichen wir Maseru, die Hauptstadt. Bis dorthin geht es schon ziemlich bergauf. Es liegt auf etwa 1500 Meter. Danach fahren wir richtig in die Berge. Das ganze Land ist Gebirge, und es gibt kaum eine Straße, die nicht entweder steil bergauf oder steil bergab führt." Sie warf einen skeptischen Blick über die Schulter. „Ich hoffe, der Wagen schafft es diesmal ohne Mucken."

„Wird schon", meinte Flo munter. Insgeheim allerdings hoffte er dasselbe. „Zwischenmahlzeit?"

„Hat er Alzheimer oder so etwas in der Art?", raunte er Fiona von der Seite ins Ohr und trat ungeduldig von einem Fuß auf den anderen. „Diese Seite sieht er sich jetzt schon zum zehnten Mal an."

„Still", wisperte sie und stieß ihm unauffällig den Ellenbogen in die Seite. Wieder blätterte der Grenzbeamte in Flos Reisepass. Flo setzte sein freundlichstes Lächeln auf und betrachtete betont entspannt die Wand hinter dem Mann. Sie war beinahe vollständig bedeckt von Fotos ein und derselben Sportmannschaft. Um welchen Sport es ging, konnte er nicht erkennen.

„Okay", brummte der Mann schließlich und rückte seine Brille zurecht. Flo widerstand dem Reflex, es ihm augenblicklich gleichzutun und fuhr sich stattdessen mit den Fingern durchs Haar. Der Zollbeamte suchte unter verschiedenen Stempeln nach dem richtigen und drückte ihn endlich energisch auf den Ausweis.

Erleichtert und genervt stieß Flo Luft aus und ließ Fiona nach vorn an den Schalter treten. Nachdem sie dem Herrn in fließendem Englisch erklärt hatte, weshalb sie nach so kurzer Zeit wieder nach Lesotho einreisen wollte – sie ging nämlich davon aus, dass sie ihr Handy in der Unterkunft verloren hatte und sie wollten danach suchen – blätterte er noch ein wenig durch das Dokument. Schließlich stempelte er mit einem lauten Knall auch ihren Ausweis ab.

„Man kann es ja auch übertreiben, oder?" Flo trank einen Schluck Wasser und schraubte die Flasche wieder zu. „Das ist doch reine Schikane! Wenn bei uns alle so arbeiten würden wie er ..."

„Die Basotho – so nennt man die Menschen von Lesotho – sind anders als wir", verteidigte Fiona den Mann vom Grenzschalter. „Sie kennen keinen Stress. Und wenn man sie nicht in aller Ruhe ihren Job machen lässt, empfinden sie das als extrem unhöflich. Man sollte gelassen bleiben, als Tourist erst recht."

„Auch wenn vor dem Gebäude noch mindestens 20 Menschen in der Schlange stehen und warten?"

„Das macht seinen Job wahrscheinlich umso wichtiger."

„Nein", entgegnete Flo, ohne das geringste Verständnis zu zeigen. „Das macht nur *ihn selbst* wichtiger."

Fiona zuckte die Achseln und bog in eine Tankstelle ein.

„Du sprichst ziemlich gut Englisch", bemerkte Flo, als sie mit gefülltem Tank die Stadt verließen und auf einer Straße, die beängstigend schmal war, in engen Serpentinen den Berg hinaufschlichen.

„Das kommt daher, weil meine Eltern ursprünglich aus England kommen." Fiona fuhr behutsam um eine enge Kurve. „Sie haben vor vielen Jahren ein Grundstück in der Nähe von Konstanz geerbt. Da sie beide Turnierreiter sind und Pferde lieben, sind sie nach Deutschland gezogen und haben ihre eigene Pferdezucht gegründet."

„Und du bist in Deutschland geboren? Oder noch in England?"

Fiona wagte einen schnellen Seitenblick zu ihm hinüber, bevor sie wieder auf die holprige Fahrbahn sah. „Ich wurde in Konstanz geboren." Geschickt wich sie einem Felsbrocken aus, der am Wegrand lag. Nachdem sie einige Zeit später eine weitere, wesentlich kleinere Stadt passiert hatten, wurde die Gegend einsam. Nur noch vereinzelt lagen einfache, rundgebaute Wohnhütten auf den Berghängen verstreut.

Inzwischen war die Fahrbahn nicht mehr asphaltiert, und sie fuhren auf Schotter steil bergauf. Verschmutzte Schneereste lagen im Schutz der Felsen und versteckten sich vor der Wintersonne.

Manchmal war Flo davon überzeugt, dass der Weg gleich enden würde. Immer wieder tauchte jedoch vor ihnen unerwartet eine enge Abbiegung auf, und es ging weiter. Einige Male sahen sie junge Hirten, die mit Stöcken Ziegen oder Rinder vor sich her trieben. Die jungen Männer winkten ihnen erfreut zu. Plötzlich fuhr Fiona das Auto so nahe wie möglich an den Wegrand und stoppte den Motor.

„Und jetzt?" Flo schaute verdutzt zu ihr hinüber.

„Hier haben wir zum ersten Mal angehalten, weil der Motor gestunken hat." Fiona stand bereits neben dem Wagen, ihre Augen suchend zu Boden gerichtet. Sie zog ihr Handy hervor und begann zu tippen.

„Ich kann's ja wenigstens mal probieren", meinte sie hoffnungsvoll, als er die Wagentür zuschlug und sie fragend ansah.

„*Was* probieren?"

„Tobias hat hier sein Handy verloren."

„Vergiss es! Das schafft kein Akku!" Trotzdem horchten sie aufmerksam in die Stille. Nicht das kleinste Geräusch war zu hören. Enttäuscht zuckte Fiona die Schultern und steckte ihr Telefon weg. Sie mussten nicht lange suchen. Das Handy war knapp vom Wegrand entfernt zwischen zwei Steine gerutscht und schien so weit in Ordnung zu sein.

„Hoch lebe die moderne Technik!", rief Flo, der es in der Hand hielt und von allen Seiten untersuchte. „Schnee, Kälte und Aufprall unbeschadet überstanden."

„Was ist denn hier passiert?", rief Flo überrascht aus. Sie waren noch eine ganze Weile gefahren. Fiona war tiefen Schlaglöchern ausgewichen, und mehr als einmal hatte er ein Stoßgebet zum Himmel gesandt, dass das Auto diese Tortur überstehen möge. Die Sonne stand schon tief. In weniger als einer Stunde würde es stockfinster sein und somit 18 Uhr. Das wusste er seit gestern.

Während der letzten Kilometer waren auf beiden Seiten des Weges mehr und mehr Häuser aufgetaucht. Kleine, runde, aus Lehm und Holz gebaute Hütten, die ein spitz zulaufendes Dach hatten und nahezu fensterlos waren. An einigen der Rundhütten leuchteten schreiend bunt lackierte Türen. Hühner liefen laut gackernd umher, dazwischen hin und wieder Hunde und Esel. Vor jeder Behausung brannte ein Feuer, und meist befand sich in unmittelbarer Nähe oder direkt am Rundhaus ein viereckiger Bau aus Beton. Rosablühende Bäume, die ersten

Frühlingsboten der Natur, setzten bunte Tupfer in die Landschaft, wohin man auch schaute.

Gerade eben erst waren sie um einige Hügel gefahren, und plötzlich lag eine kleine Stadt vor ihnen. Mitten im wilden Hochland, umgeben von einer weiten Ebene, die fast ausschließlich aus rotbrauner Erde bestand und Flächen aus struppigem Gras. Weiter hinten ragten ringsherum kahle Gipfel in den Himmel, zum Teil mit Schnee bedeckt. Doch das eigentlich Bemerkenswerte an dem Anblick, der sich ihnen bot, war der Rauch, der einer blaugrauen Fahne gleich gespenstig über der großen Siedlung schwebte.

„Das ist Semonkong." Fiona hielt den Wagen an, um das außergewöhnliche Bild wirken zu lassen. „Übersetzt heißt das: Das Dorf unter dem Rauch."

„Wie treffend", staunte Flo. „Da hat sich jemand etwas dabei gedacht." Seit er beschlossen hatte, keine Empfindung mehr für Fiona zuzulassen, fühlte er sich deutlich besser. Einen Teil seiner Unbefangenheit hatte er wieder zurückgewonnen. Es war ihm bisher nicht gelungen, etwas an ihr zu entdecken, was ihm missfiel, aber er hatte es zumindest geschafft, Tobi zwischen sie zu stellen. Jedes Mal, wenn er sie ansah, musste er an seinem Bruder vorbeisehen, und genau das hielt ihn auf ernüchternde Weise auf dem Boden.

„Es ist großartig, mit einer persönlichen Reiseführerin unterwegs zu sein", stellte er gutgelaunt fest, als Fiona weiterfuhr. „Woher weißt du so viel über dieses Land?"

„Im Handschuhfach liegt ein umfangreicher Reiseführer. Wenn wir unterwegs waren, hat einer daraus vorgelesen, während der andere gefahren ist."

Sie fuhren an einem Supermarkt vorbei und durch die Stadt. Auf beiden Seiten der Straße befanden sich einfache, kleine Häuser, gebaut aus sämtlichen Materialien, die man zum Bauen nutzen konnte. Der Begriff *Straße* war ziemlich schmeichelnd, dachte Flo und betrachtete den roten, staubigen Belag des Weges. Auf fast allen Grundstücken flatterte Wäsche im Wind. Hühner liefen umher, Hunde und Kinder. Rinder, Ponys und Ziegen grasten auf den Wiesen zwischen den Häusern, und wohin man auch schaute, saßen oder standen ältere Menschen beisammen und unterhielten sich angeregt. Viele von ihnen sahen neugierig zu Fiona und Flo hinüber und winkten freundlich, woraufhin Fiona zurückwinkte.

„Es gibt hier einen Flughafen?", rief Flo ein weiteres Mal überrascht aus und deutete auf ein Schild. *Semonkong Airport 2,5km* stand darauf.

Fiona lachte. „Das haben wir auch gedacht!" Ihr Gesicht leuchtete in der Sonne. „Wir haben ihn uns angesehen, da wir es uns kaum vorstellen konnten. Und du kannst mir eines glauben: Wenn du die Start- und Landebahn siehst, dann hoffst du, dass du sie nie wirst benutzen müssen. Es ist eine holprige Piste, mehr nicht. Einen Flieger haben wir dort weit und breit nicht gesehen."

„So", sagte sie ein paar Minuten später gutgelaunt, als sie auf einen Parkplatz gefahren war und den Schüssel aus dem Zündschloss zog. „Das Auto lassen wir hier."

Sie deutete vage in eine Richtung. „Dort oben liegt die Lodge. Ich denke, es wird Platz für uns sein. Letzte Woche war kaum jemand hier."

Ein schmaler Weg führte den Berg hinauf, vorbei an einer Gruppe von zierlichen Pferden, die auf einer Koppel standen und an den kargen Gräsern knabberten. Einige hoben kurz den Kopf, andere fraßen unbeeindruckt weiter. Ein kleiner Wasserlauf schlängelte sich mit munterem Plätschern den Berg hinab. Nach dem langen Sitzen im Auto und der unruhigen Fahrt tat die Bewegung gut. Mit ihrem Gepäck auf dem Rücken und den Lebensmittelvorräten in Tüten liefen sie zügig hinauf. Bald darauf erreichten sie eine Ansammlung von kleinen Rundhäusern. Sie waren aus rotem Stein gebaut und hübsch anzusehen, mit bunten Vorhängen an den Fenstern und liebevoll gestalteten Eingangsbereichen. Fiona drückte Flo ihre Tüte in die Hand und verschwand in einem der Häuser. Neben der Eingangstür hing ein Schild: *Welcome to Semonkong-Lodge*. Hinter dem Haus befand sich ein länglicher Anbau. Flo lief den sauber gepflasterten Weg entlang zum Eingang. *Kitchen* stand auf der Tür. Neugierig lugte er durch eines der Fenster. Ein langer Holztisch stand mitten in einem gemütlich wirkenden Raum. An den Wänden hingen bunte Teppiche, und auch die Kissen auf den Stühlen leuchteten in allen Farben. Unvermittelt dachte er an seine Mutter, und er griff nach seinem Telefon. Resigniert betrachtete er das Display. Hätte er Empfang gehabt, hätte er ihr eine kurze Nachricht geschickt.

„Flo?" Er lief zurück.

„Wir können bleiben!", empfing ihn Fiona, als er zu ihr trat.

„Hier?", fragte er hoffnungsfroh und sah sich nach den behaglich wirkenden Häusern um. Sie schüttelte den Kopf. „Nicht hier. Weiter oben bei den Backpackers. Bisher sind außer uns nur zwei Frauen dort." Sie wandte sich bereits zum Gehen.

Schade, dachte Flo, der eben ein Hinweisschild mit der Aufschrift *Restaurant* entdeckt hatte. Zwei Frauen. Nun, das klang gar nicht so schlecht. Ein wenig Ablenkung von Fiona war ihm sehr willkommen.

Es wurde deutlich kälter. Das lag nicht nur daran, dass die Sonne im Begriff war unterzugehen, sondern vor allem an der Höhe und am Wind, der immer kräftiger blies.

„Da ist es." Fiona wies mit dem Kinn auf zwei aus Stein und Holz gebaute Rundhäuser, die eben vor ihnen aufgetaucht waren. Beide Unterkünfte besaßen auf der Rückseite einen kleinen Anbau aus Beton. Überrascht erblickte Flo auf dem Dach einige Solarzellen.

„Wir haben hier sogar ein bisschen Strom", erklärte Fiona, die seinem Blick gefolgt war. Sie steuerten auf das linke Gebäude zu, als sie ein fröhliches Bellen hörten. Kaum hatte Flo sich nach der Ursache umgesehen, sprang bereits ein hellbrauner Hund freudig winselnd an Fiona empor.

„Hallo Joy!" Schon hockte sie vor dem Tier und fuhr ihm liebevoll durchs Fell. Die Hündin wusste vor Freude kaum, wo ihr der Kopf stand. Sie sprang um die junge Frau herum, leckte ihr die Hände und warf sich schließlich vor ihr auf den Rücken.

„Joy, meine Süße", wiederholte Fiona und kraulte ihr den Bauch.

„Ihr kennt euch?", fragte Flo lahm. Ihm war klar, dass diese Frage überflüssig war. Da er jedoch gerade nichts anderes tun konnte, als ihre Hände anzustarren, die das Tier so sanft liebkosten, sah er sich außerstande, eine anspruchsvollere Konversation zu führen.

Fiona erhob sich und stöhnte unter dem Gewicht ihres Rucksacks. „Joy gehört dem Ehepaar, das die Lodge betreibt. Sie flitzt den ganzen Tag umher und begrüßt die Gäste. Letzte Woche hat sie uns sogar ein Stück in die Berge begleitet."

Flo brummte etwas vor sich hin. Als sie ihn fragend ansah, meinte er: „Und der beißt ganz sicher nicht?"

Sie lächelte nur leicht spöttisch und öffnete die Tür zur Lodge.

Er schloss die Tür hinter ihnen, ließ seinen Rucksack zu Boden gleiten und sah sich um. In dem rundgemauerten Raum standen entlang der Außenwand vier massive Stockbetten. Mehrere kleine Fenster waren in die Wand eingelassen. Durch einige von ihnen fielen die letzten Strahlen der glutroten Abendsonne und zeichneten die Schatten der hölzernen Fensterkreuze auf den Boden. Mitten im Raum stand ein einfacher Tisch mit vier Stühlen. Gegenüber der Eingangstür befand sich ein schmaler Durchgang, der Fionas Beschreibung nach ins Badezimmer führen musste. Verstohlen sah er sich nach einer Heizung um. Vergeblich. Er hatte es auch kaum zu hoffen gewagt, denn es war frisch hier drinnen und die Luft roch nach kaltem Rauch. In einer dunklen Nische entdeckte er etwas, das nach einem Kamin aussah. Verkohlte Reste eines ehemals wärmenden Feuers lagen verloren auf dem Gitterrost.

„Gemütlich hier", murmelte er und hörte selbst, dass seine Worte nicht überzeugend klangen. Sehnsüchtig dachte er an das hübsche Feriendorf weiter unten am Berg. An das dazugehörige Restaurant und die gemütliche Teeküche. Allerdings sicher unerschwinglich, zumindest für seine Reisekasse.

„Die Betten sind wirklich toll", versuchte Fiona ihn aufzumuntern und steuerte auf eines der Etagenbetten zu. „Die Decken sind kuschelig warm. Ist es ok, wenn ich oben schlafe?"

„Klar." Er warf sein Gepäck auf die untere Matratze. Auf dem Bett gegenüber lagen bereits zwei große Rucksäcke. Von den Frauen hingegen war nichts zu sehen.

Falls außer diesen beiden niemand mehr käme, so könnten sie die Decken der anderen Betten untereinander aufteilen. Die Idee war gut, fand er, und die Aussicht auf eine warme Nacht machte ihn gleich zuversichtlicher. Das Beste wäre, so dachte er, sie würden so schnell wie möglich unter die dicken Decken schlüpfen und schlafen.

Sein Blick fiel auf die Tüten. „Wollen wir was essen?"

„Oh ja, gerne! Ich habe einen Bärenhunger." Fiona kramte in ihrem Rucksack und zog ein paar Kleidungsstücke hervor. Überrascht sah Flo sie an. Er konnte sich nicht daran erinnern, dass er je eine Frau hatte sagen hören, sie habe einen Bärenhunger. In seinen Mundwinkeln zuckte es. Er kannte viele junge Frauen, doch keine war so wie sie. *Vergiss es*, wies er sich energisch zurecht und das Flattern, das sich eben noch wie ein lauer Sommerwind in seinem Bauch ausbreiten wollte, fiel in sich zusammen.

„Ich denke", fuhr Fiona fort und schnürte ihre Wanderschuhe auf, „ich werde mich gleich, wenn wir gegessen haben, ins Bett legen. Allerdings", sie zog die Nase kraus, woraufhin Flo auf der Stelle den Blick abwenden musste, weil sie so unbeschreiblich süß dabei aussah, „werde ich vorher noch Duschen."

Oh, daran hatte er gar nicht gedacht. Eine heiße Dusche wäre wie ein kurzer Besuch im Garten Eden. Die Solarzellen sollten immerhin nicht umsonst auf dem Dach herumliegen.

„Gute Idee", gab er fröhlich zurück und der Abend sah sofort viel freundlicher aus. „Erster!", rief er vorlaut, und als Fiona zustimmend nickte, packte er voller Vorfreude auf seinen Ausflug ins Paradies Brot, Käse und Wurst auf den Tisch.

„Scheiße!" Ungläubig drehte er am Duschknopf. Weshalb funktionierte das Ding nicht? Frierend stand er in dem gemauerten Anbau, der alles andere als ein richtiges Badezimmer war. Die Wände waren rauer Stein, der Fußboden immerhin mit weißen, aber eiskalten Fliesen ausgelegt. Eine Toilette, ein Waschbecken, eine Duschzelle mit Vorhang. Das war's. An der Decke hing eine kleine Funzel, die notdürftig den kleinen Raum erhellte.

Doch all das war harmlos. Denn er selbst stand in der Dusche unter eiskaltem Wasser. Egal, wie er den Knopf auch drehte, er fand die Lösung nicht, die ihm warmes Wasser bescheren würde. Das war aber längst nicht alles. Jedes Mal, wenn er sich bewegte, klebte der kalte und nasse Duschvorhang an ihm, und er hatte große Mühe, ihn wieder loszuwerden. Verzweifelt wusch er sich sehr schnell und sehr nachlässig, rubbelte sich mit seinem Handtuch trocken und sprang so schnell er konnte in seine Klamotten.

„Fiona", stieß er hervor, als er in den Schlafraum trat und stutzte, als er zwei junge Frauen neben ihr fand.

„Das sind Margit und Jette", stellte Fiona die beiden Mitbewohnerinnen auf Englisch vor. „Sie kommen aus Schweden. Das ist Flo." Sie nickte ihm zu, worauf Jette ihm die Hand entgegenstreckte und Margit ihn anlächelte, während sie ihn interessiert musterte. Zehn Sekunden später waren sie verschwunden.

„Sie wollen sich den Sternenhimmel ansehen", erzählte Fiona fröhlich, als sie Flos Gesichtsausdruck bemerkte und innehielt.

„Was ist …?" Sie schlug sich die Hand vor den Mund, ihre Augen groß vor Schreck. „Oh, Flo! Es tut mir leid. Ich hab's total vergessen!"

„Was vergessen?" Er schnappte die Wolldecke von seinem Bett, um sich darin einzuwickeln.

„Dir zu sagen, dass es hier nur kaltes Wasser gibt", meinte sie kleinlaut und sah ehrlich zerknirscht aus.

„Ach, so schlimm war es gar nicht", beeilte er sich zu sagen, und die Art, wie sie ihn nun anlächelte, entfachte auf der Stelle ein Feuer in seinem Körper. Für dieses Lächeln würde er sofort noch einmal kalt duschen. Sie legte ihm eine Hand auf den Arm.

„Letzte Woche war ich es, die am ersten Abend unter dem kalten Wasser stand. Es war nicht wirklich lustig." Sie griff nach ein paar Dingen und verschwand im Bad. Flo warf die Decke zurück aufs Bett und senkte seine Nase auf die Stelle seines Pullis, wo eben noch Fionas Hand gelegen hatte. Wenn er nicht aufpasste, würde er noch den Verstand verlieren.

Er stand mitten im Raum und horchte nach den Stimmen der beiden hellblonden Schwedinnen, die vor dem Haus auf Stühlen saßen und sich leise unterhielten. Schließlich setzte er sich auf seinen Schlafplatz und ließ seinen Blick durch den runden Innenraum des kleinen Hauses wandern. Auch hier brannte eine winzige Laterne, die mit Solarenergie gespeist wurde. Eben hell genug, um zu erkennen, wie man in sein Bett oder ins Badezimmer gelangte.

Er fragte sich, ob es hier oben im afrikanischen Sommer richtig warm wurde. Und ob es dann mehr gab als nur karge Weidelandschaften und schroffe Felsen. Vielleicht sollte er bei Gelegenheit ein wenig im Reiseführer blättern. Wenn Tobias dieses Land so sehr mochte, musste es ja irgendetwas geben, was dies begründete. Konnte man etwas lieben, das so schlicht und einfach war? *Liebe.* Energisch schob er dieses Wort von sich weg.

Rastlos erhob er sich und sammelte Wolldecken von den leerstehenden Betten. Zwei davon legte er auf Fionas Bett, zwei andere auf sein eigenes. Den anderen sollte man fairerweise den Rest überlassen, entschied er und hoffte, sie würden seine Großzügigkeit zu schätzen wissen. Ein Geräusch, das vom Eingang kam, riss ihn aus seinen Gedanken. Sein Blick fiel auf eine hünenhafte Gestalt, die viel zu groß für den kleinen Raum schien. Der riesige Schatten stieß die Tür auf und trat ein.

„Fire?" Er warf das Wort mitten in den Raum. Im düsteren Schein der Deckenlampe erkannte Flo einen hochgewachsenen Einheimischen, eingewickelt in eine Decke, auf dem Kopf einen Hut mit breiter Krempe. Er zog eine Karre voller Holz hinter sich her, an deren Griff eine Laterne baumelte.

„You want fire?", wiederholte der Riese, der Flo scheinbar für schwer von Begriff hielt und sich suchend umsah, als hoffte er, weitere Personen anzutreffen.

„Fire! Yes!", freute Flo sich begeistert, als er endlich kapiert hatte, was der Mann von ihm wollte. Dieser stand bereits an der Feuerstelle in der Nische und begann Holzscheite darauf zu schichten, während Flo hastig die Tür schloss. Es musste nicht noch kälter werden, als es ohnehin schon war.

Ein behaglich knisterndes Feuer. Allein die Vorstellung war wundervoll. Wie sich Fiona freuen würde. Der Basotho blies in die aufflackernden Flämmchen, und als sie munter unter dem Holz tanzten, stapelte er die restlichen Scheite neben den Kamin. Er wandte sein dunkles Gesicht Flo zu. „If smoking", sagte er in gebrochenem Englisch, „you must …" Er pustete in die Richtung des Feuers und Flo verstand.

Bevor der Mann mit seiner leeren Schubkarre die Hütte verließ, hatte Flo ihm dankbar ein paar Geldstücke in die Hand gedrückt. Er erkannte noch ein breites Lächeln voller schimmernder Zähne, dann hatte die Nacht den Riesen verschluckt.

Rauch zog ihm in die Nase und er lief zum Kamin. Er konnte so viel pusten wie er wollte, auch das Stochern mit einem Stock half nicht. Der Qualm zog nicht durch den Abzug hinaus ins Freie – er zog direkt in die Hütte. Hinter ihm ertönte ein entsetztes Quietschen. Wieder fuhr er herum. Dort stand Fiona, die mit ihrem Handtuch in der Hand den Rauch fortzuwedeln versuchte und ihn entgeistert ansah.

„Oh nein!", rief sie und schüttelte den Kopf. „Ich bin so blöd!" Sie warf ihre Sachen auf sein Bett und riss die Tür auf, die er gerade erst geschlossen hatte.

„Warum? Was ist passiert?", wollte er wissen, hustete und sah sie ratlos an.

„Ich habe vergessen, dich vor ihm zu warnen. Er kommt jeden Abend und bietet an, Feuer zu machen."

„Der Feuermann?" Flo runzelte die Stirn und kam sich vor wie ein Idiot. Irgendwie schien es mit der Kommunikation zwischen ihnen nicht besonders gut zu klappen. Er konnte nicht sagen, ob es an ihm lag oder an Fiona. Vielleicht an ihnen beiden? Wieder drehte er sich zum Kamin und blies kräftig hinein, um das bisschen Glut zu entfachen, das noch übrig war.

„Hör mit dem Pusten auf, Flo! Bitte!" Mittlerweile hatte sie fast alle Fenster geöffnet. „Das Holz, das er benutzt, ist feucht. Außerdem funktioniert der Abzug nicht. Wir sollten es ausgehen lassen." Sie hustete erstickt in ihren Ärmel hinein. Schwaden von grauem Rauch waberten durch den Raum, und auch in Flos Hals kratzte es wieder. Wie kriegte man ein Feuer wieder aus?

„Wenn wir Wasser darauf kippen, qualmt es noch mehr", überlegte er laut.

„Ich denke auch. Wir sollten es einfach ausgehen lassen." Sie hatte sich in eine Decke geschlungen und sah
zu, wie er mit dem Stock die kokelnden Holzscheite auseinander zog und ganz nach hinten schob. Vielleicht verschwand doch noch ein wenig von dem Rauch nach oben
durch den Abzug.

Kichernd traten die jungen Schwedinnen durch die
offene Tür und blieben überrascht stehen. In der Unterkunft stank es nicht nur unerträglich nach Rauch, es war
auch bitterkalt.

„What's happened?", riefen sie gleichzeitig.

Er lag zusammengerollt unter den Wolldecken und versuchte vergeblich, den Geruch nach Rauch zu ignorieren. Es fiel ihm auch deshalb schwer, weil er selbst danach roch, ebenso seine Decken, und sogar im Mund
hatte er den bitteren Geschmack. Noch immer waren
zwei Fenster gekippt, und er konnte nicht sagen, was
schlimmer war: die Kälte oder der Gestank.

Margit und Jette hatten auf seine Erklärung bloß gelassen mit den Schultern gezuckt und lagen nun eng aneinander geschmiegt in einem der Betten. Ihr Kichern
und Flüstern, das bis vor ein paar Minuten durch den
Raum geflattert war, war verstummt.

Es war still. So still, dass Flo von Zeit zu Zeit den
Kopf hob, um sich zu vergewissern, ob seine Ohren noch
funktionierten. Die Deckenlampe hatte wohl alle am Tag
gewonnene Energie verbraucht und war ohne Vorwarnung erloschen. Über ihm lag Fiona, dick eingepackt unter den Decken. Sie bewegte sich nicht, aber er nahm an,
dass auch sie noch nicht schlief. Manchmal erzitterte das
massive Bett, was nur daher rühren konnte, dass sie er-
bärmlich fror. Es war seine Schuld.

Seit er sie gestern Morgen getroffen hatte, schien er von einem peinlichen Moment in den anderen zu schlittern. Er war sich noch nie so ungeschickt vorgekommen. *Nein*, korrigierte er sich. Er hatte sich tatsächlich noch nie so ungeschickt angestellt. Er war es gewohnt, alles im Griff zu haben. Unangenehme Momente, wenn es sie gegeben hatte, wusste er mit einem charmanten Lächeln zu retten, und bisher hatte ihn seine ihm angeborene Gelassenheit nie im Stich gelassen. Bis jetzt. Denn mit ihr war alles anders. Er selbst war anders. Er wollte ihr gefallen. Und wusste nicht, wie er es anstellen sollte. Dabei bemühte er sich wirklich. Fand er. Aber es ging ständig schief.

Andererseits, meldete sich nun wieder sein Gewissen, war es doch völlig egal. Es hatte ihn nicht einen Deut zu interessieren, was sie von ihm hielt. Vieles an ihr erinnerte ihn an seinen Bruder. Die heitere Ernsthaftigkeit, das ausgeglichene Wesen. Daher passten sie so gut zueinander. Wie Fiona schon sagte: Es hatte einfach gepasst. Vom ersten Moment an.

Es wurde Zeit, dass er sich wie ein erwachsener Mensch benahm. In ein paar Tagen war alles vorbei, so hoffte er. Tobi musste einfach irgendwann auftauchen. Er würde es Mama niemals antun, einfach so zu verschwinden. Oder? Wenn Flo ehrlich war, war er sich da gar nicht mehr so sicher. Was war denn, wenn Tobi tatsächlich von sich aus –?

Er hob den Kopf. Seine Ohren hatten etwas vernommen. Aufmerksam lauschte er in die Stille. Undeutlich, von weiter Ferne und wahrscheinlich vom Wind zu ihnen herübergetragen, hörte er Stimmen. Singende Stimmen. Auf seinem Arm stellten sich die Härchen auf. Es klang fremd, geheimnisvoll und seltsam schön.

„Fiona?", flüsterte er zur Unterseite ihres Bettes.

„Ja", gab sie ebenso leise zurück.

„Hörst du das?"

„Ja."

„Was ist das?"

Kleine Pause.

„Ich weiß nicht. Es hört sich an, als würde weit entfernt ein Chor singen."

„Ein Gottesdienst oder so etwas?"

„Keine Ahnung. Vielleicht." Über ihm raschelte es. Kurz darauf wisperte sie: „Schau mal zum Fenster raus." Er setzte sich auf und spähte in die Finsternis.

„Siehst du ganz dort hinten die hellen Pünktchen?", wollte sie wissen.

„Ja, ich erkenne etwas."

„Ohne Brille?" Er hörte an ihrer Stimme, dass sie grinste.

„Ja, ich kann auch ohne Brille sehen."

„Es sieht aus, als wäre es so eine Art Halle oder Gemeindehaus. Vielleicht treffen sie sich auch einfach nur zum Singen, denn das lieben die Menschen hier sehr."

„Es klingt auf jeden Fall sehr geheimnisvoll."

„Aber auch schön."

„Ja", gab er leise zu. „Auch schön."

Die Klänge zogen weiterhin raunend durch die Nacht, und allmählich dämmerte er in den Schlaf.

„Flo."

Er schreckte hoch. „Was?"

„Mir ist so schrecklich kalt. Ich kann nicht einschlafen."

„Soll ich dir noch eine Decke holen?"

Fiona schwieg. Als er schon davon ausging, dass sie doch noch eingeschlafen war, hörte er ihre Stimme erneut.

„Meinst du, ich …" Sie brach ab. „Wäre es schlimm, wenn ich – ich meine, hättest du etwas dagegen, wenn ich mich zu dir legen würde?" Ihr Atem ging schnell, als sie die Worte endlich herausgebracht hatte.

Im ersten Moment verschlug es ihm die Sprache. Zu ihm legen. Ihr reizender Körper an ihn geschmiegt. Ihr Haar auf seinem Kissen, der leichte Duft von Vanille …

„Keine gute Idee", brachte er endlich unwirsch heraus, bevor der Sturm, der in ihm tobte, alles, was er an Vernunft besaß, durcheinander zu wirbeln begann. Er sah ihr Gesicht vor sich, die Wangen dunkel gerötet vor Verlegenheit. Sie musste wirklich verzweifelt sein, um ihn darum zu bitten, und er schämte sich wegen seiner Unfähigkeit, ihr gegenüber gleichgültig zu bleiben.

„Ich kann nicht schlafen, wenn ich nicht genügend Platz habe", schob er rechtfertigend hinterher. Ihm war klar, dass er bereits am Abend vorher in Harrismith etwas Ähnliches gemurmelt hatte. Er hoffte, dass er dadurch glaubhaft klang.

„Tut mir leid, Fiona. Soll ich dir nicht doch eine weitere Decke holen?"

„Nein. Es wird schon gehen", entgegnete sie mit dünner Stimme, die ihn traf, als hätte ihm jemand einen Schlag gegen die Brust versetzt. *Niemand*, dachte er wütend, *niemand sollte jemals in eine solch unmögliche Situation geraten*. Alles in ihm sehnte sich danach, die junge Frau, die frierend im Bett über ihm lag, in den Arm zu nehmen. Sie zu wärmen, seine Hände über ihre helle Haut gleiten zu lassen. Plötzlich war ihm viel zu heiß unter der Decke und er schob einen Fuß an die Luft. *Fiona*. Gequält verzog er das Gesicht. *Was machst du mit mir?* Wie sollte er jetzt überhaupt noch schlafen. Noch während seine Gedanken Kreise zogen um Fiona, Tobias und sich selbst, glitt er unbemerkt in einen tiefen Schlaf.

Er erwachte, weil das Bett sich bewegte. Bevor er darüber nachdenken konnte, was geschah, hatte sich hinter ihm die Decke angehoben. Dann traf Eis auf seine Füße. Ein Körper schmiegte sich eng an seinen Rücken und regte sich schließlich nicht mehr.

Erstarrt und benommen hatte Flo Mühe, so zu tun, als schliefe er weiter. Doch sein verräterisches Herz schlug so schnell und laut, dass Fiona es hinter ihm hören musste. Er zwang sich, ruhig weiter zu atmen und beschwor seinen Puls, zur Ruhe zu kommen. Fionas eiskalte Füße drückten sich an seine Waden. Er konzentrierte sich auf die Kälte und versuchte sie dafür zu nutzen, um den Vulkanausbruch in seinem Körper zu verhindern.

Ihr Kopf lag an seinem Rücken, und jedes Ausatmen schickte einen heißen Schauer zwischen seine Schulterblätter. Er stöhnte innerlich. Sie roch so gut. Sie fühlte sich so gut an. Sie war so entsetzlich nah bei ihm.

Fiona wartete. Sie wartete auf seine Reaktion und darauf, dass er sie wieder nach oben schickte. Mit jeder Sekunde jedoch, die verging, wuchs ihre Hoffnung, dass sie bleiben durfte. Bei ihm unter der Decke. Er war so herrlich warm. Wie gerne würde sie eine Hand unter seinen Körper schieben, um noch mehr von ihm zu spüren. Doch das wagte sie nicht.

Sie war sich noch nicht einmal sicher, ob er aufgewacht war, als sie zu ihm ins Bett schlüpfte. Mit Füßen, die wie Eisklötze waren. Er hatte sich nicht bewegt. Oder doch? Ihr Körper hatte vor Kälte gebebt und auch vor Angst, dass er sie zurückweisen würde. Doch sie hatte in ihrem Bett vor Kälte geschlottert und hätte niemals einschlafen können.

Fiona wusste, dass Flo sie nicht neben sich haben wollte. Er war so bemüht Abstand zu halten, sie müsste blind sein, um es nicht zu bemerken. Ihr war auch schon der Gedanke gekommen, dass er lieber alleine nach seinem Bruder suchen würde. Tobias. Vielleicht würden sie morgen ein wenig weiter kommen. Mochte sein, dass die Menschen, die hier in der Gegend lebten, ihn gesehen und wiedererkannt hatten. Wie froh wäre sie, ihn zu finden und zu sehen, dass es ihm gut ging. Diesem sanftmütigen Mann, der sich in das Land verliebt hatte, als hätte er sein Leben lang darauf gewartet, es zu finden.

Sollte es tatsächlich so sein, dass er verschwunden war, um hier neu anzufangen, so könnte sie ihn sogar verstehen. Sie könnte ihm auch verzeihen, dass er sie alleine gelassen hatte. Sie wollte nur wissen, dass es ihm gut ging. Sie wollte sich nicht ihr Leben lang fragen müssen, ob ihm etwas passiert war und ob sie ihm hätte helfen können. Sich Tobias in Lesotho vorzustellen war nicht schwierig.

Wie verschieden die beiden Brüder doch waren. Die einzige Ähnlichkeit, die Fiona finden konnte, waren ihre Augen. Eine Farbe, die dunklem Bernstein glich. Angenehme Wärme rauschte durch ihre Adern, als sie an Flos Augen dachte. Sie schienen niemals wirklich ernst zu sein. Als gäbe es immer etwas, das ihn gerade heiter stimmt. Fiona erinnerte sich an den Augenblick, als sie ihn entdeckt hatte. Am Infoschalter am Flughafen mit der hübschen jungen Frau flirtend. Sie hatte ihn nur wie gebannt anstarren können. Tobias hatte gewusst, wovon er sprach, als er ihr erzählte, die Mädchen könnten ihre Augen nicht von seinem Bruder lassen. In gewisser Weise war sie vorgewarnt gewesen. Trotzdem war es passiert: Sie war auf der Stelle verloren.

Doch wieso sollte er ausgerechnet an ihr etwas finden? Wo er doch alle Mädchen haben konnte, die er wollte. Dass sie ihn nicht reizte, hatte er deutlich gezeigt. Sie konnte ihn sogar verstehen. Sie war nicht hässlich, eigentlich ganz hübsch. Aber sie war keine von Humor und schlagfertigen Sprüchen strotzende Schönheit, die lässig mit Männern flirtete und einen umwerfenden Charme besaß. Sie würde sich selbst eher als vorsichtig beschreiben und ruhig. Ihr fehlte zweifellos diese gewisse Unbefangenheit, mit der man Männer beeindrucken konnte. Besonders, wenn ein Mann eine solche Wirkung auf sie hatte wie Flo. Den größten Makel an ihr kannte er noch nicht einmal. Er würde ihn auch nie erfahren.

Nein, seufzte sie bedauernd und schmiegte sich ein wenig dichter an den warmen Rücken vor ihr. Er würde ihr nie gehören. Auch, wenn dieser wunderschöne Augenblick der Nähe aus der Not heraus geboren war, so würde sie sich ihm nie wieder aufdrängen. Das schwor sie sich.

6. KAPITEL

Sie saßen sich im Schneidersitz gegenüber. Zwischen ihnen ein kleines Feuer, dessen Rauchsäule sich durch ein Loch am obersten Ende des Spitzdaches ins Freie schlängelte.

Sie hatte einen Fehler gemacht. Den größten Fehler ihres Lebens. Und das wollte etwas heißen. Bittere Reue erfüllte sie und schmerzte bis in den letzten Winkel ihres alten Körpers. Mehr als 80 Winter hatte sie gesehen. Mehr als 80 Mal erlebt, wie die eisigen Stürme die Gipfel der Berge mit Schnee bedeckten. Und doch hatte die Weisheit sie verlassen, als es wirklich wichtig war. Noch nie während ihres ganzen Lebens hatte sie sich so schlecht gefühlt wie jetzt.

Warum nur hatte sie geglaubt, das Schicksal lenken zu können? Was war in sie gefahren, als sie sich einmischte in das Geschehen, das von Beginn an festgelegt war und von niemandem beeinflusst werden konnte? Auch nicht von einer alten Frau, deren Zeit zum Abschiednehmen fast gekommen war und sie deshalb dachte, bestimmte Dinge sollten bis dahin geregelt sein. Ihr war bewusst, dass sie es aus Liebe getan hatte. Doch nicht alles, was man aus Liebe tat, war richtig. Denn nun wurde sie von jenem Menschen gehasst, der ihr am meisten bedeutete.

Wie hatte ihr das passieren können? Sie war eine weise Frau, und die Menschen kamen aus fernen Dörfern, um ihren Rat zu hören. Nie, niemals hätte sie die Geister erzürnen dürfen, die die Fäden des Schicksals in den Händen hielten und sie zu dem woben, was die Menschen *Leben* nannten.

Sie tastete nach den Ketten, die sie um ihren Hals trug. Als erstes ergriffen ihre schmerzenden Finger die hölzernen Perlen des Rosenkranzes. Dann schloss sie ihre Hand um das Kreuz aus hellem Holz, das sich von den vielen Berührungen weich und rund anfühlte.

Sie hatte eine Entscheidung getroffen.

Ihre Augen, die schon lange nicht mehr deutlich in die Ferne sehen konnten, ruhten auf dem jungen Mann, der reglos vor ihr saß und sie mit demselben Ausdruck musterte, wie schon in den Tagen zuvor. Er hatte ein freundliches und gütiges Wesen. Während der Tage, die er bei ihnen im Dorf verbracht hatte, war er immer höflich gewesen, obwohl die Umstände ihm Sorge bereiten mussten. Er hatte nie Angst gezeigt. Sie meinte sogar, in seinen Augen ein gewisses Interesse erkannt zu haben, ein tiefes Verständnis für diese Welt, die ihm doch so fremd war. Und sie las eine Frage darin, die durch den Raum der kleinen Rundhütte schwirrte, ohne dass er sie jemals laut ausgesprochen hatte.

Was willst du von mir, alte Frau?

Ja, was wollte sie von ihm? Vielleicht war es an der Zeit, dass sie es ihm sagte. Er würde ihre Sprache nicht verstehen, das wusste sie. Aber möglicherweise würde er aus ihren Worten die Dringlichkeit heraushören, die sie dazu gebracht hatte, zu tun, was sie getan hatte.

„Du bist ein guter Mann", hob sie leise und mit heiserer Stimme an. Sein Blick veränderte sich und war voller Erwartung. Sie ließ das Kreuz los und legte ihre Hände in den Schoß, bevor sie bedächtig weitersprach.

„Es ist viele Jahre her, da sah ich ein Zeichen. Durch dieses Zeichen habe ich dich erkannt. Ich weiß, warum du hier bist und ich weiß, was das Schicksal für dich vorgesehen hat. Manchmal aber sind dessen Pfade verschlungen und man darf nicht erzwingen, wofür die Zeit noch nicht gekommen ist. Vergib einer alten, dummen Frau, die dafür betet, dass die Geister sie selbst und nicht euch büßen lassen."

Sie schwieg und atmete schwer. Das Sprechen strengte sie an. Der junge Mann vor ihr hatte den Kopf leicht schief gelegt und schien bemüht, dem Klang ihrer Worte einen Sinn zu geben. Seine Augen, die die Sanftheit seiner Seele spiegelten, schimmerten dunkel.

Ich Närrin, schimpfte sie sich. *Ich einfältige, dumme Greisin.*

Sie fixierte ihn mit ihren Falkenaugen. Wie jedes Mal, wenn er sie sah, schmückte eine Vielzahl von Ketten aus Steinen und Perlen ihren Hals. Überrascht hatte er schon beim ersten Treffen einen Rosenkranz darunter entdeckt, den sie nun mit ihren krummen Fingern umklammerte. Ihr graues Haar lag zu einem Knoten geschlungen im Nacken. Den alten Hut hatte sie neben sich gelegt. Um ihren Körper hatte sie eine Decke gebunden, deren dunkelgrüne Wolle von gelben und braunen Mustern durchzogen war. Die Dorfälteste? Eine Schamanin? Tobias wusste es nicht. Er hatte davon gelesen, dass der christliche Glaube in diesem Land weit verbreitet war, die Menschen sich aber zudem auch häufig an alte Traditionen hielten.

Sie schien ihm alt wie Stein, diese Frau, die ihn ansah, als wüsste sie, wer er war. Die ergrauten Augenbrauen waren über ihrer kleinen, kurzen Nase beinahe zusammengewachsen. Ihr Gesicht war so dunkel wie die schwere Erde dieses Landes und von tiefen Furchen durchzogen.

Das Feuer zwischen ihnen verbreitete den beißenden Geruch der Kräuter, die sie ununterbrochen hineinwarf. Aus einer Tonschale, die mit Nüssen und getrockneten

Trauben gefüllt war, hatte er sich hin und wieder eine Handvoll genommen und in den Mund gesteckt. Er wollte höflich sein. Denn er hatte nach diesen Tagen immer noch nicht die geringste Ahnung, was sie von ihm wollte.

Bisher hatte sie ihn während ihrer Besuche nur angesehen. Stundenlang. Sie war in seine Hütte gekommen, hatte ihn angewiesen, sich mit ihr auf den Boden zu setzen und musterte ihn aufmerksam. Als ob sie etwas aus ihm herauslesen wollte. Als ob sie auf etwas wartete. Nie aber hatte sie gesprochen. Bisher. Bis auf eben.

Verstanden hatte er sie nicht. Doch ihrer Miene und dem Klang ihrer Stimme nach war irgendetwas nicht so, wie es sein sollte. Vielleicht hoffte sie, dass er begriff. Wie aber sollte er?

„Du gehen", stieß sie plötzlich in gebrochenem Englisch hervor. Im ersten Augenblick dachte Tobias, er hätte sich verhört.

„Wie bitte?"

„Geh!", wiederholte sie schroff, hob ihre linke Hand und machte eine Bewegung, als würde sie ihn verscheuchen.

Das würde er sich nicht noch einmal sagen lassen! Er sprang auf. Als die alte Frau sich nicht rührte, um ihn zurückzuhalten, schnappte er sich seinen Rucksack und stopfte hastig all seine Habseligkeiten hinein, bevor er die Hütte verließ. Er blieb nur eine Sekunde stehen und suchte mit fliegenden Augen die Umgebung ab. Das Dorf schien wie verlassen. Niemand war zu sehen, auch die Brüder nicht. Sie meinte es tatsächlich ernst.

Er warf sich seinen Rucksack auf den Rücken und begann zu laufen.

Seit Stunden war er unterwegs. Seine Füße schmerzten und er hatte Hunger. Sobald er auf fließendes Wasser traf, trank er ein paar Schlucke, um das Knurren seines Magens zu besänftigen. Sehnsüchtig dachte Tobias an die Vorräte, die sie eingekauft hatten, bevor sie Maseru verließen. Und somit waren seine Gedanken wieder bei Fiona, die er unbedingt erreichen musste. Er mochte sich gar nicht vorstellen, wie sehr sie sich sorgte, nachdem er nun schon seit Tagen verschwunden war.

Dass sie in Sicherheit war, davon ging er aus. Denn er nahm an, zumindest hoffte er, dass sie in Harrismith geblieben war und sich irgendwo einquartiert hatte. Ebenfalls hoffte er, dass sie nicht auf die Suche nach ihm gegangen war. Womöglich noch alleine. Allerdings kannte er Fiona mittlerweile recht gut. Wenn sie sich etwas in den Kopf gesetzt hatte und meinte, es sei das Richtige, dann würde sie niemand davon abbringen können. So klein und zierlich sie auch schien, es hatte ihn immer wieder verblüfft, mit welchem Geschick sie ihren Willen durchzusetzen vermochte. Trotzdem glaubte er kaum daran, dass sie so leichtsinnig war, alleine loszuziehen. *Was aber, wenn doch?*

Mindestens so stark belastete ihn die Annahme, dass Fiona seine Mutter und Flo über sein Verschwinden informiert hatte. All das waren zwingende Gründe dafür, sich so schnell wie möglich ein Handy zu besorgen. Und das fand er nur dort, wo Menschen waren. Doch hier, wo er sich zurzeit befand, war dieses Land so dünn besiedelt, dass er seit Verlassen des Dorfes keine Menschenseele gesehen hatte.

Die Chance, dass er durch Zufall eine Straße oder sogar einen Wegweiser finden würde, der ihm die Richtung nach Maseru zeigte, war verschwindend gering.

Stundenlang war er nur auf ausgetretenen Pfaden gelaufen und hatte keinen Schimmer, wo er war.

Als Ismail und Noah ihn vor Tagen mit dem Bus in das Dorf gebracht hatten, war er vor Ärger und Wut so außer sich gewesen, dass er nicht auf die Strecke geachtet hatte. Er erinnerte sich noch daran, dass es eine holprige Fahrt über winzige, enge Wege gewesen war. Somit war er zu dem Schluss gekommen, dass das Dorf irgendwo im Nirgendwo lag.

Tobias blieb stehen. Er wusste nicht, zum wievielten Male. Wieder ließ er seinen Blick über das Bergland schweifen, das sich so sehr von den Berglandschaften in Europa unterschied. Seine Augen suchten nach einem Anhaltspunkt. Er hatte nicht die leiseste Ahnung, was er zu entdecken hoffte. Es käme einem Wunder gleich, wenn er den bekannten Maletsunyane-Wasserfall fand, den er zusammen mit Fiona hatte ansehen wollen. Woraus nichts geworden war. Dort würde es sicher Wegweiser geben. Ein glücklicher Zufall wäre es auch, wenn er von weitem die kleine Stadt Semonkong entdeckte, die meistens unter einem blauen Dunst von Feuerrauch lag.

Tobias nahm den Rucksack vom Rücken und ließ ihn neben seine Füße fallen. Er kniete sich auf den Boden und legte die Hände auf das raue Gras, das tapfer und widerspenstig aus der kargen Erde wuchs. Trotz der Ereignisse der letzten Tage spürte er, dass dieses Land sein Herz berührte. Es war seltsam. Müsste er es jetzt nicht hassen? Er war hin- und hergerissen.

Obwohl sie ihn seiner Freiheit beraubt hatten, waren die Menschen immer freundlich zu ihm gewesen und hatten sich um sein Wohlbefinden gekümmert. Von dem Moment an, als die beiden jungen Männer ihn zu der alten Schamanin gebracht hatten, wusste er: Es war kein

Zufall, dass er hier war. Denn sie waren sich schon einmal begegnet, er und die alte Frau. Irgendetwas hatte sie von ihm gewollt. Aber er hatte es ihr nicht geben können. Daher hatte sie ihn wieder gehen lassen. Tobias hätte viel darum gegeben, zu erfahren, was es war. Das war eines der Rätsel, das er niemals lösen würde.

In der kleinen Hütte, in der er als *Gast* untergebracht war, hatte er alles vorgefunden, was er brauchte. Es war ein Bett darin, warmes Bettzeug, frisches Wasser und immer ein kleiner Teller voller Obst und Nüsse. In einem kleinen Anbau aus Beton hatte er sogar ein einfaches Badezimmer vorgefunden. Und wenn am Abend gekocht wurde, so bekam er eine große Schale eines wohlschmeckenden Gerichts, gereicht mit Brot oder Maisbrei.

Nach Einbruch der Dunkelheit hatten sie zu dritt am Lagerfeuer gesessen. Ismail, seine Gitarre auf dem Schoß, hatte kleine Melodien darauf gezupft und einmal mit überraschend schöner Stimme sogar dazu gesungen. Immer wieder hatten Ismail und Noah ihn nach seinem Leben in Europa gefragt. Die Brüder waren allem Anschein nach die Enkel der alten Frau und sehr fürsorglich ihr gegenüber. Sie begegneten ihr voller Respekt und Ehrfurcht, aufmerksam darum besorgt, ihr schwere körperliche Arbeiten abzunehmen. Tobias hatte viel mit ihnen gelacht, aber auf die Fragen, die er ihnen wiederholt stellte, hatten sie nur mit äußerst wacher Zurückhaltung geantwortet. Er konnte bis jetzt nicht sicher sagen, ob sie den Grund seiner Anwesenheit kannten. Bereits während der Fahrt im Bus war es ihnen wichtig gewesen, ihm zu versichern, dass er nichts zu befürchten habe. Es sei jedoch der Wille der Geister, dass er ihr Dorf besuche.

Tobias ließ ein wenig Erde durch seine Hände rieseln bevor er sich erhob. Er rieb sich die vor Kälte schmerzenden Knie. Ein leises Lächeln zeichnete sich auf seinem Gesicht ab. Vielleicht sollte er zukünftig die Anwesenheit dieser Geister stärker berücksichtigen, wenn er einen Wunsch äußerte. Er erinnerte sich deutlich an seinen Entschluss, eines Tages wiederzukommen. Dass sich das so unverhofft und so schnell ergeben würde, damit hatte er nicht gerechnet.

Eine Windböe blies ihm das Haar ins Gesicht, worauf er sein Haargummi aus der Hosentasche nahm und sich einen Pferdeschwanz band. Daraufhin hielt er sein Gesicht in den kalten Wind und schloss die Augen. Als er tief durch die Nase einatmete und der intensive Duft von Land und Erde ihn mit voller Wucht mitten ins Herz traf, war da noch etwas anderes. Ein anderer Geruch. Jener von Freiheit.

Ein Schauder rieselte durch seinen Körper. Die Freiheit riechen? Konnte das sein? Er empfand es zweifellos und wusste somit, dass es möglich war. Aufgewühlt und gleichzeitig erschrocken öffnete Tobias die Augen. Sein Herz schlug hart gegen seine Brust, sein Atem ging schnell. Ein paar Mal holte er tief Luft. Dann drehte er sich um seine eigene Achse, die Arme weit ausgebreitet. In seinem ganzen Leben hatte er sich noch niemals so frei gefühlt. Kein Mensch wusste, wo er war. Niemand konnte ihm sagen, was er tun sollte. Er war ganz für sich. Allein auf weiter Flur. Das war das Eine. Das andere war die unbestreitbare Tatsache, dass ein Teil von ihm bereits hierher gehörte. Von dem Augenblick an, als er dieses Land betreten hatte. Das Königreich über dem Himmel.

Sein Geist, sein Kopf, sein Herz, alles, was zu ihm gehörte, wurde plötzlich federleicht und schien irgendwo zwischen Himmel und Erde zu schweben, als befände er sich in Trance. Es war, als würde er alles abwerfen, was sich an ihm festgehalten hatte. Als würde er selbst endlich loslassen, was er umklammert hatte.

Ohne nachzudenken stieß Tobias einen lauten, befreienden Schrei aus. Das Echo hallte von allen Seiten zurück und schien zu bestätigen, was eben passiert war. Mit einer schnellen Bewegung warf er sich den Rucksack auf den Rücken und lief los. Einige Stunden würde er noch Zeit haben, bis es zu dämmern begann. Das war gut so, denn es gab vieles, über das er nachdenken musste. Und nachdenken konnte er am besten, wenn er sich bewegte.

7. KAPITEL

Wäre dieser Tag ein Stein, so würde sie ihn mit einem treffsicheren Wurf in den nächsten Abgrund – tiefen Abgrund – schleudern. *Auf Nimmerwiedersehen.*

Zornig kickte Kimani einen großen Kieselstein aus dem Weg und stieß einen Fluch aus. Das Schlimmste war, dass heute nicht der erste dieser Tage war. Schon der gestrige und auch der Tag davor hatten dazugehört. Schuld daran war ihre Großmutter. Das setzte all dem die Krone auf.

Es hatte mit diesem Anruf vor zwei Tagen angefangen. Dabei war ihre Großmutter, seit Kimani denken konnte, der Mensch, dem sie am meisten vertraute und der ihr am nächsten stand. Sie schnaubte bitter durch die Nase. Ja, genau das hatte sie immer geglaubt. Aber mit diesem Anruf hatte Großmutter alles zerstört.

Wieder trat Kimani ein Stück Felsen aus dem Weg und jaulte vor Schmerz auf. *Mäßige dein Temperament,* hörte sie Großmutters tadelnde Stimme. Doch genau diese war das letzte, was sie jetzt hören wollte. Sie blieb stehen, ließ ihren Rucksack zu Boden fallen und setzte sich auf einen Stein. Mit einer schnellen Bewegung zog sie den Schuh vom Fuß und untersuchte ihren großen Zeh. Als sie keine ernsthafte Verletzung entdecken konnte, schlüpfte sie wieder hinein und ließ ihre Augen über die klare Weite des Hochlands schweifen. Die Sonne hatte den Dunst des frühen Tages bereits verschlungen, und ihre Strahlen strichen warm über Kimanis Gesicht. Dieser Tag würde ein wunderschöner werden. Dennoch ... ach, sollte ihn doch der Geier holen.

Eine Weile noch, dann würde sie ihr Ziel erreichen. Sie wollte zu dem kleinen Wasserfall, der für sie seit ihrer Kindheit ein Ort voller Geister und Geheimnisse war. Er war zu unbedeutend und zu abgelegen, um für Touristen interessant zu sein. Nur selten verliefen sich einige von ihnen dorthin.

Unzählige Stunden hatte sie hier mit Großmutter verbracht. Diese hatte sie gelehrt, wie man meditierte und wie man die Zeichen der Natur deutete. Hätte Kimani den Weg eingeschlagen, den Großmutter sich für sie gewünscht hatte, so hätte sie hier auch gelernt, wie man eine weise Frau wurde und die Geister um Rat fragte.

Sie griff an die Perlen ihrer Kette und spürte die Kraft, die von ihnen ausging. Sie nahmen ihr etwas von der Wut, die seit zwei Tagen in ihr tobte. Es war richtig, dass sie entschieden hatte, den weiten Weg zu Fuß nach Hause zu gehen, bevor sie mit Großmutter sprach. Wut und Zorn waren keine gute Basis für ein Gespräch.

Kimani sah auf, blinzelte in die Sonne und zog ihren Anorak fester um sich. Sie ließ sich nicht täuschen. Noch erwärmten die Sonnenstrahlen den Wintertag, die kommende Nacht aber würde eiskalt werden. Das machte nichts. Ganz im Gegenteil. Der Schmerz der Kälte würde Kimanis Zorn besänftigen. Ihr würde nicht genügend Energie bleiben, um noch lange solch eine Wut und Enttäuschung zu empfinden. Dieser Schmerz würde den Weg frei machen für Dinge, die wichtiger waren und überdacht werden mussten.

Ja, sie würde sich die Zeit nehmen, die sie dafür brauchte, und tief in sich gehen. Danach würde sie wissen, ob sie den Wunsch ihrer Großmutter respektieren konnte oder nicht.

Der Schrei eines Geiers zerriss die Stille und Kimani sprang auf. Sie griff einen Stein vom Boden und schleuderte ihn in die Richtung, aus der der Ruf kam.

„Lass dich hier bloß nicht blicken, du Aasfresser!", schrie sie und bückte sich erneut. Sie hasste Geier. Die Vorstellung, dass sie sich vom Tod anderer Lebewesen ernährten, widerte sie an. Aufgebracht suchte sie den Himmel ab, doch kein Vogel kreuzte das klare Blau. Schließlich ließ sie den Stein enttäuscht zu Boden fallen, öffnete ihren Rucksack und kramte nach Brot und getrocknetem Antilopenfleisch.

Kurze Zeit darauf war sie wieder unterwegs. Ihre Beine schmerzten nur wenig, obwohl sie in den letzten Tagen schon viele Kilometer gelaufen war. In der Ferne konnte sie bereits den Gipfel des Berges erkennen, der dem magischen Ort Heimat war. Sie war froh zu wissen, dass sie ihre Großmutter dort nicht antreffen würde. Die weise Frau wartete in ihrer kleinen Hütte abseits des Dorfes auf Kimani. Umgeben von alten, dornigen Sträuchern und haushohen Steinen, die so alt zu sein schienen wie die Erde selbst.

Die Sonne war schon lange über den Zenit gewandert, als sie den Wasserfall erreichte, der im Schatten des Gipfels in die Tiefe stürzte. Wie immer, wenn Kimani an diesen Ort kam, trat sie zuerst an den Rand der tiefen Erdspalte, in die das Wasser hinabfiel. Weit unten sammelte es sich schäumend in einem Becken, bevor es seinen Lauf nahm und sich mäandernd am Boden der Schlucht fortbewegte.

Nachdem sie ein paar Augenblicke verharrt hatte, legte sie den Kopf in den Nacken und suchte die Stelle, an der das Wasser über die Felsen fiel. Sie breitete die

Arme aus und schloss die Augen. Der Wind trieb ihr eiskalte, winzige Tropfen ins Gesicht. Ihre Ohren waren erfüllt vom Rauschen der Naturgewalten.

Viele Kräfte waren hier am Werk. Es waren nicht nur Wind und Wasser. Auch die Geister liebten diesen Ort. Kimani spürte ihre Gegenwart am ganzen Körper. Sie legte ihren Rucksack im Schutz eines Felsens nieder und begann nach Holz zu suchen. Wenn sie die kommende Nacht hier verbringen wollte, brauchte sie ein Feuer, das verhinderte, dass sie erfror.

Die Schatten waren bereits lang, als sie sich endlich neben ihren Rucksack kauerte, vor ihr das Lagerfeuer, dessen Flammen im Wind tanzten. Es wurde kalt. Kimani nahm außer ihrer kleinen Mahlzeit auch ihre Decke aus dem Gepäck. Sie legte sie um ihre Schultern und knabberte an ihrem Brot. An den Felsen hinter ihr gelehnt, glitten ihre Augen über die karge Berglandschaft. Das war ihr Land. Sie liebte es von ganzem Herzen. Jede Erhebung, die sie von hier aus sah, war ihr bekannt. Sie wusste, welche Dörfer sich an die grünen Hänge schmiegten und kannte die Menschen, die dort lebten.

Auf einem sanft gerundeten Hügel blieb ihr Blick liegen. Sie dachte an ihre Brüder, die um diese Zeit ihren allabendlichen Verpflichtungen nachgingen, bevor sie sich in das Rundhaus begaben, das ihr – und auch Kimanis – Zuhause war. Und sie dachte an Großmutter, deren kleinere Hütte nicht weit weg von ihnen am Dorfrand lag.

Ihre Brüder würden ihr das Feuerholz vor den Kamin geschichtet haben, damit sie es in der Nacht warm hatte und bei Bedarf nachlegen konnte. In den Winternächten blies der Wind hier oben besonders stark. Kimani erinnerte sich daran, dass in dieser Jahreszeit die Steine und

Muscheln, die vor Großmutters Hütte an Schnüren baumelten, ununterbrochen klapperten. In diesen Nächten, wenn es draußen bitter kalt war und drinnen heimelig warm, hatte Kimani, die als Kind oft bei Großmutter geschlafen hatte, unendliche Geborgenheit empfunden. In ihrer Vorstellung hatten sich die Geister von den Stürmen tragen lassen und miteinander um die Wette geheult. Sie selbst aber war bei Großmutter sicher und behütet.

Unwillkürlich fuhr ihre Hand an die Holzperlen, die sie um ihren Hals trug. Schließlich riss sie sich voller Unmut von der Erinnerung los, die sich warm und gut anfühlte. Nein, dafür war sie nicht hergekommen. Wieder entstand ein Bild vor ihren Augen. Diesmal sah sie Großmutter mit ihrem kleinen Handy hantieren. Die alte Frau hatte Mühe, mit ihren von Arthrose gekrümmten Fingern auf die winzigen Tasten zu tippen. Diese modernen Geräte waren nicht ihre Welt. Dann sprach sie die Worte, deren Echo Kimani noch zwei Tage später in den Ohren, vor allem aber in ihrem Herz, nachhallte.

„Tochter, du musst nach Hause kommen. Der Mann, den du heiraten wirst, ist hier."

Ein erstickter Laut entschlüpfte Kimanis Brust und sie spürte feuchte Spuren von Tränen auf ihren Wangen. Schnell beugte sie sich vor, warf zwei dicke Äste auf das Feuer und wickelte sich in die Decke. Sie saß im Schneidersitz, die Hände im Schoß gefaltet, die Augen geschlossen. Langsam wiegte sie ihren Oberkörper vor und zurück. Das Brausen des Wassers verschloss ihre Ohren vor fremden Geräuschen. Hin und wieder strich ihr eine kühle Brise über das Gesicht. Sie fing leise an zu summen. Eine Abfolge von Tönen, die Großmutter sie gelehrt hatte. Hören konnte Kimani die Melodie nicht, sie spürte jedoch das Vibrieren ihres Kehlkopfes.

Bilder, die schon lange Vergangenheit waren, entstanden in ihrem Herzen. So deutlich, als wäre es gestern gewesen. Es war ihr zwölfter Sommer. Sie erinnerte sich noch gut an diesen warmen Tag. Sie lief hinter Großmutter her, hinauf in die Berge. Die weise Frau hatte gesagt, dass heute eine ganz besondere Nacht auf sie wartete. Es war die Vollmondnacht nach Einsetzen ihrer ersten Monatsblutung. Kimani spürte, dass warmer Stolz ihre Adern flutete. Sie war jetzt eine Frau.

Als sie den magischen Ort erreichten, den sie schon viele Male zusammen besucht hatten, wies Großmutter sie an, sich ihr gegenüber hinzusetzen. Nicht weit von ihnen entfernt fiel das Wasser viele Meter weit in die Tiefe, und das Geräusch, das dabei entstand, berauschte ihren Kopf. Es mussten viele Geister anwesend sein, denn ihr ganzer Körper bebte unaufhörlich. Es war ihr unmöglich, es zu kontrollieren.

Ein wenig vermutete Kimani allerdings, dass auch die Aufregung daran Schuld hatte, die unaufhaltsam gewachsen war, seit sie das Dorf verlassen hatten. Großmutter hatte ihr noch vor Sonnenaufgang die Haare zu unzähligen Zöpfen geflochten, geschmückt mit bunten Holzperlen und Federn von Vögeln, die sie nicht kannte. Das Allerschönste aber war: Sie trug ihr neues Kleid, dessen maisgelber Stoff in der Sonne leuchtete. Genau wie Kimani selbst.

Heute war ihr Tag! Sie fühlte sich erwachsen. Und schön. Wunderschön. Während Großmutter mit geschlossenen Augen eine Melodie vor sich hinsummte und ihren Oberkörper wiegte, hob Kimani eine Hand und befingerte die Perlen in ihrer Frisur.

Als hätte Großmutter es gespürt, schlug sie die Augen auf und betrachtete ihre Enkelin liebevoll. Kimani wusste, welche Frage die weise Frau ihr heute stellen würde. Aber sie wusste nicht, ob Großmutter ihre Antwort darauf gefiel. Wieder griff sie sich ins Haar und zupfte ein wenig hier, ein wenig dort.

„Leg die Hände in den Schoß, Tochter", murmelte die alte Frau gerade so laut, dass Kimani sie verstehen konnte. „Beruhige deinen Geist und suche deine Mitte. Atme, wie ich es dich gelehrt habe."

Kimani schloss die Augen und lenkte ihren Atem in der Weise, wie sie es oft geübt hatte. Das Rauschen schien jetzt direkt in ihrem Kopf zu sein und sie hatte das Gefühl, sich gleichzeitig mit der Erde unter ihr, aber auch mit dem Himmel über ihr zu verbinden. Sie befand sich im Raum dazwischen und war eins mit allem, was um sie herum war. Ehrfurcht erfüllte sie, aber auch eine unbeschreibliche Erhabenheit. Ihr Herz schien beinahe zu klein, um all das zu fassen und zu fühlen.

Der ferne Schrei eines Geiers holte sie plötzlich in die Wirklichkeit zurück. Benommen öffnete sie die Augen. Sie hasste Geier.

„Bist du bereit?", hörte sie die Stimme ihrer Großmutter.

„Ja", hauchte Kimani, atemlos vor Aufregung.

Die weise Frau vor ihr griff in den Lederbeutel, den sie an einer Schnur um die Hüften trug und entnahm ihm eine Handvoll Steine und Holzstäbchen. Mit geschlossenen Augen murmelte sie Worte vor sich hin, die Kimani nicht verstand. Als Großmutter endlich mit einer schnellen Bewegung die Hand öffnete und die Teile zu Boden fielen, atmete Kimani erleichtert auf. Sie hätte die Spannung kaum länger aushalten können.

Erwartungsvoll beobachtete sie, wie die Frau, die ihr viel mehr Mutter war als ihre leibliche, sich über die Steine beugte und versuchte, die Zeichen zu lesen. Wieder dauerte es lange. Zu lange.

„Und?", wagte Kimani zu fragen, als sie zu befürchten begann, dass Großmutter eingeschlafen war. „Siehst du etwas?"

„Zügle dein Temperament, Tochter, und übe dich in Geduld!" Großmutters Blick war dunkel wie der Nachthimmel, wenn der Mond sich zurückgezogen hatte. Ihr Tadel spiegelte sich darin.

„Ja, Großmutter", wisperte sie kleinlaut. „Es tut mir leid."

Sie wartete. Inzwischen ließ sie ihre Augen über das Land wandern, über die sanften Hügel mit ihren grün bewachsenen Hängen. Über die Täler und Hochebenen, wo die Menschen in friedlichem Miteinander lebten. Sie verstand nicht viel von Politik. Sie wusste auch nicht, worüber die Erwachsenen redeten, wenn sie über Landnutzung und Wirtschaft sprachen. Kimani liebte ihr Land so, wie es war. Nun, vielleicht mochte wieder eine Zeit kommen, die es Eltern möglich machte, zu Hause bei ihren Kindern zu bleiben. Sie würden nicht fortgehen müssen, um in einem anderen Land Geld für die Familie zu verdienen. Kimani wusste, dass sie Lesotho niemals verlassen könnte. Und dass sie bereit war, alles dafür zu tun.

Eine kleine Bewegung riss sie aus ihren Gedanken. Sie entdeckte einen kleinen, bunten Schmetterling, der fröhlich um sie herumflatterte und sich mal hier, mal dort niederließ. So wie sie alle Arten von Geiern hasste, so liebte sie Schmetterlinge. Sie waren der Beweis dafür, dass aus Unscheinbarkeit etwas Wunderschönes werden konnte. Vielleicht liebte sie die Tierchen auch deswegen, weil sie als Kind von allen *kleiner Schmetterling* genannt wurde. Das kam daher, weil sie schon damals nicht hatte stillsitzen können und immer umhergeflattert war.

Das Licht der tiefstehenden Sonne ließ die Farben des Schmetterlings aufleuchten. Kimani erinnerte sich plötzlich daran, weshalb sie hier war und senkte ihren Blick auf die Zaubersteine und Stäbchen vor ihr. Großmutter hatte ihr erzählt, dass die Geister mit ihrer Hilfe Botschaften schickten. Aber so sehr sie sich auch anstrengte, es kamen ihr keine Worte in den Sinn, wenn sie sie betrachtete. Und sie versuchte es wirklich!

Kimani seufzte tief und strich ihr Kleid auf ihrem Schoß glatt. Es war wunderschön mit aufgesetzten Rüschen an den Schultern und am Saum. Das intensive Gelb bewirkte, dass Kimanis Haut viel dunkler schien, als sie es war. Großmutter hob den Kopf und sofort setzte Kimani sich sehr aufrecht hin, die Augen voller Spannung auf die weise Frau gerichtet.

Diese lächelte sie jetzt an und entblößte dabei die wenigen Zähne, die ihr geblieben waren.

„Nun, Enkeltochter", begann sie, brach ab und war offensichtlich für einen Augenblick abgelenkt von etwas, das Kimani nicht sah. Endlich sprach sie erneut.

„Wenn du dein Temperament in den Griff bekommen möchtest, so kannst du dich jetzt darin üben. Auf deiner linken Schulter sitzt ein Schmetterling."

Kimani erstarrte, schielte zur Seite und entdeckte das zarte Tierchen, das sich vertrauensvoll auf dem Stoff ihres Kleides niedergelassen hatte. Als ob ich eine Blume wäre, jauchzte sie lautlos. Unbändige Freude erfüllte ihr Herz.

„Möchtest du, dass ich dich lehre, eine weise Frau zu sein?"

Kimani drehte behutsam den Kopf und sah ihrer Großmutter in die Augen.

„Die Geister erzählen mir, dass dir die Kraft und die Weisheit dafür gegeben sind. Es wäre mir eine große

Freude, Tochter, dich zu lehren, die Zeichen der Geister zu deuten. Ob du diesen Weg gehen möchtest, entscheidest du ganz alleine."

Kimani nickte. Viele Nächte hatte sie wachgelegen und darüber nachgegrübelt, ob das ihr Weg sein würde. Dabei wusste sie schon seit langer Zeit, womit sie ihrem Leben einen Sinn geben wollte. Schließlich räusperte sie sich und fuhr sich mit der Zungenspitze über die Lippen. Sie schluckte.

„Großmutter, es ist eine große Ehre für mich, dass du mich lehren würdest, eine weise Frau zu sein. Aber mein Wunsch ist ein anderer." Ihre Miene wurde ernst und sie straffte die Schultern, nicht ohne achtzugeben, dass sie den Schmetterling nicht erschreckte. „Ich möchte Lehrerin werden und die Kinder unserer Dörfer unterrichten. Sie sollen lernen, wie man unser Land stark machen kann und niemand fortgehen muss, um in einem anderen Land Geld zu verdienen."

Großmutter sah sie daraufhin lange an. Sehr lange. Kimani aber hielt ihrem Blick stand und rührte sich nicht.

„Ich bin sehr stolz auf dich." Großmutters Stimme klang bewegt. „Du bist eine wahre Tochter dieses Landes. Dafür, dass du erst zwölf Sommer gesehen hast, bist du außergewöhnlich weise." Sie senkte ihren Blick erneut auf die Steine.

„Ich habe noch etwas gesehen, Enkelin."

Kimani schwieg erwartungsvoll. Sie hoffte, dass es etwas Gutes war. Großmutter sah auf und betrachtete ihre Enkelin mit einem Ausdruck milden Staunens. Kimanis Herz fing wild an zu klopfen. Es musste etwas Außergewöhnliches sein. Sie las es in den Augen der Frau, die sie so sehr liebte.

„Eines Tages wird dich die Liebe finden. Eine starke Liebe, die dich wie ein Feuersturm erfassen und nie wieder loslassen wird."

Jetzt wurde ihr sehr heiß. Die Liebe würde sie finden. Wie ein Feuersturm. Das hörte sich außerordentlich vielversprechend an. Ein wenig so wie in einem Märchen. Denn bei ihrem Volk war es keineswegs alltäglich, dass man den Menschen liebte, den man heiratete. Mittlerweile geschah es öfter, ja. Jedoch wurden einige Ehen immer noch von den Eltern oder Großeltern beschlossen. Wenn man Glück hatte, mochte man sich. Niemand fragte nach Liebe. Aber man hörte nie auf, davon zu träumen. Und sie, Kimani, sollte sie erleben dürfen!

„Und ich …" Sie schluckte, bevor sie mutig genug war, ihre Frage in Worte zu fassen. „Ich darf den Mann heiraten, den ich liebe?"

Großmutter antwortete nicht gleich und schubste mit ihrem Finger gegen ein Holzstäbchen, dessen Ende daraufhin von einem hellen Kiesel rutschte.

„Es wird eine Liebe sein, wie man sie selten findet. Sie wird jedoch verbunden sein mit großem Schmerz. Durch sie wirst du lernen, was es heißt, zu leiden. Aber sie wird stark sein. So stark, dass sie den Schmerz am Ende überwindet. So sagen es die Geister."

Kimanis Herz tanzte in ihrer Brust, und es war nur die Rücksicht auf den Schmetterling, die sie am Boden hielt. Ihr Gesicht aber strahlte wie es die Sonne getan hatte, bevor sie hinter dem Horizont versunken war. Auf einmal erhob sich das kleine Tier von ihrer Schulter und flatterte in die Dämmerung hinaus. Großmutter sammelte die Steine und Hölzer wieder ein und wies Kimani an, Feuerholz zu sammeln.

Kurze Zeit darauf saßen die Frauen vor den prasselnden Flammen. Ihre dunklen Augen sahen den Funken hinterher, die aufstoben, wenn die weise Frau eine Handvoll Kräuter hineinwarf. Sie teilten sich Brot und ein wenig geräuchertes Fleisch und warteten schweigend auf den Moment, da sich der volle Mond in die Nacht erhob.

Als die leuchtend helle Scheibe später am Himmel stand, war Kimanis Herz vor Glück groß und weit. Sie wusste: Sie war geboren zum Lieben. Das war das größte Geschenk überhaupt.

Kimani fröstelte und schlug die Augen auf. Die Sonne war längst hinter den Gipfeln verschwunden und das Feuer so gut wie erloschen. Zitternd zog sie die Decke fester um sich und starrte in den blanken Winterhimmel. Ganz im Osten zeigte sich bereits schüchtern eine dünne Mondsichel. Das Glück, das sie damals empfunden hatte, war so mächtig gewesen, dass allein die Erinnerung daran ausreichte, um ihr Herz erneut beben zu lassen.

Sie hatte daran geglaubt. An jedem Tag ihres Lebens. Noch heute war sie davon überzeugt, dass sie irgendwann passieren würde, die Liebe. Auch, wenn sie schon lange darauf wartete. Immerhin war sie jetzt 21 Jahre alt. In Roma, wo sie studierte und in einem billigen Studentenzimmer wohnte, hatte sie in den letzten zwei Jahren einige Mitstudenten kennengelernt. Jedes Mal hatte sie schon im ersten Augenblick gewusst, dass keiner von ihnen jener war, auf den sie wartete. So würde sie eben weiter warten. Bis die Liebe sie endlich fand. Und auch die Widrigkeiten, die ihr die Geister prophezeit hatten, würde sie durchstehen.

An ihrem Entschluss würde Großmutter nichts ändern können. Kimani würde niemanden heiraten, einfach so, nur damit sie überhaupt verheiratet war. Wenn nicht aus Liebe, dann eben gar nicht. Ihr Zorn hatte sich mit dem Rauch des Feuers in der endlosen Weite des Himmels aufgelöst, und in ihrem Herzen kehrte allmählich wieder Ruhe ein. Großmutter würde ihr nichts aufzwingen, das wusste sie. Vielleicht zweifelte die alte Frau an ihrer Deutung und hatte Angst, Kimani würde vergebens warten und für immer alleine bleiben.

Sie stand auf und warf weitere Äste auf die übriggebliebenen Glutbrocken. Nachdem sie sich für ein paar Minuten an den Rand des Wasserfalls gestellt und dem Brausen zugesehen hatte, setzte sie sich zurück in den Schutz des Felsens, wickelte die Decke fest um sich und starrte in die auflodernden Flammen. Die Erschöpfung von Körper und Geist ließen ihre Glieder innerhalb kürzester Zeit zu Blei werden, und die Hitze des Feuers, die sanft über ihre Wangen strich, machte es ihr nahezu unmöglich, die schweren Augen offenzuhalten.

Noch ein bisschen sitzen und dem Feuer zusehen, dachte sie. Dem heimeligen Knistern lauschen. Die Wärme nicht nur spüren, sondern auch zusehen, wie die Flammen emporzüngeln. Fröhlich tanzenden Gestalten gleich. Von Zeit zu Zeit fuhr der Wind hinein und drückte sie zu Boden. Doch kaum, dass er nachgelassen hatte, richteten sie sich unbeeindruckt wieder auf.

Irgendetwas huschte nicht weit von ihr entfernt durch die Dämmerung und Kimani schreckte auf. Ein Hase vielleicht, oder ein Fuchs. Wieder fielen ihr die Augen zu. Diesmal ließ sie es zu und lehnte sich bequem mit dem Rücken an den rauen Stein.

8. KAPITEL

Tobias blieb stehen und schnupperte. Es roch eindeutig nach Feuer. Suchend blickte er sich um. Es musste ein Leichtes sein, in der heraufziehenden Dämmerung ein Feuer zu erkennen oder die Lichter eines Hauses. Doch so sehr er sich auch bemühte, er konnte die Quelle des Geruchs nicht finden.

Seit dem Mittag war er nun unterwegs und hatte noch immer keinen Menschen getroffen. Inzwischen fragte er sich ernsthaft, ob er seit Stunden im Kreis umherlief, ohne es zu bemerken. Und doch glaubte er nicht daran, denn die Landschaft hatte sich stets verändert. Es waren nicht mehr die sanften Hügel, die ihn umgaben. Wohin er auch blickte, nach allen Seiten erhoben sich schroffe Felsgebilde. Diese wuchsen viel höher in den Himmel als jene Berge rund um das kleine Dorf, das er heute verlassen hatte.

Wieder schnupperte er. Irgendwo brannte definitiv ein Feuer. Wo Feuer brannte, da waren Menschen. Und wo Menschen waren, gab es Handys. Langsam setzte er sich in Bewegung, aufmerksam darauf bedacht, den Geruch nicht zu verlieren. *Ich komme mir vor wie ein Hund*, dachte er, als er wieder einmal stehenblieb und die Nase in die Luft hielt.

Dann hörte er etwas. Es klang wie ein fernes Rauschen, als würde sich ein wütender Sturm in hohen Bäumen austoben. Oder als würde Wasser in die Tiefe fallen und auf Felsen treffen. Da in dieser Höhe keine Bäume mehr wuchsen, tippte er auf letzteres.

Inzwischen hatte die frühe Nacht das Land endgültig erobert. Die schmale Sichel des zunehmenden Mondes ließ die Landschaft um ihn herum schemenhaft silbern aufleuchten. Bevor er den Wasserfall sah, trug der Wind ihm feine Tröpfchen entgegen, und plötzlich stand er davor. Vor einer steilen Felswand stürzte Wasser in eine Schlucht hinab, die sich zu seinen Füßen auftat. Vorsichtig beugte sich Tobias über den Rand und spähte hinunter. Wie tief das Wasser fiel, konnte er nur erahnen, da die Dunkelheit nach wenigen Metern alles verschluckte.

Erneut traf ihn ein Windstoß. Der intensive Geruch nach Rauch, den er mit sich brachte, ließ Tobias herumfahren. Überrascht erkannte er, dass er nicht alleine war. Im Schutz eines Felsens lag eine reglose Gestalt, eingehüllt in eine Decke. Vor ihr glommen die letzten Reste eines Feuers, die aufleuchteten, sobald der Wind hineinfuhr.

Tobias stand wie angewurzelt und starrte auf die schlafende Person. Ein Hirte? Sein Blick tastete sich durch die Dunkelheit. Suchte nach Ziegen oder Schafen. Ohne Ergebnis. Er machte einige Schritte auf die Person zu und erkannte die Umrisse einer jungen Frau, die zusammengerollt auf der Seite lag. Ihr Kopf ruhte auf einem Rucksack und ihre Atemzüge waren tief und gleichmäßig. Sie schien fest zu schlafen. Nichts deutete darauf hin, dass sie unter der Kälte litt, die sie umgab.

Was machte eine Frau mitten in der Nacht alleine auf einem solch einsamen Platz? Noch dazu bei dieser Witterung. Er entdeckte das übereinander geworfene Holz, bückte sich nach ein paar Scheiten und legte sie auf die Glutreste. Sofort knisterte es und winzige Funken stoben in den Himmel.

Mit einer schnellen Bewegung ließ er seinen Rucksack zu Boden gleiten und massierte sich die schmerzenden Schultern. Dabei betrachtete er im Schein der auflodernden Flammen das Gesicht der jungen Frau. Ihre Züge waren fein geschnitten, die Wangenknochen hoch und ausgeprägt. Das scharf hervorspringende Kinn verlieh ihr etwas Energisches. Eine steile Falte grub sich zwischen ihre Brauen, als würde sie noch im Schlaf über etwas nachgrübeln. Auf dem Kopf hatte sie eine schwarze Wollmütze, die leicht verrutscht war und eine dunkle, kleine Ohrmuschel freigab. Alles, was er von ihrem Haar erkennen konnte, waren unzählige kleine Zöpfe, die wirr um ihren Kopf lagen und im Schein des Feuers glänzten.

Es fiel ihm schwer, ihr Alter zu schätzen. Sie mochte etwas jünger sein als er, doch vielleicht irrte er sich auch. Hübsch war sie. Sehr hübsch sogar. Ihre vollen Lippen hatten einen eigensinnigen Zug, und Tobias hatte den Eindruck, als wäre sie ein Mensch, der wusste, was er wollte. Ein wenig stutzig machte ihn, dass er das vage Gefühl hatte, sie schon einmal gesehen zu haben. Dabei war er ziemlich sicher, dass er sich daran erinnern würde.

Erst, als seine Beine schmerzten, bemerkte er, dass er vor der Frau in die Hocke gegangen war. Er wusste nicht, wie lange er in dieser Stellung verharrt hatte und richtete sich hastig auf. Die Vorstellung, dass sie aufwachte und ihn direkt vor sich sitzen sah, war ihm unangenehm. So trat er ein paar Schritte zurück und überlegte.

Den Gedanken, sie zu wecken und nach ihrem Handy zu fragen, verwarf er sofort. Er würde warten, bis sie aufwachte. Auch, wenn das erst am kommenden Morgen sein sollte. Er war hundemüde. Mit einer Spur von Neid betrachtete er die warme Decke, in die sich die Frau eingewickelt hatte. Er selbst würde sich mit weniger Luxus abfinden müssen und die Wärme nutzen, die das Feuer vor seinen Füßen hergab.

So stapelte er weitere Scheite darauf, kramte dann aus seinem Rucksack heraus, was er gebrauchen konnte und fand zu seiner Überraschung zwei zerdrückte Müsliriegel. Es hätte nicht viel gefehlt, und er hätte vor Freude laut aufgeschrien. So aber packte er sie schnell aus und aß sie in wenigen Happen auf.

Als er sich kurze Zeit später auf einige seiner Kleidungsstücke legte und den Rucksack gegen die Kälte hinter seinem Rücken drapiert hatte, warf er den dünnen Hüttenschlafsack über sich und starrte durch das Feuer hindurch auf das Gesicht der jungen Frau. Sie seufzte auf, bewegte ihren Kopf ein wenig zur Seite und schien noch immer fest zu schlafen. Das Rauschen des Wassers, irgendwo hinter seinem Rücken, wirkte unwiderstehlich einschläfernd. Die Lider wurden ihm schwer. Wieder blitzte in ihm für einen Augenblick das Gefühl auf, dass ihm das Gesicht auf der anderen Seite des Feuers seltsam vertraut erschien. Bevor er sich jedoch weiter damit auseinandersetzen konnte, war er eingeschlafen.

Kimani öffnete die Augen erst, als sie sicher war, dass er fest schlief. Ihr Herz klopfte immer noch schnell. Vor allem aber klopfte es so laut, dass sie zuerst Bedenken hatte, er könnte es hören. Unmöglich natürlich an diesem Ort, das war ihr schnell klar gewesen.

Sie war aufgewacht, als der Mann seinen Rucksack durchwühlt hatte. Seitdem beobachtete sie ihn aus gesenkten Augenlidern und sah fasziniert dabei zu, wie er sich Essen in den Mund schob. Er schien Hunger zu haben. Sie dachte an das Brot und die getrockneten Fleischstreifen, die in ihrem Rucksack steckten, und war kurz davor, ihm davon anzubieten. Viel spannender aber war es, ihm zuzusehen, ohne dass er sich beobachtet fühlte.

Er bewegte sich mit einer gewissen Gelassenheit. Die außergewöhnliche Umgebung schien ihm nicht unangenehm zu sein. Das Haar, das er mit einer schnellen Bewegung von einem Gummi befreite, fiel ihm weich auf die Schultern und hatte einen helleren Farbton als jenes, das ihm im Gesicht wuchs.

Immer wieder wanderte sein Blick zu ihr hinüber. Kimani hütete sich, eine Regung zu zeigen. Er richtete sich einen kargen Schlafplatz ein und ließ sich schließlich darauf nieder. *Das wird kalt für dich*, stellte sie nicht ohne Mitleid fest und war froh um ihre warme Wolldecke. Er lag ihr genau gegenüber, und seine Blicke ruhten auf ihrem Gesicht. *Ein Himmelreich für deine Gedanken*, dachte sie und kämpfte gegen die Versuchung an, sich einfach aufzusetzen und seine Reaktion zu sehen. Stattdessen seufzte sie laut auf, während sie ihren Kopf umbettete und ihre Augen ganz schloss. Sie würde ihn genauer betrachten, wenn er eingeschlafen war.

Sein Kopf ruhte auf seinem Unterarm. Der für einen weißen Mann erstaunlich sinnliche Mund war leicht geöffnet. Gleichmäßige Atemzüge hoben und senkten seinen Brustkorb. Kimani hatte sich aufgerichtet und lehnte bequem an dem harten Fels hinter ihr. Ein winziges Flattern zog durch ihren Bauch, als sie feststellte, dass er ihr gefiel. Sehr sogar.

Überrascht und gleichzeitig amüsiert über diese Empfindung hob sie ihre Augenbrauen. Das war neu! Zu einer solchen Feststellung war sie bisher noch nie gekommen. Ob er Afrikaner war? Einer der ungeliebten weißen Südafrikaner, die sich vor Zeiten den schwarzen Kontinent unter den Nagel gerissen und untereinander aufgeteilt hatten? Möglicherweise.

Oder war er ein Tourist, der sich verlaufen hatte? Weshalb war er alleine unterwegs? Nun, sie schnaubte durch die Nase, sie selbst war ja auch alleine unterwegs. Es gab immer wieder Gründe, die einen unerwartet auf eine einsame Reise schickten. Das wusste sie nur zu gut.

Wie alt mochte er sein? Sie beugte sich ein wenig vor und versuchte zu erkennen, ob an der Hand, die er unter sein Kinn geschoben hatte, ein Ring zu erkennen war. Er war in einem Alter, in dem er verheiratet sein konnte. Kimani legte den Kopf schief. Seine Haut sah weich und zart aus. So hell vor allen Dingen. Sie kannte nur wenige weiße Menschen. In Maseru lebten ein paar. Auch in zwei, drei anderen größeren Städten Lesothos hatten sich Weiße angesiedelt. An der Universität in Roma allerdings, wo sie studierte, sah man selten welche.

Wie sich sein Haar wohl anfühlen mochte? Wieder kribbelte es in ihrem Bauch und sie wandte sich ertappt von ihm ab. Was, wenn er, ebenso wie sie vorhin, nur vorgab zu schlafen? Was würde er von ihr denken, wenn sie ihn so intensiv betrachtete? Voller Neugier und – ja was? Sie konnte es nicht benennen. Widerwillig ließ sie sich zur Seite sinken und drehte sich auf den Rücken.

Das schwarze Gewölbe über ihr war übersät von endlos vielen Sternen, die so nah schienen, als könnte sie ihren Finger auf jeden einzelnen von ihnen legen. Sie liebte den Anblick des Sternenhimmels, der laut Hörensagen nirgendwo auf der Erde so beeindruckend war wie hier, im südlichen Teil dieses Kontinents. Das Gefühl der Vollkommenheit des Universums war überwältigend. Und sie selbst war ein Teil davon. Winzig klein. Bedeutungslos. *Nein*, korrigierte sie sich und lächelte froh. Nicht bedeutungslos, da sie ein Teil davon war. Ohne sie wäre das Universum nicht vollkommen. Der

Gedanke gefiel ihr. Die Unendlichkeit so nah. Alles andere so fern.

Die Wut zum Beispiel auf ihre Großmutter. Sie schien ihr geradezu banal in diesem Moment. *Was haben dir die Geister nur erzählt, Großmutter? Du wirst es mich wissen lassen, wenn ich morgen nach Hause komme.*

Kimani streckte einen Arm aus und tupfte mit dem Zeigefinger auf die hellen Lichtpunkte über ihr. Es war eine wunderschöne, klare Winternacht. Sie hatte schon viele solche Nächte erlebt. Diese jedoch war anders. Sie war voller Magie. Vielleicht lag das an dieser besonderen Stelle. Der kleine Platz hatte sich schon immer von allen Orten unterschieden, die sie kannte.

Sie zog die Luft bis tief in die Lungen und schnupperte. Sie konnte es riechen. Es würde noch einmal Schnee geben, bevor es dem Frühling endgültig vergönnt war, ins Land zu ziehen. Zwei Tage noch. Vielleicht drei. Eine Schicht aus eisigen Schneekristallen würde sich ein letztes Mal auf die Hochebene legen und alles darunter erstarren lassen.

Kimani erschauderte. Im Winter fiel ihr die Vorstellung schwer, dass weit unter ihr in der Erde ein Herz aus flüssiger Glut pulsierte. Um ein Vieles heißer als das Feuer, das neben ihr knisterte. Sie drehte den Kopf zur Seite – und schnappte erschrocken nach Luft. Er hatte das Kinn auf seine Hand gestützt und sah sie an. Hastig ließ sie ihre Hand sinken und setzte sich auf.

„Hallo", sagte er gerade so laut, dass sie es trotz des Wasserrauschens hören konnte.

„Hallo", gab sie zurück.

„Ich bin aufgewacht." Er sprach Englisch.

Das sehe ich, dachte Kimani spöttisch und spürte plötzlich das dringende Bedürfnis, sich ihre Mütze vom

Kopf zu reißen. Stattdessen schob sie sie ein wenig aus der Stirn und zog ihre Knie an den Körper. Auf seinem Gesicht spielte das Feuer mit Licht und Schatten, während in seinen Augen die Flammen wie helle Sterne leuchteten.

„Ich heiße Tobias", stellte er sich vor, als er sich aufgesetzt hatte und die Beine in den Schneidersitz zog. Seine Stimme war freundlich und warm.

„Kimani", gab sie knapp zurück und musterte ihn ungeniert. Immerhin war er in ihren Bereich eingedrungen. Nicht umgekehrt.

„Ich hoffe", fuhr er fort und klang ein wenig zerknirscht, „es ist in Ordnung, dass ich mich einfach so an dein Feuer gelegt habe." Dabei streckte er die Arme aus und fing mit den Handflächen die Wärme der Flammen ein. Kimanis Blick fiel auf die verstreuten Kleidungsstücke unter ihm.

„Da die Nacht kalt ist, werde ich dir verzeihen." Ihr Herz hüpfte, als ein breites Lächeln auf seinem Gesicht erschien. „Warum hast du mich nicht geweckt?", fragte sie dann doch. Zu leicht wollte sie es ihm auch wieder nicht machen. Er legte den Kopf leicht schief.

„Du hast so fest geschlafen. Ich wollte dich nicht stören und habe Holz aufgelegt, damit das Feuer nicht erlischt."

Und etwas gegessen, fügte sie im Stillen hinzu und überlegte, welche der vielen Fragen, die ihr auf den Lippen brannten, sie zuerst stellen sollte.

„Hast du dich verlaufen?" Als er nicht gleich antwortete, schob sie die nächste Frage gleich hinterher. „Bist du Südafrikaner?"

„Ja und nein", meinte er und schlug lässig die Arme übereinander.

„Ja und nein?", wiederholte Kimani. Schon regte sich ihre Ungeduld. Klare Fragen verlangten nach klaren Antworten.

„Verirrt ja, Südafrikaner nein", erläuterte Tobias, der allmählich Spaß an der Unterhaltung hatte. Dieses Land steckte voller Überraschungen. Und diese junge Frau war eine davon.

„Und du?", übernahm er das Gespräch. „Hast du Sterne gezählt?" Er verkniff sich ein Grinsen. Kimani fühlte ihre Wangen erröten und war froh, dass er es nicht sehen konnte. Sie legte den Kopf in den Nacken. Millionenfach glitzerten helle Punkte über ihr, als hätte jemand Diamanten auf ein schwarzes Tuch geworfen.

„Es ist unglaublich", hörte sie ihn sagen. Überrascht ließ sie den Kopf sinken und sah ihn an. Er hatte seinen Blick dem Himmel zugewandt, hob eine Hand und deutete hinauf. „Du wolltest sie berühren. Es scheint tatsächlich so, als wäre es möglich." Sein Arm sank zurück und seine Augen sahen sie über das prasselnde Feuer hinweg an. „Der Sternenhimmel deines Landes ist der schönste, den ich jemals gesehen habe, Kimani."

Ihr Name klang fremd aus seinem Mund. Und doch passierte es genau in dem Moment, als er ihn zum ersten Mal aussprach. Es war, als würde tief in ihrem Herzen eine verborgene Knospe aufplatzen, und eine Hitze, heißer als Glut, strömte in jeden Winkel ihres Körpers. Einen Wimpernschlag lang befürchtete sie, auf der Stelle in Flammen aufzugehen. Völlig überrumpelt schälte sie sich aus ihrer Decke und zog den Reißverschluss ihres Anoraks herunter. Doch das genügte nicht. Sie riss sich die Mütze vom Kopf.

Verstört griff sie nach ihrem Rucksack und kramte umständlich nach einem Taschentuch. Erst, als sie sich geschnäuzt hatte, wagte sie wieder aufzusehen. Seine

Augen waren erwartungsvoll auf sie gerichtet. Was hatte er eben noch gesagt? Außer ihrem Namen? Achso, ja. Himmel. Sie beeilte sich zu nicken.

„Ja", brachte sie schließlich heiser hervor und räusperte sich. *Oh, ihr Geister, steht mir bei.* „Ja", wiederholte sie kräftiger. „Der Himmel ist einer der Dinge, die ich an meinem Land am meisten liebe."

Tobias beobachtete sie fasziniert und hoffte, sie empfand es nicht als unhöflich. Doch er konnte den Blick nicht von ihr wenden. Ihr Haar war in der Kopfmitte gescheitelt und in unzählige tiefschwarze Zöpfe geflochten. Sie waren zu einem lockeren Pferdeschwanz gebunden, der ihr auf den Rücken fiel. Die Frisur betonte ihre hohe Stirn, die im Feuerschein glänzte. Nur vage noch konnte er die steile Falte über der Nasenwurzel erkennen.

Er hatte keine Ahnung, was sie eben so verwirrt hatte. Nun sah sie ihn aufmerksam an. Augen, so dunkel wie Kaffee, mit einem Ausdruck von Neugier und Interesse. Auf seinen Unterarmen bildete sich eine Gänsehaut, die nicht von der Kälte herrührte. Ein wenig merkwürdig war es, wie sie beide hier saßen und sich einfach nur anstarrten.

„Du bist also kein Südafrikaner?", brach sie nach einiger Zeit das Schweigen und konnte kaum verhindern, dass in ihrer Stimme Erleichterung mit klang. Tobias rutschte ein wenig herum und streckte seine Beine aus.

„Nein, bin ich nicht. Ich komme aus Europa."

„Aus England." Es war mehr eine Feststellung als eine Frage.

„Nein." Er schüttelte den Kopf. „Aus Deutschland."

„Oh! Du sprichst sehr gut Englisch."

„Naja", räumte er ein, „so richtig gut ist es nicht. Du müsstest die Frau hören, die mit mir unterwegs ist. Sie spricht es perfekt."

Eine Frau war mit ihm unterwegs. Seine Frau? Wieso versetzte ihr das einen Stich? Und wo war sie, diese Frau? Kimani zog den Reißverschluss ihrer Jacke zu. Wieder griff sie nach ihrem Rucksack.

„Hast du Hunger? Ich habe Brot und Fleisch dabei."

Tobias nickte, verdutzt über den Themenwechsel, und sah ihr dabei zu, wie sie einige Weißbrotscheiben aus einer Tüte nahm. Aus einem weiteren Päckchen zog sie getrocknete Fleischstreifen hervor. Als sie sich zu ihm hinüberbeugte und den Arm lang machte, stand er auf.

„Warte, ich komme zu dir rüber." Mit dem dünnen Baumwollschlafsack in der Hand setzte er sich neben sie und warf den Stoff über seine Beine. Hier im Schutz des Felsens war es beinahe warm, stellte er fest, als er das Essen von ihr entgegen nahm.

„Es ist getrocknetes Antilopenfleisch."

Er nickte. „Ich habe es schon mehrmals gegessen, seit ich hier bin. Es eignet sich super für unterwegs und schmeckt klasse." Um seine Worte zu bekräftigen, riss er mit den Zähnen ein großes Stück davon ab und biss danach ins Brot. Es war himmlisch.

„Du hast dich verlaufen?", nahm Kimani unerwartet den Faden wieder auf, während sie sich ein Stück Brot in den Mund schob und Tobias kauend von der Seite betrachtete. Er seufzte laut.

„Ja, sozusagen. Das ist eine ziemlich lange und vor allem ziemlich chaotische Geschichte. Wir ..." Er brach plötzlich ab und starrte sie entsetzt an. Wie hatte er es vergessen können?

„Ich brauche dringend ein Handy", stieß er nun etwas atemlos hervor und ließ die Hände mit dem Essen in den Schoß sinken. „Ich muss unbedingt telefonieren." Kimani meinte, eine Spur von schlechtem Gewissen in seiner Miene zu erkennen, aber auch Sorge und sogar leichte Panik.

„Es tut mir leid", meinte sie mit ehrlichem Bedauern. Sie hätte ihm gerne geholfen. „Ich bin vor zwei Tagen aus Roma aufgebrochen und habe mein Handy absichtlich zurückgelassen. Ich wollte nicht erreichbar sein", setzte sie noch hinzu.

„Oh nein", stöhnte er und legte verzweifelt die Stirn in seine Hände.

„Ist etwas passiert? Mit der Frau, die bei dir war?" Es war ihr unwillkürlich herausgerutscht. Warum sonst war er alleine unterwegs, ohne sie? Gebannt wartete sie auf seine Antwort. Er hob den Kopf, starrte geistesabwesend ins Feuer und fuhr sich mit den Händen durchs Haar. Es glänzte wie dunkles Gold. Kimani hatte noch niemals das Haar eines weißen Menschen angefasst. Es sah verlockend weich aus, viel weicher als das Haar ihres Volkes. Sie hätte gerne einfach hineingegriffen.

„Ich gehe davon aus, dass es ihr gut geht", sagte er endlich. „Wir haben uns unglücklicherweise verloren und ich vermute, dass sie in Harrismith ist." Er wandte sich zu ihr. „Aber sie wird krank sein vor Sorge. Außerdem wird sie meine Familie benachrichtigt haben. Meine Mutter und mein Bruder werden sich sicher noch viel mehr sorgen."

„Wann habt ihr euch verloren?"

Tobias überlegte. Irgendwann in den letzten Tagen war ihm das Zeitgefühl abhandengekommen. Es kam ihm fast unwirklich vor, dass er heute Morgen erst das kleine Dorf verlassen hatte.

„Vor fünf Tagen", schätzte er. „Falls dies die Nacht zum Donnerstag ist." Es war mehr eine Frage. Die junge Frau neben ihm nickte bestätigend.

„Ich bin seit Montag unterwegs und schlafe nun die dritte Nacht unter freiem Himmel."

Tobias verdrängte die Frage, woher sie kam und wohin sie wollte. Weshalb sie mitten im afrikanischen Winter draußen schlief in einer Gegend, die einsamer nicht sein konnte.

„Ich werde morgen sehr früh aufstehen und aufbrechen, sobald es hell ist. Kennst du dich hier aus?"

Wieder nickte sie.

„Kannst du mir erklären, wie ich am schnellsten zum nächsten Dorf komme und ein Telefon finde? Was ist mit Semonkong? Ist es weit bis dorthin?"

Kimani schwieg. Sie schien zu überlegen. Kurz darauf warf sie die Decke zur Seite und stand auf. Sie war hochgewachsen und athletisch gebaut, stellte er fest, als sie ein paar Schritte lief, in die Dunkelheit verschwand und kurz darauf mit einigen Ästen auf den Armen wieder erschien. Da sie keine Anstalten machte, auf seine Frage zu antworten, sprach er weiter.

„Ach, ist auch egal. Ich werde einfach …"

„Nein, nein!", unterbrach sie ihn hastig und nahm ihren Platz neben ihm wieder ein. „Ich habe nur nachgedacht." Sie zögerte. Ihre schlanken Hände lagen auf ihren Oberschenkeln. Tobias hatte niemals zuvor jemanden mit solch langen Fingern gesehen. Die dunkle Farbe ihrer Haut veränderte sich zu ihrer Handfläche hin und wurde beinahe so weiß wie seine eigene. Die schmalen Fingernägel waren kurzgeschnitten und schimmerten hell. Als sie zaghaft zu sprechen begann, verschränkte sie ihre Hände ineinander, als bräuchten sie Halt.

„Semonkong liegt etwa vier Fußstunden entfernt. Nicht weit von hier führt ein Höhenweg direkt auf eine geschotterte Straße. Wenn du darauf triffst, halte dich links, und sie wird dich direkt nach Semonkong bringen." Als müsste sie um Mut ringen, holte sie tief Luft. „Du kannst auch mit mir gehen. Das Dorf, in dem ich wohne, liegt nicht ganz so weit entfernt. Meine Brüder werden dir mit Freude eines ihrer Handys geben. Nach Semonkong bringen sie dich sicher auch, wenn du dorthin möchtest."

Sie warf ihm einen scheuen Blick zu und sah verlegen wieder fort. Tobias brauchte nicht lange für seine Entscheidung.

„Meinst du, einer von ihnen würde mich nach Maseru bringen? Ich weiß, das ist weit."

Ihre schwarzen Wimpern lagen auf ihren Wangen.

„Ich bezahle selbstverständlich das Benzin", schob Tobias schnell hinterher. Er wusste, dass die Menschen dieses Landes kaum etwas besaßen, aber niemals eine Bitte abschlagen würden. Das Weiß in Kimanis Augen leuchtete, als sie ihren Blick hob und ihn froh anlachte.

„Es wird sie glücklich machen, dich dorthin zu fahren." Ihre Stimme klang kehlig und rau und brachte etwas in ihm zum Schwingen. Er stellte fest, dass er sich darüber freute, ein paar Stunden mehr als erwartet mit ihr zu verbringen. Sie war geheimnisvoll. Obwohl das allem widersprach, was ihr Wesen ausmachte, denn sie wirkte offen und ehrlich.

„Sehr gerne", nahm er ihr Angebot an. Eine Welle von Dankbarkeit und Sympathie ergriff ihn. Ohne ein weiteres Wort zu wechseln, legten sie sich vor den Felsen. Noch lange sah Tobias zu den Sternen hinauf, die mit der Mondsichel um die Wette leuchteten. Er versuchte, dieses Bild in sein Gedächtnis einzuprägen. Als

Erinnerung an eine Nacht, die so außergewöhnlich war, dass er immer wieder an sie zurückdenken würde.

***

Tobias erwachte und schlug die Augen auf. Im nächsten Moment hatte er sich aufgesetzt und sah sich verblüfft um. Ihm war unbegreiflich, dass er es am Abend zuvor nicht bemerkt hatte. Jetzt im Hellen hatte er kaum eine Sekunde gebraucht, um die Stelle wiederzuerkennen. Er war schon einmal hier gewesen. Mit Fiona zusammen hatte er diesen idyllischen Ort entdeckt, das kleine Hochplateau und den Wasserfall. Traumhaft schön. Und doch löste dieser Anblick sehr unterschiedliche Empfindungen in ihm aus. Denn hier hatte er zum ersten Mal die alte Schamanin getroffen.

Ein Prickeln fuhr ihm über die Wirbelsäule, als er daran dachte. Unwillkürlich sah er sich um. Doch sein Blick fiel nicht auf die alte Frau. Dort, wo diese damals gestanden und mit den Armen gefuchtelt hatte, als spräche sie mit dem herabfallenden Wasser, stand nun die junge Frau, die er letzte Nacht hier angetroffen hatte. Schlank und groß war sie. Die vielen Zöpfe wurden nicht mehr zusammengehalten, sondern fielen wie ein dunkler Fächer weit auf Kimanis Rücken hinab. Sie stand reglos am Abgrund und sah hinunter in die Tiefe. Zu ihrem roten Anorak trug sie schwarze Jeans und festes Schuhwerk. Plötzlich streckte sie energisch das Kinn vor, als hielte sie im Stillen Zwiesprache mit jemandem. Das, was er von ihrem Gesicht sah, wirkte ernst und entschlossen.

Tobias widerstand dem Bedürfnis, zu ihr zu gehen und sie zu fragen, weshalb sie hier war. Dazu würde er Zeit haben, wenn sie zusammen auf dem Weg in ihr Dorf waren. Er riss den Blick von ihr los und packte seinen Rucksack. Ein paar Stunden nur noch, und er würde Kontakt zu seiner Familie und zu Fiona aufnehmen können. Er konnte es kaum erwarten. Dann war der Spuk endlich vorüber, und er hätte sein Leben lang eine abenteuerliche Geschichte zu erzählen.

In zwei Tagen ging der Flieger nach Hause. Er sah das Gesicht seiner Mutter vor sich. Sie fest in die Arme zu schließen, ihren Duft zu riechen, der für ihn Heimat und zu Hause bedeutete, wie sehnte er sich danach. Mama würde seinen Entschluss befürworten, obwohl das hieß, dass er seine Familie für eine lange Zeit verlassen würde. Ohne dass er die Absicht gehabt hatte, war es einfach passiert. Er hatte plötzlich gewusst, was er brauchte.

„Dein Name, Kimani, hat er eine besondere Bedeutung?"

Sie hatten sich ein paar Minuten zuvor auf den Weg gemacht, nachdem sie ein wenig Brot und Fleisch gefrühstückt hatten. Nun lief sie vor ihm den schmalen Pfad entlang. Tobias war sich sicher, dass er sie unter ihrer dunklen Haut erröten sah, als sie ihm einen überraschten Blick über die Schulter zuwarf. Schnell wandte sie sich wieder dem Weg zu. Er hörte sie etwas murmeln und lief ein paar schnelle Schritte, um ihr näher zu kommen.

„Ich habe es nicht verstanden, tut mir leid", meinte er, worauf sie stehenblieb. Ihre Wangen waren nun tatsächlich einen Ton dunkler.

„Mein Name passt nicht zu mir", sagte sie leise und ein wenig trotzig. Sie drehte sich weg und lief zügig weiter. Ein weiteres Mal holte er sie ein.

„Vielleicht sehe ich das ja anders", entgegnete er amüsiert. Erneut blieb sie stehen. „Ich bilde mir gerne selbst ein Urteil", setzte er hinterher. In der aufgehenden Sonne sprühten ihre Augen Funken. Sie war eine wunderschöne Frau. Eine wilde Rose, die leuchtend in einer kargen Umgebung stand und allem trotzte, was sich ihr widersetzte. Selbst Dornen schien sie zu haben. Er verkniff sich ein Schmunzeln bei diesem Gedanken.

Kimani überlegte einen Moment. „Und du lachst nicht?"

Er wurde ernst. „Wieso sollte ich über den Namen lachen, der dir gegeben wurde? Wäre das nicht sehr respektlos?"

Sie atmete tief durch. „Süß und schön. Kimani heißt: süß und schön." Sie hatte den Kopf leicht zur Seite gelegt und wartete auf seine Reaktion. Tobias sah auf ihren Mund, der leicht geöffnet war und blitzend weiße Zähne hervorschimmern ließ. Er riss sich zusammen. Ihre Augen waren erwartungsvoll auf ihn gerichtet, ein wenig verunsichert vielleicht.

„Süß und schön", wiederholte er und zog überrascht die Brauen in die Höhe. Kimani stellte sich plötzlich sehr aufrecht vor ihn und war mindestens so groß wie er, obwohl sie auf dem abschüssigen Pfad unterhalb von ihm stand. Ihre Haltung war stolz und herausfordernd.

„Ich weiß nicht, was du meinst", begann er und hätte sie gerne berührt, damit sie spürte, dass er es ernst meinte. „Kein Name könnte besser zu dir passen. Du bist wunderschön, Kimani. Wer dir den Namen gab, muss sehr weise gewesen sein." Es war die Wahrheit. Aber durfte man das in diesem Land zu einer Frau sagen, die man nicht kannte?

Kimani starrte ihn wortlos an. Schließlich breitete sich ein Grinsen auf ihrem Gesicht aus und sie lief weiter. Tobias sah ihr verblüfft hinterher. Gutgelaunt folgte er ihr. Er fühlte sich wohl in ihrer Gegenwart und merkwürdig beschwingt, was sicher daran lag, dass sie ihn immer wieder zum Staunen brachte. Als der Pfad sich verbreiterte, schloss er auf, bis er neben ihr lief.

„Gestern erwähntest du, dass du von Roma aus bis hierher gelaufen bist."

Er erkannte ein Nicken und fuhr ermutigt fort. „Roma liegt nicht weit von Maseru. Wir sind durch die Stadt gefahren, als wir nach Semonkong unterwegs waren. Es ist von hier ziemlich weit entfernt."

„Ziemlich weit, stimmt genau. 80 Kilometer etwa. Ich studiere dort."

„Weshalb läufst du den ganzen Weg? Es gibt doch Busse."

Der Blick, den sie ihm daraufhin zuwarf, war finster. Sie schwieg. Plötzlich war die steile Falte zwischen ihren Augen wieder da.

„Was studierst du?", wechselte er das Thema. Es tat ihm leid, dass er an etwas gerührt hatte, was sie offensichtlich betroffen machte.

„Lehramt. Für die Grundschule."

Ja, dachte er, *das kann ich mir gut vorstellen*. Sie würde aufgeregte und umherwimmelnde Erstklässler ganz gewiss im Griff haben. Mit jener Autorität, die sie ausstrahlte, würde sie nahezu alle Menschen dazu bringen, ihr zuzuhören. Noch zwei, drei Jahre, dann war sie nicht mehr ganz so jung und sie wäre die perfekte Lehrerin.

„Die Menschen meines Landes sind arm", setzte Kimani an und griff in ihre Hosentasche. Mit beiden Händen strich sie sich die Haare nach hinten und fasste sie zu einem lockeren Knoten zusammen. „Mein Traum ist es, dass die Kinder von klein auf lernen, wie wichtig es ist, eine solide Ausbildung zu haben. Zuerst die schulische Grundbildung, dann eine Berufsausbildung. Vielleicht können wir alle dazu beitragen, dass dieses Land sich wirtschaftlich erholt. Es gibt großartige Projekte. Nicht nur für die Wirtschaft, sondern auch für die Umwelt, die es ebenso nötig hat. Nur fehlt es an der richtigen Umsetzung." Ihr Lächeln war ein wenig traurig, als sie leise hinzufügte: „Es muss irgendwann aufhören, dass die Kinder bei ihren Großeltern aufwachsen, weil die Eltern nur im Ausland eine Arbeit bekommen. Und auch dann ist das Geld immer knapp."

Dasselbe hatte Tobias vor ein paar Tagen schon einmal gehört, als Noah und Ismail von ihren Eltern erzählt hatten. Es schien hier normal zu sein, dass die Erwachsenen in die Großstädte Südafrikas gingen, um ihre Familien ernähren zu können

„Ich bewundere dich für deine Zielstrebigkeit." Er empfand Hochachtung für ihre Zukunftspläne. Wenn das Land mehr junge Menschen wie sie hätte, stünden die Chancen für eine Verbesserung der gesamten Situation wahrscheinlich nicht schlecht.

Kurze Zeit später machte der Weg eine Biegung und führte auf eine Kuppe hinauf. Als sie den höchsten Punkt erreichten, entdeckten sie drei Esel, die bei ihrem Erscheinen unbeirrt weitergrasten. Die Sonnenstrahlen waren angenehm warm heute Morgen. Kimani hielt an und deutete auf einen flachen Stein.

„Lass uns für einen Moment sitzen und schauen. Wenn wir zu früh in meinem Dorf erscheinen, werden meine Brüder noch schlafen." Sie lachte vergnügt auf, als sie sein entsetztes Gesicht sah. „Nein, das stimmt nicht. Sie haben ihre Aufgaben und sind pünktlich auf den Beinen." Sie sank auf den Stein. Ihr Blick suchte den Hügel, an dessen Fuß ihr Heimatdorf lag.

„Welche Aufgaben haben sie denn?", wollte Tobias wissen, als er sich neben sie gesetzt hatte. Aber darüber wollte sie jetzt nicht reden. „Ach, alles Mögliche", meinte sie vage und musterte ihn neugierig.

„Wie ist es in Europa? Und was machst du? Arbeitest du oder studierst du? Hast du Geschwister?"

„In dieser Reihenfolge?", fragte er scherzend und schraubte seine Wasserflasche auf.

Kimani sah verlegen auf ihre Hände. Er sollte sie nicht für unhöflich halten. Es gab jedoch so viele Dinge, die sie interessierten. Sie hatte sich noch nie mit einem Weißen über persönliche Dinge unterhalten, und es machte ihr Mühe, die vielen Fragen nach Wichtigkeit zu sortieren.

„Ist schon in Ordnung", lächelte er, und augenblicklich machte ihr Herz einen Satz. Seine freundlichen Augen, sein offenes Gesicht, all das machte ihn zu einem Menschen, den sie gerne näher kennenlernen würde. Doch ihr blieben nur die wenigen Stunden bis zum Dorf.

„Ich fange mit dem Einfachsten an", sagte er und seine Miene wurde weich. „Zu Hause warten auf mich meine Mutter und mein Bruder. Er ist vier Jahre jünger als ich und ein ziemlich lustiger Kerl. Ein sehr liebenswerter, lustiger Kerl." Tobias dachte an Flo, und ein warmes Gefühl der Zuneigung überschwemmte sein Herz. Sein kleiner Bruder, der immer nur Flausen im Kopf hatte und unter einem Glücksstern geboren war. Jeder liebte ihn. Und das zu Recht. Weil er die Welt heller machte und man sich mit ihm wohl fühlte.

„Und dein Vater? Arbeitet er in einer anderen Stadt?" Kimani hatte sich ihm aufmerksam zugewandt.

„Mein Vater lebt nicht mehr."

„Oh! Das tut mir leid." Sie war bestürzt.

„Es ist schon einige Jahre her. Er starb durch einen Unfall." Er hörte sich an, als sei der Schmerz darüber schon lange Vergangenheit. Kimani aber sah Schatten der Trauer über sein Gesicht huschen und sie vermutete, dass auch die leise Schwermut, die hin und wieder in seinen Augen schimmerte, daher rührte. Mitfühlend legte sie ihre Hand auf seinen Arm.

„Wir glauben daran, dass Gott die Seele der Verstorbenen mit so viel Licht und Liebe erfüllt, dass sie nachts mit den Sternen vom Himmel herab leuchten", sagte sie leise und legte ihren Kopf in den Nacken. Tobias folgte ihrem Blick. Der Himmel war tiefblau und schien unendlich. Unergründlich. Geheimnisvoll.

„Ein schöner Gedanke." Er nahm sich vor, am Abend nach einem Stern Ausschau zu halten, der heller leuchtete als die anderen. Allein die Vorstellung hatte etwas Tröstliches. Kimani nahm die Hand von seinem Arm. Wäre es nach ihm gegangen, hätte sie dort bleiben können. Es hatte sich gut angefühlt. Vertraut und warm.

„Ich habe im Sommer mein Studium in Umwelttechnik abgeschlossen. Ab Anfang Oktober hätte ich in der Stadt, in der ich lebe, eine Anstellung."

„Du hättest?" Sie streckte ihre Beine aus und legte die Hände auf ihre Oberschenkel.

„Hm", machte Tobias und sann darüber nach, dass er diesen Gedanken bisher nur gedacht, aber noch nie laut ausgesprochen hatte. „Ich habe meine Zukunftspläne kurzfristig geändert."

„Aha." Sie verstand zwar nicht, was er meinte, wollte aber nicht weiter nachbohren. Einen Moment später jedoch erkannte sie auf seinem Gesicht einen Ausdruck milden Staunens, als könnte er noch nicht ganz glauben, dass er diese Entscheidung getroffen hatte.

„In deinem Land sind mir einige verrückte Dinge passiert. Ich hatte dadurch Zeit zum Nachdenken und habe beschlossen, auf mein Herz zu hören."

„Das ist sehr klug", pflichtete Kimani ihm bei. „Nur, wenn der Mensch auf sein Herz hört, findet er den Platz, der für ihn bestimmt ist. Tut er es nicht, so gibt es nur Verwirrung und Schmerz."

„Ja, da hast du wohl Recht." Er musterte sie voller Interesse und fragte sich, ob sie tatsächlich so jung war, wie sie aussah. „Du sprichst sehr weise", sprach er aus, was er empfand. Sie schüttelte energisch den Kopf.

„Nein, weise bin ich ganz sicher nicht. Ganz im Gegenteil", gab sie bitter zurück und verzog das Gesicht. „Wäre ich wirklich weise, würde ich nicht in dem Maß Wut und Zorn spüren, wie ich es tue. Ich müsste nicht durch die Wildnis nach Hause laufen, um einen kühlen Kopf zu bekommen und meiner Gefühle Herr zu werden! Ich müsste nicht mein ganzes Leben in Frage stellen." Sie hatte sich in Rage geredet, und Tobias sah sie fasziniert an. Sie sprühte vor Leben. Nach dem, was sie sagte, war sie jedoch traurig und verletzt.

„Was ist passiert? Was macht dich so wütend? Manche Dinge sind nicht mehr ganz so schlimm, wenn man sie laut ausgesprochen hat." Es war nicht so, dass er es unbedingt wissen wollte. Er hoffte, es würde ihr das Herz erleichtern, wenn sie darüber sprach. Aber vielleicht irrte er sich, denn Kimani sprang auf und lief ein paar Schritte auf und ab. Ihre Brust hob und senkte sich aufgebracht, und Tobias rechnete mit einer hitzigen Entgegnung. Sie stand mit dem Rücken zu ihm und betrachtete ihre Hände.

„Sie haben einen Mann für mich gefunden!" Sie spie es beinahe aus. Mit einer schnellen Bewegung drehte sie sich zu ihm. Ihre Augen schossen Blitze von Wut und

Enttäuschung. Direkt vor ihm blieb sie stehen, als wartete sie auf eine Reaktion. Im ersten Augenblick war er sprachlos. Er hatte nicht gedacht, dass es das hier noch gab. Obwohl zahlreiche Traditionen immer noch intensiv gelebt wurden, so war die Gesinnung der jüngeren Generation doch recht modern.

„Hast du eine Wahl?", fragte er vorsichtig und hoffte, dass sie bejahen würde. Kimani ließ sich schwerfällig neben ihn fallen. Alles an ihr widersprach der Leichtigkeit, mit der sie sich sonst bewegte. Ihre Augen verloren sich in der Weite des Himmels, als hoffte sie, ihre Verzweiflung irgendwo dort loszuwerden.

„Darum geht es nicht. Es ist nur …" Sie hielt inne und überlegte, ob er sie verstehen würde. „Es ist nur so, dass mich der Mensch enttäuscht hat, der mir am nächsten steht. Der Mensch, der mir vor langer Zeit voraussagte, dass ich aus Liebe heiraten würde." So, nun war es raus. Im selben Moment war ihr unbegreiflich, dass sie dies zu einem Mann gesagt hatte. Zudem noch zu einem Mann, der ihr völlig fremd war. Bevor sie darüber weitergrübeln konnte, sprach er.

„Kannst du nicht mit diesem Menschen darüber reden? Vielleicht hat er es nicht so gemeint."

„Ja." Kimani seufzte schwer. „Das habe ich vor. Aber Wut und Zorn sind schlechte Ratgeber, wenn man ein solches Gespräch führen möchte. Aus diesem Grund bin ich die ganze Strecke gelaufen." Sie blickte kurz zu ihm hinüber. Dann zuckte es in ihrem Mundwinkel. „Ob du es glaubst oder nicht, ich bin schon viel ruhiger als vor drei Tagen."

Tobias hob ungläubig die Brauen. Sich das vorzustellen, fiel ihm schwer. Vielleicht sollte er froh sein, sie nicht früher angetroffen zu haben. Er griff nach ihrer Hand und umschloss sie sanft mit seinen beiden. „Ich wünschte, ich könnte dir helfen, Kimani. Nur wüsste ich nicht wie." Sie schluckte, regte sich jedoch nicht. Ihr ganzes Empfinden war auf seine Berührung ausgerichtet. Auf die weiche Haut seiner Hände, die er schützend um ihre Rechte gelegt hatte und auf das Summen, das dabei in ihrem Bauch entstand. Sie war kurz davor, verzückt zu kichern, weil es so unbeschreiblich schön und aufregend war. Doch dann sprach er weiter, und der Zauber dieses winzigen, gestohlenen Augenblicks verschwand so schnell, wie er aufgetaucht war. „Vielleicht ist alles ganz anders, als du denkst, und du machst dir umsonst diese zermürbenden Gedanken."

Jetzt sah sie ihn direkt an. Der Kummer in ihren Augen ging ihm unter die Haut. „Was sollte man daran denn falsch verstehen?", flüsterte sie verzweifelt und entzog ihm ihre Hand.

„Manchmal entstehen Missverständnisse, ohne dass sie gewollt sind. Vor allem, wenn man sich sehr nahe steht, ist man schrecklich verletzt und traurig. Bevor du es nicht sicher weißt, glaube an das Gute. Glaube einfach daran, bis du die Wahrheit kennst. Ärgern kannst du dich anschließend immer noch. Aber du machst dir nicht schon vorher das Leben schwer."

Ein Funke von Hoffnung blitzte in ihr auf. Etwas Ähnliches hatte auch sie bereits gedacht. Die Vorstellung, dass Großmutter ihr wehtun wollte, war nahezu absurd. Vielleicht hatte Tobias Recht, und es war tatsächlich ein Missverständnis. Falls nicht, nun ja, grämen konnte sie sich immer noch.

Ihr Gesicht entspannte sich etwas, und sie fuhr sich mit dem Mittelfinger über die verflixte Falte oberhalb ihrer Nasenwurzel, die immer dann entstand, wenn sie über irgendetwas grübelte. Sie kam zu dem Schluss, dass dieser Tag wahrhaft zu schade war, um ihn mit sinnlosen und unerfreulichen Überlegungen zu verschwenden. Denn er war etwas ganz besonderes, und sie wusste, dass sie ihn nie vergessen würde.

Das Zusammentreffen mit diesem jungen Europäer berührte etwas in ihr, und je besser sie ihn kennenlernte, umso intensiver spürte sie, dass diese Begegnung von Bedeutung war. Sie konnte es nicht näher erklären, auch hatte sie keine Ahnung, ob er ähnlich empfand. Seit er jedoch letzten Abend aufgetaucht war, fühlte sie sich ein wenig so, als hätte sie ein Bier zu viel getrunken. Plötzlich schien ihr alles möglich. Ihr Herz war ungewohnt leicht. Sie sprang auf und ihre Augen leuchteten, als sie ihm ihre Hände hinstreckte, um ihn herauf zu ziehen.

„Lass uns weitergehen!", rief sie fröhlich. Als sie sein verblüfftes Gesicht sah, lachte sie laut auf. „Was du gesagt hast, gefällt mir. Ich habe gerade beschlossen, an ein Missverständnis zu glauben."

Was Großmutter wohl zu Tobias sagen würde? Sie würde sofort sehen, dass er ein Mensch war, den Gott gesegnet hatte. Würde sie auch verstehen, dass Kimani keinen Mann heiraten konnte, den die Geister weniger liebten als diesen dunkelblonden Weißen, der so sanft und so gütig war? Der ihre Launenhaftigkeit mit einem Lächeln und den richtigen Worten in Luft verwandelte. Allein seine Anwesenheit reichte aus. Er war da. Und ihr ging es so gut, wie in ihrem ganzen Leben noch nicht.

Ohne Vorwarnung zog eine Wolke über ihr Herz und ließ sie frösteln. Noch heute würde er wieder aus ihrem Leben verschwinden. Die andere Frau suchen und mit ihr nach Deutschland zurückkehren. Ob sie Haare hatte wie er oder sogar heller? Eine Haut wie Alabaster? Nicht wie ihre eigene, dunkel wie die schwere Erde im verregneten Herbst. Tobias lief dicht hinter ihr. Sie hörte ihn atmen und warf einen schnellen Blick über die Schulter.

Er strich sich eben einige Strähnen aus dem Gesicht, die der Wind sofort wieder zurückblies. Ob sie ihn einfach darum bitten sollte, es berühren zu dürfen? Nur mal ganz kurz in das Haar hineinfassen wollte sie. Wissen, wie es sich anfühlte.

Aus Unachtsamkeit wäre sie fast gestrauchelt und sie spürte, dass ihr heiße Röte in die Wangen schoss. Sie war völlig durcheinander. Ihr Herz hüpfte im Körper umher, als hätte es ein Eigenleben entwickelt, das sie nicht kontrollieren konnte. Sie empfand eine unendliche Süße, einer Melodie gleich, die so schön und zart war, dass sie ein Ziehen im Körper verursachte. Gleichzeitig aber spürte sie einen Schmerz, der so wehtat, als würde er niemals wieder aufhören. Über kurz oder lang würde er ihr Herz in Stücke reißen.

Nein, auf einen Mann wie ihn würde sie nie wieder treffen. Aber sie würde die Hoffnung nicht aufgeben, vielleicht irgendwann jemanden kennenzulernen, der annähernd etwas in dieser Art bei ihr auslöste. Wenn das nicht passierte, würde sie niemals heiraten. Sie würde eine Lehrerin sein und eine alte Jungfer. Sie riss sich zusammen. *Nicht den schönen Tag verderben, Kimani. Er ist zu wertvoll. Koste ihn aus, jeden Augenblick davon.*

Plötzlich fiel ihr ein, was sie ihn unbedingt fragen wollte. Sie blieb stehen und drehte sich zu ihm um. Fast wäre Tobias mit voller Wucht in sie hineingelaufen. Er konnte es im letzten Moment verhindern. Sein Blick hing an ihren Zöpfen, und sie hatte den unerklärlichen und ebenso absurden Eindruck, dass er in diesem Augenblick überlegte, wie sie sich anfühlen würden. Ein hysterisches Lachen stieg ihr in die Kehle und sie schluckte es mit einem erstickten Geräusch hinunter. Als er sie fragend ansah, räusperte sie sich vorsichtshalber.

„Du hast mich vorhin nach der Bedeutung meines Namens gefragt."

Tobias nickte.

„Und dein Name? Was bedeutet er?"

Zum ersten Mal, seit sie sich begegnet waren, sah sie ihn erröten. Er zögerte und blickte über ihre Schulter hinweg in die Ferne.

„Mein Name hat keine Bedeutung." Er lief an ihr vorbei und nahm den Weg wieder auf. Sie glaubte ihm nicht. Jeder Name hatte eine Bedeutung. Namen waren wichtig. Sie lief hinter ihm her und hielt ihn am Arm fest.

„Warte! Jeder Name bedeutet etwas. Deiner sicher auch. Bei uns sind Namen sehr wichtig, weißt du. Wenn sie gut gewählt sind, sagen sie viel über den Menschen aus."

Er verzog seinen Mund zu einem Lächeln. Er hatte bereits vermutet, dass sie hartnäckig sein konnte. Die Arme in die Seiten gestemmt, sah sie ihn erwartungsvoll an.

„Ich wusste mal, was er bedeutet. Das ist jedoch lange her. Ich habe es vergessen."

„Du hast – was?" Sie sah ihn mit offenem Mund ungläubig an. „Aber … aber man vergisst doch nicht, wie man heißt!"

„Bei uns ist nur wichtig, wie man gerufen wird. Kaum jemand hinterfragt, was der Name bedeutet", erklärte er. Dass das tatsächlich stimmte, kam ihm auf einmal nicht richtig vor. Wieso maß man in seiner Welt dem Namen so wenig Bedeutung zu? In dieser Welt war er ein wichtiger Teil des Menschen selbst.

„Süß und schön", flüsterte er dann zärtlich und strich ihr flüchtig über die Wange. Kimani stand wie in Stein gemeißelt und atmete nicht. Er hatte es nicht vergessen. Und seine Stimme klang so sanft, als er es sagte. In dem

Augenblick, als sie ihre Hand hob, um sein Haar anzu-
fassen, wandte er den Kopf und suchte mit den Augen
das bergige Land ab.

„Wie weit ist es noch bis zu deinem Dorf?"

Kimani stieß langsam ihren Atem aus und deutete auf
einen Hügel, dessen grasbewachsene Hänge in der
Sonne grün leuchteten. „Anderthalb Stunden etwa."

„Gut. Du wolltest, dass ich dir von Europa erzähle.
Was möchtest du wissen?" Er lief ihr voran den schmalen Pfad hinunter.

Kimani überlegte. Das war gar nicht so einfach. Es
gab so viele Dinge, die sie interessierten, sie wusste gar
nicht, wo sie anfangen sollte.

„Und?", hakte er nach, als sie noch immer nicht
sprach.

„Ich überlege noch", meinte sie und fügte heiter
hinzu: „Meine Brüder sind ganz verrückt nach Europa.
Ich werde ihnen alles erzählen müssen. Ich bin mir sicher, dass sie dich Löcher in den Bauch fragen werden,
wenn wir bei ihnen sind."

„Na, wenn's sonst nichts ist!", lachte Tobias und
legte ein wenig an Tempo zu. „Ich liebe meine Heimat
und erzähle gerne davon. Es ist wunderschön bei uns."

„Habt ihr Sommer und Winter, so wie wir?"

„Oh ja. Bei uns ist jetzt gerade Sommer. Richtig
warm ist es dann."

Kimani schwieg ein paar Sekunden. „Und weshalb
machst du Urlaub in einem Land, wo jetzt gerade Winter
ist? Magst du den Sommer nicht?"

„Hm", machte Tobias. „Die Frage ist durchaus be-
rechtigt. Doch, ich liebe unseren Sommer sehr. Aber ich
denke, dass Afrika im Sommer sehr heiß ist und diese
Jahreszeit sich besser zum Reisen eignet."

„So heiß wird ist es hier gar nicht", widersprach Kimani. „Im Gebirge ist es sehr angenehm. Natürlich gibt es auch richtig heiße Tage, aber sie sind recht selten."

„Wie bei uns in den Alpen", meinte Tobias nickend. „Dort ist es auch im heißesten Sommer gut auszuhalten."

„Ihr habt auch Berge?" Sie sprang leichtfüßig hinter ihm her und genoss die Unterhaltung. Wenn es nach ihr ginge, könnte der Weg bis ins Dorf noch viel weiter sein.

„Die Alpen sind ein riesiges Gebirge, das sich von Westen nach Osten durch Europa zieht und den Kontinent in Norden und Süden aufteilt."

„Wo liegt dein Land?", wollte Kimani wissen. „Im Norden oder im Süden der Berge?"

„Es liegt direkt nördlich der Alpen."

„Zeigst du es mir auf der Landkarte? Noah und Ismail haben einen Globus im Zimmer. Sie werden begeistert sein, wenn du …"

Sie rannte mit voller Wucht in Tobias hinein. Er war stehengeblieben. Langsam drehte er sich zu ihr herum. Sie erstarrte.

Sein Gesicht war wie versteinert. Die warmen, braunen Augen sahen sie mit einem Ausdruck von Entsetzen an. Fassungslosigkeit. Kimani hatte nicht den blassesten Schimmer, was eben passiert war. Nichts Gutes, das schien klar. Tobias ging ein paar Schritte rückwärts. Seine Bewegung wirkte hölzern, als hätte er Mühe, seine Beine zu kontrollieren.

„Was …?", begann sie, doch sein Blick erstickte ihre Worte im Ansatz. Hilflos stand sie ihm gegenüber, bedacht, den Abstand, den er zwischen ihnen geschaffen hatte, nicht zu verringern. Alles in ihr schrie danach, seine Arme zu packen und ihn zu schütteln. Ihn zu fragen, was los war. Stattdessen steckte sie ihre Hände unter die Achseln und versuchte, das Beben zu verbergen, das ihren Körper erfasst hatte. Noch bevor er den Mund öffnete, wusste sie, was er sagen würde.

„Es tut mir leid", brachte er nun hervor und seine Stimme klang merkwürdig rau und belegt. „Ich muss gehen."

Sie versuchte ein Nicken.

„Der schnellste Weg nach Semonkong?" Fragend sah er sie an. Die Distanz, die bereits zwischen ihnen lag, erschütterte sie. Sie wandte sich um und deutete nach Nordosten.

„Immer in diese Richtung." Ihre Stimme war alles andere als fest, aber das schien er nicht zu bemerken. Sein Blick lag auf dem unwegsamen Gelände, über das er gleich laufen würde. Noch einmal sah er zu ihr. Sie hatte das Gefühl, als wäre er schon fort.

„Ich wünsche dir viel Glück."

Eine Antwort blieb Kimani erspart, denn er hatte sich schon in Bewegung gesetzt. Sie war immer noch wie gelähmt. Als er sich einige Meter entfernt hatte, spürte sie jedoch Zorn in sich aufwallen. Sie konnte nicht anders und rief ihm hinterher:

„Kannst du mir wenigstens sagen, warum? Damit ich es verstehe?"

Er wurde langsamer. Dann blieb er stehen. Wie in Zeitlupe drehte er sich um. Ihre Augen trafen aufeinander. Trauer. Wut. Enttäuschung. Jeder von ihnen der Spiegel des anderen. Tobias antwortete nicht.

Kimani wies mit dem Kinn in die Richtung, in die er gehen musste. „Am Horizont kannst du einen Gipfel mit drei Spitzen sehen. Wenn du dich danach richtest, kannst du dich nicht verlaufen."

Sie starrte ihm nach, bis er nicht mehr zu sehen war. Erst dann löste sich ein Schluchzer aus ihrer Brust. Tränen liefen ihr die Wangen hinab und sie richtete sich zornig auf.

„Warum?", schrie sie in den Wind, der ihr das Haar in die Stirn blies. „Er wäre heute sowieso gegangen. Warum musstet ihr ihn mir jetzt schon nehmen? Und warum auf diese Weise?" Wütend fuhr sie sich mit dem Ärmel ihres Anoraks über das Gesicht. „Was habe ich euch denn getan, dass ihr mich ständig bestraft?"

Sie ging in die Knie und wiederholte wimmernd: „Was habe ich euch denn getan?" Schließlich kauerte sie sich auf den Boden und schlang die Arme um sich. Alles, was sie spürte, war Schmerz. Ihr Herz war wund. Ihre Hände zitterten. Jeder Muskel tat weh. Ihr Kopf fühlte sich an, als würde er bersten wollen. Warum? War es wirklich erst eine halbe Stunde her, dass sie fröhlich miteinander geplaudert hatten? Dass sie sich wohl gefühlt hatte wie nie zuvor? Was war passiert? Was, wenn sie sich das ihr Leben lang fragen würde, ohne jemals eine Antwort darauf zu erhalten? Hatte sie etwas Falsches gesagt? Ihn verletzt? Das hätte sie niemals getan. Über was hatten sie überhaupt gesprochen? Über Deutschland. Die Lage auf der Landkarte. Sie hatte ihre Brüder erwähnt und deren Globus. Doch warum sollte ihn das gestört haben? Er kannte Noah und Ismail nicht. Wahrscheinlich würde sie den Grund niemals wissen. Es zermürbte sie jetzt schon.

Sie konnte nicht sagen, wie lange sie so gesessen hatte. Der Boden unter ihr war kalt und sie fror mit einem Male schrecklich. Ungelenk stand sie auf und fuhr sich mit den Händen über die Augen. Ihr Kopf schmerzte. In diesem Zustand nach Hause zu gehen war unmöglich. Sie würde die Blicke der Leute nicht ertragen. Schon gar nicht die von Großmutter, die sofort sehen würde, dass etwas geschehen war. Das hätte sie beinahe vergessen: Großmutter wartete ja auf sie. Kimani dachte an das Gespräch, das ihr bevorstand. Vielleicht war dieser Mann, den Großmutter für sie ausgesucht hatte, noch immer im Dorf. Sie schüttelte sich. Zuerst musste sie sich wieder fassen. Den Gedanken, zum magischen Ort zurückzukehren, verwarf sie auf der Stelle. Dort würde sie alles an diesen jungen Mann erinnern, den das Schicksal zu ihr geführt hatte. Nein, sie würde ein oder zwei Stunden durch die Gegend streifen, bis sie sich stark genug fühlte, heimzukehren.

Vielleicht sollte sie das Alleinsein dazu nutzen, mit den Geistern Zwiesprache zu halten. Im Moment fühlte sie sich von ihnen vergessen. Aber Großmutter hatte oft gesagt: „Wenn dir der Pfad dunkel erscheint und du den Weg nicht mehr erkennst, dann bitte die Geister um Rat."

Kimani nahm den Rucksack vom Rücken, trank Wasser aus ihrer Flasche und steckte sie zurück. Bedrückt lief sie los, eine Scheibe Brot in der einen Hand, einen Streifen Fleisch in der anderen. Erwartete sie zu viel vom Schicksal? Sie war ihr Leben lang davon überzeugt gewesen, dass das geschehen würde, was Großmutter vorausgesagt hatte. Hatten sich die Geister geirrt? Konnte das passieren? Oder Großmutter hatte die Zeichen falsch gedeutet. Es gab so viele Möglichkeiten. Vielleicht hätte Kimani auch geduldiger sein sollen. Hinnehmen, was geschah. Aber Geduld war nicht unbedingt ihre Stärke.

Sie blieb stehen und schickte einen skeptischen Blick hinauf in den tiefblauen Himmel. „Gott und ihr Geister", murmelte sie verunsichert, „wollt ihr *das* von mir? Soll ich demütig vor euch auf die Knie fallen?" Sie schwieg betroffen. Konnte es sein? Wollten die Geister sie Demut lehren? Diese lag ihr noch weniger als alles andere und klang nicht gerade verlockend. Mit großen Schritten lief sie weiter und spürte, dass ihre Oberschenkel allmählich zu brennen begannen. Hieße das, sie müsste sich dem Wunsch Großmutters beugen, wenn diese es für richtig hielt, dass Kimani heiratete?

Sie seufzte laut und steckte sich den Rest ihres Brotes in den Mund. Wieso musste das Leben so kompliziert sein? Vor einer Woche noch hatte es keinen Gedanken gegeben, der sie in irgendeiner Weise belastete. Und nun war ihr das Herz so unfassbar schwer, als hätte man ihr ein fremdes eingesetzt. Sie kletterte über einen Felsen, der ihr den Weg versperrte und sprang auf den steinigen Weg zurück. Ihr Fuß landete auf einem lockeren Kiesel und knickte um. Ein stechender Schmerz fuhr ihr durch den Knöchel, und im nächsten Augenblick ging Kimani stöhnend zu Boden. Sie fluchte und sprang wieder auf. Doch der Fuß verweigerte seinen Dienst und ließ sich kaum belasten, ohne unerträglich zu schmerzen. Wieder stöhnte sie einen Fluch.

Das hatte ihr gerade noch gefehlt! Schnell schnürte sie den Schuh auf und zog ihn aus. Das allein reichte schon aus, um sie vor Schmerzen zusammenfahren zu lassen. Vorsichtig betastete sie ihr Fußgelenk und fühlte, dass es bereits anschwoll. Ohne zu zögern schlüpfte sie wieder in den Schuh und schnürte ihn fest zu. Es musste irgendwie gehen. Sie würde die Zähne zusammenbeißen, zum Dorf laufen und hoffen, dass sie es schaffte.

Ihre Augen glitten über die Weite des Landes, das gekrönt war von unzähligen schroffen Gipfeln. Jene am Horizont lagen hinter einem Schleier von Dunst. Das Wetter würde nicht mehr lange halten, wusste Kimani. Vielleicht würde es schon früher schneien, als sie angenommen hatte. Bis dahin musste sie zu Hause sein.

9. KAPITEL

Das erste Sonnenlicht fiel bereits in den Raum und brachte die Staubkörnchen in der Luft zum Funkeln. Irgendwo krähte ein Hahn. Ob er den Tag begrüßte oder seine Hühnerschar zusammenrief, wer wusste das schon? Hinter Flo bewegte sich Fiona. Sie hatte tief und fest geschlafen. Manchmal hatte sie im Schlaf ein wenig gezuckt. Nicht sehr stark, gerade so, dass er es mitbekommen hatte. Mal ein Fuß, mal ein Arm. Er selbst hatte kein Auge zugetan. Wie auch?

Ihr süßer Atem schickte eine heiße Welle nach der anderen seinen Rücken hinunter, und die kleinen Seufzer, die sie ausstieß, wenn sie sich bewegte, klangen so zart, dass sie ihm jedes Mal durch Mark und Bein fuhren. Mit all dem wäre er wohl klargekommen. Nur eines konnte er nicht ignorieren, so sehr er sich auch bemühte. Ihre kleinen festen Brüste nämlich, die sich an ihn drückten und die Hormone unterhalb seines Bauchnabels Tango tanzen ließen.

Seit Stunden schon zerbrach er sich den Kopf darüber, wie er reagieren sollte, wenn sie aufwachte. Vielleicht wäre es das Beste, wenn er jetzt gleich aufstehen und sich anziehen würde. Er könnte einen Spaziergang machen. Vielleicht bis zur Teeküche im kleinen Feriendorf. Dort würde er sicher einen Kaffee bekommen. Und dass ihm Bewegung guttäte, daran zweifelte er nicht.

Doch was würde er zu Fiona sagen, wenn sie später aufeinandertrafen? *Na, war's schön bei mir im Bett?*

Oder vielleicht: *Cool, so habe ich wenigstens nicht so geschwitzt, mit deinen Füßen an meinen!*

Nein, das alles war unmöglich. Die ganze Situation war unmöglich. Aber er musste irgendetwas sagen. Soviel stand fest.

Wieder bewegte sie sich. Kurz darauf rutschte sie vorsichtig von ihm weg. Flo rührte sich nicht. Er gab sich größte Mühe, seinen Atem ruhig und gleichmäßig klingen zu lassen. Beinahe geräuschlos schlüpfte Fiona aus dem Bett. Flo hielt die Augen fest geschlossen und hörte, dass sie sich anzog und ins Badezimmer ging.

Als die Tür ins Schloss gefallen war, holte er tief Luft und stieß einen langen Atemzug aus. Dankbar nahm er die Lösung an, die sie ihm nun unbewusst – oder bewusst? – angeboten hatte und öffnete erleichtert die Augen. Sein Blick fiel auf Jette und Margit, die eng umschlungen im Bett gegenüber schliefen. Oder auch nicht. Denn Jette sah ihn mit großen Augen an und lächelte wissend, bevor sie den Kopf wegdrehte und ihr Gesicht ins Kissen grub.

Er erwachte, als Fiona ihn schüttelte.

„Flo, wach auf!" Ihre Hand lag auf seiner Schulter. „Wach auf! Mir ist eben etwas eingefallen!" Er hatte Mühe, aus dem tiefen Schlaf aufzutauchen, in den er gefallen sein musste, nachdem sie das Bett verlassen hatte.

„Was ist denn los?", knurrte er mit belegter Stimme. Benommen rieb er sich die Augen und tastete nach seiner Brille, die neben dem Bett auf dem Boden lag. Fiona wirkte aufgeregt. Keineswegs aber beschämt oder befangen. *Sehr gut*, dachte er, damit konnte er umgehen. Gähnend setzte er sich auf.

Als sein Blick jedoch auf den hellblauen Fleecepulli fiel, den sie trug, konnten auch die besten Vorsätze nicht verhindern, dass er sofort an den Körper dachte, der darunter verborgen war und sich so süß und vertraut an ihn geschmiegt hatte. Es dauerte nur einen Augenblick, und er hatte sich wieder unter Kontrolle. Was hatte sie gesagt?

„Dir ist was eingefallen?"

Fiona nickte und klang leicht atemlos, als sie zu sprechen begann.

„Wir wollten letzte Woche eine Wanderung durchs Gebirge machen, zu diesem berühmten größten Wasserfall von Lesotho. Auf dem Weg dorthin sind wir an eine ziemlich idyllische Stelle gekommen. Da gab es zwar nur einen kleinen Wasserfall, aber wir konnten uns nicht von diesem Ort losreißen. Er war irgendwie ... besonders. Das Wasser fiel von einem hohen Felsen in eine Schlucht, und man hatte eine wunderschöne Aussicht über die Berge und Täler. Es war so schön dort, dass wir uns in die Sonne gesetzt und etwas gegessen haben. Auf einmal war da eine alte Frau. Sie kam über einen Trampelpfad gelaufen." Fiona zögerte, als müsste sie überlegen, wie es sich abgespielt hatte.

„Als sie uns sah, blieb sie stehen. Sie grüßte kurz, stellte sich an den Rand der Schlucht und sah dem Wasser beim Herabfallen zu. Tobias war von ihrer Erscheinung beeindruckt. Sie sah aus wie eine Schamanin oder eine Medizinfrau aus längst vergessenen Zeiten. Mit Ketten und Federn um den Hals. Auf dem Kopf hatte sie einen uralten Hut. Dein Bruder stand auf und ging zu ihr rüber. Er fragte sie, ob dies ein besonderer Ort sei."

„Und dann?", wollte Flo wissen, als Fiona gedankenvoll zum Fenster hinausblickte und die Situation erneut zu durchleben schien.

„Es war irgendwie merkwürdig", murmelte sie und runzelte die Stirn. „Sie starrte ihn an und ging langsam um ihn herum. Geantwortet hat sie nicht. Tobias hat sich wieder zu mir gesetzt und war sicher, dass sie ihn nicht verstanden hatte. Die Frau stand noch eine Weile am Wasser und fuchtelte mit den Armen umher – beinahe ein bisschen wie Geisterbeschwörung. Dann kam sie zu uns rüber."

Flo zog abwartend die Brauen in die Höhe, als sie schwieg. Er sah sie erschauern, bevor sie weitersprach.

„Sie stierte die ganze Zeit auf Tobias und ging wieder um uns herum. Es war unheimlich, wie sie ihn fixierte. Sie war so klein und zerbrechlich. Und ziemlich alt. Ganz grau unter dem Hut. Plötzlich blieb sie vor ihm stehen und sagte in ganz grauenvollem Englisch: *Viele Geister hier. Viele Zeichen.* Dann war sie weg. Wieder den Berg hinunter über den winzigen Pfad. Wir hatten beide eine Gänsehaut", schloss Fiona und sah Flo an, als wartete sie auf eine Beurteilung dieser Begegnung. Der Blick aus ihren leuchtend blauen Augen versetzte ihm einen Stich in die Magengrube. Sofort schob er das Gesicht seines Bruders dazwischen.

„Du denkst, sie könnte etwas mit seinem Verschwinden zu tun haben?" Zweifelnd dachte er darüber nach, was eine alte, einheimische Frau mit seinem Bruder wollte.

Fiona blinzelte verunsichert. „Naja, ich hatte irgendwie den Eindruck, als wäre er für sie wichtig gewesen. Etwas Besonderes", versuchte sie ihre Überlegung zu rechtfertigen. „Sie war völlig aus dem Häuschen und irgendwie überrascht, weil er dort war. Mich dagegen hat sie überhaupt nicht wahrgenommen."

Flo rieb sich grübelnd die Schläfen und schaute zum Fenster hinaus. Weit entfernt, an einem Hang des benachbarten Berges, entdeckte er ein langes weißes Gebäude. Sofort fiel ihm der Gesang von gestern Abend ein.

„Ich weiß", seufzte Fiona. „Das hört sich alles ein bisschen verrückt an."

„Nicht nur ein bisschen. Aber gut, vielleicht sollten wir uns den Ort tatsächlich mal näher ansehen", schlug er vor. Er tat es nicht nur deshalb, weil er ihr das Gefühl geben wollte, dass er sie ernst nahm. Er hatte vor allem keine Ahnung, was sie sonst hier oben tun sollten und hatte beschlossen, nach jedem Strohhalm zu greifen, der sich ihnen bot.

Fiona nickte erleichtert. „Wir sollten auch die Menschen, die hier leben, nach ihm fragen. Die Frau an der Rezeption wusste leider von nichts." Bedauernd hob sie die Schultern. Plötzlich erhellte sich ihr Gesicht und sie erhob sich von Flos Bett.

„Was meinst du, wollen wir uns Ponys ausleihen? Wir haben eine ziemlich weite Strecke vor uns."

„Bloß nicht!", rief er entsetzt. Das hätte ihm gerade noch gefehlt. Er würde sich niemals auf ein Tier setzen und sich seinem Willen ausliefern.

„Dann laufen wir?"

„Wir laufen", bestätigte er, erleichtert darüber, dass sie nicht versuchte, ihn zu überreden.

Als sie die Lodge verließen, war die Sonne schon ein Stück den Himmel hinaufgewandert. Ihre Strahlen ließen die Farben der Berglandschaften aufleuchten. Hin und wieder, wenn der Gebirgspfad sie vor ein atemberaubendes Panorama führte, blieben Flo und Fiona stehen und überließen sich ihrem Staunen. Einige Male begegneten ihnen junge Hirten, die kleine Herden von Schafen oder Ziegen hüteten und ihnen fröhlich zuwinkten. Meistens lief Flo leichtfüßig zu ihnen hinüber, um nach Tobias zu fragen. Er wurde jedes Mal aufs Neue enttäuscht. Keiner wusste etwas von einem dunkelblonden, jungen Europäer mit Rucksack. Also sahen sie sich weiterhin suchend in der bergigen Landschaft um, in der Hoffnung, irgendwann etwas zu entdecken. Was genau, das wussten sie selbst nicht.

Wohin man auch schaute, meistens konnte man auf den umliegenden sanften Hügeln einige Esel entdecken, die an struppigen Grasbüscheln knabberten. Natur und völlige Einsamkeit, dazu eine Stille, die aus einer anderen Welt zu sein schien. Flo sann gerade darüber nach, wie lange er das aushalten würde, als über ihnen Vogelschreie ertönten. Ohne Vorwarnung blieb Fiona stehen. Er wäre beinahe in sie hineingelaufen. Sie hob den Kopf zum Himmel und Flo, der ihren Blicken gefolgt war, sah über ihnen mehrere große Vögel kreisen.

„Sind das Geier?" Er war ein wenig außer Puste wegen des steilen Weges und nahm den Rucksack vom Rücken. Diese Vögel hatte er bisher nur im Fernseher gesehen und stellte fest, dass sie in natura noch bedrohlicher aussahen.

„Ja, es gibt sie hier in Mengen." Fiona griff nach der Wasserflasche, die er ihr hinhielt. Als sie getrunken hatte, schüttelte sie ungläubig den Kopf.

„Es ist merkwürdig." Nachdenklich schraubte sie den Verschluss zu. „Es ist beinahe so, als würde sich alles, was ich hier mit Tobias erlebt habe, wiederholen. Nur diesmal mit dir." Sie sah ihn an. Er wartete.

„Zuerst das mit der kalten Dusche gestern Abend. Dann die Sache mit dem Mann, der Feuer machen wollte und uns dabei vollständig einräucherte. Sogar die eiskalte Nacht, die darauf folgte." Fiona errötete leicht und wandte ihren Blick den Vögeln zu, die über ihnen ihre Kreise zogen und laute Schreie ausstießen. „Und jetzt", nahm sie schließlich den Faden wieder auf, „fliegt an derselben Stelle wieder ein Schwarm Geier."

Bist du auch frierend zu Tobias ins Bett geschlüpft? dachte Flo unvermittelt. Es fehlte nicht viel, und er hätte es ausgesprochen.

„Wie kommt man als Frau auf die Idee, mit einem fremden Mann in Urlaub zu fahren?" Er setzte sich auf einen der Granitbrocken, die abseits vom Pfad lagen. Eine kleine Pause konnte nicht schaden, fand er.

„Nun ja", sagte sie achselzuckend und suchte mit abgeschirmten Augen das Land ab. „Ich wollte diesen Sommer unbedingt nach Südafrika, aber ich habe niemanden gefunden, der diese Reise mit mir macht. Ein Bekannter gab mir den Tipp mit der Internetseite, auf der man inserieren kann, wenn man eine Reisebegleitung sucht." Plötzlich drehte sie sich zu ihm, auf dem Gesicht ein strahlendes Lächeln. Er wusste, dass dieses Strahlen nicht ihm galt, sondern Tobias, den sie glücklicherweise auf diesem Portal gefunden hatte. Dennoch brachte es ihn für einen kurzen Moment aus der Fassung.

„Dort habe ich Tobias Anzeige entdeckt. Er stellte sich den Urlaub genauso vor, wie ich es tat."

„Und du hattest nie Bedenken?"

Fiona schüttelte den Kopf und ließ sich ebenfalls auf einen Stein sinken. „Hätte ich selbst inseriert, so hätte sich jemand ganz gezielt mich herausgesucht. So aber habe *ich mir* jemanden herausgesucht. Nämlich Tobias, der mich dann auch genommen hat. Sozusagen", setzte sie fröhlich hinzu und ihre Augen funkelten erheitert. Flo verfluchte das Kribbeln, das sich dabei in seinem Bauch ausbreitete und es ihm unerhört schwermachte, sich zu benehmen wie ein erwachsener Mensch.

„Ja", nickte er endlich zustimmend. „Du hast wohl Recht. Und jetzt steckst du mitten in diesem Land fest und suchst nach einem Menschen, den du vor ein paar Wochen noch gar nicht kanntest." Auch er musste nun grinsen. Ein Gefühl warmer Verbundenheit durchfuhr ihn und verdrängte das Prickeln energisch. Die Suche nach Tobi machte sie zu Verbündeten. Und wenn etwas anderes schon nicht in Frage kam, so war dies zumindest ein gutes Gefühl.

„Und du?" Fiona sah ihn voller Neugier an. „Was würdest du jetzt gerade tun, wenn du nicht hier wärst, um nach deinem Bruder zu suchen?" Sie streckte ihr Bein aus und hätte gerne ihren schmerzenden Oberschenkel massiert. Unter seinem aufmerksamen Blick ließ sie es jedoch bleiben. Seine Brille hatte er gleich nach dem Aufstehen gegen Kontaktlinsen ausgetauscht, sodass seine Augen noch mehr denen seines Bruders glichen.

„Ich würde arbeiten. Ich habe gerade Semesterferien und nutze sie zum Geld verdienen. Davon habe ich nämlich generell zu wenig."

Was mochte er studieren? Fiona konnte sich beim besten Willen nicht vorstellen, was zu ihm passen würde. Etwas Technisches vielleicht? Maschinenbau? Oder etwas Ähnliches wie Tobias, der gerade sein Studium im Umweltmanagement abgeschlossen hatte?

„Frag mich doch einfach", forderte Flo sie vergnügt auf, und sie fühlte sich ertappt. Waren ihre Gedanken so offensichtlich? Hoffentlich nicht immer, denn sie hatte den ganzen Morgen beinahe ununterbrochen daran denken müssen, wie gut es sich angefühlt hatte, neben ihm zu liegen. Und nicht nur ein Mal hatte sie sich dabei erwischt, dass sie das Verlangen spürte, ihn zu berühren. Die Wärme zu fühlen, die von ihm ausging. Die Geborgenheit. Fiona schluckte. Er schien jedoch tatsächlich nichts von ihrem Ausflug in sein Bett mitbekommen zu haben. In gewisser Hinsicht war sie erleichtert darüber. Ziemlich erleichtert sogar. Sie riss sich zusammen und straffte die Schultern.

„Was studierst du denn?" Sie war froh, dass ihre Stimme unbefangen klang.

„Theaterwissenschaften." Er grinste ein wenig schief, als er ihre Verblüffung sah. „Theater, Schauspiel, Tanz."

Fiona starrte ihn immer noch an und wusste nicht, ob sie ihm glauben sollte. Inzwischen kannte sie ihn gut genug, um zu wissen, dass er es liebte zu scherzen. Und zwar immer und in allen Situationen. Sie mochte das an Flo. Es machte das Zusammensein mit ihm so leicht. So einfach. Sie glaubte nicht, dass er eben gescherzt hatte. Es passte zu ihm. Besser als alles, was ihr sonst einfiel. Sogar das Tanzen konnte sie sich gut vorstellen, so mühelos, wie er sich bewegte. Trotzdem war es außergewöhnlich.

„Ernsthaft?", meinte sie vorsichtshalber dann doch. „Und du flunkerst nicht?"

Flo sah ein wenig gekränkt aus. „Warum sollte ich flunkern?"

„Naja, es ist ungewöhnlich. Irgendwie. Ich kenne niemanden, der Theaterwissenschaften studiert."

Daraufhin sah er sie an, einen Ausdruck im Gesicht, den sie nicht zu deuten vermochte. Erschrocken riss sie die Augen auf, als er plötzlich aufsprang und vor ihr auf die Knie fiel. Er hatte beide Hände aufs Herz gepresst. Sein Blick, den er in ihre Augen senkte, war tief und bodenlos wie das Meer. Als er zu sprechen anfing, war seine Stimme ein wenig dunkler als sonst.

„Hat mein Herz je geliebt? Nein, schwört es ab, ihr Augen. Denn wahre Schönheit sah ich erst heut Nacht!"

Es war, als hätte die Welt für einen Moment zu atmen aufgehört. Sie sahen sich erschrocken an. Die Stille zwischen ihnen füllte sich mit ungesagten Worten, die sich fanden, verbanden und am Ende auflösten, als hätte es sie nie gegeben.

Als Flo registrierte, was er eben gesagt hatte, kroch ihm heiß und brennend dunkle Röte ins Gesicht und er sprang benommen auf. Mit einer fahrigen Bewegung fuhr er sich über die Stirn, als müsse er wegwischen, was sich dahinter befand.

„Das – das war aus … ähm … aus Romeo und Julia", stammelte er, hatte Mühe, sich zu fangen und lief zu seinem Rucksack, um sinnlos darin herumzuwühlen. *Wieso ausgerechnet diese Strophe aus einem riesigen Gesamtwerk?* Er hätte sich am liebsten mit der Faust gegen die Stirn geschlagen.

„Ich weiß." Fiona versuchte, ihre Fassung wiederzugewinnen. Sie war sicher, dass Flo, würde er sie anschauen, den Puls an ihrem Hals schlagen sehen würde. Viel zu schnell. Viel zu stark. Ihr Körper war ein einziges Beben. Wusste er es doch? Hatte er aus diesem Grund genau diese Worte gewählt? Ihr wurde unerträglich heiß. Sie selbst hatte heute keinen Rucksack dabei, mit dem sie sich hätte beschäftigen können. Für den Ausflug hatten sie alles Notwendige in Flos gepackt.

So stand sie auf und lief einige Meter bis zur nächsten Abbiegung. Von hier aus konnte sie weit über die Hochebene sehen, die vor ihnen lag. Nachdem sie einige Male tief durchgeatmet hatte, beruhigte sich ihr Herzschlag allmählich. Äußerlich ruhig ging sie zu Flo zurück und trat vor ihn. Vorsichtshalber räusperte sie sich.

„Gibst du mir bitte die Karte aus dem Rucksack?"

Als er ihr die Landkarte reichte, begegneten sich ihre Blicke. Rasch wanderten seine Augen auf etwas, das er hinter ihrer Schulter zu sehen schien. Fiona setzte sich auf ihren Platz zurück und entfaltete das Papier auf ihrem Schoß. Suchend beugte sie sich darüber. Dann hörte sie seine Stimme. Sie klang ein wenig rau.

„Zum Abschluss des letzten Semesters haben wir das Stück aufgeführt und vorher unendlich oft geprobt. Daher ist es immer noch sehr präsent in meinem Kopf." Es sollte leicht daher gesagt sein, das wusste sie. Und sie war sich auch gar nicht sicher, ob sie es sich bloß einbildete. Aber er klang irgendwie genauso verunsichert, wie sie sich fühlte.

„Wie weit ist es noch bis zu der Stelle, wo ihr diese Frau getroffen habt?", wechselte er dann geschickt das Thema, und Fiona nahm dankbar wahr, dass er sich nun tatsächlich wieder anhörte wie immer.

„Ich denke, wir müssen uns ab hier etwas mehr nach links halten. Damals sind wir geradeaus gelaufen, da wir eigentlich den großen Wasserfall ansehen wollten. Der Karte zufolge wäre aber nach links der kürzere Weg bis zu der Markierung, die ich eingetragen habe." Sie fuhr mit ihrem Finger über das Papier. „Zwei Stunden etwa."

„Wollen wir?" Er stand bereits und packte die Flaschen in den Rucksack. Fiona reichte ihm die Karte, und als er ihr die Hand hinstreckte, um ihr aufzuhelfen, griff sie danach ohne nachzudenken. Und stand im nächsten Augenblick direkt vor ihm. Viel zu nah, stellte sie verzweifelt fest. Sie hatte noch nie einen Mann mit solch langen und dunklen Wimpern gesehen. Sie lagen beinahe auf seinen Wangen, als er zu ihr hinunterblickte. In seinen Augen ein Ausdruck, der warm und weich war. Sie musste an Samt denken. Schnell wandte sie sich ab.

Fiona nahm den Weg wieder auf und entschied sich nur wenige Meter weiter für einen schmalen Bergpfad, der nach links führte. Sie achtete auf ihre Schritte, als sie über ein paar feuchte Felsbrocken stieg, die von einem kleinen Rinnsal überspült wurden. Hinter sich hörte sie Flo leise vor sich hinsummen. Sie stellte ihn sich als Romeo vor. Auf der Bühne. Kniend vor Julia.

Wer auch immer diese Julia gespielt haben mochte, Fiona war sicher, dass dieses Mädchen sich rettungslos in ihn verliebt hatte. Keine Frau würde sich dagegen wehren können. Ein Gedanke kam ihr in den Sinn, der ziemlich nahe lag, ihr jedoch sofort einen schmerzhaften Stich versetzte. Wahrscheinlich waren sie ein Paar. Er und sie. Romeo und Julia.

Sie hatte keine Ahnung, ob er eine Freundin hatte. Sie hatten bisher nicht darüber gesprochen. Vielleicht sollte sie ihn einfach danach fragen? Was hatte sie schon zu verlieren? Sie würden sich sowieso nie wiedersehen, wenn Tobias nur endlich wieder auftauchte. Sie wünschte sich nichts sehnlicher als das, denn sie hielt diese Situation nicht mehr lange aus. Mochte die Trennung von Flo auch endgültig und schmerzhaft sein, so war sie dennoch unausweichlich. Also lieber früher als später. Sonst würde er trotz ihrer Vorsicht irgendwann entdecken, was sie kaum noch zu verbergen vermochte. Nämlich wie sehr sie sich wünschte, er würde die Worte empfinden, die er Romeo aus dem Mund genommen hatte.

Flo strauchelte und fing sich wieder, einen leisen Fluch auf den Lippen. Leise, damit Fiona ihn nicht hörte. Er war immer noch so durcheinander, dass er kaum einen klaren Gedanken fassen konnte. Der Rucksack lastete schwer auf seinen Schultern und er war dankbar für die Mühe und Anstrengung, die dieser Teil der Strecke mit sich brachte. So hatte er zumindest eine gewisse Ablenkung von den Nöten, die ihn sonst noch viel mehr plagen würden.

Sie wäre die perfekte Julia für ihn gewesen. Mit ihr wäre er als Romeo über sich hinausgewachsen, soviel stand fest. Er konnte an gar nichts anderes mehr denken. Ständig hatte er liebestolle Verse auf den Lippen, die darum flehten, hervorgebracht zu werden. Stattdessen aber zwang er sich, irgendwelche dummen Melodien vor sich hinzusummen.

Viel hatte vorhin nicht gefehlt, und er hätte sie einfach geküsst, als er sie hochgezogen hatte. Er war kaum in der Lage gewesen, darüber nachzudenken, was er tat. Der Duft ihrer Haare hatte ihn mit voller Breitseite getroffen, und das kaum wahrnehmbare Aroma nach Rauch, das sich in ihnen eingenistet hatte, hatte ihn ohne Vorwarnung in die letzte Nacht zurückkatapultiert. Hätte sie sich nicht plötzlich weggedreht, dann ... *Oh, Tobi. Ich flehe dich an. Bitte komm einfach. Und alles hat ein Ende.*

Sein Blick fiel auf Fiona, die so schnell unterwegs war, dass sie sich bereits ein ganzes Stück von ihm entfernt hatte. Vor einiger Zeit schon hatte er festgestellt, dass ihr Gang sich verändert hatte. Vielleicht wurde sie müde? Sie lief längst nicht mehr so leichtfüßig wie heute Morgen, und ihm schien, als – schlagartig war es ihm klar. Ihr Bein schmerzte. Anders konnte es nicht sein. Sie zog es beinahe unmerklich nach. Das Bein mit der großen Narbe. Flo verzog gequält das Gesicht. Fiona hatte ihn sicher nicht umsonst danach gefragt, ob sie mit den Pferden hinaufreiten wollten. Und er? Er hatte sofort abgelehnt. Wieder einmal ohne vorher sein Hirn zu aktivieren.

Er stöhnte laut auf und war erfüllt von bitterer Reue. Vor ihm warf Fiona einen schnellen Blick über die Schulter und blieb stehen.

„Alles in Ordnung?", erkundigte sie sich, als er zu ihr aufgeschlossen hatte. Flo nickte und blieb bei ihr stehen.

„Bin nur gestolpert", murmelte er, immer noch sauer mit sich selbst.

„Schlimm? Tut dir was weh?" Ihre Stimme war besorgt, als sie einen Blick auf seine Füße warf.

„Nein, gar nicht. Es ist alles in Ordnung." Im Grunde sollte er *sie* fragen, ob sie Schmerzen hatte. Doch Fiona sprach schon weiter.

„Wenn Tanzen zu deinem Beruf gehören wird, dann solltest du schon die kleinste Verletzung nicht unterschätzen. Aber das weißt du ja sicher selbst."

Wieder nickte er. Diesmal zwang er sich zu einem schiefen Lächeln. „Du bist besorgt um mich?"

Das Blau ihrer Augen wurde einen Ton dunkler, als sie ungewohnt kampfeslustig entgegnete:

„Ich möchte nicht diejenige sein, an die du dich später zurückerinnerst, wenn dein Knöchel beim Tanzen zwickt."

Er betrachtete sie zärtlich, und bevor er es verhindern konnte, strich er ihr eine helle Strähne hinters Ohr. *Ich werde in Zukunft bei jedem Schritt an dich denken. Aber nicht, weil mein Knöchel schmerzt.*

„Mein Knöchel wird nicht schmerzen."

„Dann ist es ja in Ordnung", lächelte sie nun, drehte sich weg und setzte ihren Weg fort.

„Darf ich dich etwas ziemlich Persönliches fragen?", hörte er sie kurze Zeit später sagen. Sie klang leicht aus der Puste, was er auf die Steigung zurückführte, die sie soeben hinter sich gelassen hatten.

„Nur zu", antwortete er neugierig.

„Du und Julia", sie holte tief Luft, „seid ihr zusammen?"

„W – was?", stotterte er überrascht und blieb stehen. Auch Fiona hielt an und drehte sich zu ihm. Sie sah ihn direkt an und ein amüsierter Ausdruck huschte über ihr Gesicht, als ob seine Überraschung sie erheiterte.

„Es kommt doch vor, dass man sich beim Proben für solch ein gewaltiges Stück ineinander verliebt. Man lernt sich recht gut kennen, und wenn man sich auch noch gut versteht, passiert es vielleicht einfach. Einfach so", setzte sie noch hinzu, und ihre Wangen, vom Anstieg leicht gerötet, schienen einen Hauch dunkler zu werden. Flo starrte sie immer noch an.

„So? Meinst du?", meinte er schließlich, worauf Fiona zuerst nickte, dann lächelte.

„So war es zumindest bei mir."

Nun war er völlig verwirrt. „Wieso bei dir? Was war bei dir?"

Während sie sprach, lief sie langsam weiter. „Wir haben in der Theater-AG der Oberstufe Romeo und Julia aufgeführt. Ich war damals die Julia."

Als sie schwieg und Flo Zeit hatte, über ihre Worte nachzusinnen, verstand er plötzlich. Und blieb erneut stehen. Hatte sie ihm eben erzählt, dass sie sich als Julia in ihren Romeo verliebt hatte? Er warf ihr einen ungläubigen Blick zu. Doch Fiona war unbeirrt weitergelaufen und alles, was er sah, waren ihr schmaler Rücken und der blonde Pferdeschwanz, der im Takt ihrer Schritte auf und ab wippte. Sie zog ihr Bein nun merklich stärker nach.

Flo spürte, dass ihm der Unmut den Hals hinauf kroch und ihn langsam aber sicher zuschnürte. Er hasste ihn. Wenn überhaupt, dann hätte sie seine Julia sein sollen! Er zog die kühle Luft bis tief in seine Lungen und ging weiter. Romeo also. Er wusste noch nicht einmal, weshalb ihn das so sehr aufbrachte. Er beeilte sich, zu ihr aufzuschließen, und als er direkt hinter ihr war, sagte er gerade laut genug, dass sie es verstehen konnte:

„Nein, ich habe mich nicht in Julia verliebt. Was aber nicht heißt, dass ich nicht verliebt bin." Es hörte sich sehr lässig an und er war ein bisschen stolz darauf.

In diesem Augenblick rutschte Fiona aus, und er griff ihren Ellenbogen, damit sie nicht zu Boden ging. „Danke", murmelte sie und rieb sich den Oberschenkel. Flo sah sich suchend um. Nicht weit von ihnen entfernt wuchsen ein paar kräftige Gräser, auf denen sie sicher bequem sitzen konnten.

„Komm mit", forderte er sie sanft auf. Wie konnte er nur eine solche idiotische Bemerkung von sich geben? „Ich brauche eine kurze Pause. Wollen wir etwas essen?"

„Wie heißt sie denn?", fragte Fiona ein paar Minuten später unerwartet, und Flo verschluckte sich beinahe an seinem belegten Toast. Er war froh, sich die Zeit nehmen zu können, in aller Ruhe – sehr ausgiebiger Ruhe – fertig zu kauen. *Ja, wie heißt sie denn?*

„Olga", sagte er dann auch prompt und fragte sich sofort, welcher Teufel ihn gerade ritt. Doch es war bereits geschehen. „Sie heißt Olga. Olga Ka ..." Er brach ab. Er musste sich ja nicht vollends zum Idioten machen. Denn Olga Kalaschnikova würde sie ihm niemals abnehmen.

Fiona beäugte ihr Brot und biss hinein. Sie hatte ihm erzählt, dass sie Weißbrot hasste, doch in diesem Land schien es nichts anderes zu geben. Dann traf ihn ein schneller Blick von der Seite. „Ist sie Russin?"

„Nein", nuschelte er mit vollen Mund. „Aber so ähnlich."

„Und? Weiß sie es?"

„Nein." Sein Blick war stur auf sein Essen geheftet.

„Warum sagst du es ihr nicht?"

Meine Güte, wieso mussten Frauen immer so hartnäckig sein? „Ich glaube, sie liebt einen anderen."

„Wenn du sie nicht fragst, wirst du es nie erfahren."

„Nun ja, das ist in diesem Fall nicht ganz so einfach", versuchte er zu erklären und begann die Hoffnung aufzugeben, dass sie endlich zu fragen aufhörte.

„Bist du noch mit Romeo zusammen?", fragte er sie, bevor sie weiterbohren konnte.

Überrascht hörte sie zu kauen auf und sah ihn mit großen Augen an. *So blau, dass ich mich hineinstürzen möchte wie ins Meer, bis zum Grund, um nie wieder aufzutauchen.* Er riss sich zusammen, als sich ihr Gesicht zu einem vergnügten Lachen verzog.

„Nein! Nach anderthalb Jahren haben wir festgestellt, dass er weder mein Romeo ist, noch ich seine Julia bin. Aber wir hatten eine gute Zeit miteinander."

Noch bevor er auf ihre Worte reagieren konnte, packte Fiona seinen Unterarm.

„Sieh mal!" Sie deutete an ihm vorbei über die Ebene, die sich bis zu den weit entfernten Bergen erstreckte. Es dauerte einen Moment, bis er entdeckte, was sie meinte. Ein Mensch lief dort. Er bewegte sich nicht auf sie zu, sondern überquerte den Hang. Flo konnte nicht erkennen, ob es ein Mann war oder eine Frau. Fiona war bereits auf die Beine gesprungen und stand nun dort, wo sie eben noch gesessen hatte. Sie schirmte die Augen gegen die Sonne ab.

„Kannst du etwas erkennen?", wollte Flo wissen, aufgeregt und voller Hoffnung. „Ist es Tobias?" Statt zu antworten, zeigte sie auf den Rucksack.

„Bei meinen Sachen ist ein kleines Fernglas." Das Glas an die Augen gepresst, sagte sie schließlich: „Nein,

Tobias ist es nicht. Ich glaube, es ist eine Frau. Sie scheint verletzt zu sein, denn sie humpelt ziemlich stark."

„Hm." Flo war enttäuscht und zuckte gleichgültig die Achseln. „Das ist schlecht für sie. Wo doch weit und breit niemand ist, der ihr helfen kann."

„Das ist nicht ganz richtig", entgegnete Fiona und stopfte die Reste vom Essen in den Rucksack. „*Ich* könnte ihr vielleicht helfen." Flo sah sie verwundert an. Sie jedoch warf sich bereits den Rucksack auf den Rücken und machte sich auf den Weg, querfeldein den Hang hinunter.

Er blieb stehen wo er war und sah ihr nach. Ihr blondes Haar glänzte in der Sonne und sein Magen zog sich vor Verlangen zusammen. „Fiona", flüsterte er kaum hörbar. „Wie soll ich das nur aushalten?"

Ohne den Blick von ihr zu nehmen, setzte er sich in Bewegung und folgte ihr.

10. KAPITEL

Die Stille, die hier herrschte, tat ihr wie immer gut. Es war Mittag. Um diese Tageszeit war sie am liebsten hier, denn kaum jemand befand sich zu dieser Stunde auf dem großen Gelände am Rand der Stadt. Die Erinnerung an den quälenden Schmerz, den sie mit diesem Ort verband, kehrte jedes Mal aufs Neue zurück. Und doch war er nur der Nachgeschmack dessen, was sie einst empfunden hatte. Er nahm ihr nicht den Atem. Nicht mehr. Es tat noch immer weh. Und es würde niemals aufhören. Aber die Jahre hatten eine dicke Narbe über das wunde Herz wachsen lassen, die verhinderte, dass sie an der klaffenden Wunde verblutete.

Der laue Sommerwind fuhr durch die hohen Pappeln und ließ die Blätter rascheln, als wären sie zum Leben erwacht. Die Sonne schien warm vom wolkenlosen Himmel.

Veronika saß auf der Bank und strich mit den Händen über das verwitterte Holz. Es war nicht das erste Mal, dass sie dachte: *Ein neuer Anstrich würde ihr nicht schaden.* Und doch war dies eines der Dinge, die nirgendwo sonst so unwichtig schienen wie hier. Ihr Blick war auf den Ehering geheftet, der sich seit fast 25 Jahren an ihrer linken Hand befand. Nur in den letzten Wochen ihrer beiden Schwangerschaften hatte sie ihn abnehmen müssen, da ihre Finger zu dicken Würsten angeschwollen waren.

„Ich möchte mit dir über unsere Söhne sprechen", sagte sie und sah auf. „Du verstehst sicher, dass ich gerade fast umkomme vor Sorge."

Es waren die Pappeln, die ihr leise flüsternd zu antworteten schienen.

„Die Polizei meint", fuhr Veronika fort, „dass ich mir keine allzu großen Sorgen machen soll. Die meisten Menschen, die vermisst gemeldet werden, würden nach einigen Tagen unversehrt wieder auftauchen. Auch in Südafrika. Sie haben sich mit der Behörde dort in Verbindung gesetzt." Gedankenverloren malte sie mit den Spitzen ihrer Sandalen Muster in den feinen Kies. „Trotzdem denke ich an nichts anderes. Immer nur an Tobias. Wo er gerade ist. Was er tut. Ob es ihm gut geht." Sie seufzte und drehte ihren Ehering. „Flo schreibt hin und wieder eine Nachricht. Ihm geht es gut. Und dem Mädchen auch. Sie sind gemeinsam unterwegs und suchen nach Tobias. Es war schrecklich für mich, als Flo auch nach Südafrika geflogen ist, aber ich darf die beiden nicht ewig bevormunden. Ich hätte es ihm am liebsten verboten und musste mich dazu zwingen, es nicht zu tun. Also habe ich ihn gehen lassen. Nur, weißt du", sie schluckte und wischte sich verstohlen eine Träne aus dem Gesicht, „ich komme mir so alleine vor. Und so hilflos. Ich kann nichts tun außer warten. Ich dachte, dass du vielleicht ein Auge auf unsere Jungs haben könntest? Und ein bisschen auf sie aufpasst? Klar", sie setzte sich auf und straffte die Schultern, „das tust du sowieso, ich weiß."

Sie strich sich das lange, dunkelblonde Haar hinter die Ohren und lehnte sich nach vorne, die Ellenbogen auf die Knie gestützt. Zwei Spatzen landeten vor ihr auf dem Boden und hüpften um sie herum, auf der Suche nach essbaren Schätzen zwischen den Steinchen. Veronika beobachtete sie und lächelte.

„Tobias und Flo sind tolle junge Männer. Ich hätte niemals gedacht, dass Geschwister so unterschiedlich sein können. Unser Erstgeborener war schon im zarten Alter von 17 Jahren so erwachsen, wie viele Menschen niemals werden. Durch die Umstände bedingt, sicher. Es macht mich zuweilen traurig, dass ihm seine kindliche Leichtigkeit schon so früh genommen wurde. Er kommt scheinbar ganz gut damit zurecht. Ich sage scheinbar, denn manchmal weiß ich nicht, wie es wirklich in ihm aussieht. Und unser Flo: Er ist dir so unglaublich ähnlich, nicht nur äußerlich. Er ist genau wie du. Er scheint nie erwachsen zu werden. Einerseits hoffe ich, dass ihm das nie verloren geht. Andererseits denke ich, dass ihm ein wenig Reife nicht schaden könnte. Aber er ist noch jung. Und ich bin dankbar, wenn er diese Zeit noch lange genießen kann."

Sie hörte Schritte, die auf dem Kies knirschten und setzte sich aufrecht hin. Sofort flogen die Spatzen auf und suchten das Weite. Ein Mann ging an ihr vorüber. Sein Schritt war schleppend, die Schultern gebeugt. Er beachtete Veronika nicht. Schien sie nicht einmal wahrzunehmen. Sie sah ihm mitfühlend hinterher. Sie kannte ihn nicht persönlich. Dennoch wusste sie, wer er war. Sie wusste auch, weshalb er hier war und dass er noch immer dachte, er könne ohne seine Frau nicht weiterleben.

„Vertraue auf die Zeit", murmelte Veronika, wohl wissend, dass er ihr nicht glauben würde. „Ja, dann", schloss sie halblaut, erhob sich und griff nach ihrer Tasche. „Ich muss jetzt gehen. Die Mittagspause ist gleich vorbei und ich bin heute Nachmittag im Laden. Hab ein Auge auf unsere Jungs, ja?"

Wieder war es nur der Wind, der antwortete und ihr das Haar ins Gesicht wehte. Bevor sie ging, wandte sie sich noch einmal um: „Ich höre es mir immer noch täglich an, dein Lieblingslied von den Toten Hosen: Steh auf, wenn du am Boden bist. Jedes Mal denke ich: Ja, sie haben Recht. Irgendwie geht es weiter."

Während sie sprach, war einer der Spatzen herangeflogen und hatte sich auf Philipps Grabstein gesetzt. Den Kopf leicht zur Seite geneigt sah er aus, als hörte er ihr zu. Mit einem leichten Lächeln auf den Lippen verließ Veronika den Friedhof.

11. KAPITEL

Zuerst dachte Kimani, der Wind hätte ihr einen Streich gespielt. Als sie jedoch erneutes Rufen vernahm, wusste sie, dass sie sich nicht verhört hatte. Sie drehte sich um und suchte mit den Augen die Gegend ab. Ihr war übel vor Schmerz. Sie war noch nicht sehr weit gekommen und hatte keine Ahnung, wie sie den Weg bis nach Hause schaffen sollte. Ihr Knöchel schrie vor Schmerzen und flehte bei jedem Schritt, zu dem sie ihn zwang, um Erbarmen.

Endlich entdeckte sie jemanden. Eine Frau lief auf sie zu und winkte. Kimani blieb überrascht stehen. Es war selten, dass man hier auf Menschen traf. Hin und wieder sah man einen Hirten oder jemanden, der auf dem Pferd unterwegs zu Verwandten war. Diese Frau aber war nichts von beidem. Ihr Haar glitzerte mit der Sonne um die Wette, und nicht zum ersten Mal wünschte sich Kimani eine hellere Haarfarbe als die ihre.

„Hallo", grüßte die junge Frau, als sie vor Kimani stand. Sie sah sie freundlich an, mit Augen, die blauer waren als der Himmel. Kimani fand sie wunderschön. Und ziemlich klein. Sie ging ihr bis knapp an die Schulter.

„Hallo", sagte Kimani und verlagerte ihr Gewicht auf den gesunden Fuß. Ihr Unterschenkel pochte, und sie konnte nicht verhindern, dass sie gequält das Gesicht verzog.

„Du bist verletzt", stellte die hellhaarige Frau mit sanfter Stimme fest und blickte hinunter zu Kimanis Fuß. Diese nickte.

„Mein Knöchel, ja. Ich bin von einem Felsen gesprungen und umgeknickt."

„Wenn du möchtest, kann ich ihn mir mal ansehen." Sie nahm den Rucksack vom Rücken und ließ ihn vor sich auf den Boden plumpsen. „Oder ist dir das unangenehm?"

Schnell schüttelte Kimani den Kopf. „Nein. Nein, gar nicht. Ich muss noch ein Stück laufen, und die Schmerzen sind unerträglich."

Die Frau sah sich suchend um und deutete schließlich auf einen Stein. „Am besten setzt du dich da drauf. Ich heiße übrigens Fiona."

Kimani tat wie geheißen. „Mein Name ist Kimani", sagte sie und sah zu, wie Fiona sich vor sie hockte und ihr den Schuh aufschnürte.

„Ich versuche, dir nicht allzu sehr weh zu tun. Es wird trotzdem schmerzen, wenn ich dir den Schuh vom Fuß ziehe. Der Knöchel wird dick sein."

Kimani erwiderte nichts darauf und schnappte nur kurz nach Luft, als Fiona behutsam zog und den Schuh beiseitelegte. Dann streifte sie Kimanis Strumpf hinunter und betastete vorsichtig das heiße, geschwollene Gelenk. Kimani biss die Zähne zusammen, überließ sich jedoch vertrauensvoll den Händen der Frau, deren Berührungen unerwartet sanft waren. Offensichtlich wusste sie, was sie tat.

„Also", sprach Fiona dann mehr zu sich selbst und zog ihren Rucksack zu sich heran. Sie holte eine kleine rote Tasche hervor und suchte darin. „Ich denke nicht, dass etwas gerissen ist", bemerkte sie und drückte eine kleine Wurst weißer Salbe aus einer Tube. Damit rieb sie die schmerzende Stelle ein. Weiße Hände auf schwarzer Haut. Der Kontrast fesselte Kimani und sie konnte den Blick nicht abwenden. Andere weiße Hände kamen ihr in den Sinn. Größere, die sie heute ebenfalls schon berührt hatten. „Die Schwellung ist ziemlich stark, dadurch kann ich nicht alles ertasten. Aber ich würde sagen, du hast Glück im Unglück gehabt. Die Beweglichkeit scheint normal zu sein." Mit diesen Worten begann Fiona, einen festen Verband um die Stelle zu wickeln. „Schone den Fuß ein paar Tage lang und vor allem: Kühle deinen Knöchel, wenn du nach Hause kommst. Mit der Bandage müsste es jetzt einigermaßen gehen, und die Salbe wird die Schmerzen lindern."

Kimani sah sie dankbar an und überlegte, ob alle weißen Menschen so freundlich waren wie diese beiden, die sie innerhalb von so kurzer Zeit kennengelernt hatte. Sie wollte gerade fragen, woher Fiona kam und wohin sie unterwegs war, als sie Schritte hinter sich hörte. Sie drehte sich um. Ein junger Mann war zu ihnen getreten.

„Und? Alles in Ordnung?", erkundigte er sich und ging neben ihnen in die Hocke. Dunkles Haar stand ihm wirr um den Kopf.

„Es ist nicht ganz so schlimm, wie es aussah", meinte Fiona und packte das Täschchen weg. „Sie hat Glück gehabt, es ist nichts kaputt gegangen und bis nach Hause wird sie es jetzt schaffen. Ein schöner Name: Kimani." Lächelnd sah sie zu Kimani. Diese jedoch starrte mit fassungslosem Entsetzen auf den jungen Mann. Hastig schlüpfte sie in ihren Schuh, schnürte ihn mit fahrigen Bewegungen zu und stand auf. Vergeblich versuchte sie, das Zittern ihrer Hände zu verbergen.

„Ich kann dir noch eine Tablette gegen die Schmerzen geben", hörte sie die blonde Frau sagen, ohne dass der Sinn der Worte zu ihr durchdrang.

„Ist alles in Ordnung?" Prüfend sah Fiona sie an.

Kimani nickte verwirrt, obwohl gar nichts in Ordnung war. „Vielen Dank", brachte sie unter Mühe heraus. „Ich bin wirklich dankbar, aber ich muss jetzt gehen." Noch einmal warf sie einen ungläubigen Blick auf

Fionas Begleiter. Erschaudernd schüttelte sie den Kopf und suchte das Weite. Ihren Knöchel spürte sie kaum.

Hörte denn dieser Tag gar nicht damit auf, furchtbar zu sein? Er hatte so vielversprechend angefangen. Heute Morgen. Doch das schien schon lange her. Stunden? Tage? Und nun spielten die Geister ein Spiel mit ihr, das sie nicht verstand. Hatten ihre Augen sie betrogen? Hatte sie etwas gesehen, was nicht war?

Wieder schüttelte sie den Kopf. Sie wusste, was sie gesehen hatte. Sie wusste es ganz genau. Auch, wenn es nicht möglich war und sie wahrscheinlich gerade den Verstand verlor. Sie hatte direkt in die Augen von Tobias geblickt.

„Was war das jetzt?" Flo stand noch immer auf demselben Fleck und starrte dorthin, wo die junge schwarze Frau eben aus ihrem Blickfeld verschwunden war.

Fiona sah in dieselbe Richtung und hob ratlos die Schultern. „Ich habe keine Ahnung. Sie schien auf einmal völlig durcheinander zu sein."

„Sie hat plötzlich ein Gesicht gemacht, als hätte sie ein Gespenst gesehen." Flo nahm den Rucksack auf den Rücken. Frauen musste man nicht verstehen. Am besten probierte man es gar nicht erst.

„Sie hat aber keinen Geist gesehen, sondern dich", warf Fiona ein, worauf Flo scherzhaft meinte: „Na toll. Ich sehe also aus wie ein Gespenst?"

Sie errötete leicht. „Wir hätten sie fragen sollen, ob sie etwas von Tobias weiß", sagte sie nachdenklich und fügte hinzu: „An euren Augen sieht man sofort, dass ihr Brüder seid. So, wie sie dich angesehen hat, wäre es fast möglich, dass sie …" Sie schwieg gedankenverloren.

Flo verstand. „Du meinst, sie kennt ihn? Das wäre ein ziemlich großer Zufall, oder?"

„Hm. Ja, vermutlich schon. Trotzdem hätten wir sie fragen sollen. Und jetzt ist sie weg."

„So ist es." Er sah den Hügel hinauf, von wo sie beide gekommen waren. „Und was machen wir? Meinst du nicht, dass wir wieder zurückgehen sollten? Ich glaube nicht, dass wir Tobias hier finden."

„Wohin zurück?"

„In die Lodge. Und morgen gehen wir nach Semonkong oder nach Maseru. Zur Behörde."

„Zur Polizei?" Fionas Stimme war leise und voller Zweifel.

„Was sollen wir denn sonst tun? Wir müssen ja irgendwie weiterkommen." Er sprach ruhig, aber mit Nachdruck.

„Ja, ich weiß." Sie sah ihn traurig an. „Ich habe wirklich gedacht, dass wir ihn hier finden. Aber ich habe mich wohl geirrt."

Er legte die Arme um sie und zog sie an sich, als wäre es das Selbstverständlichste der Welt. „Niemand kann wissen, wo er ist", flüsterte er. „Die Polizei hat andere Möglichkeiten zu suchen. Sie werden ihn finden, ganz bestimmt." Ihr Haar an seiner Wange. Ihr süßer Körper an seinem Körper. Ihr Mund so nah. So weich. Als ihm bewusst wurde, was er tat, ließ er sie augenblicklich los und trat einen Schritt zurück. Bedauern flackerte in ihren Augen. Vielleicht wünschte er es sich auch nur und es war Unsicherheit. Als sie die Wiese hinauflief, folgte er ihr.

„Woher kannst du das?", fragte er unvermittelt und sah auf Fionas Hände. Er war vorhin ein paar Schritte von den Frauen entfernt stehen geblieben und hatte dabei zugesehen, wie sie den Knöchel behandelte. Es schien, als hätte sie niemals etwas anderes gemacht. Er war nicht nähergekommen, um die Fremde nicht in Verlegenheit zu bringen. Jetzt aber musste er unentwegt daran denken, wie sanft und bestimmt Fionas Hände den verletzten Fuß berührt hatten.

„Was meinst du?"

„Na, das mit dem Knöchel. Woher wusstest du, dass sie nicht schlimm verletzt war? Und wie du den Verband anlegen musstest, damit sie wieder laufen kann?"

„Weil es mein Beruf ist. Nun ja, fast jedenfalls", erzählte sie und lächelte ihn an, als sie sich zu ihm umdrehte. „Ich bin Physiotherapeutin. Ende des Jahres habe ich meine Abschlussprüfung."

„Oh!" Er blieb überrascht stehen. Er erinnerte sich an das Gespräch von heute Morgen und grinste. „Na, da wäre doch mein Knöchel in den besten Händen gewesen, wenn ich mir heute früh den Fuß verstaucht hätte. Und das Risiko, jemals mit schmerzendem Fuß tanzen müssen, wäre vernichtend gering gewesen!"

„Ja, genau." Sie lachte auf und ihre Augen blitzten.

„Was?", fragte er argwöhnisch. „Stimmt es gar nicht? Hast du etwas anderes gelernt?"

Immer noch lachend schüttelte sie den Kopf. „Ich bin wirklich Physiotherapeutin. Für Tiere. Genaugenommen für Pferde."

„Oh!", entfuhr es Flo erneut. „Warum ausgerechnet für Pferde?" Im selben Moment fiel ihm ein, dass sie ihm von der Pferdezucht ihrer Eltern erzählt hatte.

Ihr Blick verdunkelte sich bei der Frage und sie wurde ernst. „Wegen unseres Gestüts. Wir haben viele Pferde. Und da ich nicht …", sie stockte und wandte den Kopf ab. „Da ich keine Turniere mehr reite, kann ich mich auf diese Weise nützlich machen", schloss sie leise. Ihre Stimme bebte leicht. *Warum reitest du nicht mehr?* Diese Frage lag ihm auf der Zunge, doch ihr Gesichtsausdruck ließ ihn schweigen.

„Das heißt demnach", sagte er, um Heiterkeit bemüht, „Knöchel von Menschen und Pferden fühlen sich gleich an?"

Fiona nickte und sah ein wenig fröhlicher aus. Sie nahm den Weg wieder auf. „Zumindest äußern sich die Verletzungen sehr ähnlich. Der Unterschied ist nicht groß."

„Und du hast keine Angst vor diesen großen Tieren?" Flo war das unbegreiflich. Er würde ihnen niemals über den Weg trauen. Als Fiona nicht antwortete, tat er es stattdessen. „Nein. Natürlich hast du keine Angst. Du bist ja mit ihnen aufgewachsen."

Ein Lächeln erhellte ihr Gesicht. „Ja, das stimmt. Ich habe auf einem Pony gesessen, bevor ich laufen konnte. Tatsächlich sind die meisten Pferde freundlich und gutmütig. Man sollte ihnen von Anfang an mit sanfter Bestimmtheit begegnen, dann akzeptieren sie die Menschen gerne."

„Hm", brummte Flo nicht ganz überzeugt. „Und was ist, wenn du mal an einen Teufel gerätst? Der sich auf die Hinterbeine stellt und dich bedroht?"

Sie sah ihn an, leichter Spott in den Augen. „So etwas passiert in Filmen, ja. Aber Film und Wirklichkeit können sehr verschieden sein. Ich habe es bis heute noch kein einziges Mal erlebt."

Er musste zugeben, dass er noch nie persönliche Bekanntschaft mit einem Pferd gemacht hatte. Er hatte es bisher erfolgreich zu vermeiden gewusst. Auch heute Morgen, als sie den Vorschlag machte, sich Ponys zu leihen. Sein Gewissen meldete sich wieder. Dass Fiona Probleme mit ihrem Bein hatte, war jetzt nicht mehr zu übersehen. Er hatte keine Ahnung, ob ihr bewusst war, dass er es bemerken musste und war hin- und hergerissen. Er wollte sie nicht in Verlegenheit bringen. Genauso wenig aber wollte er, dass sie dachte, er wäre ein rücksichtsloser Mensch.

„Lass uns eine Weile rasten", schlug er ein paar Minuten später vor, als sie eine Stelle erreichten, die wie für eine Pause gemacht war. Sie setzten sich nebeneinander auf den weichen Boden. Die Sonne wärmte ihre Gesichter, und der Blick über das hochgelegene Land ließ sie staunend miteinander schweigen.

Flo hätte nicht im Traum daran gedacht, dass man ein Schweigen als friedlich und angenehm bezeichnen konnte. Nie hätte er es für möglich gehalten, dass er sich einmal wünschen würde, ein Schweigen möge nie enden. Genau das jedoch empfand er gerade. Er fühlte sich unglaublich wohl in ihrer wortlosen Gesellschaft. Zudem so dicht beieinander, dass er die Wärme spürte, die von ihr ausging. Er hatte die Hände neben sich auf das raue Gras gelegt und sog die Luft in seine Lungen. Es war für ihn noch immer unwirklich, dass er sich seit zwei Tagen in Afrika befand.

Das besondere Licht der Nachmittagssonne ließ die Farben des Landes geheimnisvoll schimmern. Ein kaum wahrnehmbarer Schleier von Dunst hatte sich vor den Horizont geschoben und ließ ihn geisterhaft und fern scheinen. Bergwelt, wohin man schaute, darüber ein Himmel, so tiefblau, als wäre er gemalt.

Tobias, wo bist du? Bruder, komm zurück, wenn du kannst. Flos Herz zog sich schmerzhaft zusammen. Er würde alles dafür geben, wenn nur sein Bruder wieder unversehrt bei ihnen war. Alles? Unter gesenkten Lidern warf er einen schnellen Blick zur Seite. Sein Hals wurde eng. Ja, alles. Er würde sein Leben lang kein Wort darüber verlieren, dass er dieselbe Frau liebte wie Tobi. Damit sollte sein Bruder sich niemals auseinandersetzen müssen. Das schwor sich Flo.

In diesem Moment berührte etwas seine Hand. Als er hinunter sah, hatte Fiona ihre Hand so dicht an seine herangeschoben, dass ihr kleiner Finger an seinem lag. Ein Blitz durchzuckte ihn wie ein Stromschlag. Zufall? In diesem Moment schob sich ihre Hand zaghaft über seine. Er war wie elektrisiert. Alles in ihm schrie danach, sie an sich zu reißen. Seine Lippen auf die ihren zu pressen und die Hände in das seidenweiche, helle Haar zu vergraben. Seine Zunge, die zwischen ihre Lippen schlüpfte und Einlass forderte in ihren Mund. Ihr sanftes Stöhnen, wenn er sie ins Gras legte und -.

Flo keuchte und sprang entsetzt auf. Sein Körper hatte bereits reagiert. Er hasste sich selbst dafür. Eben hatte er sich noch geschworen, dass er alles geben würde für seinen Bruder. *Aber nicht so, Florian. So nicht!*

„Wir sollten jetzt gehen", stieß er zwischen den Zähnen hervor und riss den Rucksack vom Boden. Im Augenwinkel erkannte er, dass sie ihm ihr Gesicht zugewandt hatte. Sie erhob sich schwerfällig und ging wortlos an ihm vorüber. Ihre Wangen waren gerötet, ihre Bewegungen ungelenk.

Ein paar Minuten später hatte sein Puls wieder zum normalen Tempo zurückgefunden. Noch immer fühlte er sich beschissen. Schlechter noch als das. Vergeblich versuchte er, die Aufruhr seiner Lenden zu ignorieren. Mehrfach biss er sich auf die Lippen, so fest, dass die Spuren seiner Zähne sicher deutlich zu erkennen waren. Es war ihm egal.

Inzwischen war sein Kopf wieder klar genug, dass er nachdenken konnte. Ob sich Fiona überhaupt bewusst war, was sie getan hatte? Vielleicht hatte sie sich gar nichts dabei gedacht. *Aber legt man einem guten Freund einfach so seine Hand auf die Hand?* Er war noch nicht einmal ein guter Freund. Ein Bekannter. Ein Mitstreiter.

Flo seufzte laut. Heute Abend noch müsste er es aushalten. Morgen gingen sie zur Polizei; die würde alles in die Hand nehmen. Und dann war dieser Spuk hoffentlich bald vorbei.

***

Tobias Beine schmerzten und sein Magen gab ein mürrisches Knurren von sich. Wenigstens wusste er, dass er auf dem richtigen Weg war, denn einige Stellen, die er passiert hatte, waren ihm bekannt. Es konnte nicht mehr weit sein bis zur Lodge. Dort war sicher noch ein Platz für ihn frei. Das Bett, nach dem er sich so sehnte, musste allerdings noch warten. Er würde zunächst zur Anmeldung hinunter laufen und endlich, endlich seine Anrufe tätigen. Anschließend könnte er die rundgebaute Backpackerunterkunft aufsuchen und sich in ein Bett fallen lassen. Er wollte nichts anderes als Schlafen, denn er war zum Umfallen erschöpft. Zudem konnte er beim Schlafen nicht nachdenken. Und das tat er seit Stunden ununterbrochen.

Ihr schönes, dunkles Gesicht ging ihm nicht aus dem Kopf. Der Ausdruck darin. Fassungslosigkeit. Augen, die wie Kohlen glühten und ihn voller Unglauben ansahen. Verletzt und traurig. Verständnislos. Tobias griff sich an die Schläfen und presste die Finger darauf.

In dem Augenblick, als sie Noah und Ismail erwähnt hatte, war ihm klar gewesen, dass Kimani deren Schwester sein musste. Ihre Erscheinung, die ihm so merkwürdig vertraut war. Wie hatte er es nur übersehen können? Sie war Ismail wie aus dem Gesicht geschnitten. Möglicherweise waren sie sogar Zwillinge.

Im selben Moment hatte ihn wie ein Schlag die Erkenntnis getroffen, dass es Kimanis Großmutter war, die

ihn hatte entführen lassen. Ihm war auf der Stelle spei-
übel geworden und er hatte befürchtet, er würde sich vor
Kimanis Füße erbrechen. Tobias hatte nur noch ein Ziel
gehabt. Weg! So schnell wie möglich. Fort von ihr. Denn
sie war im Begriff, ihn wieder dorthin zu bringen, wo er
hergekommen war. Sie hatte ihm eine Falle gestellt, und
er war – einem dummen Tier gleich – nahe dran gewesen, allzu bereitwillig hineinzulaufen. Bis sie sich ver-
riet.

Sein Kopf schmerzte. Merkwürdigerweise tat es gut,
und er bohrte die Finger ein wenig stärker in die emp-
findlichen Schläfen. Er wurde das Bild nicht los. Ihre
Augen. Es waren ihre Augen, die ihm immer wieder erzählten, dass sie von nichts gewusst hatte. Wie ein waid-
wundes Tier hatte sie ihn angesehen, als er sie verließ.
Warum hatte sie wissen wollen. Sie hatte ihn um eine
Erklärung angefleht. Und was hatte er daraufhin getan?
Er hatte sie im Stillen höhnisch ausgelacht, weil sie tat,
als habe sie von nichts gewusst.

Sie hatte es tatsächlich nicht gewusst. Er aber war so
blind gewesen, so beschäftigt mit sich selbst, dass er auf
nichts anderes geachtet hatte. Er hatte ohne Rücksicht
gehandelt und dabei einen Menschen zutiefst verletzt. Es
gab keine Möglichkeit, sich zu entschuldigen. Er würde
das Land übermorgen verlassen und niemals wiederkommen. Ihre Brüder und ihre Großmutter würden ihr
mit Sicherheit von ihm erzählen. Den Rest würde sie
sich zusammenreimen. Oder umgekehrt. Sie erzählte
von ihrem Zusammentreffen, und ihre Familie würde ihr
die Antwort geben auf ihre Frage. *Warum?* Kein ver-
nünftiger Mensch hätte unter diesen Umständen anders
reagiert als Tobias. *Kein Mensch*, versicherte Tobias sich
noch einmal und hoffte, seine Gedanken damit zur Ruhe
zu bringen. Nie zuvor hatte er jemandem so wehgetan,

doch es gab immer ein erstes Mal. So war das Leben. Kimani würde darüber hinwegkommen. Er auch.

Endlich entdeckte er die beiden Backpackerunterkünfte und er fühlte sich augenblicklich wohler. Er beschloss, seinen Rucksack hineinzulegen, bevor er zum Büro weiterging. Dort würde er nachfragen, ob er etwas Brot und Käse kaufen konnte. Er schirmte die Augen gegen die untergehende Sonne ab, als er eine Bewegung wahrnahm. Mit freudigem Gebell kam ihm der helle Labrador entgegengelaufen und sprang ihn schwanzwedelnd an. „Hallo Joy!" Tobias atmete tief durch und ihm wurde bewusst, wie erleichtert er war, wieder in der Zivilisation angekommen zu sein. Seine Brust wurde eng, und er setzte sich auf den Boden. Joy warf sich sofort neben ihn und legte ihm den Kopf auf die Beine. Die Tränen kamen einfach. Er konnte es nicht verhindern. Ein ersticktes Schluchzen löste sich aus seiner Brust. Der Hund sah kurz auf und presste seinen Körper vertrauensvoll und tröstend an Tobias, der mit seinen Händen immer wieder über das weiche Fell strich. Er war sich nicht ganz sicher, weshalb er weinte. Natürlich, es war die Erleichterung, hier zu sein. Aber da waren noch andere Dinge. Die Zeit, die er in diesem Dorf verbracht hatte. Wären es andere Umstände gewesen, so hätte er sich nichts Schöneres vorstellen können, als einige Tage bei diesen Menschen zu leben. Da war dieses Land, dem er sich so innig verbunden fühlte. Trotzdem konnte er kaum erwarten, es zu verlassen. Die Zerrissenheit, die er deswegen empfand, bereitete ihm körperliche Schmerzen.

Kimani. Er hätte sie gerne näher kennengelernt. Diese leuchtende Bergrose mit ihren Dornen. Aber das wäre sowieso nicht möglich gewesen. Tobias musste lächeln, als er an ihr Temperament dachte und an ihre Intensität zu leben und wischte sich die Tränen aus dem Gesicht. Sie würde ihren Weg gehen, daran zweifelte er nicht. Sie würde es zu verhindern wissen, wenn sie den Mann nicht heiraten wollte, den ihre Familie für sie ausgesucht hatte.

Tobias blieb noch eine Weile sitzen und sah zu, wie die Sonne sich ein letztes Mal aufbäumte, bevor sie endgültig hinter den Gebirgszug sank. Steif erhob er sich und lief den Pfad hinunter zu den Rundhäusern, begleitet von Joy, die fröhlich bellend um seine Beine sprang.

Fiona sah an Flo vorbei zum Fenster hinaus. Der Tag verabschiedete sich soeben und die unaufhaltsame Dämmerung eroberte das Land. Viel schneller, als sie es von Deutschland kannten. Sie saßen sich an dem kleinen Tisch gegenüber, vor sich eine Mahlzeit aus Brot, Käse, Tomaten und Gurken. Das Gemüse hatte Flo in der Teeküche besorgt, während Fiona sich zum Ausruhen auf ihr Bett gelegt hatte. Der Tag hatte sie erschöpft. Nicht nur körperlich. Die Stimmung zwischen ihnen war schwer zu beschreiben. Sie beide waren darum bemüht, so zu tun, als wäre nichts geschehen, dort oben in den Bergen. Aber von so etwas wie Normalität waren sie meilenweit entfernt. Sie redeten kaum miteinander, und wenn einer von ihnen sprach, so wählte er seine Worte sehr bedacht.

Sie hatte es gewusst. Die Deutlichkeit jedoch, mit der er es gezeigt hatte, schmerzte Fiona mehr als sie zugeben wollte. Irgendwann an diesem Tag war ein kleiner Same der Hoffnung in ihrem Herzen gekeimt. Es waren diese winzigen Augenblicke, in denen sie den Eindruck hatte, dass sie ihm nicht gleichgültig war.

Sie hatte sich ganz einfach geirrt. So etwas passierte. Auf freundschaftlicher Basis verstanden sie sich. Ganz gut sogar. Sie konnten miteinander über dieselben Dinge lachen und staunen. Aber eben nur freundschaftlich. Er sah sie nicht als Frau. Zumindest nicht als eine Frau, die für ihn reizvoll oder begehrenswert war.

Und dennoch: Als sie dort oben gesessen hatten, nah beieinander und in einvernehmlichen Schweigen, da war noch etwas anderes gewesen. Eine bisher unbekannte Vertrautheit. Verbundenheit. Es war ein wenig so gewesen, als würden ihre Herzen im Gleichklang schlagen. Ein harmonisches Zusammenspiel. Eine Melodie, wie sie süßer nicht sein konnte. Zusammen ein Ganzes. Hätte sie das alles nicht gespürt, hätte sie sich niemals getraut, ihn zu berühren.

Beinahe hätte sie laut aufgelacht. So falsch hatte sie gelegen. Er hatte seine Hand weggezogen, als hätte er sich verbrannt. Sie war eben kein elfenhaftes Wesen, das sich bewegte, als würde es den Boden nicht berühren. Sie hatte diese Verletzung am Bein, die dazu führte, dass sie es nachzog, wenn sie erschöpft und müde war. Die ihr eine Narbe beschert hatte, die ihren jungen Körper für immer entstellen würde. *Aber all das gehört zu mir!* Ein kleiner Anflug von Stolz schob sich vor die Bitterkeit, die sie erfüllte.

Wenn sie annehmen könnte, dass der eigentliche Grund für sein Verhalten diese Frau war, in die er sich verliebt hatte, wäre es leichter zu ertragen. Um es sich nicht noch schwerer zu machen, würde sie ab jetzt davon ausgehen, dass es so war. Wünschte sich nicht jeder Mensch, auf einen solchen Partner zu treffen? Der nichts anderes wahrnahm außer dem Menschen, den er liebte? Ein solcher Mann schien Flo zu sein. Fiona versuchte sich für diese Frau zu freuen, der seine Zuneigung galt.

„Schau mal, was ich mitgebracht habe", brach er betont fröhlich das Schweigen und bückte sich nach der

Tüte, die neben ihm auf dem Boden lag. Er zog eine Weinflasche heraus und stellte sie auf den Tisch. Vier Pappbecher folgten. „Die Chefin hat sie mir geschenkt. Ein Ehepaar hat sie in ihrem Ferienhaus vergessen, erzählte sie. Aber sie selbst trinkt keinen Wein."

„Und wieso vier Becher?" Fiona sah ihn an – zum ersten Mal, seit sie in die Hütte zurückgekehrt waren. Die mickrige Glühbirne beleuchtete sein Gesicht nur dürftig. Der Rest des Raumes lag bereits in Dunkelheit gehüllt.

„Ich dachte, wenn Jette und Margit auftauchen, dann kriegen sie auch was ab", meinte er mit einem schiefen Grinsen, das seine Augen nicht erreichte. Er war längst nicht so unbefangen, wie er sich gab. Fiona bedauerte, dass sie der Grund dafür war. Wo war sein Lächeln geblieben, das der ganzen Welt zeigte, dass nichts und niemand ihn erschüttern konnte?

„Jette und Margit haben einen Dreitageritt gebucht. Sie wollten gegen zehn Uhr heute früh mit dem Tourenführer losreiten."

„Ja, dann … müssen wir die Flasche eben zu zweit leeren", entschied er und schraubte den Verschluss ab. „Mit dem Wein im Magen wird die Nacht sicher auch nicht so kalt."

Fiona musste nun doch lächeln. „Einen Becher nur, mehr nicht", sagte sie bestimmt und achtete darauf, dass sich ihre Finger nicht berührten, als sie den Wein entgegennahm. „Und kein Feuer heute Abend."

Er schüttelte energisch seinen Kopf. „Kein Feuer", wiederholte er und die Erinnerung an die letzte Nacht meldete sich leise zu Wort. In diesem Moment ging die Tür auf und Joy stürmte herein. Eine dunkle Gestalt folgte ihr in den Raum.

„Thank you, but no fire this evening!", riefen Fiona und Flo wie aus einem Mund, sahen sich daraufhin an und prusteten gleichzeitig los. Wie gut das Lachen tat! Fiona wollte gar nicht mehr damit aufhören und spürte, wie ein Teil der Spannung von ihr wich. Flo schien es ähnlich zu gehen, denn er fuhr sich lachend mit den Händen durchs zerzauste Haar und sah sie unverwandt an.

Plötzlich eine Stimme. „Was – was ist …?"

Sie verstummten augenblicklich. Mitten im Raum stand ein Mann. Fiona und Flo brauchten die Länge eines Atemzugs, bis sie ihn erkannten. Fiona schrie überrascht auf. Gleichzeitig sprangen sie von den Stühlen.

12. KAPITEL

„Wie kann man nur so stur sein?" rief Kimani den Tränen nah und stampfte zornig mit dem Fuß auf. Sofort schoss ihr ein schmerzhafter Stich durch den Knöchel. Sie stöhnte.

Irgendwo musste sie hin mit ihrer Wut. Und mit ihrer Enttäuschung. Nichts war so, wie sie es sich vorgestellt hatte, seit sie gestern bei Anbruch der Dämmerung nach Hause gekommen war. Sie hatte sich in Großmutters Arme werfen wollen. Sich von ihr trösten lassen. Sie hatte ihr von Tobias erzählen wollen und davon, was sie empfunden hatte. Dass es wie eine Woge gewesen war, die sie erfasst und mit sich gerissen hatte. Großmutter hätte ihr erklären können, weshalb manche Dinge, die geschahen, so schrecklich schmerzen mussten.

Sie hatte sich außerdem vorgenommen, ganz geduldig zuzuhören, wenn Großmutter ihr von dem Mann erzählte, den sie für Kimani ausgewählt hatte. Sie war trotz des quälenden Fußes und des schweren Herzens voller freudiger Erwartung gewesen, weil sie wusste, dass Großmutter sie liebte und dass sie auf diese Liebe vertrauen konnte.

Und nun? Ein weiteres Mal fixierte sie ihren älteren Bruder. Sie konnte sich nicht daran erinnern, dass er ihr jemals etwas abgeschlagen hatte, wenn es ihr ernst war.

„Bitte Ismail", flehte sie leise und nahm die Hände von den Hüften. „Bitte erzähl mir, was passiert ist. Es ist sehr wichtig für mich." Doch ihr großer Bruder sah sie nur mitleidig an. Hilflos hob er die Schultern und ließ sie wieder fallen. Er schüttelte den Kopf. „Es tut mir leid, Schwester, glaub mir. Es tut mir wirklich leid. Aber sie ist nun mal die Stammesälteste. Ihr Wort gilt. Das weißt du ebenso wie ich."

„Dann beantworte mir nur eine Frage. Eine einzige", versuchte sie es noch einmal, doch er hatte sich schon von ihr weggedreht. Ihr Blick glitt zu Noah, der auf seine Füße starrte. „Wisst ihr etwas von einem jungen Europäer? Sein Name ist Tobias."

Ihr jüngerer Bruder sah überrascht auf. Er zögerte und schob mit seiner Schuhspitze Erde zu einem kleinen Hügel zusammen. Endlich öffnete er den Mund.

„Noah!", hörten sie Ismail ungeduldig rufen. „Komm jetzt. Die Werkstatt wartet nicht ewig!"

Noah warf ihr einen bedauernden Blick zu, aber bevor sie noch etwas sagen konnte, trottete er seinem Bruder hinterher zum alten Bus.

Ja, dachte Kimani niedergeschlagen, *das können sie gut. Einfach gehen und mich in meinem Elend alleine lassen.* Sie hörte, wie der Motor ansprang. Tränen traten ihr in die Augen. Würde sie sich jemals wieder anders fühlen als verzweifelt und alleine? Seufzend fuhr sie sich mit dem Handrücken über das Gesicht. Sie durfte Großmutter nicht so lange alleine lassen. Schuldgefühle plagten Kimani. Hätte sie nur nicht so getrödelt. Wäre sie einen Tag früher nach Hause gekommen, wäre sie hier gewesen, als es geschah. Nicht, dass sie es hätte verhindern können. Aber sie wäre bei der alten Frau gewesen, die ihr Mutter war wie niemand sonst. Vielleicht hätten sie sich vorher noch ausgesprochen. Ihren Brüdern konnte sie keine Vorwürfe machen. Sie hatten das einzig Vernünftige getan und den Arzt aus Semonkong geholt. Aber auch der konnte nicht helfen.

Kimani öffnete die Tür zu Großmutters Hütte und trat leise ein. Die weise Frau hatte die Augen geschlossen und schlief. Ihre linke Gesichtshälfte sah unnatürlich verzerrt aus. Wie sie dort unter ihrer Decke lag, wirkte sie winzig klein. Als würde ein Kind im Bett liegen und keine stolze Frau, deren Weisheit bis weit über die Berge hinaus geschätzt wurde. Eine Klammer legte sich um Kimanis Brust und sie setzte sich auf den Stuhl neben der Schlafstätte. Wie sehr sie Großmutter liebte. Dass sie einmal nicht mehr sein würde, war bisher jenseits ihrer Vorstellung gewesen. Es konnte keine Welt geben ohne Großmutter. Sie war das Zentrum ihres Lebens, seit sie denken konnte. Um was würde Kimanis Leben sich drehen, wenn Großmutter einmal nicht mehr war? Sie würde auf der Stelle heiraten, egal wen, wenn damit nur Großmutter wieder gesund würde. Aber Kimani wusste genug über diese Krankheit, um zu wissen, dass die alte Frau sich nicht wieder erholen würde.

„Ach, Großmutter", wisperte sie und betrachtete die Schlafende zärtlich. „Ich habe nicht damit gerechnet, dass du jemals ernsthaft erkranken könntest. Du warst immer der Mittelpunkt meines Lebens. Seit ich denken kann hast du mir geholfen, die Dinge zu verstehen. Wieso musste der Schlag dich gerade jetzt treffen? Hätte er nicht noch warten können? Ein paar Jahre? Dann wäre ich ein bisschen weiser und gelassener als heute. Vielleicht sogar ein wenig geduldiger." Sie legte ihre Hand auf die geblümte Decke. Plötzlich kam ihr ein Gedanke. „Hast du gewusst, dass die Geister dich nach Hause rufen werden? Wolltest du aus diesem Grund, dass der Platz an meiner Seite belegt wird? Damit ich nicht alleine bleibe? Weshalb hast du meinen Brüdern gesagt, dass sie niemals über das sprechen dürfen, was geschehen ist? Du weißt, dass sie dich über die Maßen respektieren und nicht ein einziges Wort darüber verlieren werden. Aber es wäre so wichtig. Für mich." Sie schluckte.

174

In diesem Augenblick öffnete die alte Frau ihre Augen. Kimani richtete sich erschrocken auf. „Großmutter, ich ...", stammelte sie und fasste mit ihrer Hand nach der ihrer Großmutter. „Ich habe das nicht so gemeint. Wichtig ist für mich nur, dass du wieder gesund wirst." Sie sah hinab auf die kleine, runzelige Hand, strich sanft darüber und hob den Blick. Die Augen ihrer Großmutter ruhten auf Kimanis Gesicht, erfüllt von Liebe und Zärtlichkeit.

Ihre Lippen zuckten, als ob sie zu sprechen versuchte. Sie gab sofort auf. Daraufhin wanderte ihr Blick weiter und blieb an etwas hängen, das hinter Kimani an der Wand war. Kimani wusste, was dort hing. Trotzdem drehte sie sich um. Es war das Bild des Schmetterlings, das sie vor langer, langer Zeit gemalt hatte, an dem Tag nach der besonderen Nacht am magischen Wasserfall.

„Ja", lächelte sie jetzt und betrachtete das Bild, während eine warme Woge der Erinnerung in ihren Bauch strömte. „Ich weiß es noch, als ob es erst gestern gewesen wäre. Jeder Schmetterling, den ich sehe, lässt mich an unsere Stunden am magischen Ort denken." *Und an die Prophezeiung,* fügte sie im Stillen hinzu.

Sie wandte sich zurück. Großmutter hatte die Augen geschlossen und war tief eingeschlafen. Fürsorglich zog Kimani die Decken zurecht, damit die alte Frau nicht fror. „Wenn es dir besser geht, werde ich dir von Tobias erzählen, Großmutter", flüsterte sie und ein glückliches Lächeln umspielte ihre Lippen. „Er würde dir gefallen, das weiß ich. Denn er ist voller Sanftheit und Güte. Die Geister lieben ihn." Für einen Moment umwölkte sich ihre Stirn. „Weißt du, seit ich ihn kennengelernt habe, ist es so, wie die Prophezeiung es gesagt hat. In mir brennt ein Feuer, und ich kann es nicht wieder löschen. Mein Herz sagt mir, dass es nur durch ihn ganz ist. Und doch muss mein Herz sich irren. Denn er ist gegangen. Das ist der eine Grund. Der andere ist: Er ist weiß. Ich bin schwarz."

***

Flo war froh um den Lärm und den Tumult um sie herum. Dadurch war es ihm nahezu unmöglich, nachzudenken. Aber eben nur nahezu. Sie saßen in einem kleinen Bistro am Flughafen und warteten auf ihre Flüge. Ihr Gepäck hatten sie bereits aufgegeben. Tobias und er hatten ein Sandwich gegessen, und Fiona nippte nur hin und wieder an ihrem Tee, der inzwischen kalt sein musste. Viel Zeit blieb ihnen nicht mehr. Wenige Minuten nur noch, und sie würden Fiona zu ihrem Gate bringen.

Seit Tobias an jenem Abend vor zwei Tagen auf solch wundersame Weise bei ihnen in der Lodge erschienen war, hatten sie viele Stunden damit verbracht, sich zu erzählen, was passiert war. Fiona und er hatten ein paar Sekunden gebraucht, bis sie begriffen hatten, dass Tobias tatsächlich wieder da war. Als die junge Frau, an der ihm selbst so viel lag, Tobias stürmisch und glücklich um den Hals gefallen war, hatte Flo sich abwenden müssen. Natürlich konnte er ihre Freude über das Wiedersehen verstehen. Das hieß aber nicht, dass er sich die innige Begrüßung mit ansehen musste.

Tobias konnte kaum glauben, dass Flo nach Südafrika geflogen war und zusammen mit Fiona nach ihm gesucht hatte. Er hatte sie beide immer wieder umarmt und sich bedankt. Es schien ihm gut zu gehen, obwohl er einige verrückte Dinge erlebt hatte. Gemeinsam hatten sie den Wein geleert und bis spät in der Nacht am Tisch gesessen.

Fiona war den ganzen Abend über recht still gewesen. Von Zeit zu Zeit hatte sie ein paar Worte ergänzt, wenn Flo von den Tagen in Harrismith und Lesotho berichtete. Als Tobias dann vor Müdigkeit beinahe vom Stuhl gerutscht war, waren sie unter die warmen Decken der Betten geschlüpft. Diesmal ohne den stinkenden Qualm eines nicht wärmenden Feuers. Darüber mussten sie alle drei lachen. Sie schliefen tief und fest, bis der rücksichtslose Hahn aus der Nachbarschaft sie am nächsten Morgen schon bei Tagesanbruch weckte.

Den gestrigen Tag hatten sie im Auto verbracht. Sie hatten Spaß gehabt und waren fröhlich gewesen. Die Erleichterung über den guten Ausgang dieses merkwürdigen Urlaubs war allen anzumerken. Verborgen unter der Leichtigkeit ihres Beisammenseins jedoch waren da andere, nicht ausgesprochene Dinge, die ebenfalls Raum beanspruchten. Das spürte Flo so deutlich, dass ihn hin und wieder ein Schauer durchfuhr, der ihm eine Gänsehaut bereitete.

Während er selbst an kaum etwas anderes dachte als die bevorstehende Trennung von Fiona, blickte sein Bruder oft gedankenverloren zum Beifahrerfenster hinaus. Tobias konnte es kaum erwarten, nach Hause zu kommen. So hatte er gesagt. Und doch schien er, seit sie Lesotho verlassen hatten, mit jedem Kilometer, den sie zurücklegten, niedergeschlagener zu sein. Ein Teil von ihm schien trotz allem hier zu bleiben.

Und Fiona, die darauf bestanden hatte, dass sie den Wagen fuhr, war noch ruhiger als sonst. Ihr Gesicht war blass und die Augen, deren lebhaftes Leuchten Flo vom ersten Augenblick ihres Zusammentreffens an gefesselt hatte, schienen verhangen von einer Schwermut, die Flo nicht ganz nachvollziehen konnte. Natürlich lagen Konstanz und Gießen nicht eben nahe beieinander. Aber in

Zeiten wie diesen waren Entfernungen keine große Hürde mehr, wenn es um wichtige Dinge ging. Dinge wie Liebe.

Als sie nach stundenlanger Fahrt in Johannesburg angekommen waren – Tobias hatte später das Steuer übernommen – hatten sie sich zuerst ihre Übernachtung bei den Backpackers gesichert und anschließend das Mietauto zurückgebracht. Den Abend hatten sie in der Unterkunft am Kaminfeuer verbracht, zusammen mit Rucksackreisenden aus aller Welt. Einer von ihnen hatte seine Gitarre dabei, es wurde afrikanisches Bier getrunken und die Zeit verging wie im Nu. Jetzt saßen sie beieinander, ein Trio in merkwürdig gedrückter Stimmung.

Tobias griff nach seinem wiedergefundenen Handy und sah auf die Uhrzeit. Behutsam legte er Fiona, die aufmerksam die Menschen rundherum beobachtete, eine Hand auf den Arm.

„Es wird Zeit", meinte er und erhob sich. Schweigend liefen sie durch die buntgemischte Menge. Flo hielt sich hinter Tobias und Fiona. Er versuchte, es nicht zu tun, aber er konnte nicht anders. Er prägte sich alles an ihr ein. Wie sie ging. Wie sie ihre Hände bewegte, wenn sie sich eine Haarsträhne aus dem Gesicht strich. Der helle Pferdeschwanz, der so vorwitzig hin- und herschwang, wenn sie lief.

Sein Herz schlug ihm schmerzhaft gegen die Brust. Nur noch wenige Augenblicke, und sie war weg. Er würde es nicht verhindern können. Je näher sie dem Gate kamen, desto schleppender wurde sein Gang. Der Moment kam und sie standen davor. Die Schlange der wartenden Passagiere war bereits erschreckend kurz. Bevor Fiona sich von Tobias verabschiedete, drehte sie sich zu Flo. Ihre Augen waren riesig und wirkten dunkel im künstlichen Licht der großen Halle.

„Leb wohl, Flo", sagte sie mit rauer Stimme und nahm zaghaft seine Hand. „Ich bin froh, dass du gekommen bist. Danke dafür."

„Klar", meinte er so unbekümmert wie möglich. Mit einiger Mühe zauberte er ein schiefes Lächeln auf seine Lippen. „Ich kann doch keine Frau alleine durch Afrika ziehen lassen, um nach meinem Bruder zu suchen." Ihre Hand fühlte sich eiskalt an. Wie einst ihre Füße …

„Ja, dann …" Sie lächelte ihn an und zögerte ein wenig. Er trat einen Schritt auf sie zu und umarmte sie unbeholfen. Als er sie losgelassen hatte, wandte er sich ab. Tobias und Fiona sollten sich nicht unter seinen Blicken verabschieden müssen.

Es war soweit. Sie ging. Das blonde Haar lag schimmernd auf dem hellblauen Fleecepulli, den sie trug. Seine Augen saugten sich an ihrem schmalen Rücken fest, der sich stetig von ihm entfernte. Julia ging von ihm. Erst jetzt verstand er das ganze Ausmaß des Schmerzes, das Romeo empfunden haben musste, als er seine Geliebte verlor. Er hatte gedacht, er hätte sich gut in Romeo hineinversetzt, als er die Rolle gespielt hatte. Nichts war es gewesen. Nichts im Vergleich zu dem, was er jetzt empfand.

Noch einmal drehte Fiona sich um und warf einen Blick zurück. Obwohl es kaum möglich war, so hätte Flo schwören können, dass sie dabei *ihn* ansah und nicht Tobias. Dann war sie fort.

Und sein Herz gebrochen.

13. KAPITEL

Oktober

„Wie findest du's?"

Veronika griff sich mit den Händen ins frischgeschnittene Haar. Es fühlte sich fremd an, so kurz. Aber wunderbar leicht und gut. „Ist doch gar nicht so schlecht, oder? Es steht mir gut, finde ich. Ich dachte, du solltest sie zuerst sehen."

Es war ein wunderschöner Herbsttag, der dazu einlud, draußen zu sein und die letzten warmen Sonnenstrahlen zu genießen. „Ich erinnere mich genau an das Gesicht, das du jedes Mal gemacht hast, wenn ich sagte, ich würde gerne mal eine kürzere Frisur ausprobieren. Deshalb habe ich es nie getan." Sie seufzte leise und sah gedankenverloren über das von hohen Bäumen gesäumte Gelände des Friedhofs. „Ich habe das Gefühl, dass bei uns alle Zeichen auf Veränderung stehen. Aus diesem Grund dachte ich, dass auch bei mir die Zeit dafür gekommen ist. Nach all diesen Jahren."

Ein Mann näherte sich und sie verstummte. Er grüßte sie mit einem kurzen Nicken, das Gesicht von Schmerz und Trauer gezeichnet. Voller Mitgefühl sah sie ihm hinterher.

„Seit unsere Söhne aus Südafrika zurück sind – glücklicherweise gesund", sprach sie kurz darauf gedämpft weiter und ihre Augen tasteten sich über die Inschrift des grauen Steins, „ist alles anders als zuvor. Ich habe keine Ahnung, was dort passiert ist. Sie erzählen beide nichts. Natürlich kenne ich die Geschichte von Tobias und seiner Entführung. Gott weiß, warum diese alte Frau ihn zu sich geholt hat. Aber die Polizei wollte er nicht einschalten, so sehr ich ihn auch dazu gedrängt habe. Vielleicht macht die Frau so etwas öfters. Das müsste unterbunden werden. Es sei ihm ja nichts passiert, meint Tobias. Trotzdem ist er nicht mehr der junge Mann, der er vor seiner Reise war. Manchmal, wenn er denkt, ich sehe es nicht, starrt er in die Ferne, als wäre er lieber ganz woanders. Seine Stelle, die er ab ersten Oktober antreten sollte, hat er nach seiner Rückkehr gar nicht erst angetreten. Vielleicht erfahre ich heute Abend mehr von ihm, denn er hat mich um ein Gespräch gebeten. Ein wenig Bauchschmerzen habe ich deswegen schon, da ich ahne, was er mir sagen wird. Aber ich selbst habe ihn vor seinem Urlaub darum gebeten, in sich zu gehen und zu überlegen, ob sein Leben ihn glücklich und zufrieden macht."

Veronika stand auf und ging ein paar Schritte auf und ab. Die Vorstellung, dass Tobias sie verlassen würde, war furchtbar und nahm ihr beinahe die Luft zum Atmen. Sie hatte sich fest vorgenommen, ihn mit keinem Wort davon abzuhalten. Doch es tat so weh. Sie ließ sich wieder auf die Bank sinken.

„Ja, und unser Flo: Er scheint plötzlich erwachsen zu sein. So ernst. Auch ihn bedrückt etwas. Er gibt sich Mühe, damit wir es nicht merken, und macht immer noch lustige Sprüche. Aber in seinem Herzen steckt eine tiefe Traurigkeit. Ich habe es vorsichtig versucht, doch er will wohl nicht darüber reden. Auch weiß ich, dass Tobias ihn einige Male darauf angesprochen hat. Ohne Erfolg. Ich vermisse seine Leichtigkeit. Ja, ich vermisse den Flo, der er immer war. Unseren Sohn. Er hat noch Semesterferien und steht jeden Tag gewissenhaft auf, um zu seinem Ferienjob zu gehen. Es gibt allerdings auch die kleinen Momente, in denen der alte Flo ein wenig durchschimmert. Dann bringt er uns zum Lachen und scheint wie immer. Aber es sind seine Augen, die mir zeigen, dass es um sein Herz anders bestellt ist."

Sie hob den Kopf und horchte. Ein leises Schluchzen klang zu ihr hinüber. Die Brust wurde ihr eng. *Es wird vergehen*, schickte sie eine stille Botschaft und lauschte dem Rascheln der trockenen Blätter. *Die Wochen, Monate und Jahre werden eine Decke darüber legen.*

„Das Wundersame an der ganzen Sache ist", fuhr sie fort, als hätte es die Pause nie gegeben, „dass das Band zwischen ihnen noch enger zu sein scheint als vorher. Ich glaube, es liegt an Tobias. Sein Leben lang wurde er von Flo vergöttert. Er war in allem das große Vorbild für ihn. Aber jetzt scheint es fast umgekehrt. Ich habe das Gefühl, dass es ihn tief berührt hat, dass sein jüngerer Bruder ohne zu zögern in dieses fremde Land geflogen ist, um ihn zu suchen und ihm zu Hilfe zu kommen. Wenn er jedoch eine Bemerkung darüber macht, winkt Flo ganz lässig ab."

Veronika erhob sich und fuhr sich ein weiteres Mal mit den Händen durchs Haar. „Nun", meinte sie und stellte sich vor Phillips Grab. „Es wird sich alles fügen. Wie immer." Sie ging in die Hocke und entfernte ein paar welke Blätter vom Beet. „Ich muss dir noch etwas sagen." Ihre Stimme war verhalten, aber ihre Mundwinkel bogen sich ein wenig in die Höhe. „Ich habe jemanden kennengelernt. Er war ein paar Mal zum Einkaufen im Geschäft. Vor einiger Zeit hat er gefragt, ob er mich zum Essen einladen darf. Als ich abgelehnt habe, versicherte er, dass er wieder fragen würde. So lange, bis ich zusage." Nun lächelte sie vergnügt. „Drei Mal habe ich ihn schon abgewiesen. Ich mag ihn. Vielleicht deshalb, weil er mich zum Lachen bringt. Das tut mir gut. Wenn er mich das nächste Mal fragt, werde ich zusagen. Ich weiß, dass du nichts dagegen hättest."

Veronika erhob sich und sah in die Richtung, aus der das verzweifelte Weinen kam. Mit sachten Schritten lief sie hinüber. Der Mann kniete vor dem Grab seiner viel zu früh gestorbenen Frau und hatte das Gesicht in den Händen verborgen. Sie ging zu ihm und legte ihm ihre Hand auf die Schulter. „Es hört nie ganz auf", sagte sie leise. „Aber irgendwann ist es erträglich und tut nicht mehr ganz so weh." Er hob ohne aufzusehen seine Hand. Veronika hielt sie für einen Moment fest. Schließlich wandte sie sich um und ging.

14. KAPITEL

Flo stand am Fenster seines Zimmers und blickte hinaus. Die wenigen Blätter, die noch an den Bäumen hingen, waren braun und welk. Nur ein kleiner Windstoß, und auch sie würden zu Boden fallen. Der graue Himmel war wolkenverhangen, leichter Nieselregen streifte nahezu lautlos die Scheibe. Es war ein schrecklich trüber Sonntag. Der aber genau den Zustand widerspiegelte, der seit Wochen in ihm herrschte.

Eigentlich sollte er an seiner Hausarbeit sitzen. In 14 Tagen ging das nächste Semester los, und er hatte bis dahin noch eine Menge Arbeit. Aber es wollte nicht klappen. Sich zu konzentrieren war ihm unmöglich. Er hatte das Gefühl, dass er auf etwas wartete. Worauf genau, wusste er selbst nicht.

Vielleicht darauf, dass sie plötzlich vor der Tür stand. Und zu ihm wollte. Was völlig absurd war. Oder darauf, dass das Telefon klingelte. Und sie dran war. Ihre Stimme in seinen Ohren, lieblicher als alle Melodien, die jemals ein Mensch komponiert hatte. Er hatte sich das Gespräch mit ihr schon so oft vorgestellt, dass er manchmal glaubte, es hätte tatsächlich stattgefunden. Fiona. Seine Lippen bewegten sich lautlos, als sie den Namen formten. Immer und immer wieder. Weshalb nur hatte es so kommen müssen? Warum konnte das Leben nicht einfach nur ... na eben *einfach* sein? War es nicht Dramatik schlechthin, dass sich zwei Brüder in dieselbe Frau verliebten? Er als angehender Schauspieler sollte daraus lernen. Vielleicht war das der Grund, weshalb er diese Erfahrung machen musste. Er würde ein fantastischer Schauspieler tragischer Rollen werden.

Flos Lippen verzogen sich zu einem bitteren Lächeln. Er sah die fettgedruckten Schlagzeilen der Zeitungen vor seinen Augen:

Was macht ihn zum weltbesten Darsteller von Dramen und Tragödien? Sein Geheimnis hat er bis heute nicht verraten! In der Tat scheint es so, als müsse er gar keine Rolle spielen, sondern als sei er selbst die gebrochene Figur in einem tragischen Leben ...

Sollte er wirklich sein Leben lang diese Rolle spielen müssen? Der unglückliche und ungeliebte Dritte? Eher würde er sich die Zunge abbeißen, als seinem Bruder jemals etwas davon zu erzählen. Tobi durfte niemals auch nur den Verdacht hegen, dass Flo ihm die Frau neidete. Ihm begann zu dämmern, dass es für sein Dilemma nur eine einzige vernünftige Lösung gab. Er musste gehen. Spätestens nach dem Abschluss seines Studiums. Falls er es so lange aushalten konnte. Eine andere Uni suchen, das ginge auch. Flo atmete gequält aus. Als die Fensterscheibe daraufhin beschlug, schrieb er gedankenverloren mit einem Finger ein F darauf. Dann noch eines. F und F. Ein Herz darum. *Überaus kitschig, Florian. Überaus kitschig.*

Es klopfte. Vor Schreck zuckte er heftig zusammen und wischte mit einer groben Bewegung die Buchstaben weg. *Toll, du Vollidiot!*

„Ja?"

„Ich bin's", sagte seine Mutter beim Eintreten. Sie sah ihn an, dann wanderte ihr Blick zum Schreibtisch. „Kommst du weiter?"

„Geht so", meinte er kurz angebunden. Sein Herz klopfte immer noch viel zu schnell. Verstohlen schielte er zur Scheibe. Außer unappetitlichem Geschmiere war dort nichts zu erkennen. Erleichtert tappte er zu seinem Schreibtisch und setzte sich auf den Drehstuhl.

„Ich möchte dir nur sagen", begann Mama und zögerte. Flo sah sie neugierig an. Sie atmete tief durch.

„Ich habe eine Verabredung."

Schlagartig waren alle anderen Gedanken wie fortgeblasen. Er starrte sie an.

„Mit einem Mann?", fragte er, weil ihm spontan nichts anderes einfiel. Er kam sich sofort ziemlich blöd vor. Sie nickte erheitert.

„Ja. Mit einem Mann. Wir fahren in die Stadt. Erst gehen wir ins Museum und anschließend führt er mich zum Essen aus." Nun lächelte sie. Aus Gewohnheit hob sie eine Hand, um ihr Haar aus dem Gesicht zu streichen. Dass es dafür viel zu kurz war, sah er erst jetzt.

Plötzlich fragte sich Flo, wie er so blind hatte sein können. Mama sah toll aus! Das Haar war kürzer, viel kürzer, und ihre Augen hatte er schon seit Jahren nicht mehr so fröhlich leuchten gesehen. Plötzlich fiel ihm ein, dass sie seit einiger Zeit wieder laute Musik hörte. Sie hatte endlich wieder Freude am Leben! Wie hatte er all das übersehen können? Sie trug einen knielangen, weitschwingenden Rock in hellen Farben, und hohe Schaftstiefel betonten ihre Beine, die sich immer noch sehen lassen konnten.

„Du siehst hübsch aus, Mama. Du siehst sogar sehr hübsch aus", stellte er fest, stand von seinem Stuhl auf und nahm sie in die Arme. Sie war ein ganzes Stück kleiner als er, und einen Moment lang hatte er das Bedürfnis, sie zu beschützen. Vor einer weiteren Enttäuschung, die ihr das Leben zufügen könnte. Dann aber griff er ihr zärtlich ins kurzgeschnittene Haar.

„Warst du heute beim Friseur?"

Sie lächelte ihn spöttisch, aber liebevoll an. „Heute ist Sonntag, mein Schatz. Letzten Dienstag war ich dort."

„Oh!" Er schwieg beschämt.

„Schon in Ordnung", meinte sie und ersparte es ihm, sich verteidigen zu müssen. „Thorsten wird in den nächsten Minuten kommen."

„Woher kennst du ihn?"

„Er ist seit einiger Zeit unser Kunde. Seine Frau und er haben sich vor drei Jahren getrennt. Seitdem wohnt er hier in der Nähe."

„Gut. Dann muss ich mir also keine Sorgen machen?"

Seine Mutter sah ihn überrascht an. „Wieso solltest du dich sorgen?"

„Naja, wenn du ihn zum Beispiel im Internet kennengelernt hättest, würde ich dich bestimmt nicht einfach mit ihm wegfahren lassen." Die Erinnerung an ein ähnliches Gespräch schoss ihm durch den Kopf und versetzte ihm einen Stich in den Magen. Sie küsste ihn fröhlich auf die Wange.

„Nein, du musst dir keine Sorgen machen. Das verspreche ich dir."

„Ich wünsche euch ein paar schöne Stunden."

„Danke. Weißt du, wo Tobias ist? Ich wollte es ihm auch sagen, aber er ist nicht da."

„Nein. Keine Ahnung. Er wird ja wohl nicht schon wieder verschwunden sein?", setzte er hinterher und legte sofort entschuldigend eine Hand auf Mamas Arm. „War nur ein Scherz. Tut mir leid."

„Ich sag dir Bescheid, wenn ich gehe."

Als sie die Tür hinter sich zugezogen hatte, setzte Flo sich an seinen Schreibtisch und blätterte lustlos in den Unterlagen, die seit Wochen auf ihn warteten. Es gab keinen anderen Weg. Er musste irgendwann damit anfangen, sonst würde er ein ernsthaftes Problem bekommen. Gerade griff er nach den Blättern mit seinen Notizen, als er einen Wagen vorfahren hörte. Er sprang auf und lief zum Fenster. Zumindest einen Blick wollte er auf den Verehrer seiner Mutter werfen.

Der Mann beugte sich ins Auto und zog einen Regenschirm heraus. *Aha, ein Kavalier also.* Eilig verließ Flo das Zimmer und rannte die Treppe herunter. Bevor der Mann klingeln konnte, hatte er die Haustür geöffnet. Vor ihm stand ein gepflegt aussehender Mittfünfziger, dessen mittelbraunes Haar an den Schläfen bereits ergraut war. In einer Hand hielt er den Regenschirm, mit der anderen umfasste er einen kleinen Blumenstrauß. Er lächelte ein wenig verlegen, als Flo ihn aufmerksam musterte.

„Hallo. Mein Name ist Thorsten Lenz und ich möchte Veronika abholen. Ihre Mutter, nehme ich an."

Flo nickte. Die hellen Augen des Mannes waren freundlich und die Falten um seine Mundwinkel zeigten, dass er gerne und oft lachte. Nicht so schlecht, dachte Flo und war froh, dass er ein gutes Gefühl bei der Sache hatte.

„Ich bin Flo. Warten Sie einen Moment, ich hole meine Mutter." Daraufhin schloss er die Tür und stürmte die Treppe hinauf.

„Mama?"

Die Badezimmertür öffnete sich und sie sah ihn fragend an. Seine Augen funkelten vergnügt, als er leise zu singen begann: „Veronika, Herr Lenz ist da …"

Flo sah erst wieder auf, als er die Haustür hörte. Ein Blick auf die Uhr sagte ihm, dass er seit fast drei Stunden arbeitete. Er hatte sich alle Mühe gegeben, sich auf seine Hausarbeit zu konzentrieren. Das Thema war die Erstellung eines Drehbuchs. Er hatte dies irrtümlicherweise für einfach gehalten. Immerhin hatte er ohne Unterbrechung einiges zusammengeschrieben. Stolz betrachtete er das Ergebnis. Noch lange nicht fertig, aber es konnte sich sehen lassen.

Schritte erklangen auf der Treppe und Tobis Zimmertür schlug zu. Flo gab seinem Stuhl einen Schwung und drehte sich zum Fenster. Es war noch früher Abend, erst kurz vor sechs, aber das trübe Herbstwetter hatte die Dämmerung schon zeitig herbeigerufen. Sein Bruder drehte die Musik laut auf. Seit Wochen war Tobi rastlos. Unausgeglichen. Flo verstand ihn nicht. Er an seiner Stelle würde vor Freude und Glück singend durch die Gegend laufen. Ebenso wenig verstand er, weshalb sein Bruder Anfang Oktober den Job nicht angetreten hatte. So breit gesät waren die Stellenangebote für Umweltingenieure nun auch wieder nicht. Vielleicht wollte er fort? Wäre möglich, dachte Flo und wusste, dass er an Tobis Stelle auch lieber in der Nähe der Frau wäre, die er liebte. Vielleicht suchte er ja am Bodensee nach Arbeit. Somit würde sich ein Teil seines eigenen Problems von selbst lösen.

Die Musik hörte plötzlich auf, und Flo wandte sich wieder seinem Laptop zu. Mal damit angefangen, war es gar nicht so übel. Wer wusste schon, ob er nicht wirklich mal ein Drehbuchautor würde. Zutrauen würde er es sich und Spaß machte es auch. Er tippte ein paar Worte in die Suchmaschine und wartete auf das Resultat. Bevor er zum Lesen kam, klopfte es und Tobis Kopf erschien im Türspalt.

„Darf ich reinkommen?"

„Klar", brummte Flo und musterte seinen Bruder, der sich schon auf den alten, roten Sitzsack geworfen hatte. In der Hand hielt er zwei Bierflaschen, die er auf den

Boden stellte. Sein langes Haar, das er inzwischen ständig zum Pferdeschwanz gebunden trug, war nass und klebte ihm am Kopf.

„Mama ist nicht da?"

Flo schüttelte den Kopf. „Sie hat ein Date und wurde abgeholt."

„Ein Date?" Tobias streckte behaglich seine Beine aus. „Ich habe schon eine Weile vermutet, dass es da jemanden gibt. Man merkt es ihr an."

„Ist dir aufgefallen, dass sie eine neue Frisur hat?", wollte Flo wissen. Sein schlechtes Gewissen war nicht zu überhören.

Tobias lachte. „Natürlich. Es ist ja kaum zu übersehen. Hast du ihn gesehen? Den Mann, meine ich."

Flo grinste. „Klar, ich wollte doch wissen, mit wem sie verabredet ist und habe ihm die Tür geöffnet. Er scheint ganz nett zu sein. Hat sogar Blumen mitgebracht."

„Aha."

„Sie wollte es dir sagen", erzählte Flo. „Aber sie hat dich nicht gefunden."

„Ich war auf dem Friedhof. Bei Papa. Ich musste nachdenken und habe mich dabei nassregnen lassen." Er löste das Gummiband aus seinen Haaren und schüttelte sie aus. Sie fielen ihm bis über die Schultern und wellten sich um sein Gesicht. „Ich bin froh, dass sie glücklich ist", bemerkte er leise, griff nach den Flaschen und reichte seinem Bruder eine davon. „Wenigstens einer von uns dreien, oder?" Ein lautes Plopp erscholl. Dann ein weiteres. Sie stießen die Flaschen aneinander und tranken.

„Es ist sonderbar. Seit wir aus Afrika zurückgekommen sind, ist alles anders. Das Land hat uns verändert, meinst du nicht auch?" Tobias klang nachdenklich und ernst.

„Ich ... ähm ... findest du?", stammelte Flo und dachte voller Unbehagen, dass es besser wäre, dieses gefährliche Terrain so schnell wie möglich zu verlassen.

„Du brauchst mir nichts vorzumachen. Es geht dir genauso", stellte Tobias schlicht fest und schwieg. Seine Augen lagen prüfend auf Flos Gesicht.

Seit Papas Tod war Tobi für Flo – neben Mama natürlich – der wichtigste Mensch in seinem Leben gewesen. Immer so erwachsen. Zuverlässig. Er war ihm nie wie jemand erschienen, der nur vier Jahre älter war als er selbst. Plötzlich schoss ihm die Frage durch den Kopf, ob ihr aller Leben wesentlich anders verlaufen wäre, hätte ihr Vater nicht den tödlichen Unfall gehabt.

„Denkst du manchmal darüber nach, wie es wäre, wenn Papa noch lebte?"

Tobias blinzelte überrascht und trank einen Schluck Bier. Als er sprach, war sein Blick auf die Wand hinter Flo gerichtet. „Es gibt Tage, da denke ich an nichts anderes."

Flo nickte und starrte auf die Flasche in seiner Hand. Er hatte schon lange geahnt, dass sein Bruder unter Papas Tod mehr litt, als er zeigte.

„Ich versuche mir immer wieder vorzustellen, wie unser Leben aussehen würde, mit Papa an unserer Seite", fuhr Tobias leise fort. Seine Stimme schwankte und Flo wäre gerne aufgestanden, um ihn tröstend in die Arme zu nehmen. „Aber es gelingt mir nicht. Und das tut mehr weh, als ich sagen kann. Ich stelle nur immer wieder fest, wie sehr ich ihn vermisse. Manchmal, wenn ich bei ihm am Grab bin und mit ihm rede, ist es so, als wäre Papa da. Es gibt mir jedes Mal Kraft. Deshalb sind mir die Besuche bei ihm so wichtig. Trotzdem finde ich", er blickte auf und sah Flo an, „dass wir drei es bis jetzt ganz gut hinbekommen haben. Wir sind eine starke Familie, und Papa wäre stolz auf uns, das weiß ich. Was die Zukunft auch bringen mag, wir werden immer zusammengehören."

Flo sah ihn an. Schmerz fuhr ihm durch die Brust, als eine undeutliche Ahnung ihn streifte.

„Ich werde fortgehen, Flo."

Es dauerte einen Moment, bis Flo den Sinn der Worte erfasste.

„Weg? Aber … warum?"

„Als ich in Afrika war, erlebte ich einen ganz besonderen Moment. Mama würde sagen: Es war ein Schlüsselmoment", sagte er lächelnd und Flo hatte den Eindruck, dass ein Hauch von Erleichterung über Tobis Miene glitt, als ob er froh war, mit ihm darüber reden zu können. „Ich wusste plötzlich, dass ich etwas anderes tun will, als in eine Firma zu gehen und mich an einen Schreibtisch zu setzen. Ich sehne mich nach Freiheit. Ich brauche Raum um mich herum, der mir Platz zum Atmen lässt. Das war mir lange Zeit nicht bewusst. Aber an diesem Tag, als ich ganz alleine im Gebirge von Lesotho unterwegs war, stand es mir plötzlich klar und deutlich vor Augen. Was ich in diesem Moment empfand, war einfach unbeschreiblich. Ich denke seitdem an kaum etwas anderes."

Flo starrte ihn sprachlos an.

„Ich weiß", fuhr Tobias fort und sein Gesicht leuchtete jetzt vor Begeisterung, „das hört sich ziemlich verrückt an. Glaub mir, nachdem wir wieder hier waren, habe ich versucht, es als fixe Idee abzutun. Aber ich habe mich von Tag zu Tag schlechter gefühlt. Als ob ich gar nicht mehr wirklich ich selbst war. Bis ich vor ein paar Tagen endlich eine Entscheidung getroffen habe. Ich wusste auf der Stelle, dass es richtig ist. Seitdem fühle ich mich … einfach nur erleichtert."

Es fiel Flo schwer, die vielen Gedanken zu sortieren, die wild durch seinen Kopf fegten. Was erzählte sein Bruder da? Freiheit? Raum?

„Und", setzte er an, nahm die Brille ab und rieb sich die Augen, „wo wirst du diese Freiheit suchen?"

Tobias sprang auf und machte eine große Geste zum Fenster hinaus. „Dort draußen! Irgendwo in der Welt. Sie ist so groß, und ich werde sie mir ansehen! Ein Jahr lang nehme ich mir Zeit dafür."

Flo verstand es immer noch nicht. Was war mit Fiona? Mit Mama? Wie wollte er seine Reise überhaupt bezahlen?

„Du hältst mich jetzt für irre, oder?" Sein großer Bruder, den Flo plötzlich in einem ganz anderen Licht zu sehen begann, lief einige Schritte im Zimmer auf und ab. Schließlich lehnte er sich mit dem Rücken gegen die Fensterbank. Abwartend sah er Flo an.

„Weiß ich noch nicht", erwiderte Flo ehrlich. „Ein Jahr lang? Was wird Mama dazu sagen? Und kostet das nicht eine Menge Geld?"

„Mit Mama habe ich gesprochen. Ich glaube, sie hatte es geahnt. Es scheint für sie ok zu sein. Klar, Geld wird meine Reise kosten. Aber ich habe beschlossen", er zögerte ein wenig. „Ich habe beschlossen, dafür einen Teil von Papas Geld zu nehmen."

Flo sagte zunächst nichts. Den Betrag, den Mama nach dem Unfall von Papas Lebensversicherung bekommen hatte, hatte sie durch drei geteilt und den Jungen auf die Sparbücher gelegt. Sich selbst hatte sie mit ihrem Anteil den Traum von einem kleinen Bioladen erfüllt. Plötzlich grinste er.

„Ich muss ja gestehen, dass ich für meinen Flug nach Johannesburg auch Papas Geld genommen habe. Aber durch den Ferienjob ist das Loch wieder aufgefüllt."

Tobias war ernst geworden. „Ich werde dir das niemals vergessen, Flo. Es ist für mich immer noch unfassbar, dass du gekommen bist."

Flo winkte ab. „Ich musste nicht lange überlegen. Ich konnte nicht anders. Du in den Klauen einer alten Schamanin! Das war das Abenteuer unseres Lebens, oder?"

Tobias nickte. „Ja, das war es wohl." Er streckte seine Bierflasche zu Flo hinüber und sie stießen an.

„Wohin wirst du als erstes gehen?"

„Ich bin mir noch nicht ganz sicher. Südamerika wahrscheinlich."

Entsetzt riss Flo die Arme hoch. „Oh mein Gott! Wieso ausgerechnet Südamerika?" Tobias sah ihn verblüfft an. „Ich meine", setzte Flo erklärend hinzu und konnte sich ein Lachen nicht verkneifen, „das kann ich mir nun wirklich nicht leisten. Die Flüge nach Südamerika sind echt teuer. Und wenn dich eine Medizinfrau der Indianer in die Finger kriegt und an den Marterpfahl bindet ...?"

Tobias machte einen Schritt auf ihn zu und boxte ihm lachend gegen die Schulter. Schließlich setzte er sich wieder auf das rote Kissen.

„Ich soll dich von Fiona grüßen", sagte er und traf Flo damit völlig unerwartet. „Wir haben heute Morgen eine Weile geskypt."

„Danke", brachte Flo heraus und wandte seinen Blick ab. „Was sagt sie zu deinen Plänen?"

„Sie findet's ganz cool und meinte, es würde zu mir passen."

„Im Ernst?" Verwirrt sah er auf. „Wie geht es ihr damit?"

„Wieso rufst du sie nicht einfach an und fragst sie selbst? Sie erzählte, dass ihr seit unserer Rückkehr nicht wieder miteinander gesprochen habt."

„Nein, haben wir nicht. Wieso auch?" Flo wand sich unter Tobis Blick, der ausgesprochen aufmerksam auf seinem Gesicht ruhte. Irritiert griff er nach einem Kugelschreiber und drehte ihn in den Händen.

„Immerhin habt ihr einige Tage und Nächte miteinander verbracht."

„Ach, naja", meinte Flo ausweichend. Hitze stieg ihm in den Kopf, und er war sich ziemlich sicher, dass er gerade rot anlief.

„Du hast ihr erzählt, dass du verliebt bist. In ein Mädchen mit dem Namen Olga. Olga Kalaschnikowa, nehme ich an?"

Flo wusste nicht, wohin mit seinen Händen und schon gar nicht, wohin mit seinen Augen. So betrachtete er mit großem Interesse seine Fingernägel. Sie müssten unbedingt mal wieder geschnitten werden. Das sollte er vielleicht heute noch …

„Und sie wollte wissen, ob du dem Mädchen endlich gesagt hast, dass du in sie verliebt bist", hörte er Tobi von weit weg sagen. Flos Herz dröhnte so laut in seinen Ohren, dass er seinen Bruder kaum verstand. Er wollte sowieso nicht hören, was er ihm zu sagen hatte und schluckte. Also gut. Die Stunde der Wahrheit war gekommen. Er hatte gehofft, es würde ihm erspart bleiben. Sein eigener dummer Fehler war es nun, der ihn hineinritt. Er verfluchte sein gedankenloses Daherreden. Olga. Er hatte sofort gewusst, dass es ein Fehler gewesen war.

„Flo?"

Ein paar Sekunden noch, und alles war nicht mehr so, wie es einmal war. Sein Bruder und er. So innig verbunden. Vergangenheit. In seinen Ohren begann es zu rauschen.

„Flo!"

„Es tut mir leid", presste er hervor und erstickte beinahe daran. „Es tut mir so leid. Es sollte nicht …"

„Florian!"

„Ich wollte es nicht, Tobi. Es ist einfach …"

„Hör mir endlich zu, Bruder!", rief Tobias laut und sprang auf. Flo verstummte auf der Stelle und gab sich Mühe, ihn offen anzusehen.

„Warum sagst du es ihr nicht einfach?" Tobis Stimme klang spöttisch besorgt, in seinen Augen blitzte es belustigt.

„Wem?" Flo stöhnte innerlich. Die widerstreitenden Gefühle und die Angst davor, wie dieses Gespräch ausgehen würde, verursachten ihm Magenkrämpfe.

„Na, Fiona natürlich."

„Ich kann nicht …"

„Doch!", unterbrach ihn sein Bruder sanft. „Natürlich kannst du. Flo, ich bin doch nicht blind! Und nicht blöd! Glaubst du, es war zu übersehen, dass zwischen euch etwas passiert ist? Es war so offensichtlich, dass ich keine zwei Minuten gebraucht habe, um das zu erkennen. Nachdem ich in der Hütte aufgetaucht war", schob er hinterher und sein Mund verzog sich amüsiert.

„Aber …"

„Was, aber?"

Flo atmete schwer. „Du und sie", sagte er endlich. Seine Nerven lagen blank und er schielte sehnsüchtig nach der leeren Flasche.

„Hier, nimm." Tobias reichte ihm sein Bier. „Es gibt kein sie und ich. Das gab es nie", sagte er leise, aber mit Nachdruck.

„Was?" Die Flasche fiel Flo fast aus den Händen, als er Tobias fassungslos anstarrte. „Aber, aber ihr habt euch doch so ... so ..." Er geriet ins Stocken.

„Gut verstanden", beendete sein Bruder den Satz für ihn. „Ja, wir haben uns ausgesprochen gut verstanden. Aber mehr auch nicht."

Flo erhob sich von seinem Stuhl. Langsam, als würde es ihn Mühe kosten, seine Bewegungen zu koordinieren. Er trat an Tobias vorbei ans Fenster und blickte hinaus in die Dunkelheit. Gerade noch war die dunkle Silhouette des großen Baumes zu erkennen, der im Vorgarten stand. Ein eindrucksvoller Wächter. Nur ganz allmählich wurde ihm bewusst, was Tobi ihm eben zu erklären versucht hatte. Nämlich, dass sie kein Paar waren. Er und Fiona.

Unbemerkt war sein Bruder hinter ihn getreten und legte ihm die Hände auf die Schultern. „Hast du uns jemals Zärtlichkeiten austauschen sehen? Damit meine ich Zärtlichkeiten von Liebenden."

Flo schloss die Augen, während er überlegte. Nein, musste er zugeben. Er hatte kein einziges Mal beobachtet, dass sie sich küssten oder umarmten. Bis auf die Begrüßung vielleicht, als Tobi wieder aufgetaucht war. Aber genaugenommen war das dieselbe Umarmung gewesen wie jene, als Fiona Flo am Flughafen entdeckt hatte.

„Ich habe gedacht, dass ihr aus Rücksicht auf mich darauf verzichtet", erklärte er ein wenig lahm und kam sich ziemlich dämlich vor.

„Würdest du das machen?", fragte Tobias auch schon. „Aus Rücksicht auf mich die Frau nicht küssen, die du liebst?"

Flo schüttelte sofort den Kopf. Wie blöd war er gewesen!

„Hat Fiona irgendwann erzählt, dass wir zusammen sind?", bohrte Tobi hartnäckig weiter und legte ihm eine Hand auf den Arm.

„Nein. Hat sie nicht. Zumindest nicht direkt. Sie hat gesagt, dass ihr euch gut verstanden habt. *Es hat einfach gepasst.* Das waren ihre Worte. Den Rest habe ich hineininterpretiert."

„Tja, Bruderherz." Tobias versetzte ihm gutgelaunt einen Schlag auf die Schulter. „Ja, es hat gepasst, weil wir das perfekte Team für diese Reise waren. Vielleicht solltest du zukünftig weniger interpretieren und dafür mehr reden. Schweigen ist nicht immer Gold, wie du siehst. Und normalerweise ja auch nicht deine Stärke", fügte er lachend hinzu und ging zur Tür.

Flo nickte, noch immer benommen. Es fiel ihm schwer, das alles zu fassen. Tobias griff in die Hosentasche und drückte ihm einen Zettel in die Hand. „Sie hat übrigens nächste Woche Urlaub", sagte er, umarmte Flo daraufhin und war im nächsten Augenblick verschwunden.

Flo starrte wie betäubt auf die Tür. Endlich senkte er seinen Blick auf den Zettel. Fiona Sullivan. Eine Adresse. Eine Handynummer. Sein Herz hämmerte gegen seine Brust. Ihre Handynummer. Er brauchte nur zu seinem Telefon zu greifen. Ein paar Ziffern tippen. Ihre Stimme. Sie war so nah. Eine Sache von Sekunden.

Aber was würde er sagen? *Na, wie geht's denn so? Lang nicht mehr gesehen.* Nein, das konnte er nicht. Er würde sinnlos herumstottern, weil ihm die Worte fehlten. Was würde sie von ihm denken? Er hatte ihr so deutlich zu verstehen gegeben, dass er nicht an ihr interessiert war. Beschämt dachte er an den Moment, als sie mit ihrer Hand nach seiner getastet hatte. Und seine Reaktion darauf. Sie musste sich schrecklich gefühlt haben.

Plötzlich wollte er nur eins: bei ihr sein! Auf der Stelle. Wie eine Springflut schoss das Adrenalin durch seinen Körper, und mit einem Mal war in seinem Zimmer nicht genügend Raum für all das, was in ihm vorging. Er hastete die Treppen hinunter, warf sich seine Jacke über und schlüpfte in die Schuhe. Sekunden später war er bereits draußen und lief die Straße hinunter. Wohin, das war ihm gleichgültig.

Mit tiefen Atemzügen sog er die frische, feuchte Abendluft in seine Lungen. Am liebsten hätte er geschrien. Laut und unbändig. Vor Freude. Vor Glück. Vor Unglauben, was da eben passiert war. Was, wenn er nur träumte? Ohne zu überlegen schlug er sich mit der Hand kräftig auf die linke Wange und genoss den Schmerz. Er war hellwach. Er lebte wieder. Er lebte überhaupt zum ersten Mal richtig. So empfand er.

Er lief durch menschenleere Straßen. Dunkelheit und Regen ließen sie noch einsamer wirken. Doch das störte Flo nicht. Vor sich sah er hellblondes Haar, leuchtend blaue Augen und Lippen, deren Lächeln ihn um den Verstand brachte.

Lautes Hupen. Bremsen quietschten. Er blieb erschrocken stehen. Ein Wagen rauschte an ihm vorbei. Der Fahrer hatte ärgerlich die Hand gehoben und schimpfte.

„Alles gut! Nicht aufregen!", rief Flo fröhlich und winkte ihm hinterher. Erst jetzt entdeckte er die rote Fußgängerampel, die er in Gedanken vertieft überquert hatte. Nun gut, ein wenig aufpassen sollte er schon. Sonst würde er bis morgen nicht mehr am Leben sein. Er drehte sich um und lief zurück nach Hause.

Mama war noch nicht daheim. Aus Tobis Zimmer war laute Musik zu hören, und Flo stellte sich vor, wie er vor seinem Laptop saß und sich eine Reiseroute zusammenstellte. Wie fühlte man sich, wenn man wusste, dass man für ein Jahr fortgehen würde und alles hinter sich ließ? Familie. Freunde. Das alte Leben. Wie würde sein Bruder wiederkehren? Verändert, ja sicher. Verändert war er schon jetzt. Ein Leben ohne Tobi. Es war irgendwie unvorstellbar.

Aber momentan konnte Flo nicht ernsthaft darüber nachdenken. Sein ganzes Sein und Streben war auf morgen gerichtet. Auf das Wiedersehen, das er sich so oft in Gedanken ausgemalt hatte. Von Gießen bis zum Bodensee. Mit klopfendem Herzen betrachtete er die Strecke auf Maps. Etwa 400 Kilometer. Er musste früh losfahren. Am liebsten würde er auf der Stelle abhauen, aber das ging nicht. Mit einem Ohr horchte er ständig, ob Mama wiederkam. An ihr würde es liegen, ob er den Wagen haben konnte oder nicht.

Er warf sich auf seinen Stuhl und rollte mit ihm durch das Zimmer. Kein Auge würde er zutun in dieser Nacht, das wusste er schon jetzt. Er könnte versuchen, noch zu arbeiten. Mit dem Fuß stieß er sich von der Wand ab und rollte wieder zurück hinter den Schreibtisch. Als er jedoch die Word-Datei öffnete und sein Geschriebenes las, schob sich ständig ein Gesicht vor seine Augen. An Arbeiten war demnach auch nicht zu denken.

Also blieb nur eins, um sich die Zeit zu vertreiben ohne durchzudrehen. Er schnappte sich seinen Laptop und setzte sich aufs Bett. Nach wenigen Sekunden hatte er eine Folge seiner Lieblingsserie gestartet. *Game of Thrones*. Seit sie heimgekehrt waren, hatte er nur eine einzige Folge angesehen. In jenem Augenblick allerdings, als Daenerys, die Drachenfrau, in Szene getreten war, hatte er abgeschaltet und bestürzt auf den schwarzen Bildschirm gestarrt. Nun wartete er ungeduldig auf ihr Auftauchen. Als sie endlich erschien, stoppte er das Bild und betrachtete die hellblonde junge Frau sehr aufmerksam. Er konnte nicht verstehen, dass er damals wie in Panik den Fernseher abgeschaltet hatte. Sie hatten eine gewisse Ähnlichkeit, das stimmte. Die Ausstrahlung der beiden Frauen war jedoch grundverschieden. Voller Faszination betrachtete er die Drachenfrau. Schließlich schüttelte er den Kopf. Obwohl sie wunderschön war, konnte sie Fiona nicht das Wasser reichen, soviel war klar.

Erfüllt von erwartungsvoller Anspannung und sich dessen bewusst, dass der kommende Tag einer der wichtigsten seines Lebens sein würde, lehnte er sich zurück. Tauchte bereitwillig ein in eine mittelalterliche Welt voller Schlachten, Intrigen und schräger Figuren.

15. KAPITEL

80 Kilometer bis Konstanz. Flo kramte in der Mittelkonsole nach einem Kaugummi, packte ihn aus und steckte ihn in den Mund. Noch eine Stunde ungefähr und er war da. Bei Fiona.

Als Mama gegen Mitternacht mit strahlenden Augen nach Hause gekommen war, hatte er sie umgehend um das Auto gebeten. Viel hatte er ihr nicht erzählt. Nur, dass er Fiona besuchen wollte. Sie hatte ihn aufmerksam angesehen, nach typischer Muttermanier wissend gelächelt und genickt. Ohne eine einzige Frage zu stellen. Dankbar war er ihr um den Hals gefallen und anschließend singend in sein Zimmer gestürmt.

Die zuversichtliche Euphorie jedoch, die ihm das Adrenalin gestern Abend so großzügig beschert hatte, war längst einer quälenden Nervosität gewichen. Er war sich gar nicht mehr so sicher, dass er das Richtige tat. Was, wenn sie ihn überhaupt nicht sehen wollte? Wenn er sich geirrt hatte und diese kleinen Momente zwischen ihnen, denen er solch eine Bedeutung beimaß, seinen Wunschvorstellungen entsprungen waren?

Zum wiederholten Mal zwickte es in seinem Magen. Vielleicht hätte er doch etwas frühstücken sollen, aber er hatte heute Morgen einfach nichts runterbekommen. Stattdessen schob er sich einen Kaugummi nach dem anderen in den Mund.

Wo würde er sie antreffen? Auf einem Gestüt, da wimmelte es sicherlich von Menschen. Wie schrecklich, wenn er sie in einer Menge von Leuten ansprechen müsste. Vielleicht würde sie ihn vor allen Anwesenden fragen, was um Himmels Willen er denn wollte. Ihm wurde heiß bei dieser Vorstellung und er ließ die Fensterscheibe ein Stück hinabsurren. Wenigstens regnete es hier nicht. Je weiter er in den Süden gekommen war, umso lichter war die Wolkendecke geworden. Jetzt schien es sogar, als würde die Sonne bald hindurchblinzeln. Vielleicht sollte er das als gutes Omen deuten.

Er wusste nicht, was genau er erwartet hatte. Eine Art Bauernhof wahrscheinlich. Aber nicht das.

Er hatte den Wagen gegenüber eines riesigen Anwesens geparkt. Über die gesamte Breite der großen Hofeinfahrt hing ein Schild mit der Aufschrift: *Sullivan's Horses*. Dahinter öffnete sich ein gewaltiger Innenhof, umgeben von langen stallähnlichen Gebäuden. Linkerhand befand sich das Wohnhaus. Auf der rechten Seite waren mehrere geschotterte Parkplätze.

Zuerst hatte Flo gedacht, er hätte sich verfahren. Das Navi hatte ihn an Konstanz vorbei geleitet, bis er sich auf einem befestigten Feldweg wiederfand und überlegte, ob er hier richtig sein konnte. Letztendlich hatte er das Hinweisschild zum Pferdehof entdeckt. Er war weitergefahren, an zahlreichen eingezäunten Koppeln vorüber, auf denen Pferde mit gesenkten Köpfen am Gras knabberten.

Beeindruckt beobachtete er das rege Treiben auf dem Gelände. Menschen liefen umher, mit Pferden im Schlepptau. Andere Tiere standen angebunden an der Stallwand und wurden gebürstet oder gesattelt. All das geschah ohne jede Hektik. Vor dem Wohnhaus lag ein hellbrauner Hund. Ein weiterer lief im Hof umher und ließ sich mal hier und mal dort den Kopf kraulen.

So angestrengt Flo auch suchte, nirgendwo konnte er einen hellen Haarschopf entdecken. Früher oder später würde er aussteigen müssen, sonst würde man ihn fragen, was er hier wollte. Er nahm sein Handy vom Beifahrersitz und suchte nach *Sullivan's Horses*. Währenddessen fragte er sich, wieso er das nicht schon gestern getan hatte. Er wäre vorbereitet gewesen auf – ja, auf was? Die vielen Menschen? Das beeindruckende Imperium? Er wusste es nicht.

Da – er hatte die Webseite gefunden. Er blätterte ein wenig auf den Seiten umher, verstand aber zugegebenermaßen so gut wie nichts. Dressurpferde, ok, das kapierte er noch. Sport- und Vielseitigkeitspferde dagegen sagten ihm nichts. 25 Angestellte, das war nicht wenig. Einigen von ihnen sah er gerade bei der Arbeit zu. Nun gut. Sein Herz schlug hart gegen seine Brust und sein Atem beschleunigte sich, ohne dass er es verhindern konnte. Vorsorglich entsorgte er den Kaugummi, stieg aus und schlug die Wagentür zu.

Als er durch den Torbogen trat, erhob sich der Hund vor dem Wohnhaus. Flo blieb stehen und sah sich um. Schon beschnüffelte ihn die Hundenase interessiert und er hielt es für sicherer abzuwarten, bis ihn jemand entdeckte.

„Isla! Lass gut sein. Hierher!" Eine junge Frau, die eben noch eine Schubkarre über den Hof geschoben hatte, kam angelaufen. Der Hund wandte sich augenblicklich von ihm ab und trottete ihr gemütlich entgegen.

„Hallo", grüßte sie Flo, als sie zu ihm trat. Sie mochte drei, vielleicht vier Jahre älter sein als er. Mit der Hand gab sie dem Hund ein Zeichen, worauf er sich gehorsam neben sie legte. „Kann ich dir helfen?" Sie trug das braune Haar sehr kurz, eine ihrer Augenbrauen war gepierct. Der dunkelgrüne Pullover reichte ihr bis zu den Oberschenkeln und ihre dünnen Beine steckten in enganliegenden dunkelbraunen Reiterhosen.

„Ja", sagte Flo und sah sich erneut suchend um. „Ich suche Fiona. Fiona Sullivan", fügte er noch hinzu und dachte sofort, dass das sicher nicht nötig gewesen wäre. Alle würden die Tochter des Unternehmens kennen.

„Fiona", wiederholte die Frau und legte für einen Moment die Stirn in Falten. Sie drehte sich um und richtete sich an einen Mann, der ihnen entgegenkam. „Jupp, hast du Fiona gesehen?"

Er schüttelte den Kopf und blieb stehen, einen Sattel über den Arm gehängt. „Ich nehme an, sie ist ausgeritten. Gwens Sattel und Zaumzeug sind nicht am Platz."

„Danke dir", antwortete die junge Frau und machte eine auffordernde Geste zu Flo. „Komm mit, wir sehen mal im Stall nach. Ich bin übrigens Vanessa."

„Flo", sagte er und lief ihr hinterher. Der Geruch nach Pferden und Leder hing in der Luft. Noch etwas anderes mischte sich darunter, was er nicht kannte. Als er beobachtete, dass jemand einem Pferd eine Paste auf die Hufe rieb, vermutete er, dass es diese war, die er roch.

Eine Welt für sich, staunte er und entdeckte ständig Neues. Für einen Augenblick konnte er zwischen zwei Gebäuden hindurchsehen und erkannte einen Reitplatz. Hier arbeiteten mehrere Reiter mit ihren Pferden. Es sah sehr professionell aus, und er sann darüber nach, wie lange man üben musste, um solch ein Bild abzugeben.

Als sie eines der langgezogenen Gebäude betraten, blieb ihm vor Staunen beinahe der Mund offen stehen. Hier reihte sich eine geräumige Pferdebox an die andere. Manche Ställe waren leer, in anderen standen große Tiere und schauten ihnen interessiert entgegen. Eines hatten alle Ställe gemeinsam. Sie waren so sauber und gepflegt, wie Flo es niemals für möglich gehalten hätte.

Vor einem leeren Stall blieb Vanessa stehen. „Yepp, er hatte Recht, der Jupp. Die beiden sind unterwegs."

Aus einer der vielen Boxen trat ein junges Mädchen, eine Mistgabel in der einen, einen Eimer in der anderen Hand. Im Haar steckten vereinzelt Strohhalme.

„Sophie", sprach Vanessa das Mädchen an. „Weißt du, wohin Fiona geritten ist?"

„Nein, keine Ahnung." Sophie lief beim Anblick von Flo dunkelrot an. Spontan schenkte er ihr sein freundlichstes Lächeln, was alles nur noch schlimmer machte. Sie starrte auf seinen Mund und machte keine Anstalten, sich zu bewegen.

„Du kannst da weitermachen, wo du aufgehört hast", forderte Vanessa sie belustigt auf und berührte ihren Arm.

„J-ja", stotterte Sophie und fiel beinahe über die Mistgabel, als sie sich zum Gehen umdrehte. Noch immer hatte sie ihre großen Augen auf Flo gerichtet, während sich ihr Mund zu einem verzückten Lächeln verzog.

„Jaja, die jungen Mädels!" Vanessa klang amüsiert, als Sophie die Gabel widerstrebend abgestellt hatte und mit dem Eimer in der Hand durch eine der vielen Türen verschwunden war. „Sie sind so leicht zu beeindrucken von einem hübschen Gesicht. Und das hast du ja nun in der Tat." Mit diesen Worten trat sie auf den Innenhof heraus und winkte ihn mit sich. Flos Wangen brannten vor Verlegenheit. Er hatte selten einen Menschen getroffen, der so geradeaus redete wie seine Begleiterin. Vorsichtshalber hielt er sich hinter ihr, damit sie sein Gesicht nicht sah. Womöglich hätte das weitere Bemerkungen zur Folge.

„Wir fragen einfach die Chefin persönlich", bemerkte sie nun und steuerte auf das Wohnhaus zu. Aha, dachte Flo, dessen Gesichtsfarbe sich wieder normalisiert hatte. Fionas Mutter also.

Sie stiegen die Stufen bis zur Haustür hinauf und traten in einen geräumigen Flur. Hier lag ein großer, abgenutzter Teppich, worauf unzählige Hufabdrücke in verschiedenen Größen und Formen zu sehen waren. Einige der Bilder waren so abgetreten, dass man sie kaum noch erkennen konnte. Alte Möbel aus Holz vollendeten das Bild des behaglichen Landlebens. Rechts prangte an einer grünlackierten Holztür ein Schild. *Büro* stand darauf.

Vanessa klopfte kräftig an und wartete auf das „Herein." Sie traten ein. Hinter einem massiven Schreibtisch saß eine blonde Frau vor dem Computer und blätterte in einem Katalog. Fragend sah sie auf. In diesem Augenblick wusste Flo, wem Fiona die schrägstehenden, leuchtendblauen Augen zu verdanken hatte, die ihn nun aufmerksam musterten.

„Vanessa?"

„Hallo Kate", sagte Vanessa in unbefangenem Plauderton, was Flo sich dieser Frau gegenüber niemals getraut hätte. Ja, sie sah danach aus, als könnte sie ohne Probleme ein 30 Mann starkes Unternehmen leiten. „Das ist Flo. Er ist auf der Suche nach Fiona, aber sie ist mit Gwen ausgeritten. Flo, das ist Frau Sullivan, Fionas Mutter." Ihre Chefin nickte ihr freundlich zu und stand auf.

„Danke Vanessa."

Als Flo die Tür gehen hörte und sich umdrehte, war die junge Frau schon fort.

„Das *Sullivan* können wir lassen. Kate reicht aus", sagte Fionas Mutter und reichte ihm die Hand. „Und du bist also Flo." Sie musterte ihn mit unverhohlener Neugier. „Ich darf doch *du* sagen, oder?"

„Ja, natürlich." Er wüsste zu gerne, ob und was Fiona von ihm erzählt hatte.

„Der junge Mann, der nach Afrika geflogen ist, um mit Fiona nach ihrem Reisegefährten zu suchen." Es war eine Feststellung, keine Frage. Flo mochte die Art, wie sie sprach. Sie hatte einen unüberhörbaren englischen Akzent.

„Ja", nickte er. „Genau der. Ich muss Fiona dringend sprechen. Es wäre super, wenn jemand sie holen würde."

Die Frau zeigte auf einen bequemen Stuhl, der ihr gegenüber am Schreibtisch stand. „Setz dich. Kann ich dir einen Tee anbieten? Oder lieber einen Kaffee? Ihr Deutschen trinkt meistens Kaffee, nicht wahr?"

„Äh, nein danke. Weder noch", lehnte er höflich ab und setzte sich auf die Stuhlkante.

„Dann vielleicht einen Keks? Oder gerne auch mehrere?" Sie zeigte auf eine Blechdose mit englischem Rosenmuster.

Kekse. Sein Magen reagierte auf der Stelle und knurrte. Er wollte endlich etwas anderes als nur Kaugummi haben. Kate Sullivan musste ein ausgezeichnetes Gehör haben, denn sie grinste und hielt ihm die geöffnete Dose hin.

„Fiona wird sich freuen, dich zu sehen."

Er nickte mit vollem Mund kauend und hoffte, dass das der Wahrheit entsprach. Er war lange nicht so überzeugt davon. „Sehr lecker, die Kekse", lobte er und griff noch einmal zu.

„Original englische Haferkekse", erklärte Kate lächelnd und schob die Dose zu ihm hinüber. „Eines der wenigen Dinge, die ich vermisse, seit wir nach Deutschland gekommen sind." Ein Telefon klingelte. Sie warf einen kurzen Blick auf das Display ihres Handys und sah Flo entschuldigend an. „Sorry, mein Mann. Da muss ich rangehen. Es dauerte nicht lange. – Ja, Brian?", sprach sie in den Hörer und stellte sich ans Fenster.

Während sie telefonierte, betrachtete Flo neugierig den Raum. In den Regalen stapelten sich Bücher und Kataloge. Es schien kaum Literatur zu geben, die nichts mit Pferden zu tun hatte. An den Wänden hingen unzählige Fotos von Pferden in allen Farben. Dass sie edel und teuer aussahen, erkannte sogar Flo. Einige von ihnen waren mit Reiter abgebildet, andere ohne. Da waren Siegerehrungen, stolze Entgegennahmen irgendwelcher Pokale und lächelnde Portraits von Gewinnern. Unterhalb der Zimmerdecke hingen Schleifen in den verschiedensten Farben. Auszeichnungen, nahm er an, da auf den meisten Fotos die Pferde mit diesen Bändern geschmückt waren.

Überrascht blieb sein Blick an dem Bild einer Reiterin hängen, die ihm bekannt vorkam. Er erhob sich und lief hinüber. Es war eindeutig Fiona, die in dunkler Jacke und heller Hose auf einem schneeweißen Pferd saß und über ein unfassbar hohes Hindernis sprang. Eine jüngere Fiona mit hochkonzentriertem Gesicht. Die schwarze Reiterkappe bot einen auffallenden Kontrast zu ihrem hellen Haar, das – zu einem langen Zopf gebunden – hinter ihr her wehte. An das Pferd war eine Startnummer geheftet. Ihm fiel ihre Bemerkung ein, dass sie keine Turniere mehr ritt. Sehr bedauerlich, dachte er gerade und erschrak, als er hinter sich Kates leise Stimme hörte.

„Das war eines ihrer letzten Turniere. Fiona war sehr gut. Sie hatte eine glänzende Zukunft vor sich."

„Aber sie reitet noch?" Er erinnerte sich daran, dass sie in Lesotho Ponys ausleihen wollte. Außerdem war sie gerade mit Gwen ausgeritten.

Kate Sullivan nickte. „In ihrer Freizeit, ja. Hat sie dir nicht davon erzählt?"

Flo schüttelte den Kopf. „Sie sagte, dass sie keine Turniere mehr reitet und stattdessen eine Ausbildung zur

Physiotherapeutin macht. Ich hatte den Eindruck, darüber zu sprechen fiel ihr schwer. Deshalb habe ich nicht weiter gefragt."

Fionas Mutter sah ihn bekümmert an. „Vor etwa vier Jahren hatte Fiona einen sehr schlimmen Unfall. Sie verlor dabei fast ein Bein. Wie durch ein Wunder haben die Ärzte es retten können."

Flo schwieg betroffen. Die Narbe an ihrem Bein. Diese silberne unübersehbare Spur, die sich über ihren Oberschenkel zog bis hinab zum Knie. Er dachte gequält an die schreckliche Zeit, die sie durchgemacht haben musste.

„Ein Unfall mit dem Pferd?"

„Ja", bestätigte Kate ernst. „Sie ist bei einem Vielseitigkeitsturnier gestürzt. Zusammen mit ihrem Pferd. Es war eine schreckliche Zeit für uns alle. Am schlimmsten natürlich für Fiona. Hinzu kam, dass der Tierarzt ihre Stute erschießen musste, was ihr das Herz gebrochen und die Heilung nicht gerade beschleunigt hat. Es hat lange gedauert, bis sie sich wieder auf ein Pferd setzen konnte. Wettkämpfe wird sie nie wieder reiten."

„Das kann ich verstehen", bemerkte Flo und spürte ein sehnsüchtiges Ziehen in seinem Bauch. Er wollte sie endlich sehen. Entschlossen trat er von der Wand weg in den Raum.

„Wir alle verstehen sie. Und es ist völlig in Ordnung", entgegnete Kate, bevor er weitersprechen konnte. „Fiona ist zu unseren Schafen geritten. Sie stehen auf einer Weide ein Stück abseits des Hofes. Sie wollte die Umzäunung kontrollieren und nach einem der Tiere sehen, das seit einigen Tagen lahmt. Unsere Praktikantin wird dich zu ihr bringen."

Erleichtert folgte Flo ihr nach draußen. Freudig kamen die Hunde angelaufen und wichen ihrer Chefin nicht mehr von der Seite. Sie hatten die Stallungen fast erreicht, als ein Mann heraustrat, ein Pferd mit sich führend.

„Lorenzo, hast du Sophie gesehen?", rief Kate ihm zu. Dabei tätschelte sie dem größeren Hund liebevoll den Kopf.

„Vanessa ist mit ihr bei Leikur. Er wollte sie nicht in die Box lassen."

„Oh, mal wieder", seufzte sie kopfschüttelnd. „Danke."

Stimmengemurmel klang ihnen entgegen, als sie in das Stallgebäude traten. „Ich habe es wirklich energisch versucht", hörte Flo das junge Mädchen aufgebracht sagen, als Kate vor einer Pferdebox stehenblieb. Im Stall befanden sich Sophie, Vanessa und ein schwarzes Pferd, dessen Augen nervös blitzten. Vanessa hatte ihm eine Hand auf die Schulter gelegt und sprach leise.

„Du weißt, dass er keine schnellen Bewegungen mag. Energisch ja, aber sanft. Ist ja gut, mein Junge", beruhigte sie mit säuselnder Stimme das Pferd, das unvermittelt schnaubte. Flo fuhr zusammen. Niemals würde er zu einem solchen Pferd in den Stall gehen. Er bewunderte Vanessa für ihre Ruhe und Furchtlosigkeit.

Fionas Mutter schob die Boxentür einen Spalt weit auf. Erschrocken sah Sophie auf.

„Alles in Ordnung, Kate", sagte Vanessa, als die Chefin einen prüfenden Blick über Pferd und Menschen schwenken ließ. „Leikur wollte mal wieder beweisen, wie imponierend er sein kann. Sophie wird den Bogen schon noch rausbekommen." Sie grinste, als sie ergänzte: „In den ersten Wochen meiner Ausbildung hat er mich genauso tyrannisiert. Aber das ist ihm dann ganz schnell vergangen." Ermutigend sah sie Sophie an, die sich unter den Augen ihrer Chefin wand.

Kate verlor kein Wort darüber. „Ich möchte, dass jemand Flo zu Fiona bringt. Sie ist draußen bei den Schafen. Sophie, ich dachte dabei an dich."

Die Praktikantin hatte bereits wieder rote Flecken auf den Wangen. „Ich müsste aber noch die Boxen der Einjährigen – oder soll ich das später machen?"

„Oh", mischte sich Vanessa fröhlich ein, „lass mal gut sein. Ich wollte sowieso gerade Ailis holen, um sie ein wenig zu bewegen. Ich bringe Flo hin."

Kate nickte zustimmend und warf ihm einen prüfenden Blick zu. „Kannst du reiten?"

Er schüttelte den Kopf.

„Gib ihm Pancho", sagte sie nach kurzem Überlegen an Vanessa gewandt und war im nächsten Augenblick verschwunden.

„Komm mit." Die junge Frau hatte ihn am Arm gepackt und zog ihn mit sich. Flo sah noch, dass Sophie ihnen bedauernd hinterher sah. Erst jetzt erfasste er den Sinn dessen, was Fionas Mutter eben gesagt hatte. Pancho. Wer oder was auch immer das war, es hörte sich nicht gut an. Er würde bestimmt nicht auf einem Pferd zu Fiona reiten. Vielleicht noch auf einem solchen wie dieser Leikur, der ihm riesigen Respekt einflößte. Er konnte Sophie nur zu gut verstehen.

„Vanessa, ich …", setzte er zum Protest an, doch diese tippte gerade etwas in ihr Smartphone und schien ihn nicht zu hören.

„Sind gleich da", meinte sie, als sie das Telefon in ihrer Hosentasche verstaut hatte. Wo in dieser engen Hose noch Platz dafür sein sollte, war Flo ein Rätsel.

„Das ist unser Pancho." Sie standen vor der Pferdebox neben Gwens leerem Stall. Ein hellbraunes, pummeliges Pony streckte ihnen seinen Kopf entgegen, und Flo sah verblüfft, dass Vanessa seine Nase zwischen ihre Hände nahm und einen Kuss mitten darauf setzte.

„Er ist unser Maskottchen und es gibt keinen hier, der ihn nicht abgöttisch liebt", erklärte sie und schob die Gittertür auf. Pancho wieherte erfreut, als sie in den Stall trat, und rieb seine Stirn an ihrem Pulli. „Unsere Chefin hat ihn vor ein paar Jahren vor dem Schlachter gerettet. Er scheint das zu wissen, denn er ist das dankbarste Tier, das ich je kennengelernt habe." Sie kraulte das Pony voller Hingabe zwischen den Ohren.

„Du kannst ihn streicheln, er mag das total gerne", forderte sie Flo auf, der alles andere als begeistert war und Pancho mit gemischten Gefühlen beäugte. „Ich hole Sattel und Zaumzeug. Bin gleich wieder da."

„Vanessa, warte!", rief er, als sie gehen und ihn mit dem Pferd alleine lassen wollte. Überrascht blieb sie stehen.

„Ein einfaches Fahrrad würde es auch tun, weißt du." Er konnte sich beim besten Willen nicht vorstellen, auf einem Pferderücken zu sitzen. Es war nicht so, dass er Angst davor hatte. Er würde nur gerne etwas mehr Zeit haben, wenn er es irgendwann einmal versuchen sollte.

„Wir nennen ihn auch *Das Sofa*", gab Vanessa vergnügt zurück. „Er ist richtig gemütlich, und dazu ganz und gar harmlos."

„Ein andermal gerne", erwiderte er. Falls es jemals ein anderes Mal geben würde, dachte er voller Zweifel. „Jetzt wäre mir das Fahrrad lieber."

„Kein Problem. Auch damit können wir dienen."

Sie mussten ein merkwürdiges Bild abgeben, stellte Flo fest, der auf einem alten Fahrrad saß und auf dem holprigen Feldweg kräftig durchgerüttelt wurde. Vanessa dagegen ritt neben ihm auf einer hochgewachsenen Stute, deren dunkelbraunes Fell in der Sonne glänzte. Sie bewegte sich dort oben mit einer eleganten Leichtigkeit, die ihn vielleicht neidisch gemacht hätte, wären seine Gedanken nicht mit völlig anderen Dingen beschäftigt gewesen.

Minuten nur noch, und er würde sie endlich wiedersehen. Flo hatte nicht die geringste Ahnung, was er sagen sollte. Er befürchtete fast, er würde keinen Ton herausbringen. Nur vor ihr stehen und sie ansehen. Er schnaufte vor Anstrengung, mit dem lässigen Trab des Pferdes mitzuhalten.

Zu beiden Seiten lagen Wiesen und Koppeln, soweit das Auge reichte. Hin und wieder konnte er in weiter Ferne Reiter erkennen. Mal alleine, mal zu zweit.

„Wie weit ist es noch?" Er blickte hinauf zu Vanessa, die sich gleichmäßig im Rhythmus des Pferdes aus dem Sattel hob und wieder setzte.

„Nicht mehr weit." Sie brachte Ailis zum Stehen und ließ die Zügel locker. Sofort senkte das Pferd den Kopf und suchte nach Grashalmen. „Wir reiten – bzw. fahren", dabei zwinkerte sie ihm fröhlich zu, „noch ein Stück geradeaus bis zu einer kleinen Kreuzung. Dort geht's nach links, bis der Weg zu Ende ist. Genau da liegt die Weide, auf der die Schafe zurzeit sind."

Sie nahm die Zügel wieder auf.

„Ich denke, ich finde den Weg von hier aus alleine", bemerkte Flo hastig. Er keuchte immer noch ein wenig. Die Vorstellung, dass irgendjemand – und war es auch die sehr sympathische Vanessa – anwesend war, wenn er Fiona wiederbegegnete, gefiel ihm gar nicht.

„Ok, kein Problem", meinte Vanessa gutgelaunt und wendete auf der Stelle ihr Pferd. „Ich bin dann mal weg." Sie winkte ihm zu und holte mit einigen Schwierigkeiten ihr Handy aus der Tasche. Während Flo ihr hinterherschaute, ließ sie lässig ihre Beine baumeln und tippte auf dem Telefon herum.

„Vanessa!" Er hatte es ihr die ganze Zeit schon sagen wollen. Die junge Frau drehte sich im Sattel zurück.

„Ich fand es toll von dir, dass du dich vorhin auf Sophies Seite gestellt hast! Vor eurer Chefin. Das war echt cool."

Sie grinste breit und der silberne Ring in ihrer Augenbraue glitzerte in der Sonne. „Danke für die Blumen! Wir haben alle mal da unten angefangen. Das ist am Anfang nicht ganz leicht und ich denke, niemand von uns sollte das vergessen."

Sie ritt davon, und für einen flüchtigen Moment wünschte sich Flo, er selbst würde auf einem Pferd ähnlich vornehm aussehen. Hoch zu Ross würde er bei Fiona erscheinen und in reinster Vollkommenheit dem Klischee des rettenden Ritters entsprechen. Er schmunzelte, als er in die Pedalen trat. Theatralik konnte er schon immer gut.

Als nur Sekunden später sein Vorderreifen über einen Stein rutschte, brachte ihn das unsanft in die Wirklichkeit zurück. Von wegen rettender Ritter. Vielleicht wollte sie überhaupt nicht gerettet werden. Schon gar nicht von ihm. Sein Mund wurde vor Aufregung trocken. Immer wieder spähte er den Weg entlang und über die Wiesen. Schließlich gelangte er an die Kreuzung, von der Vanessa gesprochen hatte.

Ein wenig abseits der vier Wege, die sich hier trafen, stand eine verwitterte Holzbank neben einem Kreuz aus rotem Sandstein. Am Fuß des Gedenksteins stand ein Tonkrug voller Gräser und vertrockneter Wiesenblumen. *Vertrau Dem Herrn Und Er Zeigt Dir Den Weg* war in altdeutschen Buchstaben in den roten Stein gemeißelt.

Flo hielt an und zog seine Jacke aus. Nun, da die Herbstsonne endlich ihre volle Kraft entfalten konnte, war es warm geworden. Er band sich den Anorak um die Hüften und stieg wieder aufs Rad.

Gott, wenn es dich wirklich gibt, dann steh mir bitte bei, betete er, als er nach links abbog. Er war kein gläubiger Mensch, aber man konnte ja nie wissen. Schaden würde es sicher nicht, dachte er mit einem letzten Blick auf das Kreuz.

Flos Herz machte einen Satz. Er bremste ab. Gebannt sah er auf die ferne Gestalt, die damit beschäftigt war, an der Umzäunung einer großen Wiese entlangzugehen und die Holzpflöcke zu überprüfen. Wenn er auch das Gesicht noch nicht erkennen konnte, so wusste er doch auf der Stelle, dass sie es war. Fiona. Ihr helles Haar leuchtete in der Sonne. Flo dachte unwillkürlich an den zarten Geruch von Vanille, den er damit verband.

Behutsam ließ er das Fahrrad zu Boden sinken. Seine Jacke warf er darauf. All das tat er, ohne Fiona auch nur für eine Sekunde aus den Augen zu lassen. Als hätte er Angst, dass sie verschwunden sein würde, wenn er wieder aufblickte. Schritt für Schritt, langsam und ohne Eile ging er los. Er sah, dass sie ihr Haar in zwei dicke Zöpfe geflochten hatte und erkannte den hellblauen weichen Pulli wieder.

Noch hatte sie ihn nicht entdeckt. Sie arbeitete konzentriert und schubste hin und wieder lachend eines der Schafe weg, die sich immer wieder neugierig ihren Händen näherten und gestreichelt werden wollten. Ein wenig abseits der Schafe stand Fionas Pferd, ein zierliches weißes Tier, das in diesem Moment den Kopf hob und zu Flo hinüberblickte.

Die Harmonie dieser Szene berührte ihn. Er blieb stehen. Eine paradiesische Stille herrschte an diesem Ort. Das Einzige, was zu hören war, waren die Vögel, die den schönen Herbsttag feierten. Alles schien im Einklang. Jede Veränderung würde stören. Auch er selbst. So empfand er. Plötzlich wusste er nicht mehr, ob es richtig gewesen war, herzukommen.

Was war, wenn sie ihn nicht sehen wollte? Alles, was er sich ausgemalt hatte, würde wie ein baufälliges Gebäude in sich zusammenstürzen und er würde sein Leben lang in dieser Ruine hausen müssen. Tobi hatte etwas anderes angedeutet, doch sogar sein Bruder konnte sich irren. Flo presste die Hände auf seinen Magen. Wenn er jetzt wieder gehen würde, ohne mit Fiona gesprochen zu haben, wäre er ebenfalls sein Leben lang unglücklich. Er würde sich bis in alle Ewigkeit fragen, ob nicht doch alles gut geworden wäre.

Er erschrak, als Gwen plötzlich laut schnaubte. Fiona blickte von ihrer Arbeit auf und sah sich aufmerksam um. Flo hatte sich reflexartig gebückt und atmete erleichtert auf, als er sah, dass sie etwas zu ihrem Pferd sagte und sich wieder ihrer Arbeit zuwandte. Auf dem Boden kauernd schloss er die Augen. Er stellte sich vor, dass er zu ihr ging, ihr Gesicht mit seinen Händen umfasste und sie sanft zu sich heranzog. Er konnte ihre leuchtend blauen Augen vor sich sehen, tiefer als der Ozean selbst. Wie weich würden ihre Lippen sein, wenn er seine darauflegte. Er stöhnte auf. Dann erhob er sich und sog die laue Luft in seine Lungen. Er hatte seinen Entschluss gefasst.

Fiona hätte wetten können, dass sie im Augenwinkel eine Bewegung gesehen hatte. Und doch war weit und breit nichts außer den Wiesen. Würde jemand vom Hof zu ihr hinauskommen, so wäre er zu Pferd unterwegs. Oder aber mit dem Traktor. Nichts davon sah sie.

„Gwen, da ist niemand", sagte sie zu ihrer sanften Schimmelstute, die aufmerksam auf den Weg blickte. Gwen reagierte üblicherweise nur dann mit erfreutem Schnauben, wenn Menschen in der Nähe waren. „Diesmal hast du dich geirrt", setzte sie hinzu und drehte sich erneut zum Zaun, der an dieser Stelle ausgebessert werden musste. Aus der alten Tasche, die neben ihren Füßen lag, holte sie ein Stück festen Draht und eine Zange.

„Nimm sofort deine Nase da weg, Wölkchen, sonst kneife ich sie dir noch ab", warnte sie mit zärtlicher Stimme das Schaf, das sich zwischen sie und den Zaun drängte. Seufzend legte sie das Werkzeug zu Boden und massierte dem Tier den wolligen Hals. Sie liebte es, wenn die Tiere zu ihr kamen, um sich Zärtlichkeiten abzuholen. Es schien beinahe, als wüssten sie, dass Fiona bis zum Bersten erfüllt war mit Liebe und dem Bedürfnis, diese zu teilen.

Ihre Augen füllten sich mit Tränen. Die Sehnsucht nach *ihm* war so groß, dass ihr ganzer Körper schmerzte. Es war ein Schmerz, der unendlich süß war und ihr zugleich das Herz zerriss. Das Schlimmste aber war, dass sie wusste, dass es sich niemals ändern würde. Nachdem sie aus Afrika heimgekehrt war, hatte sie versucht, Flo zu vergessen. Und doch wurde es von Tag zu Tag schlimmer. Sie konnte sich 100 Mal sagen, dass er eine Freundin hatte. Er musste sie inzwischen haben, denn wer würde diesem Mann jemals widerstehen können? Hinter ihr schnaubte Gwen erneut.

„Ist gut, Gwen", flüsterte sie und fuhr sich mit dem Handrücken über die Augen. Sanft stieß sie Wölkchen zur Seite und bückte sich nach dem Werkzeug. Sie hatte gerade die Länge des benötigten Drahtes abgeschätzt und nahm die Zange, um ihn durchzutrennen. Plötzlich hob sie irritiert den Kopf.

Es war nicht so, dass sie etwas gehört hatte. Es war ein Gefühl. Ein Schauder fuhr ihr über den Rücken und ihr Herzschlag beschleunigte sich. Sie wollte sich umdrehen, doch das Schaf stand ihr im Weg.

„Hat mein Herz je geliebt?“, flüsterte es hinter ihr. Sie erstarrte.

„Schwört es ab, ihr Augen. Denn wahre Schönheit sah ich erst bei dir.“

Ein hysterisches Lachen wollte sich aus ihrer Kehle befreien. *Die letzten beiden Worte sind falsch*, wollte sie sagen. Doch er sprach schon weiter. Etwas lauter diesmal. Ein wenig atemlos. *„Steinerne Grenzen können Liebe nicht fernhalten. Und was Liebe kann, das wagt Liebe zu versuchen.“*

Er war hier. Ihr Romeo. Er stand direkt hinter ihr. Sie spürte die Nähe seines Körpers. Aber sie war nicht in der Lage, sich zu rühren. Sein Atem ging schwer. Sie hörte ein Herz laut schlagen und wusste nicht: War es ihres oder seins? Oh, wie süß. Oh, wie brennend die Qual. Es war unmöglich. Und doch schien er tatsächlich da zu sein. Tränen rannen ihr über die Wangen, als sie leise sagte:

„Meine Freigiebigkeit ist so grenzenlos wie das Meer, meine Liebe so tief. Je mehr ich dir gebe, desto mehr habe ich. Denn beide sind unendlich.“

Hände legten sich auf ihre Schultern und drehten sie sanft herum. Sie standen voreinander. Behutsam nahm er ihr das Werkzeug aus der Hand und legte es zu Boden.

Flo war ihr so nah, dass sie seinen Körper riechen konnte, seine Wärme spüren. Sie wollte eine Hand heben, um ihre Tränen wegzuwischen. Schon aber umfassten seine Hände ihr Gesicht. Heiße Schauer jagten ihren

Rücken hinunter, als sein Mund ihre Tränen einfing. Als er keine mehr fand, suchten seine Augen die ihren.

„Ich muss dich jetzt küssen", sagte er heiser, und endlich berührten seine Lippen ihren Mund. Ein lauter Seufzer entfuhr ihr. Seine Lippen. Sie waren noch viel weicher, als sie sich vorgestellt hatte. Sie griff ihm ins Haar. Ihre andere Hand fuhr über seinen Nacken. Warm und verletzlich fühlte er sich an. Einladend öffnete sie die Lippen für ihn und mit einem Stöhnen kam er ihrer Aufforderung nach. Seine Zunge glitt zwischen ihre Zähne, erkundete ihren Mund. Wie lange hatte sie darauf gewartet. Er hielt sie so fest umschlungen, dass sie kaum atmen konnte. Es kümmerte sie nicht. Nur dieser Augenblick war wichtig. Das, was sie gerade erlebte war mehr, als sie je zu hoffen gewagt hatte.

„Florian", flüsterte sie erstickt. Sie wollte seinen Namen aussprechen. Immer wieder. Ihre Tränen hörten nicht auf zu fließen, sie konnte nichts dagegen tun. Sie war so glücklich, sollten sie doch laufen. Wen störte das schon. Er küsste jede einzelne von ihren Wangen weg, sobald er ihren Mund für einen Augenblick verließ, damit sie beide nach Atem ringen konnten.

„Fiona. Süße, süße Fiona", sagte er an ihren Lippen und suchte erneut mit der Zunge nach der ihren. „Es fällt mir schwer, es zu glauben." Seufzend vergrub er sein Gesicht in ihrem Haar. „Aber es ist wirklich wahr. Dass ich dich endlich, endlich im Arm halten kann. Oh, mein Gott, wieso haben wir so lange gewartet? Ich bin jeden Tag 1000 Tode gestorben, weil ich nicht bei dir sein konnte." Er schluchzte die Worte beinahe und zog sie fester an sich. Trotz allem musste er plötzlich lachen. Es war ein leichtes, glückliches Lachen, wenn auch ein wenig schwankend.

„Meine Güte, was sind wir kitschig, oder? Da zitieren wir Shakespeare in dem Moment, in dem wir uns endlich wiedersehen." Er hielt sie ein Stück von sich weg, um ihr Gesicht zu betrachten. „Und doch soll mir jeder Kitsch der Welt Recht sein, wenn ich dich nur in den Armen halten darf."

Sie sah ihm in die Augen, die mit einem Ausdruck auf ihr ruhten, der sie erbeben ließ. Mit ihren Fingern fuhr sie zärtlich über seine dunklen Brauen und weiter hinab über die wenigen Sommersprossen, die sie hatte berühren wollen, seit sie ihn zum ersten Mal gesehen hatte. Sie wusste immer noch nicht, ob sie vor Glück weinen oder lachen sollte.

„Nichts ist zu kitschig, um das auszudrücken, was man fühlt", murmelte sie. „Und welche Worte sind für die Liebe besser geeignet als jene aus Shakespeares Romeo und Julia?" Bei diesen Worten errötete sie leicht. Über Liebe hatte noch keiner von ihnen gesprochen. „Mein Herz ist so voll davon, dass es gar nicht damit aufhören kann überzulaufen", sagte sie verlegen. Ihre Hände lagen immer noch auf seinem Gesicht, als ob sie sich vergewissern musste, dass er tatsächlich da war. Sie fasste ihm ins Haar und betrachtete ihn unverhohlen. Endlich durfte sie ihn ansehen. Nicht nur heimlich. Sie würde sich niemals an ihm sattsehen, das wusste sie. Mit dem Finger strich sie über seine schmale Nase und seinen Mund. Der Laut, den er daraufhin von sich gab, schickte eine Flut von Lava durch ihren Schoß.

Ein weiteres Mal zog er sie an sich. Sein Kuss wurde verlangender und seine Leidenschaft war drauf und dran, ihm den Verstand zu rauben. Er hatte so lange darauf gewartet. Jetzt hatte er das Gefühl, keinen Moment länger aushalten zu können. Seine Hand schlüpfte unter ihren Pulli und fuhr ihr über den Rücken. Einen Augenblick verharrte sie über dem Verschluss ihres BHs. Er musste an die helle Haut denken, die sich darunter befand. Sein Mund wurde trocken vor Verlangen. Er wollte ihren Duft einatmen, ihre weiche Haut berühren. Und noch so viel mehr. Er wollte alles. Doch auch das würde noch lange nicht reichen, um seine Sehnsucht nach ihr zu stillen.

Mühsam versuchte er, Herr seiner Sinne zu werden. Das stellte sich jedoch als schwieriger heraus, als er gedacht hatte. Denn Fionas Hände hatten sein T-Shirt aus der Jeans gezerrt und strichen über seinen bloßen Rücken. Er schnappte nach Luft.

„Du hast mir so gefehlt", keuchte er, den Mund dicht an ihrem Ohr. „Jede Minute ohne dich war vergebene Zeit", gestand er stöhnend und legte seinen Mund auf ihren Hals. Er fuhr mit seiner Zunge über die zarte Stelle an ihrer Kehle.

„Ich war mir sicher, du willst mich nicht." Ihre Stimme klang erstickt. „Ich konnte mir nicht vorstellen, dass jemand wie du sich für mich interessieren könnte."

„Oh, Fiona", stieß er bekümmert hervor und suchte ihren Mund. „Schon am ersten Abend war ich verloren. Alles an dir hat mich verrückt gemacht. Deine Augen, dein Lächeln. Der Geruch deiner Haare. Warum sollte ich sonst die Betten auseinandergeschoben haben? Ich wusste mir nicht anders zu helfen als Abstand zu halten." Zärtlich biss er ihr in die Lippen und brachte sie damit an den Rand der Verzweiflung. Sie presste sich an ihn und spürte voller Entzücken, dass sein Körper auf sie reagierte.

„Warum Abstand?", wollte sie atemlos wissen und schob sein T-Shirt hinauf, damit sie ihren Mund auf seine nackte Haut legen konnte.

„Weil ... weil ich dachte ..."

Das Sprechen fiel ihm so unglaublich schwer. All sein Empfinden war auf die zarte, rosa Zunge gerichtet, die eine feuchte Spur auf seine Brust malte.

„Weil?", flüsterte sie und biss leicht zu.

„Du machst es mir nicht eben leicht", brachte er stöhnend hervor. „Wie soll ich einen einzigen klaren Gedanken fassen, wenn alles, was ich dafür bräuchte, gerade nicht zur Verfügung steht?"

Fiona kicherte und zog sein Shirt hinunter. „Schade", meinte sie bedauernd und legte ihren Kopf an seine Brust. „Dann eben später."

„Oh bitte, bitte hör nicht auf damit", flehte er mit heiserer Stimme. Sein Herz schlug wild und sie spürte das Pochen an ihrer Wange.

„Es ist besser so", murmelte sie in sein T-Shirt und sog seinen Geruch tief in die Nase. „Ich kann sonst für nichts garantieren. Und das bei nasser Wiese und Schafen als Zuschauer …"

Er schlang die Arme um sie.

„Ich dachte, du bist mit Tobi zusammen."

Sie hob den Kopf und sah ihn betroffen an. „Wie kamst du denn auf diese Idee? Das hätte ich dir doch erzählt. Meinst du nicht?"

„Ich weiß es nicht." Er klang zweifelnd. „Hättest du das tatsächlich?"

„Du hättest es gemerkt. Bestimmt. Außerdem wäre ich dann ganz sicher nicht …" Sie brach ab.

„Zu mir ins Bett geschlüpft?", beendete er grinsend ihren Satz und ihre Wangen färbten sich tiefrot.

„Du hast es bemerkt? Ich war mir sicher, dass du nichts davon mitbekommen hast, denn du hast dich kein bisschen bewegt. Aber mir war so kalt. Und du warst so unglaublich warm." Sie legte ihren Kopf an seine Brust und er küsste zärtlich ihr Haar.

„Du hättest mit deinen Füßen die Hölle gefrieren lassen können. Es wäre unmöglich gewesen, sie nicht zu bemerken."

„Wieso hast du denn nichts gesagt?"

Flo schluckte. Er konnte sich so lebhaft daran erinnern, als wäre es gestern gewesen. „Ich hatte genug mit mir selbst zu tun. Du warst so nah bei mir. Dein Körper an meinem, weich und warm. Alles, wovon ich träumte, lag direkt hinter mir. Ich bin fast verrückt geworden. Und ich ging ja davon aus, dass du und Tobi – du weißt schon. Ich dachte, ich müsste sterben. In diesem Moment war ich richtig sauer auf Tobi und sein Verschwinden. Denn dadurch war ich ja in diesen Schlamassel hineingeraten."

„Und jetzt?" Fiona sah ihn schelmisch an. „Bist du nicht mehr sauer auf ihn?"

Flo ließ seinen Blick zärtlich auf ihrem Gesicht ruhen. Dass er der Grund war für das glückliche Strahlen ihrer Augen war ihm unbegreiflich und rührte ihn. „Ganz im Gegenteil." Er drückte sie an sich und genoss das Gefühl, sie so nahe bei sich zu spüren.

Das laute Schnauben von Gwen ließ sie aufschauen. Von weitem sahen sie einen Reiter, der grüßend die Hand hob. Fiona winkte zurück.

„Vanessa", sagte sie, bevor Flo erkennen konnte, ob die Person männlich oder weiblich war. „Sie ist die Freundin meines Bruders und eine unserer besten Reiterinnen."

„Ich habe sie kennengelernt. Sie hat mich bis kurz vor die Wegkreuzung gebracht", erzählte Flo und fuhr sich mit den Händen durchs Haar, das ihm in alle Richtungen vom Kopf stand. „Sie scheint ein prima Kerl zu sein."

„Das ist sie", bestätigte Fiona. „Mein Bruder liest ihr jeden Wunsch von den Augen ab. Wenn sie will, kann sie recht überzeugend sein. Darauf lässt er es lieber nicht ankommen", lachte sie fröhlich und entblößte dabei ihre Zähne. „Wie bist du überhaupt hergekommen? Doch nicht zu Fuß?"

„Nein. Vorn auf dem Weg liegt das Fahrrad."

„Das Fahrrad! Soso. Mich wundert, dass sie dich nicht auf Pancho gesetzt haben."

„Das wollten sie", grinste Flo. „Ich konnte mich erfolgreich dagegen wehren."

„Pancho ist toll. Er hätte es dir leicht gemacht."

„Ja, ich weiß. Pancho, das Sofa und so", meinte er und tastete mit seinem Mund über Fionas Gesicht, bis er ihre Lippen gefunden hatte. „Ich wollte aber nicht", verteidigte er sich zwischen vielen kleinen Küssen, „wie ein schaukelnder Clown bei dir erscheinen, die Lippen zusammengepresst vor Konzentration und ständig in der Gefahr, vom Sofa zu rutschen."

„Als Schauspieler wäre es gar nicht schlecht, reiten zu können", überlegte sie und ließ ohne Vorwarnung für einen winzigen Augenblick ihre Zunge in seinen Mund gleiten.

„Oh, mein Gott", stöhnte Flo machtlos und legte seine Stirn auf ihr Schulter. „Gib mir bitte was zum Arbeiten, sonst machst du mich völlig fertig."

„Du kannst mir zur Hand gehen", schlug sie vor und tippte auf den Holzpfosten, an den sie sich gelehnt hatte. „Dieser hier braucht Hilfe, und ich glaube, dort hinten ist noch ein anderer, den ich mir mal näher ansehen muss."

„Das Schaf stört", bemerkte er, als er sich nach der Zange und dem Draht bückte. Das Tier stand dicht bei Fiona und probierte nach zahlreichen vergeblichen Versuchen nun erneut, ihre Aufmerksamkeit zu gewinnen. Sie schob es zur Seite.

„Ist gut jetzt, Wölkchen. Geh mal zu deinen Leuten."

„Ich würde sehr gerne reiten lernen." Flo stand mit dem Werkzeug in der Hand vor ihr. Seine dunklen Augen waren ernst und sein Blick lag auf ihrem Gesicht. „Wenn du es mir beibringst."

„Ich bringe dir alles bei, was du möchtest", versprach sie und nahm ihm den Draht aus der Hand.

„Ach!" Vergnügt bückte er sich zu ihr hinunter. Er konnte von ihrem Mund einfach nicht genug bekommen. „Ich wüsste da noch einiges."

„Erst die Arbeit ...", sagte sie mit rosa angehauchten Wangen und deutete auf die Zange.

„Wenn's sein muss. Dann lass uns mal loslegen."

„Hier musst du immer rauf?" *Und das mit deinem Bein*, hätte er beinahe noch hinzugefügt und biss sich im letzten Moment auf die Zunge. Fiona antwortete nicht und stieg die steile Treppe bis ganz nach oben. Schließlich gelangten sie auf einen großen und hellen Dachboden, dessen Gebälk sich hoch über ihnen befand.

„Ich habe diesen Raum schon als Kind geliebt." Fiona stand unter den Balken und hatte die Arme ausgebreitet. „Jahrelang habe ich meine Eltern angebettelt, ob ich hier oben mein Zimmer haben durfte. Zu meinem zwölften Geburtstag haben sie es mir dann geschenkt und mich damit überglücklich gemacht."

Mit diesen Worten ging sie bis ans Ende des langen Raumes und öffnete eine Tür. Sie traten ein, und Flo sah sich interessiert um. Das Zimmer war hell und wirkte geräumig. Ein großes Panoramafenster auf der Giebelseite bot einen atemberaubenden Blick auf die Pferdekoppeln hinter dem Gestüt. Außer Fionas Bett und einem großen Schreibtisch befand sich eine Couch im Zimmer, die mit weich aussehenden Kissen beladen war und sehr gemütlich aussah.

Die Wände hingen voller Urkunden und Bilder. Viele von ihnen zeigten Fiona. Fiona als Kind auf einem Pony, Fiona als junge Frau auf einem großen, weißen Pferd. Fiona mit strahlendem Gesicht bei einer Siegerehrung. Die Fotos zeigten sie ausnahmslos als Reiterin. Auffällig war die Großaufnahme eines schneeweißen Pferdes. Eine der oberen Ecken des Rahmens war mit einer schwarzen Samtschleife geschmückt.

„Ich hatte mal ein anderes Leben", hörte er sie leise sagen. Flo drehte sich zu ihr um. In ihren Augen schimmerten Trauer und Verzweiflung. Sie so zu sehen tat ihm weh. Er trat näher, umfasste ihr Gesicht mit beiden Händen und legte seinen Mund erst auf das eine, dann auf das andere ihrer Augen.

„Die meisten Menschen hatten mal ein anderes Leben, Fiona. Veränderungen bleiben nicht aus. Nur ist sie bei einigen größer. Wie bei dir. Und auch bei mir."

„Sie hieß Shannon." Ihre Stimme zitterte, als sie sich an ihn schmiegte.

„Du wirst sie niemals vergessen, weil sie ein Teil von dir ist. So wie ich meinen Vater nie vergessen werde. In unseren Herzen sind sie immer bei uns."

Er küsste sie zärtlich auf den Mund, der sich so bereitwillig öffnete, als wäre er immer nur für ihn dagewesen. Ohne von ihren Lippen zu lassen, hob er Fiona auf die Arme und trug sie zur Couch. „Deine Mutter hat es mir erzählt", wisperte er und strich mit seinen Händen über ihren schmalen Hals.

Langsam zog sie ihm das T-Shirt über den Kopf. Als sie ihre Hände über seinen Bauch gleiten ließ, entfuhr ihm ein undefinierbarer Laut. „Du hast keine Ahnung, wie schrecklich meine Narbe aussieht", sagte sie bebend und hob die Arme, damit er ihr den Pulli ausziehen konnte. Sie war so herrlich weich und warm. Es brachte ihn fast um den Verstand. Seine Hand schlüpfte unter ihr Top und legte sich auf ihre Haut.

„Du bist wunderschön, Fiona. Ich habe niemals etwas Schöneres als dich gesehen." Mit der anderen Hand malte er eine zarte Linie auf ihren Oberschenkel, dort, wo unter der Jeans die silberne Narbe entlanglief. „Ich weiß sehr wohl, wie sie aussieht, mein Herz." Er schob ihr Top hinauf und fuhr mit dem Mund von ihrem Hals über ihre Brust bis zum Bauchnabel. Sie wimmerte auf. Mit einer schnellen Bewegung zog sie sich das Top über den Kopf. „Sie ist ebenso schön wie du. Grundgütiger", stöhnte er und war sicher, dass er seine Lust nicht mehr lange würde beherrschen können. Ihre Finger nestelten am Verschluss seiner Hose und plötzlich war er aus der Enge seiner Jeans befreit. Er keuchte auf und griff in ihr Haar. Sanft zog er ihren Kopf zu sich heran und löste die Flechten. Wie Wasser ließ er ihr Haar durch seine Finger fließen und drückte seine Nase hinein.

Fionas Hände tasteten nach der Stelle seines Körpers, die vor Erregung hart und kurz vor dem Bersten war. Im nächsten Augenblick war auch der letzte Rest seines Verstandes außer Gefecht gesetzt. So behutsam wie er konnte, streifte er ihre Hose ab und beugte sich über das helle Mal auf ihrem Schenkel, das sich einer Schlange gleich bis zu ihrem Knie wand. Mit der Zunge fuhr er den schmalen Pfad der verheilten Verletzung entlang und hörte, dass sie erschrocken nach Luft schnappte.

Sie setzte sich auf und zog seinen Kopf zu sich heran. „Hör auf", stieß sie bestürzt hervor. „Du musst das nicht tun."

„Ich will es aber. Fiona, ich liebe deine Narbe. So, wie ich alles an dir liebe", flüsterte er an ihren Lippen.

„Meine Güte." Sein Mund verzog sich zu einem gequälten Lächeln. „Ich halte das nicht mehr lange aus."

„Dann komm", forderte sie ihn zärtlich auf und zog ihn über sich. „Komm zu mir. Ganz." Ihre Augen waren riesig groß, Leidenschaft glänzte in ihnen.

„Hast du …?" Flo zögerte und sah sie fragend an. Fiona schüttelte den Kopf und runzelte für einen Moment die Stirn. Umgehend erhellte sich ihr Gesicht und sie rutschte unter ihm weg.

„Ich bin gleich wieder da", versprach sie und ging zur Tür.

„Wo willst du hin?"

„Ich habe nicht umsonst einen Bruder, der fünf Jahre älter ist als ich." Ihr Grinsen reichte übers ganze Gesicht. „Seit ich 13 bin, weiß ich, wo er seine Kondome versteckt."

Flo sah sie entgeistert an.

„Naja", sagte sie mit einer gewissen Befriedigung. „Er hat mich immer neugierig genannt. Ich war der Meinung, dass es dafür auch einen Grund geben sollte. Und habe ein bisschen bei ihm rumgeschnüffelt. Er hat sein Zimmer gegenüber." Mit diesen Worten drückte sie die Türklinke herunter.

„Aber doch nicht so!" Entsetzt deutete er auf ihren Aufzug. Sie trug nichts außer ihrem blauen Slip und ihrer Schönheit, die ihn an den Rand der Verzweiflung brachte. Ihre Wangen waren gerötet und das Haar stand wie ein Heiligenschein wirr um ihren Kopf herum. Doch sie war schon zur Tür hinaus. Und Sekunden später wieder da. Sie sprang zu ihm auf die Couch, wobei ihre kleinen, festen Brüste hüpften. Mit geschickten Fingern öffnete sie das Päckchen und sah ihn erwartungsvoll an. Flo glaubte eine winzige Spur von Unsicherheit zu erkennen. Sie warf einen flüchtigen Blick auf ihr Bein. „Und du findest sie wirklich nicht abstoßend?"

„Komm her, du Schöne, und zweifle nicht an mir." Er zog sie ganz nah an sich heran und legte seinen Mund an ihr Ohr. Seine Stimme war rau vor Verlangen.

„Ich will dich genau so, wie du bist. Nicht mehr und nicht weniger. Und jetzt lass uns gemeinsam fliegen. Bis ans Ende der Welt und wieder zurück."

Sie liefen auf die Stallungen zu, die Hände ineinander verschlungen. Flo hätte Fiona am liebsten ständig dicht zu sich herangezogen und geküsst. Er konnte kaum von ihr lassen und hatte das Gefühl, sich in einer Dimension der Glückseligkeit zu bewegen, von deren Existenz er bis vor kurzem nichts gewusst hatte. Sein Herz war so leicht, dass er Mühe hatte, auf dem Boden zu bleiben und sich mit alltäglichen Dingen zu befassen.

Immer wieder rief ihnen jemand einen freundlichen Gruß zu. Flo hatte den Eindruck, als wären die Blicke aller Menschen, die hier arbeiteten, auf sie beide gerichtet.

„Ich weiß nicht", brummte er und schielte verstohlen zu zwei Männern, die über den Huf eines Pferdes gebeugt waren und zu ihnen hinübersahen. „Wieso habe ich das Gefühl, dass uns alle anstarren?"

„Weil sie es tun", lachte Fiona vergnügt und legte ihm ihren Arm um die Hüften. „Sie sehen uns bestimmt an, was wir gerade getan haben. Außerdem ist es lange her, dass ich mit jemandem Hand in Hand über den Hof gelaufen bin."

„Du bist mit jemandem *händchenhaltend* über den Hof gelaufen?" Eifersucht regte sich in ihm.

„Ja, damals. Mit Romeo."

„Ich werde ihn töten müssen", zischte er und grinste, als sie ihn in die Seite boxte. „Vergiss nicht, ich komme vom Theater", schob er großspurig hinterher. „Dort gehört so etwas zur Tagesordnung. Mord aus Eifersucht."

„Spar dir deine Kräfte lieber für Pancho auf", drohte Fiona gutgelaunt, als sie das Stallgebäude betraten. Endlich dem Blickfeld fremder Augen entkommen, zog Flo sie zu sich heran und presste sie an sich. „Wie soll ich ohne dich überleben", murmelte er in ihr Haar und küsste ihren Nacken.

„Darüber will ich jetzt noch nicht nachdenken", antwortete sie. „Sonst werde ich auf der Stelle traurig. Lass uns einfach genießen, dass du noch hier bist." Er nickte an ihrem Hals und ließ seinen Mund zu ihren Lippen wandern.

„Ja, du hast Recht."

„Oh, wen haben wir denn da?" Die fröhliche Stimme von Vanessa ließ sie ertappt auseinanderfahren. Die junge Frau blickte einen Moment lang prüfend von einem zum anderen und lächelte wissend. „Ihr seht toll zusammen aus", meinte sie anerkennend und ergötzte sich an beider Verlegenheit. „Ihr seid doch nicht etwa auf dem Weg zu Pancho, dem Sofa, oder?"

„Doch, das sind wir." Fiona klopfte Flo sanft auf den Oberarm. „Er möchte es mal probieren."

„Erstaunlich." Vanessa setzte eine beleidigte Miene auf. „Da hattest du wohl die besseren Überzeugungsmethoden."

„Sieht so aus", feixte Fiona. In diesem Moment hörten sie einen Wagen in den Innenhof fahren. „Das werden Papa und Colin sein", meinte sie. „Sie sind schon früh weggefahren, um sich ein Pferd anzusehen. Ich werde dich ihnen nachher vorstellen."

„Wie groß ist Colins Beschützerinstinkt seiner kleinen Schwester gegenüber?", wollte Flo lachend wissen und ließ sich bereitwillig mitziehen.

„Naja", kicherte sie, „solange er seine Kondome nicht durchzählt, hast du nichts zu befürchten." Sie quietschte, als er sie in die Seite knuffte. Aus einer Kammer, die sehr intensiv nach Leder, Pferd und Pflegemitteln roch, holten sie einen Sattel und das dazugehörige Zaumzeug.

„So klein ist er nun auch wieder nicht", stellte Flo kurze Zeit später fest, als Fiona die Tür zu Panchos Box aufschob. Das Pony mit dem breiten Rücken streckte ihnen freundlich seine rosa Nase entgegen und sah mit seinen von langen Wimpern umrahmten Augen sehr gutmütig aus.

„Und du kannst wirklich bis morgen bleiben?" Fiona nahm Flos Hände und legte sie auf den warmen Tierkörper. „Einfach streicheln, das mag er."

„Ja", grinste er vergnügt, „da geht es ihm wie mir. Männer sind halt so." Fiona schob energisch seine Hand weg, die bereits wieder nach ihr tastete. „Weder Mama braucht den Wagen noch Tobi. Wenn ich bis morgen Mittag zu Hause bin, reicht das. Von Tobi soll ich dich grüßen."

Sie schmiegte sich an ihn. „Hast du ihm von uns erzählt?"

„Das brauchte ich nicht. Er hat es an meiner Stimme gehört." Seine Hände lagen auf dem weichen Fell des Ponys.

„Du liebst ihn sehr, nicht wahr?" Fiona war ernst geworden und fuhr ihm zärtlich über den Rücken.

„Ich würde für Tobi sterben", sagte Flo. „Aus diesem Grund würde ich ihm niemals die Frau streitig machen, die er liebt." Fiona drehte ihn zu sich herum und strich ihm die wirren Locken aus der Stirn. Ihre Augen lagen voller Liebe auf ihm und glänzten verräterisch, als sie leise sagte:

„Ich selbst habe auch noch keine Ahnung, wie ich die Tage ohne dich aushalten soll. Wenn ich nur daran denke, tut mir vor Sehnsucht schon alles weh."

„Wir schaffen das." Er legte ihr die Arme um die Schultern und drückte ihren Kopf an seine Brust. „Meine Ausbildung dauert nicht ewig, und irgendetwas wird sich ergeben. Weil wir es so wollen. Ich weiß es." Er fuhr ihr übers Haar. „Was sind schon 400 Kilometer? Solange ich weiß, dass du hier bist und mit derselben Sehnsucht auf mich wartest wie ich auf dich, ist alles gut. Räumliche Entfernung kann liebende Herzen nicht trennen."

„Liebende Herzen", wiederholte Fiona und er spürte, wie sich ihre Lippen an seiner Brust bewegten. „Das klingt schön."

Er umfasste ihren Kopf und drehte ihn so, dass sie ihn ansehen musste. *„Mein Sehnen und mein Streben, sind immerzu bei dir. Nur dafür will ich leben: Für immer du bei mir."*

„Wie schön", hauchte sie ergriffen. „Man merkt, dass dein künftiger Beruf schon Spuren hinterlassen hat. Von wem ist es? Ich kenne es nicht."

„Ist mir eben spontan eingefallen", gestand er stolz. „Aus der Situation heraus."

„Du bist also auch noch ein Poet?" Neugierig musterte sie ihn.

„Nein, eher nicht", gab er zu und zögerte. „Naja, vielleicht hin und wieder ein wenig. Wenn ich wirklich wollte, wäre da sicher noch mehr. Würde ich dafür deine uneingeschränkte Bewunderung ernten?"

Fiona trat aus der Box heraus und griff nach dem Sattel, der auf einer Halterung lag. Als sie wieder bei Flo und Pancho stand und dem Pony den Sattel auf den Rücken legte, meinte sie lächelnd:

„Du bekommst meine uneingeschränkte Bewunderung in dem Augenblick, in dem du auf dem Sattel sitzt." Mit diesen Worten bückte sie sich, holte den Sattelgurt unter dem Ponybauch hervor und schnürte ihn fest. Flo, der hinter ihr stand, umschlang sie mit seinen Armen.

„Ich werde mein Bestes geben", raunte er ihr zärtlich ins Ohr.

16. KAPITEL

Flo spähte durch den Spalt der angelehnten Tür. Sein Bruder saß am Schreibtisch, ließ Erde von einer Hand in die andere rieseln und sah verträumt zum Fenster hinaus.

„Ich bin wieder da", verkündete er fröhlich und stieß die Tür auf.

„Oh!" Tobias klopfte sich die Hände ab und stand auf. Ein wissendes Lächeln erhellte seine Miene, als er Flo gegen die Schulter boxte. „Na, wie war's? Ach lass, du brauchst gar nichts zu erzählen. Ein Blick in dein Gesicht und alles ist klar."

Flo nickte und es gelang ihm auch jetzt nicht, das selige Grinsen, das sich seit gestern in sein Gesicht gebrannt hatte, zu verbergen.

„Ich bin glücklich", sagte er stattdessen, warf sich auf Tobis Bett und lehnte sich mit dem Rücken an die Wand.

„Unverkennbar. Und Fiona? Wie geht es ihr?" Tobias setzte sich wieder vor den Schreibtisch.

„Hm", machte Flo. Flüchtige Röte streifte seine Wangen. „Sie ist auch glücklich. Davon gehe ich mal aus."

„Ich freu mich für euch. Ganz ehrlich. Und ich müsste lügen, wenn ich behaupten würde, dass ich dich nicht ein kleines bisschen beneide."

„Wie war es hier so?", fragte Flo, weil er nicht wusste, was er darauf antworten sollte. „Alles klar soweit? Mama ist im Laden?"

„Ja, sie ist den ganzen Tag drüben. Sanne hat heute frei. Ansonsten ist bei uns seit gestern Morgen nichts Besonderes passiert. Wahrscheinlich nicht annähernd so viel wie bei dir." Tobias sah ihn an, die Brauen erhoben. Wieder stieg die Hitze in Flos Wangen. Damit lag Tobi sicher nicht ganz falsch. Der gestrige Tag und die letzte Nacht waren so ziemlich die aufregendsten Stunden, die er jemals erlebt hatte. In seinem Bauch wurde es angenehm warm, als bruchstückhaft einige der Momente vor seinen Augen erschienen.

Wieder griff Tobias in die trockene Erde, die als Häufchen vor ihm auf dem Schreibtisch lag. Schließlich sah er auf. „Und jetzt? Wisst ihr schon, wie es weitergeht?"

Flo schüttelte den Kopf. „Wir haben noch nicht über die Zukunft gesprochen, falls du das meinst. Wir wollen uns so oft wie möglich sehen, das ist erst mal der Plan." Er schluckte. „Dabei vermisse ich sie schon jetzt beinahe mehr als vorher."

„Das heißt also, vorläufig eine Wochenendbeziehung?"

„Genau", bestätigte Flo seufzend und überlegte zum hundertsten Mal, wie viele Nächte es bis Freitag waren. „Und die Tage dazwischen verbringe ich mit Job und Studium. Arbeiten und Lernen. Damit ich so schnell wie möglich fertig werde."

„Hört sich an, als wärst du plötzlich erwachsen geworden, kleiner Bruder." Es sollte scherzhaft klingen, doch Tobias musterte ihn ernst.

„Ja, vielleicht …" Er sah nachdenklich an Tobi vorbei zum Fenster hinaus. „Und du? Wann willst du los?"

„Nächste Woche. Ich schreibe gerade eine Liste mit den Dingen, die ich mitnehmen werde."

„Was du vor dir liegen hast, sieht mehr nach Erde als nach einer Liste aus", meinte Flo und betrachtete die Hände seines Bruders, die dunkelbraun und staubig waren.

„Lesotho."

„Lesotho?" Er verstand nicht.

Tobias sah auf. „Ich habe diese Erde aus Lesotho mitgenommen. Das Land war … irgendwie besonders für mich. Es fiel mir schwer, mich davon zu trennen. Zumindest beim ersten Mal", fügte er stirnrunzelnd hinzu.

„Und? Wirst du im kommenden Jahr dorthin zurückkehren?", fragte Flo. Er selbst verspürte nicht das geringste Bedürfnis, dieses Land wiederzusehen. „Sobald ich nur daran denke, rieche ich Rauch. Und immer, wenn es nach Feuer riecht, denke ich an Lesotho. Ich glaube, das wird mein Leben lang so sein." Er grinste.

„Ich habe keine Ahnung", gab Tobias zu und starrte auf seine Hände. „Einerseits würde ich gerne noch einmal dort hinreisen, andererseits würde es sich merkwürdig anfühlen."

„Ja, das kann ich gut verstehen", stimmte Flo zu. „So würde es wohl jedem an deiner Stelle gehen. Du könntest diese – wie heißt sie noch? – besuchen und ihr sagen, dass sie kein Gespenst gesehen hat, sondern tatsächlich deinen Bruder. Ich hoffe, dass sie sich mittlerweile von dem Schock erholt hat. Allerdings würde ich sie an deiner Stelle dort besuchen, wo sie studiert. Weit weg von ihrem Zuhause. Sonst setzt ihre Omi dich wieder fest." Er legte eine Hand auf die Türklinke. „Ich geh mal rüber zu Mama und melde mich zurück. Bis später."

Tobias starrte auf die verschlossene Tür. Irgendwann glitt sein Blick auf den Rucksack, der daneben an der Wand lehnte. Er hatte ihn vorhin nur ausschütteln wollen, als ihm die kleine Tüte mit der Erde in die Hand gefallen war. Er musste sie beim Auspacken übersehen haben. Eine Handvoll Lesotho. Eine Handvoll Sehnsucht. Seine Unterarme prickelten, als er an das Land dachte, das in seinem Herzen etwas berührt hatte.

„Kimani", flüsterte er die Antwort auf Flos Frage. „Sie heißt Kimani." Wie es ihr wohl ging? Ob man sie tatsächlich verheiratet hatte? Diese stolze Rose des Hochlandes. Hatte man sie gebrochen? Oder hatte sie ihre Stacheln ausgefahren und sich dagegen wehren können?

Er versuchte, sich das Leben vorzustellen, das sie führte. Mit ihren Brüdern und der Großmutter zusammen. Ohne die Eltern, die in Johannesburg lebten und Geld verdienten. Während der Woche war Kimani an der Uni und lebte in einer fremden Stadt. Nur an den Wochenenden fuhr sie mit dem Bus in ihr Heimatdorf mitten auf dem Land. So weit auf dem Land, dass sie die letzten Kilometer zu Fuß gehen musste, oder sich von ihren Brüdern abholen ließ.

Ihm wurde mit einem Mal bewusst, dass Kimani das Studentenleben führte, das er selbst nie hatte. Nun hatte er in Gießen ja auch die Uni vor der Haustür, und die Umstände hatten dagegen gesprochen, dass er von zu Hause fortging. Damals wenigstens. Nie hätte er es für möglich gehalten, dass er das Bedürfnis dazu haben könnte. Tja, so sehr konnte man sich täuschen. Jetzt zählte er die Tage, bis er mit seinem Gepäck auf dem Rücken in die Welt ziehen würde. Sie stand ihm offen. Sie lud ihn ein. Mit offenen Armen.

Entschlossen schob er die staubige Erde zusammen und ließ sie über die Tischkante in die Tüte rieseln. Nein, nach Lesotho würde er vorerst nicht reisen. Vielleicht, wenn er in jenen Ländern gewesen war, die er sich ansehen wollte. Falls noch Zeit blieb. Und so klein war dieses Land nun auch wieder nicht, dass er unbedingt wieder auf die junge Frau und ihre Großmutter treffen würde. Er wusste nicht, ob er es überhaupt wollte.

Sein erstes Ziel war Südamerika und dabei würde es auch bleiben. In einer Reisezeitschrift hatte er einen mitreißenden Bericht gelesen, der von abenteuerlichen

Flussfahrten durch den tropischen Urwald erzählte, von den Weiten der Pampa und Gletscherlandschaften in Santa Cruz. Er war sofort Feuer und Flamme gewesen. Anschließend wollte er den Südwesten der USA bereisen. Ihn reizten die Nationalparks. Er würde sich auf jeden Fall den Grand Canyon ansehen und den Yosemite-Nationalpark. Und das waren nur zwei der bekanntesten Parks. Es gab noch einige andere, die mit Sicherheit genauso interessant und beeindruckend waren. Doch das würde er entscheiden, wenn er dort war. Erwartungsvolle Freude ließ sein Herz schneller schlagen. Wenige Tage noch, und er würde seine Heimat verlassen. Für ein ganzes Jahr. Ein Jahr voller Abenteuer und neuer Eindrücke.

Er legte die kleine Tüte in die unterste Schublade seines Schreibtisches und zog die angefangene Packliste zu sich heran.

***

„Und? Wie fühlst du dich?"

Sie standen am Bahnhof und warteten auf den Zug.

„Gut." Tobi wusste, dass er nicht die Wahrheit sagte. Er hatte sich während der letzten Tage so sehr auf diesen Moment gefreut. Aber jetzt, da es soweit war, musste er ständig an Mamas Tränen denken, die sie trotz aller Bemühungen nicht hatte zurückhalten können. War es wirklich richtig, seine Familie zu verlassen? Flo war inzwischen erwachsen, klar. Dennoch hatte Tobias das Gefühl, er ließe die beiden im Stich.

„Ach, komm schon!" Flo stieß ihn in die Seite. „Mach dir keinen Kopf. Wir kommen alleine zurecht. Es ist doch verständlich, dass Mama beim Abschied traurig war. Aber sie wird damit klarkommen, bestimmt. Ich auch."

Tobias sah ihn dankbar an. „Ja, ich weiß", seufzte er und rückte den Rucksack auf seinen Schultern zurecht, der so vollgepackt war, dass er weit über seinen Kopf ragte. „Es ist nur so – so ungewohnt, weißt du? Mein Leben hat sich in den letzten Jahren immer um unsere Familie gedreht. Und jetzt, wo sich das ändern wird, ist es gar nicht so einfach, wie ich dachte."

„Sieh mal", versuchte Flo die Bedenken seines Bruders zu beschwichtigen, „Mama hat den Laden und jetzt sogar ihren Herrn Lenz. Und ich", seine Augen leuchteten bei diesen Worten. „Ich – habe keine Ahnung, mit wem ich in Zukunft Armdrücken machen werde, um meine überschüssige Energie loszuwerden. Aber das soll mein Problem sein." Er grinste. „Finde die Freiheit, die du suchst, Tobi, und lass dir den Wind der weiten Welt um die Nase wehen. Du wirst sehen, die Zeit vergeht schneller, als du denkst. Und wenn du hinterher nur halb so glücklich bist, wie ich es gerade bin, hat sich alles schon gelohnt."

Tobias umarmte ihn. „Danke, Flo. Ja, ich werde diese Zeit nutzen. Ich freu mich drauf."

„Buenos Aires oder Rio?"

„Das erfahre ich in wenigen Stunden am Last-Minute-Schalter. Vielleicht habe ich mehr Glück als du damals und ich erwische noch einen Flug in der Eco."

„Dann grüß mir den Papst, wenn du ihn triffst", scherzte Flo. „Ich traue ihm zu, dass er auch mal bei den Backpackers übernachtet und mit ihnen vor dem Kamin zur Gitarre singt."

Sie lachten immer noch, als der Zug einfuhr.

„Ich wünsch dir eine super Zeit! Pass auf dich auf und lass hin und wieder von dir hören", bat Flo, als die Bahn hielt und sich die Türen öffneten.

„Mach ich. Versprochen."

Der Frankfurter Flughafen wimmelte von Menschen, die auf Reisen gingen und aufgeregt umherliefen, um rechtzeitig am richtigen Schalter zu sein. Buntes Treiben, wohin man schaute. Tobias fühlte sich sofort an seinen letzten Flug erinnert. Er bahnte sich seinen Weg durch die Menge und stand endlich vor dem Last-Minute Schalter. Die Schlange derer, die voller Hoffnung auf ein günstiges Flugticket anstanden, war nicht unbeträchtlich. So stellte er sich darauf ein, geduldig zu warten, bis er an der Reihe war. Er hatte Zeit. Viel Zeit. Zudem hatte er kein festgelegtes Ziel. Wohin er nach Brasilien oder Argentinien flog, war ihm im Prinzip egal. Er würde auch nach Peru fliegen. Nun, es würde sich etwas finden, daran zweifelte er nicht.

Interessiert beobachtete er die Menschen um sich herum. Sie kamen aus aller Herren Länder, waren mit dem Rucksack unterwegs wie er, oder hatten ihren Kofferwagen hochbeladen bei sich und ihren Angehörigen stehen. Kinder rannten spielend umher, weit entfernt von der Geduld, die ihre genervten Eltern ihnen abverlangten. Ein Kleinkind kam gelaufen und stolperte über Tobias Füße. Er half dem schreienden Mädchen auf die Beine, worauf es verstummte und ihn mit riesigen Augen erschrocken ansah.

„Entschuldigung!", rief eine junge Frau mit blond gefärbten Haaren, die plötzlich neben ihm aufgetaucht war und das rosa gekleidete Mädchen schwungvoll auf den Arm hob. Dabei schimpfte sie mit dem Kind und erklärte ihm, dass es nicht von seinen Eltern weglaufen durfte.

Tobias sah ihnen schmunzelnd hinterher, als sein Blick auf eine andere junge Frau fiel, die zwei große Koffer hinter sich her zog und sich suchend umsah. Sie war schlank und hatte langes, schwarzglänzendes Haar, das sie zu einem hohen Pferdeschwanz gebunden hatte. Ihre Haut war dunkel und ihre Bewegungen grazil wie die einer Tänzerin. Plötzlich schien sie jemanden entdeckt zu haben, denn sie hob erfreut einen Arm und winkte. Dabei rief sie mit melodischer Stimme einen Namen.

Tobias konnte den Blick nicht von ihr abwenden. Es war nicht Kimani, nein. Aber sie hätte es sein können. Alles an der jungen Frau erinnerte ihn an sie. Die Ausstrahlung, der fließende Gang und sogar die warme Stimme, die zu singen schien, wenn sie sprach.

Ein kleiner Schubs seines Hintermannes holte ihn in die Realität zurück. Er ging ein paar Schritte weiter. Nicht lange darauf schweiften seine Gedanken erneut ab. Flo hatte ihm von ihrem Aufeinandertreffen erzählt. Von Kimanis verletztem Fuß, den sie von Fiona behandeln ließ. Er hatte aber auch davon erzählt, wie bestürzt sie reagiert hatte, als sie ihm ins Gesicht sah. Dieser Tag musste schrecklich für sie gewesen sein, und ihm war bewusst, dass er der Grund dafür war. Das schlechte Gewissen plagte ihn noch immer. Dass er sie von einem Moment auf den anderen ohne jegliche Erklärung hatte stehen lassen, musste sie unvorstellbar tief verletzt haben.

Das hatte sie nicht verdient. Er hatte an ihrem Feuer geschlafen und sie hatte ihm von ihrem Essen abgegeben. Er hatte sich unmöglich benommen. *Kannst du mir wenigstens sagen, warum? Damit ich es verstehe.* Das waren die Worte, die sie ihm nachgerufen hatte. Er erinnerte sich jetzt noch an die Fassungslosigkeit in ihrer

Stimme. Wieder traf ihn ein kleiner Stoß, und Tobias schloss auf.

Er ging davon aus, dass Kimani von nichts gewusst hatte. Aus diesem Grund war das, was er sich erlaubt hatte, unverzeihlich. Selten hatte er einen Menschen getroffen, der so glaubwürdig war wie sie. Kimani. Süß und schön. Tobias lächelte. Ja, schön war sie zweifellos. Süß? Naja, so gut kannte er sie nicht. Wenn er aber ehrlich war, dann musste er zugeben, dass er sie auch süß fand. Auf eine bestimmte Art und Weise. Wieder lächelte er in sich hinein, als er an ihr Temperament dachte. Sie hatte es sicher faustdick hinter den Ohren, und ihre Brüder würden es mit ihr nicht immer leicht haben. Er hatte sie kennengelernt. Noah und Ismail. Sie waren lieb und harmlos. Wenn sie sich nicht gerade von ihrer Großmutter zu kriminellen Handlungen anstiften ließen.

„Hallo. Wo soll's denn hingehen?"

Überrascht blickte Tobias auf und fand sich Auge in Auge wieder mit der Frau am Schalter. Sie betrachtete ihn freundlich und wiederholte:

„Wohin bitte?"

„Ich, äh – ähm", stotterte er überrumpelt. „Johannesburg." Es war raus, bevor er nachgedacht hatte. Einige Minuten später verließ er den Schalter, in der Hand ein Flugticket nach Johannesburg. Noch immer überlegte er, wie ihm das hatte passieren können.

17. KAPITEL

In dem Moment, als er afrikanischen Boden betrat, spürte Tobias, dass seine unbewusste Entscheidung die richtige gewesen war. Die Luft, die er einatmete, erfüllte ihn mit ungeahnter Energie, und alle Müdigkeit, die er nach dem Nachtflug empfunden hatte, war wie weggeblasen. Ihm war klar, dass das erst der Anfang war. Plötzlich konnte er es kaum erwarten, in das *Königreich über dem Himmel* zu kommen.

Es war Mitte Oktober und der Frühsommer war in Südafrika eingezogen. Das warme und sonnige Wetter tat nach den trüben Herbsttagen in Deutschland unglaublich gut. Sobald Tobias in der Flughafenhalle angekommen war, zippte er gutgelaunt die unteren Teile seiner Wanderhose ab und sah sich suchend um. Es dauerte nicht lange, da hatte er sich einen Mietwagen organisiert und war auf dem kürzesten Weg nach Lesotho. Wenn er nicht zu müde wurde, sollte er es heute noch schaffen. Seine Entscheidung für diese Strecke bedeutete allerdings auch, dass er mitten durch Johannesburg fahren musste und im Südwesten dieser großen Stadt Soweto streifen würde. Auch wenn dieser Stadtteil nicht mehr ganz so gefährlich war wie noch vor einigen Jahren, so sollte man als alleinreisender Europäer trotzdem einen großen Bogen darum machen. Das hatte er oft genug in den verschiedenen Reiseführern gelesen. Insgeheim schickte er ein Stoßgebet zum Himmel mit der Bitte, dass der Mietwagen diesmal keine Probleme machen würde.

Die Autobahn war im Bereich der Großstadt sehr voll, doch je weiter er sich vom Zentrum entfernte, desto ruhiger wurde es. Als er eine knappe Stunde später Soweto hinter sich gelassen hatte, atmete er erleichtert auf. Er bedauerte die Millionen von Menschen, die auf diese Weise leben mussten und überlegte, ob es wirklich keine Möglichkeit gab, ihnen zu helfen. Er wusste aus verschiedenen Berichten, dass die verantwortlichen Behörden in Johannesburg den Kampf gegen die organisierte Kriminalität schon längst aufgegeben hatten. Damit überließen sie jedoch auch jene Menschen diesen Umständen, die gerne eine Chance bekommen hätten, ihr Leben zu verändern.

Er empfand Dankbarkeit, weil es ihm vergönnt gewesen war, in einem Land wie Deutschland geboren und aufgewachsen zu sein. Auch dort war nicht immer alles nur gut, jedoch lebte man ein sicheres Leben, in dem es an nichts fehlte. Man konnte sich frei bewegen, ohne ständig Angst haben zu müssen, überfallen, ausgeraubt und erschlagen zu werden. Die Menschen seiner Heimat sollten sich hin und wieder bewusst machen, wie gut es ihnen im Vergleich zu vielen anderen ging. Vielleicht wären sie dann etwas zufriedener mit dem, was sie hatten. Denn auch die Ärmsten waren nicht so schlimm dran, wie die meisten der Menschen, die hier in zugigen Wellblechhütten ohne Heizung und sanitäre Anlagen leben mussten. Zwischen stinkendem Müll und brutalen Bandenkriegen. Jeden Tag aufs Neue hoffend, dass man mit seinem Leben davonkam. Mit dem Wissen, dass sich an den schrecklichen Umständen nie etwas ändern würde. Auch nicht für die Kinder, die in diese Welt hineingeboren wurden. Alleingelassen. Mit Millionen anderen, die das gleiche Schicksal teilten.

Tobias unterdrückte einen Schauer und atmete tief durch. Dass er auch in Südamerika auf Armut treffen würde, wusste er. Vielleicht machte man solche Reisen zum Teil auch deshalb, um sich später sagen zu können: *Im Vergleich zu den meisten anderen Menschen auf der Erde geht es mir gut. Wenn ich auch nicht mit allem einverstanden bin, was in der Politik geschieht, so bin ich in meinem Land doch ganz gut aufgehoben.* Doch war das der richtige Weg? Sollte man nicht irgendwie versuchen, diesen Menschen zu helfen? Es konnte doch nicht nur Ohnmacht geben!

Abgelenkt von diesen Gedanken merkte Tobias kaum, wie schnell sich die Landschaft um ihn herum veränderte. Erst jetzt entdeckte er, dass sich auf beiden Seiten eine lichte Weite aufgetan hatte, mit grünen Feldern und sanften Hügeln. Das Land war wunderschön.

Angestrengt versuchte er, in der ausgedehnten Ebene vor ihm die Umrisse des Berglandes zu entdecken. Doch die Gebirgszüge von Lesotho lagen noch zu weit entfernt, verborgen hinter einem Schleier von Dunst, der den Horizont verschwimmen ließ.

Endlich jedoch war der Augenblick gekommen, da er sie sehen konnte. Er fuhr an den Rand der einsamen Landstraße, hielt an und griff nach dem Sandwich, das er sich am Flughafen gekauft hatte. Die Höhenzüge lagen noch viele Kilometer weit weg, vage Silhouetten von Bergriesen, die sich noch nicht vollkommen preisgeben wollten. Doch allein dieser Anblick verursachte ein wohliges und zugleich prickelndes Erschauern.

Bald war er dort. Dieses Land zog ihn unwiderstehlich an, das spürte er so deutlich wie damals vor Wochen. Würde ihn jemand fragen, weshalb das so war, so könnte er keinen Grund dafür benennen. Es war einfach eine unerklärliche Tatsache. Ein wenig wie Magie.

Allerdings änderte all das nichts daran, dass er nicht lange bleiben würde. Er hatte hier etwas zu erledigen, was ihm wichtig war und ihn bedrückte. Zwei, höchstens drei Tage plante er für Lesotho ein, dann würde seine Reise weitergehen. Die Vorstellung, dass er in wenigen Stunden sein Einmannzelt in der schroffen Wildnis des Hochlandes aufbauen würde, ließ sein Herz vor Freude schneller schlagen. Er knäulte die leere Sandwichverpackung zusammen und startete den Motor.

Nachdem er geduldig die zeitaufwändige Passkontrolle hinter sich gebracht hatte, kaufte Tobias im nächsten Supermarkt in Maseru ein. Wasser, wie üblich Toastbrot, Salami, Käse und eine Packung Kekse. Vor dem Weinregal blieb er zögernd stehen. Schließlich griff er eine kleine Rotweinflasche heraus und ging zur Kasse. Vorerst sollte das reichen. Im Rucksack befanden sich bereits einige Tütensuppen und Müsliriegel.

Die steile Straße hinauf ins Gebirge legte das Auto tapfer und problemlos zurück. Bis nach Semonkong würde er heute nicht mehr fahren. Auf dem Weg dorthin würde er aber nach einer geeigneten Stelle Ausschau halten, wo er sein Zelt aufschlagen und übernachten konnte.

Der Fahrtwind wehte durch das heruntergelassene Fenster und blies ihm das Haar ins Gesicht. Welch ein Unterschied zum letzten Mal! Damals waren die Temperaturen tagsüber kaum über 15 Grad gestiegen und nachts um den Gefrierpunkt gependelt. Jetzt aber war beinahe Sommer, und vor Freude begann er laut zu singen. Die Farben um ihn herum leuchteten in einer Intensität, die ihm den Atem verschlug. Entlang der engen Straße wuchsen zwischen Felsen und knorrigen Bäumen mannshohe Sträucher, die übersät waren von unzähligen weißen Blüten. Der laue Wind trieb ihm deren Duft in die Nase und er fühlte sich wie berauscht von all dem, was er wahrnahm.

Eine halbe Stunde später hatte er einen geeigneten Platz gefunden. Er bot nicht nur Schutz vor neugierigen Blicken seitens der Straße, sondern lag dazu windgeschützt zwischen größeren Felsbrocken und rosablühenden Bäumen, deren Namen Tobias nicht kannte. Talwärts konnte man bis weit über das Land schauen, und ein unerklärliches Wohlgefühl streifte wie eine warme Brise sein Herz. Innerhalb von wenigen Minuten hatte er das kleine Zelt aufgestellt und legte Isomatte und Schlafsack davor. Unweit von hier plätscherte ein kleiner Bach in seinem steinernen Bett, und Tobias wusch sich Hände und Gesicht. Vorsichtig nahm er einen kleinen Schluck. Das Wasser war kalt und schmeckte köstlich nach kristallklarer Nacht.

Als er sich vor das Zelt gesetzt hatte, packte er Brot und Salami aus und öffnete den Rotwein, den er zur Hälfte in seinen Becher goss. Er nippte daran, während er seine Augen über die Gipfel wandern ließ. Ein Landwein, einfach und kräftig. Kein anderes Getränk passte besser zu diesem Augenblick.

Tief sog er den Atem dieses Landes in seine Lungen. Er schmeckte würzig wie der Wein und betörte ihn geradezu. Eine beinahe übermächtige innere Zufriedenheit machte sich in Tobias breit. Selten hatte er einen schöneren Moment erlebt. Ein wenig Brot, ein bisschen Wein, die Einsamkeit. Er genügte sich selbst. Musste nicht reden. Konnte seine Gedanken mit dem Wind fliegen lassen. In die Unendlichkeit. In die Freiheit.

Etwas passierte mit ihm. Es wäre ihm schwergefallen, es in Worte zu fassen. Es war, als würde sich sein Herzschlag an den Puls der Erde angleichen. Langsam, kräftig und in gelassener Gleichmäßigkeit. Seine Augenlider begannen schwer zu werden. Bedächtig aß er das Brot auf und trank den letzten Schluck Wein. Die Sonne stand tief, und ohne auf die Uhr seines Telefons zu sehen, wusste Tobias, dass es noch keine 18 Uhr sein konnte. Er schlüpfte in den Schlafsack und rollte sich vor dem Zelt auf der Isomatte zusammen. Zu gerne würde er die Sterne nach und nach am Abendhimmel erscheinen sehen. Doch er war einfach zu müde, um sich gegen das Einschlafen zu wehren.

***

Er erwachte in der frühen Dämmerung. Die Luft roch nach feuchtem Gras und der Erde, auf der er lag. Von irgendwo zog ein leichter Geruch von Holzfeuer in seine Nase, und trotz seiner Schlaftrunkenheit verzog er seinen Mund zu einem glücklichen Lächeln. Im Gegensatz zu Flo mochte er den Geruch nach Feuer, da er zu Lesotho gehörte wie die Berge und der Wind. Die Vögel waren bereits wach und zwitscherten fröhlich dem Tag entgegen. Tobias drehte sich auf den Rücken. Über sich entdeckte er die letzten hellen Tupfer, die nun einer nach dem anderen verschwanden.

Eine Weile lang blieb er einfach liegen und genoss es, dem Tag beim Aufwachen zuzusehen. Er hatte herrlich geschlafen und das angenehme Gefühl, mit dem er am Abend vorher eingeschlafen war, hüllte ihn noch immer ein. Was ihm dieser Tag wohl bringen mochte? Er würde nach Semonkong fahren und das Auto dort parken. Danach ging es hinauf ins Gebirge.

Die ungefähre Richtung wusste er. Er musste erst hinaufgehen zum kleinen Wasserfall. An den *magischen Ort*, wie Kimani die Stelle genannt hatte. Von dort aus war er mit ihr zusammen auf ihr Dorf zugelaufen. Das zu finden konnte nicht so schwer sein. Er hatte die Karte dabei, und außerdem war er ja schon dort gewesen. Zudem war er davon überzeugt, dass ihm die Menschen weiterhelfen konnten, wenn er nach ihr fragte. Und wenn vielleicht nicht jeder wusste, wer Kimani war, so ging er davon aus, dass die Einheimischen die alte Schamanin ganz bestimmt kannten.

Bester Laune stand er auf und lief zum Bach. Nach einem kleinen Frühstück packte er sein weniges Hab und Gut zusammen, hob den schweren Rucksack auf die Schultern und lief mit federnden Schritten zum Wagen. Er war erfüllt von unbändiger Energie, als hauchte dieses Land sie ihm ein. Bevor er den Wagen startete, sah er sich noch einmal staunend um. Die Sonne blinzelte schüchtern über den Horizont und ließ den feuchten Dunst, der über den Berghängen lag, geheimnisvoll aufleuchten. Die hügelige Landschaft sah so aus wie er sich fühlte. Verzaubert.

***

Die vergangene Woche war anstrengend gewesen. Kimani gähnte und drückte ihre Wange an die kühle Fensterscheibe. Der kleine Linienbus kämpfte sich im Schneckentempo die holprige Straße nach Semonkong hinauf. Hin und wieder hielt der Busfahrer an und ließ entgegenkommende Fahrzeuge passieren. Freitagnachmittags war immer besonders viel los. Pendler fuhren heim zu ihren Familien aufs Land, andere nutzten die freien Tage, um zu ihren Angehörigen in die großen Städte zu reisen.

Die Strecke war gesäumt von wilden weißblühenden Sträuchern, und die grasbewachsenen Berghänge leuchteten in frischem Grün. Wenn man genau hinsah, konnte man die hitzeschwangere Luft bereits flimmern sehen, was um diese Jahreszeit in den Bergen nur selten geschah. Kimani hatte die Augen halb geschossen und achtete nicht auf das Geplapper der Mitreisenden. Es war heiß im Bus. Und eng. Jeder Platz war besetzt, und Kimani war froh, dass sie früh genug an der Bushaltestelle gewesen war, um einen Fensterplatz zu ergattern. Nicht nur die kräftige Frau neben ihr schwitzte. Obwohl alle Fenster auf Durchzug standen, schien die Luft hier drinnen so klebrig zu sein wie die Körper der Menschen.

Das Heimkommen an den Wochenenden hatte sich verändert. Seit Großmutter ihre Familie verlassen hatte um in das Reich ihrer Ahnen zurückzukehren, war vieles nicht mehr so wie früher. Vor drei Wochen hatten sie die alte Frau auf dem kleinen Dorffriedhof begraben. Die Menschen waren von weither gekommen, um ihr die letzte Ehre zu erweisen. Sie hätten die vielen Gäste im Dorf gar nicht unterbringen können und waren froh gewesen um das milde Wetter, sodass das Übernachten unter freiem Himmel möglich gewesen war.

Das Fest hatte drei Tage gedauert. Sie hatten nicht nur miteinander geweint und gelacht, sondern auch zusammen gekocht und erzählt. Jeder hatte etwas zum Essen mitgebracht, und es war trotz der Trauer ein fröhliches Beisammensein gewesen. Es war sehr berührend, die vielen Geschichten zu hören, die die Gäste über ihre Begegnungen mit Großmutter zu erzählen hatten. Als schließlich wieder Ruhe eingekehrt war und auch der letzte Trauergast sich auf den Heimweg gemacht hatte, konnte Kimani sich vor Erschöpfung kaum noch auf den Beinen halten.

Noch etwas anderes war geschehen. Etwas, das sie nie gewollt hatte und wozu sie in keiner Weise bereit war. Und doch waren ständig Menschen zu ihr gekommen, um von ihr einen Rat zu erbitten. Es ging um gesundheitliche Dinge, aber auch um familiäre und allgemeine. Kimani fühlte sich damit völlig überfahren. Sie konnte doch nicht einfach so die Nachfolge von Großmutter übernehmen. Obendrein wollte sie es nie. Sie war weder eine weise Frau noch der traditionellen Medizin kundig. Genauso wenig hatte sie vor, irgendetwas davon jemals zu sein.

Es war schwer genug für sie, damit zurechtzukommen, dass Großmutter nicht mehr lebte. Dass niemand da war, der auf sie wartete und dem sie sich anvertrauen konnte. Wer würde in Zukunft ihre vielen Fragen beantworten? Ihr das Leben erklären? Natürlich hatte Großmutter das in den Wochen nach dem Schlaganfall nicht mehr tun können. Kimani hatte jedoch stundenlang bei ihr am Bett gesessen, ihre Hand gehalten und eine Verbindung zu ihr gehabt. Es hatte ihr Mut gegeben und Trost, bei der alten Frau zu sein und zu fühlen, dass noch Leben durch ihren Körper pulsierte.

Kimani war es auch gewesen, die bei ihr gesessen hatte, als sie den verbliebenen Rest ihres Lebens ausgehaucht hatte. Nie würde sie das Lächeln vergessen, mit dem Großmutter sich für immer von ihr verabschiedet hatte. Ein wissendes und zufriedenes Lächeln. Was auch immer die Ahnen ihr erzählt hatten, bevor sie sie an die Hand nahmen um sie nach Hause zu führen: Es konnte nichts Schlimmes gewesen sein.

Ein Schlagloch ließ den Kleinbus in die Höhe hüpfen, und Kimani schlug unsanft mit ihrem Kopf gegen das Fenster. Sie setzte sich aufrecht hin und lehnte sich in ihren Sitz zurück. Ihr Leben würde sich nun verändern. Ihre Eltern waren nach Johannesburg zurückgekehrt, und Kimani hatte – obwohl sie nicht das älteste der Kinder war – das Gefühl, als lastete die Verantwortung für ihre Brüder nun auf ihren Schultern.

Sie seufzte. Sie würde ein ernsthaftes Wort mit ihnen reden müssen. Noch nicht einmal Großmutter hatte es geschafft, die Jungen davon zu überzeugen, dass ein Leben in der Weise, wie sie es führten, auf Dauer keinen Sinn hatte. Sie mussten einen Beruf erlernen, wenn sie nicht weiter auf die Schule gehen wollten. Immerhin hatten sie beide den mittleren Abschluss. Doch die Hochschulreife, die Ismail sich vor Jahren als Ziel gesetzt hatte, hatte er nie erreicht. Nun war er schon 23 Jahre alt und lungerte immer noch zu Hause herum. Auch Noah müsste überdenken, wie es weiterging. Seit er vor über einem Jahr mit der Schule fertig war, überlegte er, ob er eine Ausbildung machen wollte.

Nun aber, da Großmutter nicht mehr da war – sie schluckte und versuchte, die Tränen wegzublinzeln – musste niemand mehr im Dorf bleiben, um nach ihr zu sehen. So hatten ihre Brüder keine Ausrede mehr fürs Nichtstun. Doch Kimani musste sich ihre Argumente überzeugend zurechtlegen, damit die Jungen ernsthaft über ihre Zukunft nachdachten. Im günstigsten Fall würde es so aussehen, als ob Ismail und Noah von selbst auf den Gedanken gekommen wären.

Kimani lächelte durch den Tränenschleier. Nun, das sollte sie hinkriegen. Sie nahm diese Herausforderung gerne an. Es würde sie auf andere Gedanken bringen. Schon schlich sich eine winzige Idee in ihren Kopf, die sie jedoch sofort beiseiteschob. Sie hatte später noch Zeit genug, darüber nachzudenken. Im Augenblick war sie zu müde. Die letzten Tage hatten sie viel Kraft gekostet. Der Grund war nicht nur die Trauer um Großmutter.

Auch das Studium verlangte ihr in diesem Semester einiges ab. So war sie während der ganzen Woche in einer Grundschule in Maseru gewesen, um dort unter der Aufsicht ihres Tutors einige Stunden zu unterrichten.

Es hatte ihr unglaublich viel Spaß gemacht, aber am Ende jedes Schultages war sie völlig fertig in ihr kleines Zimmer zurückgekehrt. Dort hatte sie noch den Unterricht für den nächsten Tag vorbereiten und für die Uni lernen müssen, bevor sie zum Kellnern in die kleine Bar gegangen war. Keinen Abend war sie vor Mitternacht ins Bett gekommen. Wieder gähnte sie und hielt sich im letzten Moment die Hand vor den Mund. Bis Semonkong würde sie noch ein wenig vor sich hindösen.

„Ganz schön heiß heute", meinte Ismail, als sie im alten VW-Bus saßen und über die schmalen Feldwege zum Dorf unterwegs waren. Er pustete sich das feuchte Haar aus dem Gesicht. Kimani nickte nur. Sie ärgerte sich über sich selbst. Wieso nur hatte sie ihr Lieblings-T-Shirt angezogen? Gestern hatte sie noch auf die Schnelle im Waschsalon einen Korb Wäsche gewaschen, damit die Sachen sauber waren, die sie am liebsten trug. Nun klebte ihr das gelbe T-Shirt pitschnass am Körper. Um die Shorts war es nicht schade. Sie hatte genügend Röcke und kurze Hosen im Schrank. Nur ihr Shirt, das musste sie noch heute wieder auswaschen.

„Der Bus hört sich irgendwie anders an", stellte sie nach einigen Kilometern fest, als das rostige Fahrzeug keuchend einen Anstieg bewältigte.

„Ich weiß." Ismail zog die Stirn in Falten. „Mit ihm stimmt etwas nicht. Wenn ich dich heimgebracht habe, werde ich zu Ruan in die Werkstatt fahren." Er warf einen Blick zu seiner Schwester hinüber und setzte zum Sprechen an. Doch er schloss seinen Mund wieder.

„Was ist?" Kimani sah ihn von der Seite an. „Ist zu Hause alles in Ordnung? Mit Noah?"

„Alles bestens", beruhigte er sie und sah finster in die Ferne. „Trotzdem muss ich dir etwas sagen, was dir nicht gefallen wird."

Alarmiert setzte sie sich gerade. „Was?" Es klang schärfer, als sie beabsichtigt hatte.

„Vielleicht ist es besser, wenn ich damit warte, bis wir daheim sind."

„Ismail! Du hast angefangen, also erzähl es mir. Jetzt!", forderte sie. „Oder brauchst du deinen kleinen Bruder als Rückendeckung?"

„So ein Quatsch!", zischte er aufgebracht und Kimani musste wider Willen grinsen. Sie waren sich ähnlich, Ismail und sie. Sie hatten das gleiche Temperament. Und nicht nur das. Auch bei ihm war Geduld eine der weniger ausgeprägten Tugenden. Wie oft hatten sie ihre Eltern und auch Großmutter damit zur Verzweiflung gebracht?

„Nun gut", gab er sich schließlich geschlagen. Als er mit mehr Schwung als angebracht in eine enge Kurve fuhr und das Lenkrad fest packen musste, fluchte er laut. Dann drehte er den Kopf in Kimanis Richtung und murmelte undeutlich vor sich hin.

„Sollte ich das jetzt verstanden haben?"

Er seufzte, bevor er die Worte laut wiederholte. „Nubia wird am Samstag kommen. Und Amari auch."

„Was wollen sie?" Sie schloss resigniert die Augen. Sie wusste ganz genau, warum die Frauen zu ihr kamen. „Nein, lass gut sein", stieß sie hervor, bevor Ismail antworten konnte. Unwillen kroch in ihr empor und auch Wut. Vor allem Wut.

„Warum können sie nicht einfach respektieren, dass ich es nicht will?", rief sie und schlug mit der Faust so heftig auf das Armaturenbrett, dass Ismail erschrocken zusammenzuckte und verstohlen das Kunststoffteil nach Schäden beäugte. „Interessiert das denn überhaupt niemanden?"

„Ich habe es versucht, Schwester. Ehrlich. Sie wollen nur etwas wissen wegen der beiden Enkel. Ich glaube, es geht um die Namen." Er hatte die alten Frauen trotz aller Bemühungen nicht überreden können, Kimani in Ruhe zu lassen. Sie hatten ihn bloß angesehen und nachsichtig gelächelt. Seiner Meinung nach sollte Kimani ihm das hoch anrechnen, denn immerhin ging es hier um Frauenkram. Damit hatte er als Mann normalerweise nichts zu tun. „Vielleicht sprichst du kurz mit ihnen. Sie werden dir dankbar sein."

„Ich will keine Dankbarkeit für Dienste, die ich nicht leisten kann", zischte sie und ihr Blick war dunkler als der Himmel einer Neumondnacht. „Ich werde am Samstag nicht im Dorf sein. Du kannst ihnen sagen, dass sie ein andermal wiederkommen sollen. Und dann bin ich bestimmt auch nicht da."

Ismail beschloss, dass für diesen Moment Schweigen angebracht war. Dabei hatte er eine weitere Botschaft für sie. Und diese würde ihr noch viel weniger gefallen …

„Ach Großmutter", seufzte Kimani eine Stunde später. Sie hatte ihre Tasche ausgepackt und saß neben dem Hügel, worunter die sterblichen Reste der weisen Frau lagen. „Niemand hat mir jemals versprochen, dass das Leben einfach sein würde. Aber an deiner Seite war es das."

Sie griff in die trockene Erde und ließ sie durch die Finger rieseln. „Ich bin nicht deine Nachfolgerin. Ich werde es auch niemals sein. Ich frage mich, was die Menschen in mir sehen. Ich bin noch viel zu jung. Außerdem habe ich mich für einen anderen Weg entschieden. Das war von vornherein klar. Ich werde Lehrerin." Sie lächelte stolz und richtete sich kerzengerade auf.

„Eine sehr gute Lehrerin sogar", sagte sie feierlich und klopfte sich den Staub von den Händen. „Mein Tutor hat es mir gestern gesagt. Er meinte, dass er selten einen Studenten, bzw. eine Studentin hatte, der das Unterrichten so im Blut läge wie mir."

Sie schwieg daraufhin und ließ den angenehmen Nachhall dieser Worte genussvoll durch ihren Kopf klingen. Genau das hatte er zu ihr gesagt, nachdem sie nun seit vier Wochen den Unterricht gestaltete. Sie liebte es, wenn die Schüler in ihren blauen Uniformen wie gebannt an ihren Lippen hingen und ihr jedes einzelne Wort aus dem Mund zu saugen schienen. Die Begeisterung, die aus den Augen der Kinder sprach, wenn sie ihnen mit spannenden Geschichten veranschaulichte, wie wichtig es war, zu lernen, wärmte ihr das Herz. Sie war genau richtig hier. Das war ihre Zukunft. Nichts anderes.

Im Augenwinkel sah sie eine kleine Bewegung, und als sie ihren Kopf wandte, erkannte sie zwei weiße Schmetterlinge, die im zärtlichen Liebesspiel umeinander kreisten. Schlagartig waren ihre Gedanken bei der Prophezeiung. In den letzten Wochen hatte sie nicht mehr ganz so oft daran gedacht. Viel zu viele andere Dinge waren durch ihren Kopf geschwirrt. Jetzt aber machte sich sofort ein leises, süßes Ziehen in ihrem Bauch bemerkbar. Die Erinnerung an die wenigen Stunden, die ihr eine Andeutung von dem gegeben hatten, was möglich war, wenn es die Geister so wollten. Worauf sie immer gehofft hatte.

Sie versuchte, sich kein Gesicht dabei vorzustellen. Und doch waren da die warmen Augen in der Farbe von dunklem Honig, deren Sanftheit den Weg bis tief in ihr Herz gefunden und sich dort niedergelassen hatte. Kimani wusste nicht, wie es hatte passieren können. Warum sie zugelassen hatte, dass das geschehen war. Wo war die Weisheit gewesen, die Großmutter ihr immer beteuert hatte?

Wäre sie tatsächlich damit gesegnet, so würde in ihrem Herzen kein Mann wohnen, dessen Leben sich viele 1000 Kilometer entfernt in einem Land abspielte, das sie niemals besuchen würde. Unwillkürlich umfasste sie ihren Knöchel. Er schmerzte nur noch selten. Wenn sie ihn jedoch spürte, so war dieser Tag wieder so nah, als wäre es gestern gewesen. Die hellen Hände der jungen Frau, die den verletzten Fuß so heilsam berührt hatten. Das unerwartete Auftauchen eines jungen Mannes, der diesem anderen Mann so ähnlich gewesen war, dass ihr blutendes Herz erneut ins Stolpern geraten war.

Sie hatte es nie über sich gebracht, Großmutter davon zu erzählen. Sie wollte die alte Frau, die seit dem Tag vor Kimanis Ankunft nie wieder richtig am Leben hatte teilnehmen können, nicht mit Dingen belasten, die ihre Genesung verzögerten. Inzwischen sagte sie sich, dass Gott und seine helfenden Geister es schon richten würden. Wahrscheinlich nicht so, wie sie selbst es sich von Herzen wünschte. Vielleicht aber sollte man seine Wünsche und Erwartungen nicht zu hoch stecken, damit man nachher nicht zu sehr enttäuscht wurde. Kimani war dabei zu lernen. Demut und Ergebenheit. Das, was die Geister von ihr verlangten, war nicht einfach, und sie war auch noch nicht ganz so weit gekommen. Zumindest aber dachte sie darüber nach. Und sie fand, dass ihr das hoch anzurechnen war.

Zwei Dörfer weiter lebte ein junger Mann, der seit der Beerdigung von Großmutter um sie warb. Sie kannte

Bokar schon ihr ganzes Leben lang. Er war gelernter Schuster und arbeitete in Semonkong für verschiedene kleine Geschäfte. Je nachdem, wo man ihn mit seinen handwerklichen Fähigkeiten brauchte. Bokar war 27 Jahre alt und ein freundlicher Mensch, der ihrer Ansicht nach jedoch etwas voreilig begonnen hatte, mit ihrer gemeinsamen Zukunft vor anderen zu prahlen. Denn entschieden hatte Kimani sich noch lange nicht. Eine Entscheidung für ihn käme so etwas wie Resignation gefährlich nah. Sie versuchte, nicht allzu gründlich darüber nachzudenken.

„Ich weiß noch nicht, ob ich ihn heiraten werde, Großmutter. Er ist nett, aber mein Herz hat noch nicht zu mir gesprochen." Sie legte ihre Hand auf den Grabhügel. Er war übersät von Blumen, manche schon welk und trocken, andere in frischen Farben leuchtend. An dem einfachen Kreuz aus Holz, das am Kopfende des Grabes stand, hing ein silbergerahmtes Schwarzweiß-Foto der weisen Frau.

Auf dem Bild sah sie genauso aus, wie Kimani sie ihr Leben lang gekannt hatte. Eine kleine Frau mit unzähligen Ketten um den Hals, dazu den alten Hut auf dem Kopf und eine Decke über den Schultern. Und doch zeigte das Bild eine sehr viel jüngere Frau, denn die Falten in ihrem Gesicht musste man suchen. Auch die Hände, die sie vor dem Körper gefaltet hatte, waren noch nicht vom Alter gezeichnet. Ihre Augen lagen mit einem wissenden Blick auf Kimani, und das Lächeln, das Großmutter ihr aus dem Bild zuwarf, ließ sie unweigerlich zurücklächeln.

Kimani erhob sich und strich ihr Kleid glatt. „Morgen kommt Besuch ins Dorf", sagte sie und ärgerte sich darüber, dass ihre Stimme nicht gelassen blieb. „Sie möchten wissen, welche Namen sie den Zwillingen ihrer Kinder geben sollen. Nun, sie werden sich selbst welche überlegen müssen." Mit finsterem Blick sah sie zu den Häusern hinüber. Ismail und Noah waren wiedergekommen und stiegen soeben aus dem Bus.

Mit langsamen Schritten schlenderte Kimani zu ihnen. Der leichte Wind blies ihr die Strähnen aus dem Gesicht, die sich aus den hochgebundenen Haaren gelöst hatten. Als ihr älterer Bruder sie entdeckte, winkte er sie heran.

„Was ich noch vergessen habe zu sagen", begann er, während er die Tür des Wagens abschloss, um sich anschließend sehr intensiv mit dem Schlüssel zu beschäftigen. „Akos lässt dir ausrichten, dass er dich im Laufe der nächsten Woche sprechen möchte."

Kimani sah ihn ungläubig an. Akos war nun, nachdem Großmutter gegangen war, der Älteste des Clans. „Was will der *Weiße Falke* von mir?" Eine Ahnung streifte sie, und die Härchen auf ihren Unterarmen stellten sich trotz der Hitze auf. Plötzlich war sie sicher, dass sie dieses Gespräch nicht führen wollte.

„Er hat sich nicht näher dazu geäußert. Er bat nur darum, dass du ihm sagst, wann er kommen kann."

Noah, der bei ihnen stand und zuhörte, sah Kimani voller Hochachtung an. „Er *bat* darum! Er scheint wirklich Respekt vor dir zu haben. Allen anderen würde er es einfach nur befehlen."

„Der Kleine hat Recht", pflichtete Ismail seinem Bruder bei, der ihm bei diesen Worten den Ellenbogen in die Seite stieß. „Bei seiner Stellung könnte er das. Also sei höflich und ruf ihn an."

„Ich überlege es mir", entgegnete Kimani schnippisch. „Ich kann sowieso frühestens am Wochenende wieder."

„Wir *haben* Wochenende", warf Noah ein, was ihr einen düsteren Blick entlockte. Er verstand nicht, weshalb sie sich dagegen sträubte. „Ich wäre gespannt darauf, was er von mir wollte."

„Du vielleicht. Aber ich nicht", gab sie borstig zurück. „Was ist mit dem Bus? Ist er wieder in Ordnung?"

Ismail nickte. „Ruan hat es echt drauf. Ein bisschen hier geschraubt, ein bisschen dort geschraubt, und das Geräusch war verschwunden. Er schnurrt wieder wie ein Löwe nach dem – ihr wisst schon was." Zufrieden grinsend rieb er sich die Hände und steckte sie in seine Hosentaschen. Dort hatte er sie am liebsten.

„Ja, ich finde Ruan echt cool", meinte Kimani plötzlich mit anerkennendem Nicken. „Genau wie Bokar. Er ist auch ein toller Mann."

Ihre Brüder sahen sie an, und Kimani freute sich insgeheim über die Verblüffung in ihren Gesichtern. „Gerade gestern habe ich mit meiner Mitbewohnerin darüber gesprochen", fuhr sie mit betonter Begeisterung in der Stimme fort, „dass Männer, die ein Handwerk können, auf Frauen sehr anziehend wirken. Irgendwie sexy." Sie machte eine kunstvolle Pause, um ihre Worte wirken zu lassen und wandte sich daraufhin direkt an Ismail. „Cora würde dir gefallen. Sie ist klein und zierlich. Dabei wunderhübsch. Genau dein Geschmack, großer Bruder", schloss sie und packte ihn sanft am Arm.

Ismail wollte eben etwas erwidern, als Noah rief: „Wir bekommen Besuch!"

„Ich wollte sowieso noch weg!", rief Kimani hastig. Das hatte ihr gerade noch gefehlt. Kamen sie nun schon am Freitagnachmittag, um sie zu belästigen? Während ihre Brüder auf den Weg starrten, der von den Bergen hinab ins Dorf führte, drehte sie sich weg und wollte gehen.

„Wer ist das? Kennst du ihn?", hörte sie Noah sagen.

„Keine Ahnung. Ich glaube nicht." Auch Ismail klang ratlos. Fremde verirrten sich nur selten hierher. „Ein Tourist vielleicht? Der Rucksack. Die Kleidung. Auf jeden Fall ein Weißer."

Neugierig blieb Kimani stehen und drehte sich um. Von weitem kam jemand gelaufen. Sie konnte sein Gesicht nicht erkennen. Doch irgendetwas an seinem Gang … ihr Herz setzte für einen Schlag aus. Sie blinzelte benommen. Das – das konnte nicht sein. Die Geister spielten ihr einen üblen Streich. Sie blinzelte erneut. In ihren Ohren begann es zu rauschen.

„Tobias", wisperte sie fassungslos. Bewegen konnte sie sich nicht.

„Wer?", wollten ihre Brüder gleichzeitig wissen und sahen sie überrascht an. Sie aber schien ihre Frage nicht gehört zu haben. Ihre Augen saugten sich an der Gestalt fest, die sich ihnen näherte.

Tobias hatte die Geschwister schon vor einer Weile entdeckt. Schlank und hochgewachsen wie junge Bäume standen sie beisammen und beobachteten jeden Schritt, den er tat. In dem Moment, als er von weitem das Dorf entdeckt hatte, war ihm ein Schauer über das Rückgrat gelaufen. Einen Wimpernschlag lang hatte er überlegt, ob das, was er tat, klug war. Aber jetzt gab es kein Zurück. Sein Herz hatte ihn hierher geführt, und er hatte vor einiger Zeit beschlossen, darauf zu hören.

Als er nur noch wenige Meter von Kimani und ihren Brüdern entfernt war, trat Ismail einen Schritt vor, ein breites Grinsen auf dem Gesicht. Er streckte Tobias die Hand entgegen.

„Schön, dich zu sehen, Kumpel! Das ist ja eine Überraschung!"

Einen Augenblick später schüttelte ihm auch Noah die Hand. „Hey Tobias! Wie cool." Er strahlte über das ganze Gesicht. Kimani stand noch auf derselben Stelle. Ihr Blick flog fassungslos von ihren Brüdern zu Tobias und wieder zurück. Er hatte es die ganze Zeit vermutet. Jetzt war er ohne jeden Zweifel. Bis heute hatte sie keine Ahnung von dem, was damals passiert war. Dass ihre Brüder und er sich kannten, war ein Schock für sie. Wenn sie erst erfuhr, dass er schon in ihrem Dorf gewesen war, würde der nächste Schock folgen.

„Was machst du hier, Bruder? Warst du die ganze Zeit im Land?", wollte Ismail wissen und versetzte ihm einen Schlag auf die Schulter.

Tobias antwortete nicht. Aufmerksam sah er sich um. Das kleine Rundhaus der Schamanin befand sich außerhalb des Dorfes. Dennoch es würde nicht lange dauern, bis sie von seinem Auftauchen erfuhr. Soviel war sicher.

„Sie ist nicht da." Der ältere der Brüder hatte seinen Blick richtig gedeutet. Ismails Miene war ernst, als er weitersprach. „Sie ist nicht mehr unter uns. Die Ahnen haben sie nach Hause gerufen."

Tobias atmete erleichtert auf. Und schämte sich im selben Atemzug dafür. Man sollte nicht froh darüber sein, dass jemand gestorben war. Ihm fiel ein, dass die alte Frau Kimani sehr viel bedeutet hatte. Der Verlust musste sie schmerzen.

Er wandte sich zu ihr, seine Augen suchten ihren Blick. „Es tut mir leid, Kimani." Er hätte gerne ihre Hand genommen. Der Ausdruck in ihrem Gesicht jedoch machte den Raum zwischen ihnen zu einem unüberwindbaren Graben. Deshalb wiederholte er lediglich: „Es tut mir wirklich leid. Ich weiß, dass sie dir sehr wichtig war."

„Ihr kennt euch?" Sie fixierte Ismail, der betreten nickte. „Heißt das, dass er schon hier im Dorf war?" Ihre Stimme klang eisig. Tobias wollte um nichts in der Welt in Ismails Haut stecken.

„Wir durften es dir nicht sagen", versuchte Ismail eine Erklärung, und im selben Moment sagte Noah: „Wir mussten es ihr versprechen."

„Wem? Wem was versprechen?" Kimani verstand überhaupt nichts und tat Tobias unendlich leid. Er trat einen kleinen Schritt vor und strich sich das verschwitzte Haar aus der Stirn.

„Deiner Großmutter, denke ich. Deine Brüder haben nur das getan, was sie ihnen aufgetragen hat."

„Großmutter? Aber warum? Hast du etwa auch sie kennengelernt?"

„Kimani", begann er nun und ließ den schweren Rucksack von den Schultern fallen. Er hatte sich das Wiedersehen mit ihr anders vorgestellt. Er hatte keine Ahnung, wie. Aber nicht so. Sie sah ihn an, die Augen groß und erwartungsvoll.

„Wollen wir ein Stück den Berg hinaufgehen?", schlug er vor. Der kühle Wind weiter oben würde ihnen sicher guttun. Dort konnten sie sich in Ruhe unterhalten, ohne die neugierigen Blicke der Dorfbewohner, die ständig an ihnen vorüberspazierten und so taten, als würden sie nicht zuhören.

Kimani warf ihren Brüdern einen vernichtenden Blick zu. Wortlos drehte sie sich um und lief auf den Pfad zu, der Tobias vor wenigen Minuten ins Dorf geführt hatte. Er sah ihr nach. Sie war genauso, wie er sie in Erinnerung hatte. Das Leben pulsierte voller Leidenschaft durch ihre Adern und ließ ihr Blut zu einem Lavastrom werden. Jede ihrer Bewegungen, jedes ihrer Worte erzählte davon. Er konnte den Blick kaum von ihr wenden. Inzwischen lief sie im Laufschritt den Hügel hinauf.

Schließlich machte Ismail eine auffordernde Handbewegung in ihre Richtung. „Geh ihr nach und bändige sie. Wir wünschen dir viel Erfolg dabei."

Noah lachte erheitert auf. Seine weißen Zähne blitzten in der Sonne und sein Gesicht sah sehr jung aus, als er ergänzte: „Aber du musst dich beeilen, sonst findest du sie nicht mehr."

Tobias nickte ihnen zu und setzte sich in Bewegung. Er hoffte, dass Ismail und Noah nicht davon ausgingen, dass er ihrer Schwester den Hof machte. Nichts lag ihm ferner als dies.

Die junge Frau mit den langen Beinen war schon weit den Berg hinauf gelaufen. Der leichte Stoff ihres maisgelben Sommerkleides reichte bis zur Mitte ihrer Oberschenkel und tanzte im Rhythmus ihrer Schritte. *Wie eine Antilope*, dachte Tobias, der bei ihrem Anblick unwillkürlich an die eleganten und grazilen Tiere erinnert wurde, die er in großen Mengen im Krüger-Nationalpark angetroffen hatte. Wie diese Tiere war auch sie eine ureigene Schöpfung dieses Kontinents. Im nächsten Augenblick war Kimani um eine Biegung verschwunden. Wenn sie dieses Tempo beibehielt, dann war er nicht imstande, ihr irgendetwas zu erklären. Er schnaufte schon jetzt wie eine Dampfmaschine.

Kimani hatte sich auf einen großen, kantigen Felsen gesetzt und wartete. Erst jetzt spürte sie ihren Knöchel, der sich über den schonungslosen Umgang beschwerte und schmerzhaft pochte. Bevor Tobias auf der Hügelkuppe ankam, hörte sie ihn. Sein Atem ging schnell und seine Schritte hallten auf dem trockenen Boden.

Als er endlich neben ihr stand, hielt er sein Gesicht zum Kühlen in die leichte Brise. Das dunkelblonde Haar klebte ihm im Nacken und auf der Stirn, und auf seiner Oberlippe glänzte ein dünner Schweißfilm. Er hatte sein Haar seit ihrem letzten Treffen weiter wachsen lassen. Es ging ihm bereits über die Schultern. Seinen Bart, der in der Sonne rötlich schimmerte, trug er wie damals kurz gestutzt.

Kimani wusste nicht, was sie denken sollte. In ihr herrschte ein Gefühlschaos, das sie kaum einen klaren Gedanken fassen ließ. Im ersten Augenblick hatte die Freude, ihn wiederzusehen, sie beinahe übermannt. Er war wiedergekommen! Zu ihr gekommen. Die unerwartete Tatsache jedoch, dass Tobias ihre Brüder kannte und sie ihn, hatte ihr den Boden unter den Füßen weggezogen und sie wie im Schock taumeln lassen. Sie konnte es immer noch nicht fassen und fühlte sich verraten. Von Tobias, von ihren Brüdern und ja, auch von Großmutter.

Ihr Herz hatte wochenlang geschmerzt und die Sehnsucht hatte an ihr gezehrt. Auch wenn sie von Anfang an wusste, dass es mit ihm keine Zukunft geben konnte, so hatte sie doch durch ihn erfahren, wie es sich anfühlte, wenn man einem Menschen sehr zugetan war. Bis heute war kein Tag vergangen, an dem sie nicht sofort nach dem Aufwachen an diesen jungen Mann gedacht hatte, der nun wie eine Erscheinung aufgetaucht war und ihr komplettes Gefühlsleben erneut durcheinanderwirbelte. Aber weshalb war er hier? Womöglich ging es gar nicht um sie? Keiner ihrer Brüder hatte jemals auf eine ihrer Fragen geantwortet. Bis heute wusste sie nichts. Und damit weniger als alle anderen, die sie umgaben.

„Darf ich mich zu dir setzen?"

Sie rutschte ein wenig zur Seite. Das Blut rauschte wie im Fieber durch ihren Körper, und sie schlang die Hände ineinander, um deren Beben zu verbergen.

„Warum bist du hier?" Trotz des inneren Aufruhrs klang ihre Stimme bemerkenswert ruhig.

„Ich bin dir noch eine Antwort schuldig", antwortete Tobias leise. Er fuhr sich mit dem Handrücken über die Oberlippe. Sein Atem ging noch immer schnell.

„So?" Sie warf ihm einen flüchtigen Blick zu. „Ich höre."

„Die Bedeutung meines Namen. Tobias heißt: der Gütige."

Überrascht sah sie auf. Sie hatte mit vielem gerechnet, aber nicht damit.

„Der Gütige", wiederholte Tobias und sein Adamsapfel hüpfte, als er schluckte. „Ich habe mich damals geschämt, es dir zu sagen. Welcher Mann heißt schon *der Gütige?*"

Kimani schwieg.

„Weißt du noch, dass du damals zu mir gesagt hast, dein Name passt nicht zu dir? Du irrst dich. Er passt ebenso zu dir wie das Land, in dem du lebst. Ich aber trage meinen Namen zu Unrecht, das musste ich zum ersten Mal in meinem Leben feststellen. Ich habe ihn nicht verdient. Denn das, was ich getan habe, war alles andere als gütig."

Wieder wartete sie, bis er fortfuhr.

„Ich bin damals einfach gegangen und habe dich ohne Erklärung mitten in der Wildnis stehen lassen. Es war nicht richtig, und ich weiß, dass ich dich damit sehr verletzt habe. Ich möchte mich dafür entschuldigen. Weißt du, ich dachte …" Er fuhr sich mit den Händen durchs Haar und sah auf die Grasbüschel hinunter, auf denen seine Füße standen. „Als du deine Brüder erwähntest, da dachte ich, du wüsstest über alles Bescheid."

Sie nickte. Sie hatte zwar immer noch keine Ahnung, über was er sprach, aber sie wusste, dass es die Namen ihrer Brüder gewesen waren, die seine merkwürdige Reaktion ausgelöst hatten. Sie hatte ihm von dem Globus erzählt, den Ismail und Noah besaßen. Inzwischen hatte dieser Globus an der Stelle, wo sich Deutschland befand, einen hellen Fleck. Unzählige Male hatte sie diesen Punkt mit ihrem Finger berührt, seit der Mann neben ihr dorthin zurückgekehrt war. Es hatte ihr das Gefühl gegeben, ihm ein wenig näher zu sein.

„Das mit deiner Großmutter tut mir sehr leid. Ich weiß, wie es ist, wenn man um einen Menschen trauert, den man liebt."

„Als ich an diesem Tag nach Hause kam", erzählte Kimani, „hatte sie einen Schlaganfall erlitten." Ihre Brust wurde eng, als sie an ihre Heimkehr dachte. Wie hatte sie sich auf ihre Großmutter gefreut. Darauf, ihr zu erzählen, wen die Geister ihr geschickt hatten. Auf den Trost, den sie so bitter benötigte, weil er ihr ebenso schnell wieder genommen worden war. Dieser Tag hatte als der schönste Tag ihres Lebens begonnen. Und als der schlimmste ihres Lebens geendet.

„Wir konnten nie wieder miteinander sprechen. Meine Brüder habe ich damals immer wieder gefragt, ob sie dich kennen oder etwas von dir wissen. Ich habe nie eine Antwort erhalten." Sie hatte sie angefleht. Später hatte sie sogar gedroht, sie zu verfluchen. Alles vergebens.

„Weil sie nicht durften, nehme ich an. Ich habe eure Großmutter kennengelernt. Sie war eine beeindruckende Frau. Deine Brüder hatten großen Respekt vor ihr. Ich ebenso."

„Wirst du mir erzählen, woher du meine Familie kennst?" Kimani sah ihn voller Hoffnung an. Jede Faser ihres Körpers brannte darauf, endlich zu erfahren, was geschehen war.

Tobias nickte. Er ließ seine Augen über die Weite des Hochlands schweifen, als überlegte er, wo er anfangen sollte. Das Licht hatte sich verändert und flimmerte in dunklem Orange. Es war später Nachmittag und der Tag begann sich bereits zu verabschieden. Bald würde feuchter Dunst den Horizont verschwimmen lassen, und die Luft würde spürbar abkühlen. Kimani legte ihre Hände neben sich auf den sonnengewärmten Stein. Sie wartete geduldig und ließ ihm die Zeit, die er brauchte, um Worte zu finden.

„Vieles weiß ich selbst nicht", fing er nach einer Weile an und sah ihr direkt in die Augen, sein Blick warm und beinahe zärtlich. Ihr wurde auf der Stelle heiß. „Ich werde dir alles so erzählen, wie ich es erlebt habe. Vielleicht kennst du die Lösung des Rätsels."

Sie nickte. Ihr Herz schlug schnell, als er seine Augen schloss und seine Geschichte zu erzählen begann. Er sprach von den Tagen, die er in Lesotho verbracht hatte, gemeinsam mit einer jungen Frau, die seine Reisepartnerin war. Von der Entdeckung dieser idyllischen Stelle am Wasserfall und dem Erscheinen der alten Frau. Er erzählte von ihrem sonderbaren Benehmen ihm gegenüber. Schließlich sprach er über die Autopanne und das zufällige Erscheinen der jungen Männer, die ihm anboten, ihn nach Harrismith zu bringen. Was sie jedoch nicht taten.

Hier machte Tobias eine bedeutungsschwere Pause, als ob ihm das Weitersprechen schwerfiel. Doch er fuhr fort. Ihre Brüder hatten ihn in das Dorf gebracht, direkt zu ihrer Großmutter. Sie hatten ihm nicht erklärt, weshalb sie es taten. Ihre Großmutter hatte ihn in die Gästehütte einquartiert und ihm auch ohne Worte deutlich zu verstehen gegeben, dass dieser Ort für die nächste Zeit sein Aufenthaltsort war. Immer, wenn er vor die Tür getreten war, tauchte wie aus heiterem Himmel einer der Brüder auf und achtete darauf, dass er nicht einfach verschwand.

Sie versorgten ihn mit allem, was er brauchte. Nur nicht mit einer logischen Begründung, weshalb er hier war. Immer wieder setzte sich die alte Frau zu ihm, beobachtete ihn und sprach Worte, die er nicht verstand. Er hatte schnell begriffen, dass sie ihm nichts Böses wollte. Das half ihm jedoch nicht weiter. Er sorgte sich um die junge Frau, die nach ihm suchen würde und auch um seine Familie, die inzwischen mit Sicherheit über sein Verschwinden informiert war.

Als Tobias nebenbei den Namen seiner Begleiterin erwähnte, flackerte das Bild einer flachsblonden jungen Frau durch Kimanis Erinnerung und zwei sehr sanfte, weiße Hände. Diese Frau war wunderschön, und jeder Mann, den Kimani kannte, würde sie begehrenswert finden. Ein leichtes Ziehen machte sich in ihrer Magengegend bemerkbar. Auch Tobias musste diese Fiona unwiderstehlich finden. Vielleicht waren sie ein Paar geworden.

„Ich habe Fiona getroffen, als ich auf dem Heimweg war", warf sie ein. „Sie war sehr freundlich zu mir und hat sich meinen Knöchel angesehen."

Tobias lächelte. „Ja, sie hat davon erzählt. Sie ist ein lieber Mensch und eine prima Freundin. Damals war mein Bruder bei ihr, um gemeinsam mit ihr nach mir zu suchen."

Sie blickte überrascht auf. Und erleichtert. Die Geister hatten ihr also keinen bösen Streich gespielt. Zumindest nicht in diesem Fall, als sie den Bruder von Tobias gesehen hatte.

„Er hat mich aus deinen Augen angesehen."

„Hm", machte Tobias und nickte. „Wir haben beide die Augen unseres Vaters. Das ist aber auch die einzige Ähnlichkeit zwischen uns. In allem anderen sind wir grundverschieden."

Er erzählte weiter. Von der plötzlichen Entscheidung der alten Frau, ihn gehen zu lassen und von seiner ziellosen Wanderung durch die Berge, die ihn schließlich an den kleinen Wasserfall zurückbrachte. Wo er auf die schlafende Kimani traf.

Kimani zerbrach sich den Kopf. Was um alles in der Welt hatte Großmutter sich dabei gedacht? Welchen Grund konnte es geben, einen Menschen gegen seinen Willen festzuhalten? Noch dazu einen weißen Europäer, der als Tourist dieses Land bereiste.

Ach Großmutter, dachte sie verzweifelt und seufzte. *Wieso bist du fortgegangen und hast so viele Fragen zurückgelassen?*

„Dann kam der Moment, als du Ismail und Noah erwähnt hast", schloss Tobias seinen Bericht. Er streckte seine Beine aus, holte ein Gummiband aus seiner Hosentasche und fasste seine Haare zusammen.

Nun, dachte Kimani voller Mitgefühl, wie sollte sie ihm seine Reaktion darauf verübeln? Jeder vernünftige Mensch hätte unter diesen Umständen genauso gehandelt und so schnell wie möglich das Weite gesucht. Tobias drehte sich zu ihr, seine Augen voller Erwartung. Sie hob hilflos die Achseln und schüttelte den Kopf.

„Ich weiß es nicht, Tobias. Ich habe keine ...", flüsterte sie und brach plötzlich ab. Großmutter hatte sie angerufen und von ihr verlangt, dass sie nach Hause kam. *Der Mann, den du heiraten wirst, ist bei uns im Dorf.* Das waren ihre Worte gewesen. Kimani fröstelte plötzlich. *Nein, das kann nicht sein. Großmutter kann nicht Tobias gemeint haben.* Welchen Grund hätte es dafür geben können? Sie schluckte so hart, dass ihr der Hals schmerzte.

Das alles war zu fern von jeder Logik. Es musste etwas anderes gewesen sein. *Nur was?* Sie stellte fest, dass Tobias sie aufmerksam musterte und verscheuchte diesen absurden Gedanken. Wieder schüttelte sie den Kopf. „Nein", bekräftigte sie. „Ich habe nicht die leiseste Ahnung. Großmutter tat manchmal Dinge, die wir nicht verstehen konnten. Aber jedes Mal erkannten wir irgendwann den Grund dafür. Sie hat niemals etwas ohne Grund getan. In diesem Fall aber wird sie es uns nicht mehr erklären können." Sie erhob sich. „Wir sollten zurückgehen. So sind wir vor der Dunkelheit im Dorf."

Auch Tobias stand auf. „Darf ich mein Zelt bei euch aufschlagen? Für ein oder zwei Nächte?"

„Natürlich. Wir haben auch ein – aber ja – unser Gästehaus kennst du ja schon", fügte sie lächelnd hinzu und setzte sich in Bewegung. Sie versuchte, nicht allzu sehr über den winzigen Hoffnungsschimmer nachzudenken, der sich in einer Ecke ihres Herzens eingenistet hatte.

***

„Was hat Ismail heute Morgen gemeint, als er sagte, du solltest bleiben und den Besuch empfangen?"

Tobias und Kimani waren schon zeitig am nächsten Morgen aufgebrochen. Sie waren auf dem Weg zum Maletsunyane-Wasserfall. Ursprünglich hatte er mit Fiona dorthin wandern wollen, doch damals hatten sie durch Zufall den kleinen zauberhaften Ort gefunden und waren geblieben. Kimani aber war der Meinung, er müsse dieses Naturschauspiel unbedingt gesehen haben, bevor er das Land wieder verließ.

„Ach", entgegnete sie mit einer wegwerfenden Handbewegung, „es kommen heute zwei alte Frauen ins Dorf, die wollen mich sprechen."

„Und du möchtest nicht?" Tobias wunderte sich. Es war untypisch für die hiesigen Menschen, dem Wunsch der Älteren nicht nachzukommen und passte überhaupt nicht zu Kimani. Sie schüttelte vehement den Kopf.

„Nein. Ich will es nicht."

Nun gut. Er wollte nicht weiter nachbohren. Sie würde ihre Gründe haben. Wie ihre Großmutter tat auch Kimani selten etwas ohne Grund, hatte er festgestellt. Er blieb stehen und warf einen Blick zurück. Sie waren seit einigen Stunden unterwegs und befanden sich inzwischen weit oben in den Bergen. Wie Watte lag der Morgennebel in den Tälern, die Luft war noch feucht und kühl und sein Atem trieb weiße Wölkchen vor sich her.

Die junge Frau war ebenfalls stehengeblieben und wartete, bis er zu ihr aufschloss. Ihre Haut war dunkler, als Tobias sie in Erinnerung hatte, was vermutlich an der Jahreszeit lag. Sie schien guter Dinge zu sein und deutete mal hierhin, mal dorthin, um ihm etwas zu zeigen.

„Sie denken, ich übernehme Großmutters Aufgabe und sie wollen, dass ich sie berate", erklärte sie, als er sie eingeholt hatte.

„Und das möchtest du nicht." Eine Frage kam ihm in den Sinn, die er sich nicht zum ersten Mal stellte. „Was oder wer war deine Großmutter eigentlich? Eine Medizinfrau? Eine Schamanin?"

Kimani äußerte sich nicht gleich. Er wollte schon hinzufügen, dass sie nicht zu antworten brauchte, als sie stehenblieb und sich umsah. Schließlich winkte sie ihn mit sich, lief ein paar Schritte und setzte sich auf einen rundgewaschenen Stein. Zwei weitere lagen daneben.

„Großmutter war eine weise Frau", erzählte sie, als er sich auf einem von ihnen niedergelassen hatte. „Zu einer weisen Frau kommen die Menschen von sehr weit her, um sich Rat zu holen. Es sind verschiedene Dinge, die die Leute wissen wollen. Es geht um Streitigkeiten im Clan, um Verheiratung von Kindern oder darum, was die Geister über die Zukunft erzählen."

„Ich dachte", wunderte sich Tobias, „fast alle Menschen in Lesotho seien Christen. Das habe ich gelesen."

Kimanis Gesicht nahm einen heiteren Ausdruck an. „Ja, das stimmt. Die meisten Menschen sind christlich getauft. Trotzdem spielt die traditionelle Religion immer noch eine große Rolle. Wir beten zu Gott und Jesus, aber wir haben nie den Bezug zu unseren Ahnen und den Geistern verloren."

Tobias nickte. So etwas hatte er sich schon gedacht.

Sie sprach weiter. „Einige baten auch um medizinische Hilfe. Großmutter war keine Medizinfrau in diesem Sinne, aber mit der alten Heilkunst kannte sie sich ein wenig aus, sodass sie bei leichteren Krankheiten helfen konnte."

„Und nun gehen die Menschen davon aus, dass deine Großmutter ihr Amt an dich weitergegeben hat?"

„Sie alle wissen, dass ich mich für einen anderen Weg entschieden habe. An meinem zwölften Geburtstag hat Großmutter mich während einer Zeremonie gefragt, ob ich eine weise Frau werden möchte. Sie bot mir an, mich auf diesem Weg zu begleiten, was für mich eine große Ehre war. Aber ich wollte immer schon Lehrerin werden. Das sagte ich ihr damals, und sie hat meine Entscheidung nie in Frage gestellt. Ich weiß nicht, weshalb nun alle glauben, dass ich weise bin und ihnen helfen kann. Denn ich bin es nicht. Außerdem bin ich erst 21 Jahre alt."

Tobias dachte nach. Die Bürde, die sie zu tragen hatte, war nicht zu unterschätzen. Die Erwartungshaltung ihrer Mitmenschen setzte sie sicher unter enormen Druck. Das musste sie erst einmal aushalten können. Andererseits: Machte es sie nicht auch ein wenig stolz, wenn die Menschen es ihr zutrauten?

„Gibt es sonst niemanden, der das Amt deiner Großmutter übernehmen könnte?"

Kimani schüttelte den Kopf. „Sie war nicht nur die weise Frau für die ganze Region. Sie war auch die Älteste des Clans. Wenn es um wichtige Dinge ging, hatte sie letztendlich die Entscheidungsmacht. Nun ist Akos der Clanälteste. Eine weise Frau haben wir nicht mehr. Der *Weiße Falke* will mich sprechen. Ich vermute, auch er will mich dazu überreden."

„Und wenn du es einfach für eine Weile probierst?"

Kimani sprang auf. „Lass uns weitergehen!", rief sie und setzte sich in Bewegung.

Er sprach das Thema nicht mehr an. Immerhin war es ihre Sache, für was sie sich entschied. Er konnte ihre Bedenken verstehen. Gleichwohl konnte er sie sich als weise Beraterin gut vorstellen. Zugegebenermaßen würde ihr überschäumendes Temperament ihr dabei im Weg stehen, aber sicher würde auch sie mit der Zeit ein wenig ruhiger werden. Er musste grinsen bei der Vorstellung, wie sie darauf reagieren würde, wenn er ihr das sagte.

Sie verbrachten einen wunderschönen Tag. Der Maletsunyane-Wasserfall war gigantisch und beeindruckend, aber auch voll von Tagestouristen. Die waren entweder zu Fuß unterwegs oder in geführten Gruppen auf den kleinen, wendigen Pferden der Einheimischen. Tobias war dann doch froh, irgendwann dem Getümmel zu entkommen. Die Stille der Gebirgslandschaft war wie ein Geschenk, als er und Kimani in einvernehmlichem Schweigen den Heimweg antraten und mit dem letzten Licht des Tages ins Dorf zurückkehrten.

Trotz des anstrengenden Tages lag Tobias später hellwach auf dem Bett des runden Gästehauses. Morgen war Sonntag. Ursprünglich hatte er vorgehabt, sich spätestens dann wieder auf den Weg nach Johannesburg zu machen. Doch er konnte sich noch nicht trennen. Von diesem Dorf, von den Geschwistern, vor allem aber von Kimani, die ihn mit ihrer intensiven Art zu leben immer wieder zum Staunen brachte.

Zu sehr erfüllten ihn die Eindrücke, zu sehr sehnte er sich nach noch viel mehr davon. Er beschloss, seine Abreise um ein oder zwei Tage zu verschieben. Vorm Schlafengehen hatte Ismail ihn beiseite gezogen und ihm versichert, er könne so lange bleiben, wie er wolle.

Tobias konnte sich nicht daran erinnern, jemals einen solch anregenden und unterhaltsamen Abend erlebt zu heben. Nach dem Heimkommen hatte Kimani für sie alle gekocht, wobei er ihr – zum größten Vergnügen der jungen Männer – helfend zur Hand gegangen war. Später hatten sie am Lagerfeuer gesessen, sich unterhalten und viel miteinander gelacht.

Kimanis Brüder hatten ihn – wie schon damals – Löcher in den Bauch gefragt über sein Leben in Europa. Auch Kimani hatte vieles wissen wollen. Ihre Fragen unterschieden sich jedoch von jenen ihrer Brüder. Die jungen Männer brannten darauf zu erfahren, welche Musik die Jugend hörte, welche Bands populär waren und was man an den Wochenenden abends unternahm. Von Computerspielen musste er ihnen erzählen und von Fernsehprogrammen. Kimani hingegen interessierte sich für die Gesellschaft, die Berufswahl der jungen Menschen und die Chancen, etwas aus ihrem Leben zu machen.

Nach langem Bitten hatte Ismail sich am späten Abend von seinen Geschwistern überreden lassen und schließlich seine Gitarre geholt. Als er mit tiefer und melodischer Stimme ein volkstümliches Lied zu singen begann und dabei auf dem Instrument eine Begleitung zupfte, war Tobias ehrfürchtig verstummt.

Ein Schauder nach dem anderen jagte über seinen Rücken, so schön und erhaben klang das, was der junge Mann vortrug. Und als Kimani und Noah mit einstimmten, legte er seinen Kopf in den Nacken und erblickte über sich einen unglaublichen Sternenhimmel. Etwas Warmes und Leichtes berührte seine Seele und er blieb reglos sitzen. Wäre es nach ihm gegangen, wäre dieses Lied nie zu Ende gegangen.

Er schob seinen Arm unter den Kopf. Ja, es war immer wieder dieses Land. Hier empfand er Dinge, die es an anderen Orten nicht zu geben schien. Es war beinahe so, als reichten die Wurzeln seines ganzen Seins bis tief in diese Erde hinein. In die Erde Lesothos.

Die Versuchung war groß, einfach hierzubleiben und noch einige Zeit in diesem Dorf zu verbringen. Das hiesige Leben kennenzulernen, die stolzen und aufrechten

Menschen und ihr bodenständiges Dasein. Doch er würde weiterziehen. Spätestens Montagfrüh. Er würde das Dorf zusammen mit Kimani verlassen und sie im Auto nach Roma mitnehmen.

18. KAPITEL

„Falsch!" Ismail bemühte sich sehr darum, geduldig zu bleiben. Er nahm Tobias linken Zeigefinger und legte ihn auf die Gitarrensaite daneben. „So ist der Griff richtig."

Tobias versuchte es wieder, und als er mit der rechten Hand sanft über die Saiten strich, erklang ein sauberer, warmer Akkord. Die Brüder jubelten begeistert.

Seit zwei Wochen war er nun hier, und es fühlte sich an, als wäre er niemals woanders gewesen. Er hatte das Leben im Dorf kennengelernt, hatte ohne lange zu fragen Aufgaben übernommen und fühlte sich in der Gemeinschaft rundum wohl. Während der Woche war Kimani an der Uni. Sie hatte es nie laut ausgesprochen, aber Tobias wusste genau, dass sie viel lieber im Dorf geblieben wäre, um mit ihnen zusammen etwas zu unternehmen. Die Zeit ohne sie nutzten die drei Männer jedoch für Dinge, mit denen die junge Frau nicht viel würde anfangen können oder wollen.

Es stellte sich heraus, dass Noah sich tatsächlich gut mit Motoren auskannte. So kam es, dass er Tobias anbot, ihm beizubringen, die gängigsten Probleme zu erkennen und zu beheben, falls zukünftig sein Wagen einmal streiken sollte. Dabei zwinkerte er Tobias vielsagend zu. *Ja, das wäre vielleicht wirklich nicht so schlecht*, dachte dieser, ohne auf die Anspielung einzugehen. Bis heute hatten sie nicht darüber gesprochen, was damals geschehen war und wie die Brüder die Autopanne herbeigeführt hatten. Da er aber wusste, dass sie ihrer Großmutter gehorchen mussten, hielt er es für das Beste, das Thema nicht anzusprechen. Er wollte sie nicht zu etwas zu verleiten, was sie hinterher bereuen würden.

Ismail hatte er gebeten, ihm ein paar Griffe auf der Gitarre beizubringen. Kimanis älterer Bruder war begeistert von dieser Idee und hatte sofort sein Instrument geholt. Es dauerte allerdings nicht lange, bis er feststellte, dass das Lehren nicht unbedingt eine einfache Sache war. Sein Respekt für die Arbeit seiner Schwester wuchs beträchtlich. Immerhin hatte sie unbändige und oft schlecht erzogene kleine Kinder zu unterrichten, während ein Schüler wie Tobias voller Ehrgeiz war und freiwillig lernte. Dennoch ertappte sich Ismail mehr als einmal dabei, dass er ungeduldig durch die Zähne pfiff, wenn Tobias sich nicht sofort merken konnte, welcher Akkord auf welche Weise zu greifen war. Das verständnisvolle Grinsen seines neugewonnenen Freundes holte ihn jedoch schnell wieder in den Zustand der Gelassenheit zurück.

Als Kimani vergangenes Wochenende nach Hause gekommen war, hatte Tobias viel Zeit mit ihr verbracht. Sie waren viele Stunden durch die Einsamkeit der Berge gewandert und hatten Stellen entdeckt, die so entlegen waren, dass Tobias davon überzeugt war, dass vor ihnen noch nie jemand dort war. Kimani hatte von ihrem Land erzählt und von den Menschen, die hier in ihrer ganz eigenen Art und Weise lebten. Wie von selbst war es schließlich geschehen, dass Tobias von seinem Vater gesprochen hatte. Von der schweren Zeit nach dessen Tod. Er hatte von seiner Mutter erzählt, die den Boden unter den Füßen verloren hatte und von Flo, der damals erst 13 Jahre alt war.

Durch eine Anmerkung von Kimani wurde ihm bewusst, dass Flo, ohne es zu ahnen, sein rettender Anker bei dieser Tragödie gewesen war. Denn Tobias hatte eine Aufgabe gehabt, die ihn forderte und auch ein wenig ablenkte. Nämlich seinem Bruder ein Vorbild zu sein und ihm einen Teil seiner Leichtigkeit zu erhalten. Es hatte Tobias unbewusst mit einer gewissen Zufriedenheit erfüllt und ihn auch ein wenig stolz auf sich selbst gemacht. Er war Kimani dankbar dafür, dass sie erkannt hatte, worauf er selbst nie gekommen wäre. Sie beide hatten Trauer und Schmerz kennengelernt und wussten, was es bedeutete, einen geliebten Menschen zu verlieren.

Auch über ihre Zukunftspläne erzählten sie einander. Sie sprachen über Tobias Entscheidung, eine Reise durch die Welt zu machen. Für Kimani war es unvorstellbar, das vertraute Leben und die Familie zu verlassen. Einfach so, weil man Sehnsucht nach der Ferne hatte. Sie kannte das Gefühl nicht, und sie würde niemals das Bedürfnis verspüren, ihr Land zu verlassen.

Das brachte Tobias zum Nachdenken. Er versuchte, ihr seine Gründe zu erläutern und erzählte, dass er im August zu dieser Entscheidung gekommen war. Hier im Gebirge, in der Nähe des magischen Ortes. Dass es beinahe so war, als hätte die Entscheidung *ihn* gefunden, ohne dass er vorgehabt hatte, darüber nachzudenken. Das wiederum verblüffte sie. Die Dinge, die dort geschahen, sagte sie ernst, hatten ihren Grund. Die Geister hatten es ihm zugetragen, daher würde er irgendwann wissen, warum er diesen Weg gehen musste.

Die Tage waren schnell vergangen. Morgen würde Kimani von der Uni kommen, und am Sonntag wollte er endgültig das Dorf verlassen, sodass er am Montag in das Flugzeug nach Südamerika steigen konnte. Es blieben ihm noch zwei Tage, um den Atem dieses Landes in sich aufzusaugen und für immer in einer verborgenen Kammer zu lagern. Er stellte es sich ein wenig so vor, als würde er einen Speicher befüllen, aus dem er schöpfen konnte, wenn er sich nach diesem Stück Erde sehnte.

Unwillkürlich holte er tief Luft und hörte Ismail auf-
lachen.

„Was, Bruder? Gibst du schon auf?"

Tobias schreckte aus seinen Gedanken, schüttelte
energisch den Kopf und konzentrierte sich auf sein Spiel.
Das, was er der Gitarre entlockte, klang gar nicht so übel.
Probehalber begann er eine Melodie zu summen. Flo
würde Augen machen. Flo. Tobias sah auf. Wie lange
hatte er schon nicht mehr an seinen Bruder gedacht. Wie
es ihm wohl ging? Ihm und Fiona. Er gönnte ihnen von
ganzem Herzen, dass sie glücklich waren. Von Johannesburg aus würde er ihm und Mama eine Nachricht
über WhatsApp schicken.

Das mit dem Smartphone war hier nicht so einfach.
Oft ließ die Internetverbindung zu wünschen übrig, oder
aber der Akku war leer und der Strom gerade nicht da.
Diesen gab es zwar, aber nicht besonders zuverlässig.
Als er die Brüder gefragt hatte, ob sie einen PC besaßen,
hatten sie gleichzeitig zu lachen begonnen. Sie erklärten
ihm, dass die Stromversorgung im Gebirge oft so un-
gleichmäßig war, dass jeder PC regelmäßig abstürzte.
Manchmal war auch gar keiner da, und man musste warten, bis die Steckdose wieder für ein paar Stunden funktionierte. In diesem Fall wurden sofort alle Smartphones
aufgeladen.

All das waren Dinge, die Tobias an diesem Land
mochte. Es gab Wichtigeres als Social Media. Es war
zwar irgendwie da, aber was eigentlich zählte, war das
reine Leben. In Deutschland unvorstellbar. Und doch –
er wollte sich nicht selbst belügen – sah man auch hier
die jungen Leute oft mit ihrem Smartphone in der Hand
umherlaufen und ihre Nachrichten abrufen. Also war die
Internetabstinenz nicht immer ganz so gewollt, wie es
den Anschein hatte.

„Hey Leute, was geht?", hörte er plötzlich eine laute Stimme. Er hörte zu spielen auf und legte die Gitarre beiseite. Sie bekamen Besuch.

„Und? Ist sie schon da, meine Zukünftige?"

Tobias schätzte den Mann, der nun zu ihnen trat, auf knapp 30 Jahre. Er war etwas kleiner als die Brüder, war kräftig gebaut und trug das krause, schwarze Haar kurzgeschnitten. Sein rundes Gesicht war freundlich und voller Erwartung, als er zu ihnen an die Feuerstelle trat und sich mit wachen Augen suchend umblickte. Wen meinte er? Doch nicht etwa –.

„Sie kommt erst morgen von der Uni, Bokar. Du hast dich im Tag vertan", lachte Ismail und stand auf, um den Mann per Handschlag zu begrüßen. Dieser schlug Ismail auf die schmalen Schultern und grinste. „Lieber zu früh als zu spät, oder?" Sein Blick fiel auf Tobias und er schaute fragend zu Ismail.

„Das ist Tobias, ein Freund aus Deutschland", sagte dieser so leichthin, als sei es das Selbstverständlichste auf der Welt. Tobias musste sich ein Lachen verkneifen. Das hatte sehr, sehr prahlerisch geklungen. Er stand auf und reichte Bokar die Hand.

„Das ist Bokar, ein Freund aus dem Nachbardorf", stellte Ismail den Fremden vor.

„Hallo Bokar." Tobias unterdrückte ein Keuchen, als sein Gegenüber ihm beinahe die Hand zerquetschte.

„Deutschland also. Aha." Bokar musterte ihn interessiert. „Dort machen sie gute Schuhe."

„Ähm, ja", entgegnete Tobi verwirrt.

„Bokar ist Schuster", klärte Ismail ihn auf und Tobias nickte, als er verstand.

„Ich bin nicht nur gelernter Schuster", ergänzte Bokar selbstgefällig und baute sich breit vor Tobias und den

Brüdern auf. „Ich bin auch der zukünftige Schwager dieser beiden Männer hier."

Wieder nickte Tobias. Etwas anderes blieb ihm nicht übrig, denn nach dieser Bekanntgabe fehlten ihm die Worte.

„Moment mal, Bokar", bremste Ismail seinen Freund aus. „Noch hat sie dir keine Antwort gegeben. Bis dahin solltest du keine Gerüchte in die Welt setzen."

Bokar wiegte den Kopf hin und her und sah ein wenig zerknirscht aus. Verlegen kratzte er sich am Kopf. „Ja, das weiß ich. Tut mir leid. Aber ihr wisst, wie sehr ich eure Schwester mag. Und ich hoffe, dass sie mir bald ihr Ja-Wort gibt." Daraufhin wandte er sich an Tobias.

„Sie ist eine tolle Frau. Besitzt Rasse und Feuer. Noch dazu ist sie klug. Ich habe ein gutes Einkommen und werde ihr ein anständiges Leben bieten können."

„Ja, das – das ist echt großartig", stotterte Tobias, der noch immer um Worte rang. War das tatsächlich wahr? Dieser Mann wollte Kimani heiraten? War er der Mann, den ihre Großmutter für sie ausgewählt hatte?

„Ich habe Bier mitgebracht", verkündete Bokar nun in Feierlaune und zeigte auf ein Fahrrad, das nicht weit entfernt gegen einen Zaun gelehnt war. Auf dem Gepäckträger balancierte ein Kasten Bier, gehalten von einigen Expandern. „Ich gebe heute eine Runde aus. Deutscher, bist du dabei?" Erwartungsvoll sah er Tobias an.

„Klar!" Ein eiskaltes Bier war jetzt genau das Richtige, um diese Neuigkeit zu verdauen.

Der Abend wurde lang. Er wurde außerdem laut und lustig. Wie schon Ismail und Noah war auch Bokar sehr interessiert an seinem Leben in Deutschland. Außerdem war der junge Schuster erfüllt von der Leidenschaft zu seinem Beruf, und immer wieder erzählte er ausschweifend von Dingen, die weder Tobias noch Kimanis Brüder hören wollten. Aber auch einige sehr witzige Anekdoten hatte er auf Lager, die er so gut vorzutragen verstand, dass sie sich vor Lachen die Bäuche hielten.

Als sie spät in der Nacht mit Bokar an dessen Fahrrad standen und sich verabschiedeten, wandte sich der junge Mann plötzlich direkt an Tobias. Er legte ihm vertraulich eine Hand auf den Arm und beugte sich zu ihm hinüber.

„Und du, Deutscher, lässt die Finger von meinem Mädchen, hörst du?" Seine Worte stolperten dabei ein wenig über seine Zunge. Tobias sah ihn verblüfft an. Dann hatte er Mühe, ein hysterisches Lachen zu unterdrücken. Was hatte dieser Mann für Gedanken? Er selbst hatte in den letzten beiden Wochen in keinem Augenblick an die Möglichkeit gedacht, er und Kimani könnten mehr als nur gute Freunde sein. In dieser Hinsicht konnte er Bokar besten Gewissens beruhigen.

„Keine Angst, mein Freund. Ich reise am Sonntag ab", gab er zur Antwort und schüttelte insgeheim den Kopf. Kimani war zwar sehr schön und sehr süß, aber er hatte sicher nicht vor, diesem Mann seine zukünftige Braut abspenstig zu machen.

„Gut, denn sonst kriegen wir Ärger miteinander. Und das wäre schade. Denn ich würde dich gerne meinen Freund nennen. Mein neuer Freund aus Deutschland." Dabei schlug er Tobias so kräftig auf die Schulter, dass dieser fast zu Boden ging. So sicher stand auch er heute Abend nicht mehr auf den Beinen.

„Freunde!", bestätigte Tobias und gähnte herzhaft, während sie sich die Hände drückten, um die neue Freundschaft zu besiegeln. Er war mittlerweile hundemüde und sehnte sich nach seiner Matratze. Bokar setzte sich aufs Fahrrad und kämpfte beim Wegfahren damit, das Gleichgewicht zu halten. Bevor er außer Hörweite war, hörte Tobias ihn murmeln: „Ein Kalkgesicht würde für sie sowieso nicht in Frage kommen. Nicht für Kimani."

Als Tobias endlich im Bett lag, konnte er trotz Müdigkeit keinen Schlaf finden. Seine neue Bekanntschaft ging ihm nicht aus dem Sinn. Bokar war ein recht derber, aber freundlicher und lustiger Mann. Er war vielleicht ein wenig einfach in seiner Denkweise, aber er schien kein schlechter Mensch zu sein. Es sah ganz danach aus, als mochte er die junge Frau wirklich. Kimani hätte es wesentlich schlechter treffen können in einer Welt, in der die Männer noch immer dominierten und den Frauen oft genug ihren Willen aufzwangen.

Ihm fiel plötzlich ein, was er vorhin gedacht hatte. Sie war schön und sie war süß. Sie war buchstäblich das, was ihr Name bedeutete. Mit diesem Gedanken schlief er schließlich ein.

***

Es war genau heute vor zwei Wochen gewesen, da hatte sie wie jetzt auf dem Weg nach Hause im Bus gesessen. Sie hatte damals nicht gewusst, dass an diesem Tag noch etwas ganz Besonderes passieren würde. Tobias war plötzlich in ihrem Dorf aufgetaucht. Kimani grinste ihr Spiegelbild an, das ihr von der Fensterscheibe entgegenblickte und zurückgrinste.

Seit dem war er bei ihnen. Kimani würde alles geben, um die Zeit zurückdrehen zu können und wieder und wieder diese 14 Tage erleben zu dürfen. Ihr Lächeln verflog, als sie daran dachte, dass er in zwei Tagen fortgehen würde. Weit, weit weg von ihr. Der Schmerz, der sich wie ein eiskaltes Tuch über ihr Herz legte, nahm ihr für einen Moment den Atem und sie meinte, ersticken zu müssen.

Sie wusste nicht, was sie gehofft hatte. Von Beginn an war klar gewesen, dass er wieder gehen würde. Deshalb sollte sie die Zeit, die ihnen noch blieb, als Geschenk betrachten. Gewaltsam drängte sie die Tränen zurück. Nein, sie wollte noch nicht weinen. Erst, wenn er wirklich gegangen war. Dann durfte sie traurig sein. Sich die verbleibende Zeit damit zu verbittern, wäre dumm.

Ihre Brüder hatten es gut. Sie hatten viel mehr Zeit mit Tobias verbracht als sie selbst. Seit Tagen nagte die Eifersucht an ihr wie eine Ratte, die den Schinken aushöhlte. Sie empfand es als ungerecht, denn er war gekommen, um sich bei ihr zu entschuldigen. Aber war er auch wegen ihr länger geblieben, als er geplant hatte? Das wusste sie nicht. Die Männer verstanden sich sehr gut, und Kimani hatte während der Woche oft daran denken müssen, was sie wohl gerade machten.

In den Stunden, die sie an der Uni und in der Grundschule verbracht hatte, waren ihre Gedanken viel zu häufig nicht bei der Sache gewesen. Sie waren zu den offenen Fenstern hinausgeweht und mit dem sanften Wind über die Berge in ihre Heimat gereist. Sie war ungewohnt zerstreut, und ihr Tutor hatte einmal sogar nachgefragt, ob bei ihr alles in Ordnung war. Seitdem hatte sie sich Mühe gegeben und sich zusammengerissen, was ihr unbeschreiblich schwer gefallen war. Aber sie war gewissenhaft. Das war sie ihren Schülern schuldig, die bei dieser Hitze in ihren dunkelblauen Uniformen schwitzend vor ihr saßen.

In ihrem Bauch kribbelte es. Heute würde Tobias sie mit dem Bus in Semonkong abholen. Ismail und Noah waren bis Sonntag bei Onkel Napo und Tante Maisie, um ihnen bei verschiedenen Arbeiten zur Hand zu gehen. Sie waren kinderlos und wohnten einige Kilometer entfernt. Onkel Napo, ein Cousin ihrer Mutter, hatte die Brüder darum gebeten und sie heute Morgen abgeholt.

Kimani jubelte im Stillen. So hatte sie Tobias in den letzten beiden Tagen für sich alleine. Sie versuchte, noch keinen Gedanken an Montagmorgen zu verschwenden und überlegte, was sie gemeinsam unternehmen konnten. Es gab ein paar Dinge, die sie ihm noch nicht gezeigt hatte. Da waren die Höhlen der Ahnen, in denen es dunkel war und kühl. Hier waren noch uralte Malereien zu erkennen, undeutlich und ziemlich abstrakt. Tobias würde es dort gefallen.

Noch lieber aber wollte sie mit ihm an den kleinen See wandern, der verborgen in einem Talkessel im Gebirge lag. Letztes Wochenende waren sie zu viert an einem See, und Kimani hatte überrascht festgestellt, dass Tobias schwamm wie ein Fisch. Es hatte sie außerordentlich Mühe gekostet, als erste ans andere Ufer zu gelangen. Ismail und Noah waren noch schnellere Schwimmer als sie selbst und schon längst dort gewesen. Das Wasser der Bergseen war allerdings noch bitter kalt im Frühsommer, und sie hatten alle vier nach Luft gejapst, als sie hineingesprungen waren.

Zu zweit aber würde es anders sein. Schöner. Immer noch summten Hunderte von Bienen durch ihren Bauch, und sie kamen auch dann nicht zur Ruhe, als Kimani an der Bushaltestelle in Semonkong Tobias entdeckte, der lässig an den VW-Bus gelehnt auf sie wartete.

***

Es war Mittag. Die Sonne stand hoch über ihnen und der Himmel leuchtete in einem unbeschreiblich intensiven Blau. Nach dem Frühstück waren sie aufgebrochen und bis zu dem kleinen, versteckten See gewandert. Hier sammelte sich das Schmelzwasser, wenn nach dem Winter der Schnee im Gebirge zu tauen begann.

„Da rein gehe ich ganz sicher nicht!", rief Tobias entsetzt und zog schnell seinen Fuß aus dem Wasser. „Dieser See ist noch viel kälter als der See von letzter Woche. Und der war schon eisig!" Kimani lachte laut, und ihre Zähne funkelten in der Sonne.

„Du bist doch kein Feigling, oder?" Mit diesem Spruch würde sie ihre Brüder zu allem bringen. Vielleicht funktionierte es auch bei ihm. Kimani hielt die Luft an und sprang mit Anlauf ins eiskalte Wasser. Für einen Moment nahm ihr die Kälte den Atem. Dann tauchte sie prustend auf. Neben ihr platschte es, und Tobias verschwand mit einem Aufschrei unter Wasser.

Als er wieder an die Oberfläche kam, war Kimani bereits ans Ufer geklettert. „Du hast schon Recht", keuchte sie atemlos und legte sich auf die sonnenwarmen Steine „Es ist wirklich sch…kalt!" Sie kicherte, als er so schnell er konnte ans Ufer schwamm und sich schlotternd neben sie warf. Sein Körper war übersät von Gänsehaut und in seinem Bart hingen unzählige glitzernde Wasserperlen.

„Wenn ich morgen mit einer Lungenentzündung in der Gästehütte liege, dann weiß ich zumindest, woher ich sie habe", scherzte er und zerstrubbelte mit den Händen sein Haar, worauf die kalten Tröpfchen in alle Richtungen flogen. „Dann wird mein ungeplanter Urlaub noch ein wenig verlängert."

Wäre das denn so schlimm? dachte Kimani und schob die aufkommende Schwermut zum wiederholten

Male heute von sich fort. Noch konnte sie sich nicht vorstellen, ohne ihn zu sein. Die Situation zehrte an ihr. Seit Tagen konnte sie kaum noch essen, und seit sie gestern wieder zu Hause war, hatte sie Schwierigkeiten, ihre Augen von Tobias abzuwenden. Sie wollte sich sein Bild einprägen. Ihn für immer in ihrem Herzen tragen. *In welchem Herzen?* fragte sie sich. Ab morgen würde sie kein Herz mehr besitzen, denn er würde es mitnehmen.

„Wirst du mal schreiben, wenn du in der Welt unterwegs bist?" Ihre Stimme klang viel zu dünn.

„Natürlich." Er drehte den Kopf und sah sie an. Sein Gesicht war durch die Tage in der Sonne braungebrannt und ließ sein Haar heller scheinen, als es war. Noch immer hatte sie es nicht berührt. Dabei würde sie so gerne wissen, ob es sich wirklich so weich anfühlte, wie es aussah.

„Ich schreibe euch aus jedem Land, das verspreche ich." Ein Schatten huschte über sein Gesicht und Kimani vermutete, dass es Tobias nicht leicht fiel, diesen Kontinent zu verlassen. Sie wusste, wie sehr er dieses Land liebte. In seinen Augen spiegelte sich das Glück seiner Seele, und mit jedem Tag, den er länger hiergeblieben war, war die Intensität gewachsen.

„Ich muss weiter", murmelte er, als hätte er ihre Gedanken gelesen.

„Ja, ich verstehe." Dabei verstand sie nichts. Weshalb musste er weiter? Was trieb ihn fort? Wo er sich doch hier so wohl fühlte. Er musste nicht gehen. Bei ihnen im Dorf wäre Platz für ihn. Das würde sie ihm gerne sagen, doch sie tat es nicht.

„Ich werde alle Karten, die du uns schickst, an eine Wand im Haus pinnen. Und ich werde auf dem Globus nach dem Land suchen, von wo aus du sie auf den Weg geschickt hast." Sie versuchte ein Lächeln, setzte sich auf und zog den Rucksack zu sich heran. Bald darauf hatten sie zwischen sich ein kleines Picknick ausgebreitet.

„Und du schreibst mir hin und wieder nach Deutschland und erzählst mir, wie es euch geht", bat Tobias und schob sich eine halbe Tomate in den Mund. „Wenn ihr Hilfe brauchen solltet wegen irgendetwas, dann sagt es mir. Ich werde versuchen, was ich tun kann, egal, was es ist."

Kimani nickte und kämpfte gegen den dicken Kloß in ihrem Hals. „Für mich ist es am wichtigsten, dass meine Brüder ihren Weg finden. Ich selbst weiß, was ich will und werde in absehbarer Zeit in Semonkong eine Anstellung als Lehrerin haben. Aber ich habe Bedenken, dass Ismail und Noah weiterhin keine Anstalten machen, etwas Sinnvolles zu lernen." Sie biss ein kleines Stück von ihrem Käsesandwich ab.

Tobias dachte nach. „Haben sie denn jemals darüber gesprochen, was sie gerne tun würden?"

Achselzuckend sah Kimani über den glatten See, der zu einem Spiegel der umliegenden Berge geworden war. „Noah liebt es, an Autos herumzuschrauben. Und Ismail hatte vor Jahren mal den Traum, Musiklehrer zu werden. Aber er hat seine Hochschulreife bis heute nicht abgeschlossen."

„Er wäre ein guter Lehrer." Tobias dachte an die Gitarrenstunden und daran, dass er in kurzer Zeit einiges von Ismail gelernt hatte. „Vielleicht liegt es ihm ebenso wie dir."

„Mag sein. Aber bis dahin hätte er noch einiges zu tun. Er ist nicht dumm", sagte Kimani. „Er hat bloß keinen Bock. Musik- und Sportlehrer, das wäre für ihn das Richtige. Es gefällt ihm nur nicht, dass er dafür erst einmal lernen müsste. Und solange Ismail sich nicht um seine Ausbildung kümmert", sie seufzte und zupfte an ihrem pastellgelben Bikini herum, „wird auch Noah nicht in die Gänge kommen. Weil er nämlich alles cool findet, was sein älterer Bruder tut. Also auch das Nichtstun und Abhängen."

Tobias nickte, als wäre ihm das nicht fremd. Die Luft füllte sich mit aromatischem Duft, als Kimani Orangen schälte. Die Früchte waren süß und saftig und schmeckten so gut, dass Tobias erst zu essen aufhörte, als keine mehr übrig war. Im See wuschen sie sich den klebrigen Saft von den Händen.

„Es sind meistens die jungen Männer", führte Kimani das vorige Gespräch fort und begann, die Reste der Mahlzeit wegzuräumen, „die ohne Aufgabe sind und die Zeit mit sinnlosen Dingen totschlagen. Irgendwann kommen sie auf dumme Gedanken. Es gibt heute wie vor Hunderten von Jahren noch immer verfeindete Clans in Lesotho. Jedes Mal sind es die jungen Männer, die nichts anderes zu tun haben und sich heimlich zum Kämpfen verabreden. Bei diesen Treffen gibt es oftmals Tote. Das alles fördert nicht gerade die Friedensbemühungen der Ältesten. Auch aus diesem Grund bete ich oft darum, dass meine Brüder bald ein Einsehen haben und einen Beruf erlernen."

„So wie Bokar?", entfuhr es Tobias. Sie sah ihn betroffen an. Er schien über seine Worte ebenso überrascht zu sein wie sie selbst.

„Du kennst Bokar?", fragte sie ungläubig, worauf er nickte.

„Als wir Donnerstagabend am Feuer saßen, kam er ins Dorf. Er blieb ziemlich lange und wir hatten einen recht unterhaltsamen Abend."

Kimani blickte auf ihre Hände. Tobias und Bokar hatten sich kennengelernt. Damit hatte sie nicht gerechnet. Ob Tobias wusste, dass Bokar sie gefragt hatte, ob sie seine Frau werden wollte?

„Ist er der Mann, den deine Großmutter für dich ausgesucht hat?" Er sah sie ernst an, vielleicht sogar ein wenig bedauernd. Auf der Stelle spürte sie einen heißen Ball im Magen, der ihr flüssige Glut durch den Körper jagte. *Ich habe dich für mich herausgesucht*, flüsterte es in ihr und sie musste ihre Lippen zusammenpressen, um nicht etwas Unmögliches von sich zu geben. Sie schüttelte den Kopf.

„Bokar hat mich gefragt, ob ich ihn heiraten will", sagte sie schließlich leise. Wie unterschiedlich diese beiden Männer doch waren. Man musste das Spiel der Geister nicht verstehen.

„Und?"

Sie blinzelte verwirrt. Was wollte er jetzt wissen? Dass sie heiraten würde? Oder ob sie Bokar mochte, obwohl er so wenig zu ihr passte? Am liebsten würde sie Tobias ins Gesicht schleudern, dass es ihn überhaupt nichts anging, da er ja in wenigen Stunden aus ihrem Leben verschwinden würde.

„Kimani", sagte er ernst und mit Nachdruck. „Ist er ein Mann, mit dem du glücklich sein kannst?"

Um eine Antwort brauchte sie nicht lange zu überlegen. „Ich kenne ihn seit meiner Kindheit. Er ist ein Freund meiner Brüder und außerdem ein guter Mensch. Es könnte schlechtere Bewerber geben." Sie hielt sich sehr gerade bei diesen Worten. Der Mann, der ihr in seinen dunkelblauen Badeshorts gegenübersaß, sollte sehen, dass sie mit dieser Entscheidung würde leben können.

Tobias Miene war immer noch skeptisch.

„Was genau willst du denn wissen?", fragte sie ihn nun geradeheraus. Dass ihre Stimme dabei ein bisschen zu hoch und dadurch ungeduldig klang, konnte sie nicht verhindern. Sie war hin- und hergerissen. Einerseits machte es sie froh, dass ihm ihre Zukunft am Herzen lag, andererseits ärgerte es sie, dass sie gerade jetzt über Bokar sprachen. Sie wollte sich noch nicht mit der Frage auseinandersetzen, ob sie ihn heiraten wollte oder nicht. Es waren andere Dinge, die ihr wichtig waren.

„Ich möchte mir nicht vorstellen müssen, dass du mit einem Mann verheiratet bist, der dir das Wasser nicht reichen kann." Er hatte sehr schnell gesprochen.

„In dem Moment", stieß sie wild hervor, „in dem ich die Entscheidung für eine Heirat treffe – sei es nun diese oder eine andere – werde ich wissen, dass es die richtige ist."

Sie würde ihr Leben ohne ihn leben müssen. Und sie würde das Beste daraus machen, das beschloss sie in diesem Augenblick. Sie waren zu Spielbällen der Geister geworden, und es war unfair, Tobias deswegen Vorwürfe zu machen.

„Wie warm ist es dort, wo du morgen hinfliegst?", wollte sie wissen und weidete sich an der Überraschung in seinem Gesicht, weil sie so unvermutet das Thema wechselte.

„Heißer als hier. 30 Grad etwa."

„Oh!" Damit hatte sie nicht gerechnet. Sie musste sich die Lage von Brasilien und Argentinien auf dem Globus mal näher ansehen. Plötzlich hatte sie eine Idee. „Was meinst du, soll ich dir das Haar in kleine Zöpfe flechten? Das ist sehr angenehm, wenn es so heiß ist." Sie grinste, als sie ergänzte: „Das weiß ich aus eigener Erfahrung."

Tobias Gesicht erhellte sich auf der Stelle und er nickte begeistert. „Cool, sehr gerne! Ich habe schon hin und wieder daran gedacht, mir Rastazöpfe machen zu lassen, solange ich unterwegs bin. Aber", er sah sie fragend an, „mit was willst du sie zusammenbinden?"

Kimani lachte fröhlich auf. „Wirst du schon sehen!" Sie sprang auf und lief am Ufer entlang, die Augen auf den Boden gerichtet. Hin und wieder bückte sie sich nach einer Pflanze und zupfte sie ab. Mit einer Handvoll faseriger Stängel kniete sie sich schließlich hinter ihn.

„Still sitzen!", mahnte sie. Auf seinem hellen Rücken hoben sich deutlich die Muskeln hervor, und das dunkelblonde Haar lag in feuchten Strähnen auf seiner Haut. Kimani schluckte. Sie würde ihn berühren. Seine Haut. Sein Haar. Ihre Hände zitterten, als sie vorsichtig hineinfasste. Es war weich. Viel weicher noch, als sie gedacht hatte. Mit den Fingern teilte sie die Strähnen in unzählige kleine Stränge. Dabei fuhren ihre Fingerspitzen zart über seine Haut. Entzückt bemerkte sie die Gänsehaut, die ihre Berührungen bei ihm auslösten und sie begann, jeweils drei kleine Strähnchen zu einem Zopf zu flechten. Um das Ende wickelte sie mit geschickten Bewegungen ein grünes Faserbündel und verknotete es.

Tobias saß so still, dass sie während ihres Tuns nach vorne schaute und prüfte, ob er vielleicht eingeschlafen war. Seine Augen waren geschlossen, auf den Lippen jedoch lag ein leises Lächeln. Sie erinnerte sich an eine Geschichte, die Großmutter vor vielen Jahren erzählt hatte, während sie Kimani das Haar flocht. Und sie fing an, in jeden der Zöpfe, den sie machte, gute Wünsche für Tobias mit einzuflechten.

Eine ganze Weile hatte sie schon gearbeitet und viele Flechten hingen auf seinen Schultern, als sie erneut drei Strähnen ergriff. Und stutzte. Sie nahm das verbliebene

Haar in seinem Nacken zusammen und hob es an. Dann sah sie es. Direkt unter dem Haaransatz. Bevor sie ihre freie Hand auf den Mund schlagen konnte, war ihr bereits ein Laut der Überraschung entschlüpft. Vor ihren Augen befand sich die Antwort auf all ihre Fragen.

„Was ist?", hörte sie Tobias Stimme wie aus weiter Ferne. Sie öffnete den Mund, um ihm zu antworten, doch die Worte blieben ihr im Hals stecken. Sie wusste auch nicht, was sie ihm hätte sagen sollen. Immer noch starrte sie fassungslos auf das kleine Mal in seinem Nacken.

„Nichts", brachte sie endlich heraus und ihre Finger waren fahrig, als sie erneut zu flechten begann. Jegliches Denken war ihr unmöglich. So begnügte sie sich damit, ihre Atmung zur Ruhe zu bringen und sich auf ihre Arbeit zu konzentrieren. Das gelang ihr für ein paar Sekunden. Was dann kam, traf sie ebenso unerwartet wie die Entdeckung, die sie eben gemacht hatte.

Einer Springflut gleich sprudelte die Erkenntnis durch ihr ganzes Sein und drohte sie mitzureißen. Kimani sprang bestürzt auf und rannte davon. Sie musste für sich sein. Zu gewaltig war das, was in ihr vorging. Es war wie eine Erleuchtung. Ein Wissen um das, was geschehen würde. Wäre sie alleine gewesen, so hätte sie so laut sie konnte geschrien, um all ihrer Gefühle Herr zu werden. So aber lief sie und lief, bis sie keuchend innehielt und sich an die stechenden Seiten fasste.

„Großmutter", stieß sie atemlos hervor und blickte in den dunkelblauen Himmel über ihr, als wüsste sie, dass die alte Frau von dort auf sie hinabsah. „Du hast das Zeichen gesehen! Du hast es gewusst! Deshalb wolltest du, dass ich komme. Es war tatsächlich *er*!" Kimani sank zu Boden und legte die Hände auf die warme Erde. Mit einem Male wurde es ganz ruhig in ihr. Sie spürte, dass sich der Schlag ihres Herzens verlangsamte, und sie holte tief Luft.

Wärme breitete sich in ihr aus. Eine Wärme, die sich anfühlte wie ein Heimkommen nach langer, langer Zeit. Sie waren füreinander bestimmt. Er und sie. Weiß und Schwarz. Feuer und Wasser. Er war das Wunder, das ihr das Schicksal schenken würde. Es war in Ordnung, dass er gehen musste. Doch die Zeit würde kommen, da er ein Teil ihres Lebens war. Denn er war ihr Gefährte. Aber das wusste er noch nicht.

Leise Schritte schreckten sie aus ihren Gedanken.

„Kimani, ist alles in Ordnung mit dir?" Tobias stand hinter ihr. Sie sprang auf und drehte sich zu ihm.

„Es ist alles gut", sagte sie. Dabei lachte sie und konnte immer noch kaum fassen, was sie gerade erfahren hatte. Er sah sie nachdenklich an. Sie wusste, dass ihr Gesicht heller strahlte als die Sonne, aber sie konnte ihr Glück nicht verbergen. Wie auch? Alles in ihr tanzte nach einer Musik, die nur sie hören konnte. Er musste denken, sie hatte den Verstand verloren.

Wie gerne hätte sie es ihm erzählt. Doch es wäre nicht klug, der Fügung vorzugreifen. Vielleicht war es das, was Großmutter getan hatte. Aber die Geister gestatteten keine Einmischung.

So stand sie weiterhin vor Tobias und lachte ihn einfach nur an. Verunsichert griff er sich ins Haar, das auf der einen Seite in Zöpfen auf seinen Schultern lag, auf der anderen in losen Strähnen wirr in seinen Nacken fiel.

„Ich weiß", meinte er und sein Gesicht erheiterte sich. „Ich muss lustig aussehen, mit dieser unfertigen Frisur."

„Komm!", rief sie, nahm ihn an der Hand und zog ihn mit sich. „Ich werde das Werk vollenden und dann springen wir noch einmal in den See!"

Als sie einige Zeit später zum Dorf zurückliefen, waren Kimanis Schritte federnd leicht. Ihre Füße berührten den Boden kaum, während sie in der Landschaft umherblickte, die ihr noch niemals zuvor so wunderschön erschienen war.

***

Der alte Bus klapperte bedenklich, als sie auf dem unebenen Weg nach Semonkong fuhren. Kimani hielt das Lenkrad fest umklammert. Neben ihr saß Tobias. Er hatte heute Morgen noch nicht viel gesprochen. Sein vollgepackter Rucksack lag hinten im Wagen.

So früh am Sonntag war kaum jemand unterwegs, und sie hatte ihm versichert, dass auch der Weg nach Maseru um diese Uhrzeit noch nicht sehr belebt sein würde. Kimani selbst hatte nur ein wenig Bedenken, ob nach den 14 Tagen der Mietwagen noch vollständig auf dem Parkplatz stand. Es war keine Seltenheit, dass in Semonkong hin und wieder Autoteile wie von Zauberhand verschwanden.

Als sie wenig später in die kleine Stadt hineinfuhren, bot sich ihnen das übliche Bild. Trotz der warmen Jahreszeit lag über den Häusern ein durchsichtiger Schleier aus Rauch. Vor vielen Hütten brannten bereits Feuer, deren dünne Rauchsäulen sich dem Himmel entgegenschlängelten, um mit der blauen Wolke zu verschmelzen.

Obwohl der Abschied von Tobias unmittelbar bevorstand, fühlte Kimani sich merkwürdig beschwingt. Es war ihr nicht verborgen geblieben, dass er sie von Zeit zu Zeit irritiert anblickte. Er hatte keine Ahnung von dem, was in ihr vorging.

„Ich wünsche dir eine gute Reise, Tobias." Sie standen neben seinem roten Wagen. Erleichtert hatten sie festgestellt, dass das Auto in Ordnung war, und das Gepäck lag schon auf dem Rücksitz. „Möge Gott deinen Weg segnen und die Geister dich beschützen."

Er sah sie an, und die leise Melancholie, die seinen Blick verdunkelte, schmerzte sie. Sie würde es ihm so gerne leichter machen, aber sie presste entschlossen ihre Lippen aufeinander. Kein Wort würde ihr von dem entschlüpfen, was er noch nicht wissen sollte. Dass sein Schicksal nämlich in diesem Land lag. In ihrem Land.

Als sie sich freundschaftlich umarmten, sog sie seinen Geruch tief in ihre Nase. Sie selbst hatte nicht die leiseste Ahnung, wann sie sich wiedersehen würden. Ob es bis dahin Wochen waren oder Monate. Vielleicht auch Jahre. Aber das war nicht wichtig. Denn er würde zurückkommen. Zu ihr.

19. KAPITEL

Februar

Tobias saß auf einem der gewaltigen rundgeschliffenen Felsen und hielt das Gesicht der wärmenden Sonne entgegen. Sein Blick schweifte über die weite, surreal anmutende Wüste aus Steinen, die sich inmitten der Einsamkeit des südlichen Kaliforniens befand. Bizarr geformte Felsbrocken in allen Größen lagen vereinzelt umher oder türmten sich zu hohen Massiven, und seit seiner Ankunft fragte er sich, wie solch eine wundersame Landschaft hatte entstehen können. Durch extreme Verhältnisse von Wind und Wasser, soviel wusste er bereits. Und doch schien es, als wären hier höhere Mächte am Werk gewesen. Es war ihm unbegreiflich, dass er noch niemals von diesem Nationalpark gehört hatte: Joshua Tree. Auf der anderen Seite war er dankbar dafür, denn wenn zu viele Menschen davon wüssten, wäre es schnell vorbei mit der Einsamkeit und dem ganz besonderen Zauber dieses Parks. Tobias liebte die majestätische Stille, die hier herrschte und sich in jede Zelle seines Körpers stahl.

Seit drei Wochen war er nun auf diesem Areal. Und befand sich damit an einem der schönsten Orte, die er jemals gesehen hatte. Schön war vielleicht nicht der richtige Ausdruck, gab er zu und fuhr mit den Fingern beinahe zärtlich über eine tiefe Rinne auf der Oberfläche des Steines unter ihm. Es war einsam hier, öde und still. So still, dass er stundenlang nicht anderes hörte als sein eigenes Atmen.

Er mochte das Alleinsein mit sich selbst und der Schöpfung. Er mochte vor allem das, was es in ihm auslöste. Er selbst war zu einem winzigen Stein in dieser Wüste geworden. Unscheinbar und einer von unendlich vielen unter der Sonne. Alles, was er jemals gekannt hatte, war in weite Ferne gerückt. Alles, was irgendwann wichtig gewesen war, hatte sich mit dem Wind in Nichts aufgelöst. Hier zählte nur der Augenblick. Das Sein im Hier und Jetzt.

Der Himmel wölbte sich jeden Tag in einem satten Dunkelblau über ihm und schien grenzenlos. Der Nationalpark war nach den Joshuabäumen benannt, die in Unmengen in dieser Wüste wuchsen und in ihrer besonderen Form ein wenig an Riesenkakteen erinnerten. Sie prägten die Landschaft, wohin man auch schaute.

Wenn sich am Abend die Dunkelheit wie ein schwarzes Tuch über das Land legte, wurde es noch stiller. Obwohl das kaum möglich schien. Vielleicht wirkte es so, weil alles Leben dieser Wüste sich um diese Tageszeit zurückgezogen hatte. Versteckt unter Steinen, in trockenen Sträuchern oder in Erdlöchern. Tobias saß an diesen Abenden vor seinem Camper am Lagerfeuer und hatte das Gefühl, als wäre er der einzige Mensch auf der Welt. Der Einzige im Universum. Meistens ließ er das Feuer ausgehen und wartete darauf, dass der Mond über dem mächtigen Felsriesen vor ihm aufging und alles in ein geheimnisvolles Licht tauchte. Die Schönheit dieses Anblicks ließ ihn jedes Mal wieder vor Ehrfurcht erbeben. In diesen Momenten dankte er der Schöpfung für die Erkenntnis, dass er ein Teil von ihr war. Und alles, was außer ihm existierte, ebenso.

Doch da war auch etwas anderes. Etwas, über das er noch nicht nachdenken wollte. Es war wie ein unmerkliches Ziehen irgendwo ganz tief im Verborgenen seines

Ichs. Bisher hatte er nicht zugelassen, dass sich dieses Gefühl weiter an die Oberfläche stahl. Er war noch nicht soweit. Wie so oft schob er es auch jetzt in eine weit entlegene Kammer seines Herzens zurück. Irgendwann musste er sich damit auseinandersetzen. Aber der richtige Moment dafür war noch nicht gekommen.

Die Sonne wanderte bereits dem Horizont entgegen, und bis zum Campground lagen noch einige Kilometer vor ihm. So ging Tobias über die Fläche des hohen Steinplateaus zurück und kletterte an der Stelle hinunter, wo er vor einigen Stunden hinaufgeklettert war. Seine Hände setzte er wie immer mit Bedacht, um nicht eine der Klapperschlangen zu ärgern, die sich gerne in den Felsenritzen versteckten. Wenn es um die Mittagszeit warm wurde und die Steine sich aufgeheizt hatten, dann konnte man sie entdecken, wenn man gezielt nach ihnen suchte. Sie lagen in Felsnischen zusammengerollt in der Sonne und machten einen trügerisch trägen Eindruck. Wenn es darauf ankam, waren sie schnell. Sehr schnell und sehr tödlich. Tobias hatte großen Respekt vor ihnen, aber die Furcht, die er anfangs noch verspürt hatte, war mit der Zeit gewichen. Solange man sie nicht reizte oder ihnen zu nahe kam, war ein besonnenes Miteinander durchaus möglich.

Als er in einiger Ferne einen großen Geländewagen fahren sah, hob er grüßend die Hand. Er kannte den Ranger, der jeden Tag seine Runde durch diesen Teil des Nationalparks fuhr, inzwischen recht gut. Es kam schon mal vor, dass dieser sich pünktlich zum Lagerfeuer einfand und ein Sixpack gekühltes Bier unter dem Arm hatte. Eines Abends hatte Joseph ihm – als Dank für die unterhaltsamen Stunden – einen Lederhut geschenkt. Einen, wie ihn die Cowboys trugen. Zuerst hatte Tobias das Geschenk nicht annehmen wollen, aber der Ranger hatte ein überzeugendes Argument vorgebracht. Er meinte, mit Tobias ein paar Bier zu trinken war für ihn viel bekömmlicher, als alleine in seiner Rangerhütte zu sitzen und seine Schwermut in Whiskey zu ertränken.

Joseph hatte ihm auch erklärt, wo der nächste Supermarkt zu finden war und außerdem ein großer Campingplatz. So fuhr Tobias nun alle paar Tage zum Walmart, um sich mit Getränken und Lebensmitteln einzudecken. Auf dem Campingplatz konnte er gegen eine kleine Gebühr das schmutzige Wasser ablassen und den Frischwassertank auffüllen.

Das Leben hier im Südwesten der USA war einfach und gut, und er hatte alles, was er brauchte, um glücklich zu sein. Er schob seinen Hut zurecht und sah einem Raben hinterher, der sich von einem der Gesteinsbrocken erhoben hatte. Er war sicher, dass diese Vögel viel größer waren als jene in seiner Heimat. So, wie hier alles größer und höher zu sein schien. Die Straßen waren breiter, wie auch die Fahrzeuge. Sogar in den Wohnvierteln der kleinsten Ortschaften war es ohne Probleme möglich, ein Wohnmobil zu wenden. Was durchaus seine Vorteile hatte, wenn man sich verfuhr. Das wusste er aus Erfahrung.

Die Parkplätze, egal ob vor den Supermärkten oder in den Städten, waren ein Traum für alle Europäer, die mit dem Einparken Probleme hatten. Tobias grinste und dachte an Mama, die regelmäßig einen Fluch unterdrückte, wenn die großen Familienwagen anderthalb Parklücken blockierten. Ja, es war tatsächlich so. Dieses mächtige Land hatte seinen Reiz und war auf eine ganz besondere Art und Weise bezaubernd. Es wäre wirklich schade gewesen, wenn er es nicht entdeckt hätte.

Wieder war es ganz anders gekommen, als Tobias ursprünglich geplant hatte. Er war nämlich nie in Südamerika angekommen. Als er darüber nachdachte, erschien auf seinem Gesicht ein heiteres Lächeln. Er erkannte sich kaum wieder. Sein Leben lang hatte er sich immer dann am wohlsten gefühlt, wenn seine Tage sich innerhalb einer gewissen Routine bewegten. Vielleicht hatte dabei die Situation seiner Familie eine Rolle gespielt. Seit er von Zuhause fort war, hatte er jedoch gespürt, wie belebend es war, diese Strukturen außer Acht zu lassen. Wie schön es war, sich vom Moment tragen zu lassen. Sich von einer Sekunde auf die andere für etwas völlig anderes entscheiden zu können! Die Freiheit des Geistes. Das war wahre Freiheit! Er hatte sie zu schätzen und zu lieben gelernt.

Als Tobias Anfang November seinen Leihwagen in Johannesburg abgeben wollte, hatte er Esteban kennengelernt, einen zweiunddreißigjährigen Spanier, der ein Auto mieten wollte. Esteban war soeben aus den USA gekommen, um nun für ein paar Wochen durch Südafrika zu reisen. Die Männer hatten sich auf Anhieb gut verstanden und beschlossen, sich in einem Café ein wenig zu unterhalten, bevor sich ihre Wege wieder trennten.

Esteban hatte nach einem akuten Burnout ein Sabbatjahr genommen, um die Welt zu bereisen und Abstand vom Alltag zu gewinnen. Er hatte in den letzten Jahren mehr Nächte in seinem Büro verbracht als bei seiner Familie, kannte jede der Putzfrauen beim Vornamen und vergaß, wenn er endlich daheim war, die Namen seiner Kinder. Als seine Frau ihm schließlich drohte, ihn zu verlassen, waren bei ihm die Sicherungen durchgebrannt. Die Feuerwehr hatte ihn schließlich vom Dach eines Hochhauses in Madrid geholt, nachdem er stundenlang von dort aus auf eine Straße hinuntergestarrt hatte. Er beteuerte, dass er sich bis heute nicht daran erinnern konnte, wie er hinauf gekommen war und was er dort oben gewollt hatte.

Tobias schwor sich insgeheim, dass es bei ihm niemals soweit kommen sollte. Das Leben war zu kostbar, um es zu vergeuden. Das war eines der Dinge, die er durch den frühen Tod seines Vaters gelernt hatte.

Nachdem Esteban um einige Tipps für seine Tour durch den Süden Afrikas gebeten hatte, erzählte er von seiner Reise in den Südwesten der USA. Er legte Tobias eindringlich ans Herz, dieses Land zu bereisen und sich die beeindruckenden Nationalparks anzusehen. Die Jahreszeit, meinte er, war dafür ideal. Die Touristen mochten es lieber warm, daher war jetzt kaum jemand unterwegs. Genau diese Einsamkeit und die überwältigende Natur würde man sein Leben lang nicht vergessen.

Es war nahezu unmöglich, sich von Estebans Begeisterung nicht anstecken zu lassen, und Tobias Entschluss geriet ins Wanken.

„Wenn du natürlich hohe Luftfeuchtigkeit liebst und Temperaturen von über 30 Grad", bemerkte Esteban schließlich augenzwinkernd, „dann bist du in Südamerika genau richtig. Der Dschungel ist sicher auch nett. Und die paar Mücken – was macht das schon?"

Als sie sich nach mehr als zwei Stunden verabschiedeten, hatten sie die Adressen ausgetauscht, und in Tobias Hosentasche steckte ein Zettel mit diversen Notizen. Ihm blieben noch etwa 20 Minuten bis zum Flughafen, bis dahin musste er eine Entscheidung getroffen haben. Der Südwesten der USA stand auf seinem Reiseplan nach Südamerika. Sollte er tatsächlich tauschen?

Wenn er ehrlich war, hatte er sich schon entschieden, bevor sie voneinander Abschied genommen hatten. San Francisco hörte sich nach inspirierender und lässiger Lebensart an, die Bilder des Grand Canyon hatten ihn schon in seiner Kindheit fasziniert, und den größten Baum der Welt zu sehen, auch das hatte seinen Reiz. So hatte er sich am späten Abend in den Flieger gesetzt, in der Hand ein Ticket nach San Francisco.

Eine knappe Woche hatte er in dieser bunten und lebensfrohen Stadt verbracht. Die harmonische Vielfalt, die hier in vollstem Bewusstsein gelebt wurde und Orte, die so einzigartig waren, dass sie auf den Besucher außergewöhnlich anregend wirkten, ließen einen die Zeit schnell vergessen. Am Tag vor seiner Abreise hatte Tobias ein Internetcafé besucht und seiner Familie eine ausführliche Email geschrieben. Als er den Laden verlassen hatte, entdeckte er durch Zufall direkt neben dem Eingang eine schmale Treppe aus Stein, die steil zu einer grünen Tür hinabführte. Darauf stand in goldenen Buchstaben von Hand geschrieben: *Soulbrothers*.

Neugierig war Tobias durch die Tür getreten und fand sich in einem Raum wieder, der bis zur Decke mit alten Musikinstrumenten vollgestopft war. Das kleine Geschäft befand sich in einem niedrigen Kellergewölbe, und es war dort unten so dunkel, dass er anfangs den Besitzer gar nicht wahrgenommen hatte. Erst, als Tobias mit der Hand liebevoll über das stumpfe Holz einer abgegriffenen Gitarre fuhr, kam der alte Mann aus einer Ecke hervor.

Ohne ein Wort zu sagen nahm er das Instrument vom Boden und betrachtete es zärtlich. Er strich über die Saiten, drehte ein wenig an den Spannknöpfen und zupfte eine kleine Melodie. Mit einer dünnen, aber beseelten

Altmännerstimme sang er dabei ein paar Worte. Unwillkürlich sah Tobias Ismail vor sich. Ein Ismail in 40 Jahren.

Der Schwarze hörte zu singen auf, und seine Hand glitt liebevoll über die Konturen des Gitarrenbauches. „Wanna try this little lady?" Als er sie Tobias reichte, entblößte er eine Reihe weißer Zähne. Im düsteren Keller wirkten sie wie ein heller Streifen. Tobias nahm das Instrument vor seinen Körper und schlug zaghaft den e-moll Akkord an. Das war der einfachste. Probehalber noch a-moll. G-Dur, schon schwieriger. Die Schwingungen der handlichen Westerngitarre setzten sich fort bis tief in seinen Bauch. Er hatte nicht die geringste Ahnung, wie lange das Instrument hier schon gestanden hatte. Nur eines wusste er: Die *Little Lady* hatte auf ihn gewartet.

Am nächsten Morgen verließ er San Francisco in einem gemieteten Wohnmobil. Auf dem Beifahrersitz neben ihm lag *Little Lady*, darunter ein Buch. *Guitar, Step By Step*.

Das alles war Anfang November gewesen. Inzwischen war es Ende Februar, und er hatte so viele beeindruckende Dinge gesehen, dass er manchmal dachte, er hätte Teile davon vielleicht nur geträumt. Drei Wochen hatte er in seinem Camper im Yosemite Nationalpark verbracht. In der Wildnis im Herzen Kaliforniens, umgeben von Schnee und Einsamkeit, hohen Bergen und tosenden Wasserfällen. Der Winter hatte eine märchenhafte Landschaft aus Schnee und Eis gezaubert und ließ die steilen Granitwände und mächtigen Felsbrocken wie Wesen aus einer fremden Welt erscheinen. Hier hatte Tobias atemberaubende Sonnenaufgänge gesehen, die die Felsen in der hellen Winterwelt in glühendem Rot aufleuchten ließen, wie riesenhafte Feuer in einer Welt aus Eis.

Im Sequoia-Nationalpark war das Bild ein völlig anderes. Auch dort gab es Unmengen von Schnee, nur ragte aus dieser weißen Decke ein Wald gigantischer Bäume heraus. Man hatte seine Probleme, die Kronen der Baumriesen zu erkennen, und wenn man endlich vor dem ältesten Baum der Erde stand, so musste man zu begreifen versuchen, dass dieser mehr als 2000 Jahre alt war. Innerhalb des Parks gab es unzählige tiefe Schluchten und bizarre Gebilde aus dunkelgrauem Granit. Manchmal hatte Tobias angespannt und hoffnungsvoll zugleich nach Bären Ausschau gehalten. Trotz des Schnees konnte er an manchen Stellen bereits Wildblumen entdecken, die hartnäckig ihre zarten Blütenköpfe durch das kalte Weiß streckten. Naturgewalten und zerbrechliches Leben, das all dem trotzte. Er sah Dinge, die ihn ohne Vorwarnung zu Tränen rührten, und nicht nur einmal dachte er dabei an seinen Vater, der diese Wunder der Schöpfung niemals hatte entdecken dürfen. Während der Wochen in der Einsamkeit hielt er häufig stille Zwiesprache mit Papa. Er war wie ein Freund, dem er anvertrauen konnte, was ihn bewegte. Er fühlte sich ihm so nah wie seit dessen Tod nicht mehr. Ein erneutes Kennenlernen, ein Wiederfinden, das weniger von Schmerz begleitet war als von der Freude, ihm zu erzählen, was er empfand. Einige Male ertappte Tobias sich dabei, dass er am Abend den Sternenhimmel nach einem ganz besonders hellen Punkt absuchte. Was hatte Kimani erzählt? Gott erfüllte die Verstorbenen mit so viel Licht und Liebe, dass sie am Firmament mit den Sternen um die Wette leuchteten.

Den Grand Canyon hatte er sich angesehen, eine unendlich große und weite Fläche von Felsen und Schluchten. Das diesige Winterwetter hatte viele der Umrisse verschwimmen lassen, und Tobias versuchte sich vorzustellen, wie übermächtig der Eindruck erst sein musste, wenn man ungehinderte, klare Sicht hatte.

Mit seinem Wohnmobil war er sogar ein Stück auf der legendären Route 66 gefahren. Dabei hatte er skurrile kleine Orte gesehen, die aussahen, als wäre dort vor vielen Jahren die Zeit einfach stehengeblieben. Riesige Burger und sehr schmackhafte Steaks hatte er in den rustikal, aber sehr liebevoll eingerichteten Lokalen vertilgt. An einem Abend hatten ihn ein paar der anwesenden Männer zu einem Billardspiel eingeladen, das bis weit in die Nacht gedauert hatte. Dabei war reichlich Bier geflossen und nach dem letzten Spiel hatte der Gewinner eine Runde Whiskey spendiert. Das war der erste Abend seines Lebens gewesen, der ihm am nächsten Morgen einen schweren Kopf beschert hatte.

Wohin Tobias auch kam, die Menschen in diesem Land waren freundlich und großzügig. Sobald sie hörten, dass er Deutscher war, baten sie darum, dass er von seiner Heimat erzählte. Von Sauerkraut und Bratwürsten, von Brezeln und Knödeln.

Den ganz besonderen Tipp, den er von Esteban erhalten hatte, hatte er sich bis zum Schluss aufgehoben. Und hier war er nun. Im Joshua Tree Nationalpark. Vom ersten Augenblick an hatte der Park ihn in seinen Bann gezogen. Das Klima war viel milder als im Norden, wo er hergekommen war, und Tobias kam gut ohne die Gasheizung des Campers aus.

In der Feuerstelle tanzten bereits munter die Flammen, und wie jeden Abend, wenn es dunkel zu werden begann, griff er nach *Little Lady*. Sie hatten sich mittlerweile gut angefreundet, seine Gitarre und er. Er brauchte sie nur anzusehen, und sein Herz begann voller Vorfreude schneller zu schlagen. Dank des kleinen Buches und der Zeit, die er seit Monaten mit Üben verbrachte, war er längst kein blutiger Anfänger mehr.

Während er durchs Land gereist war, hatte er hin und wieder erlebt, dass sich jemand zu ihm ans Feuer setzte, um den Melodien zu lauschen und dabei versonnen in die Flammen zu starren. Anfangs hatte es Tobias verlegen gemacht. Doch das hatte sich gelegt. Schließlich bat er niemanden darum, ihm zuzuhören. Sie kamen freiwillig und konnten gehen, wenn es ihnen nicht gefiel. Das war nie geschehen.

Oft dachte er an Ismail und dessen schöne Stimme. Damit konnte er zwar selbst nicht aufwarten, aber das Singen machte ihm solchen Spaß, dass es ihm egal war, wie es klang. Es gab Dinge, die lernte man mit der Zeit. Dass nicht immer alles perfekt sein musste, um gut zu sein. Zum Beispiel.

Mit den Fingerspitzen zupfte er eine selbst ausgedachte Melodie und horchte in den Abend hinein. Es war friedlich auf diesem Flecken der Erde. Die Wärme des Feuers und sein fröhliches Knistern schufen eine heimelige Atmosphäre, und eigentlich war alles so, dass er sich rundum glücklich fühlen müsste. Er musste nichts tun, was er nicht wollte, konnte hingegen alles tun, wonach ihm der Sinn stand. Er musste lediglich entscheiden, wie und wann seine Reise weitergehen würde.

Von hier aus war er innerhalb weniger Stunden in Los Angeles. Dort würde er den Camper abgeben, bevor er weiterreiste. Je nach dem, welchen Flug er günstiger buchen könnte, würde er nach Rio oder Buenos Aires fliegen.

Zwischen all diesen Überlegungen flehte jedoch etwas anderes nach seiner Aufmerksamkeit. Etwas Existentielles, das war ihm bewusst. Ebenso wusste er, dass er es nicht länger ignorieren durfte. Seit Wochen hatte er es konsequent verdrängt. In eine Kammer gesteckt und ein dickes Schloss davorgehängt. Geblieben war dieses merkwürdige Ziehen im Bauch. Oder war es im Herzen? Vermutlich steckte es in jeder Zelle seines Körpers. Wo auch immer er in den letzten Monaten gewesen war, es hatte nie aufgehört. Es war ein Sehnen, das sich anfühlte wie ein Durst, der durch nichts gestillt werden konnte.

Tobias hörte zu spielen auf und legte die Gitarre zur Seite. Minutenlang starrte er ins Feuer. Es war an der Zeit, ehrlich zu sich selbst zu sein, entschied er. Er strich sich über den rotblonden Bart, den er nicht mehr gestutzt hatte, seit er in San Francisco angekommen war. Die Sehnsucht zehrte an ihm. Sie höhlte ihn aus und würde ihn mit den Jahren zu einer leeren Hülle werden lassen. Wenn er es zuließ.

Seufzend erhob er sich und ging in den Wagen. Im winzigen Badezimmer wusch er sich das Gesicht und trocknete sich ab. Schließlich blieb sein Blick an seinem Spiegelbild hängen. Der Mann, der ihm entgegenblickte, war schon lange nicht mehr jener, der sich vor Monaten von seiner Familie verabschiedet hatte. Seine Haut war vom Leben in der Natur gezeichnet und dunkler, als er sie in Erinnerung hatte. Die vielen Zöpfe, die Kimani ihm geflochten und die er nie gelöst hatte, begannen zu verfilzen, und der Bart, der inzwischen beachtlich gewachsen war, ließ ihn aussehen wie ein Trapper aus längst vergessenen Zeiten. Zudem hatte er abgenommen, da er nur dann aß, wenn sein Körper danach verlangte.

Zu erkennen, dass man viel weniger zum Leben brauchte, als man besaß, schien ihm sehr wertvoll. Auch wenn man auf dem Weg dorthin zum Sonderling wurde. Er grinste dem Spiegel entgegen und beschloss, sich gleich morgen früh zu rasieren. Würde er in diesem Zustand vor Mama stehen, sie würde ihn nicht erkennen. Zumindest nicht sofort. Mama. Tobias schluckte und sah, wie sein Adamsapfel dabei nach oben zuckte. Er wandte sich vom Spiegel ab und griff beim Vorübergehen nach zwei Äpfeln, die neben der kleinen Spüle lagen.

Nachdem er weitere Holzscheite auf die Glut gelegt hatte, setzte er sich. Kauend betrachtete er die Funken, die dem schwarzen Himmel entgegenstoben. Vieles war ihm in letzter Zeit klar geworden.

Das Leben, das er einst geführt hatte, war in weite Ferne gerückt. Er wusste, dass er es so nicht mehr leben wollte. Nicht mehr leben konnte. Er liebte seine Heimat sehr. Deutschland. Die Sauberkeit und Ordnung, die es auszeichneten. Die Schönheit der Landschaften und der Jahreszeiten. Er liebte auch dieses große und großzügige Land, in dem er sich gerade befand. Es war gesegnet mit grenzenloser Vielfalt. Hier war alles beeindruckend anders: Mensch, Tier und Natur.

Trotz all dem zog es ihn weg. Er sehnte sich nach einer anderen Welt, die er entdeckt hatte. Nach dem ursprünglichen Leben dort. Nach den fröhlichen und aufgeschlossenen Menschen, die eine einzigartige Lebensfreude in sich trugen. Nach einem Leben, das nicht in Strukturen geordnet war und genügend Freiraum bot, sich zu entfalten. Ein Leben am Puls der Erde, im Einklang mit sich selbst.

Er sehnte sich nach dem heiteren Lachen dieser großen und schönen jungen Frau, die ihm gezeigt hatte, dass Leben und Leidenschaft zusammen gehörten. In ihrer Gesellschaft fühlte er sich wohl und lebendig. Bis heute verwirrte es ihn ein wenig, dass sie ihn so leichten Herzens hatte gehen lassen. Lange hatte er den Eindruck gehabt, dass er ihr nicht gleichgültig war. Beim Abschied jedoch erschien ihm sein Herz viel schwerer als das ihre.

Es mochte damit zusammenhängen, dass sie mit sich selbst und mit ihrer Zukunft mit Bokar beschäftigt war. Ob sie sich bereits entschieden hatte? Vielleicht waren sie schon verheiratet. Tobias versuchte sich Kimani und den jungen Schuhmacher als Ehepaar vorzustellen. Es bereitete ihm einige Schwierigkeiten. Bokar war kein schlechter Mensch, aber er war einfach gestrickt und nicht besonders geistreich. Mit Sicherheit nicht der Mann, der Kimani glücklich machen konnte. Bokar sah in ihr die schöne Frau, die es zu etwas bringen würde. Für ihn war sie eine Trophäe, die er voller Stolz vorzuweisen hätte. Ein typischer, afrikanischer Mann. Davon war Tobias überzeugt. Kimani war klug. Sie forderte ihre Gesprächspartner zu Höchstleistungen heraus. Bokar aber würde mit ihr jeden Tag über Schuhe sprechen. Vielleicht noch über deren Herstellung.

Die stolze Rose würde anfangen zu welken und zu verkümmern. Nein, das nicht. Denn sie war stark und würde sich nicht brechen lassen. Aber sie würde ihre Lebendigkeit verlieren, ihre Frische und ihre leuchtende Farbe. Tobias warf wütend einen Stock in die Flammen. Wenn sie sich für diese Ehe entscheiden würde, dann deshalb, weil sie es so wollte. Das hatte sie gesagt.

Wie auch immer Kimani sich entschieden haben mochte, es war letztendlich egal. Er würde seine Reise hier beenden und nach Lesotho zurückkehren. Dort würde er bleiben, bis seine Auszeit vorüber war.

„Ich werde nach Lesotho zurückgehen", sagte Tobias nun laut zu sich selbst und war ein wenig überrascht darüber, wie schnell er sich entschieden hatte.

Er atmete tief durch. Irgendwo in seinem Kopf meldete sich eine leise Stimme.

Endlich hast du Worte gefunden für das, was dein Herz schon lange wusste.

20. KAPITEL

„Ich danke dir, Kimani", sagte die junge Frau, als sie gemeinsam aus dem Haus traten. Dabei reichte sie Kimani einen kleinen Beutel. Diese schüttelte den Kopf.

„Behalte es, Rachida. Ich möchte nichts dafür haben. Die Blumen, die du mitgebracht hast, sind wirklich hübsch und reichen völlig aus. Wichtig ist, dass du deine Tochter gleich morgen zu einem Arzt bringst."

Rachida strich dem Kind, das auf ihrer Hüfte saß, zärtlich über den Kopf. Dabei nickte sie eifrig. „Das werde ich tun. Und bis dahin mach ich die Umschläge, so wie du es mir erklärt hast. Möge Gott dich segnen und die Geister dir Blumen auf den Weg streuen."

Kimani sah der jungen Mutter hinterher und wischte sich den Schweiß von der Stirn. Sie war froh, dass sie Rachida einen Rat hatte geben können. Das Ekzem der kleinen Alice war bei einem Arzt besser aufgehoben als bei ihr. Bei einigen gesundheitlichen Problemen konnte Kimani selbst helfen, wenn es zum Beispiel um Verdauungsbeschwerden ging oder um Kopfschmerzen. Auch Rheuma und verstauchte Gelenke wusste sie zu behandeln.

In der Anwendung von Kräutern kannte sie sich recht gut aus. Immer häufiger erinnerte sie sich an Dinge, die Großmutter ihr vor langer Zeit erzählt hatte. Es war, als hätte Kimani sich diese Sachen unbewusst eingeprägt, um sie irgendwann nutzen zu können. Manchmal wurde sie um einen Rat gefragt, bei dem sie im ersten Moment nicht wusste, wie sie weiterhelfen konnte. Sie hatte in den letzten Wochen gelernt, dass sie in diesem Fall die Augen schließen und ganz tief in sich gehen musste. Auf diese Weise geschah es beinahe wie von selbst. Die

Geister führten sie behutsam in die Richtung, in der die Lösung zu finden war.

Sie bückte sich nach den Wiesenblumen, die Rachida für sie gepflückt hatte, und schlenderte langsam fort von Großmutters Haus. Unbewusst schlug sie den Weg zum Friedhof ein. Die Menschen, die ihr begegneten, grüßten sie freundlich und respektvoll. *Wer hätte das gedacht, Großmutter? Dass es sich auf diese Weise entwickeln würde?* Sie steckte ihre Nase in die Blumen und roch außer dem zarten Blütenduft den Geruch von Feuchtigkeit und Erde. Wie so oft in den letzten Monaten musste sie daran denken, was passiert war, nachdem Tobias gegangen war.

In dem Augenblick, als sein Wagen damals aus ihrem Blickfeld verschwunden war, hatte Kimani ihr Handy hervorgeholt und Akos, den Clanältesten angerufen. Zwei Tage später war er zu ihr ins Dorf gekommen. Bevor er sein Anliegen äußern konnte, hatte Kimani ihm ihre Entscheidung mitgeteilt: Sie würde die Nachfolge von Großmutter antreten.

Akos hatte sie verblüfft angesehen. Einen Augenblick später hatte sich ein breites Lächeln auf seinem alten, faltigen Gesicht ausgebreitet. „Du hast gewusst, weshalb ich kommen würde." Sie hatte ihn wortlos angesehen. Seine Augen lagen mit anerkennender Genugtuung auf ihr. „Du bist nicht nur die Enkelin einer weisen Frau. Du *bist* bereits eine weise Frau. Der weiße Falke, der mir meinen Namen gab, hat es mir in einem Traum erzählt."

Wegen eines Traumes hatte Kimani diesen Entschluss nicht gefasst. Es war diese unvergleichliche innere Ruhe, die sich wie ein Mantel um ihr Herz gelegt hatte, seitdem sie von dem Schmetterlingsmal auf Tobias Haut wusste.

In ihrem ganzen Leben hatte sie noch nie so deutlich gespürt, dass alles seine Richtigkeit hatte und so war, wie es sein sollte. Die friedliche Stille, die von ihr Besitz genommen hatte, hatte sie erwachen lassen. Sie wusste auf einmal, wer sie war und warum sie hier war.

Es waren nicht nur die Kinder, die sie lehren und auf das Leben vorbereiten sollte. Sie fühlte, dass sie dazu berufen war, sich für alle Menschen ihres Landes zu öffnen und ihnen zu helfen, wo sie konnte. Freilich war sie sehr jung für diese Aufgabe, aber sie würde dazulernen. Das sagte sie auch den Ratsuchenden und überließ es ihnen, ob sie bleiben wollten oder nicht. Seitdem kamen die Menschen samstagnachmittags zu ihr und sprachen über ihre Anliegen.

Kimani kniete sich vor Großmutters Grab und legte die Blumen darauf. Sie wisperte ein Gebet und betrachtete das alte Foto. Erneut fuhr sie sich mit dem Handrücken über die Stirn, dann lächelte sie. Großmutter war ihr immer noch so nah. An manchen Tagen mehr als sonst. So wie heute, wenn sie im kleinen Rundhaus, wo die weise Frau ehemals gelebt hatte, ihre Gäste empfing. Sie wusste, dass Großmutter es gutheißen würde und war sicher, dass ihr Geist Kimani zur Seite stand. Jetzt gerade war es ihr, als würde die alte Frau an ihrer Seite sitzen und sie prüfend ansehen.

„Du hast dir einen schlechten Tag ausgesucht, Großmutter", meinte sie heiter und fächelte sich Luft zu. Es hatte tagelang geregnet, und nun, da die Sonne endlich vom wolkenlosen Himmel schien, dampfte die Erde und es war unerträglich heiß. Der Februar war einer der regenreichsten Monate. In diesem Jahr aber hatte er sich selbst übertroffen.

„Sei froh, dass du deinen Bronchien diese feuchte Luft nicht mehr zumuten musst. Sie hätten einen Aufstand gemacht, wie so oft in den letzten Jahren, und du müsstest schrecklich husten." Sie setzte sich auf den feuchten Boden und legte ihre Hand auf den Grabhügel. „Es geht mir gut, Großmutter", sagte sie leise und zupfte an ihren Shorts herum, die ihr an den Beinen klebten. „In meinem ganzen Leben war ich noch nicht so glücklich, wie ich es seit Wochen bin."

Das war die Wahrheit. Ihr Herz war zu einer Quelle der Zuversicht geworden. Die Ungeduld, die ihr Leben lang einer ihrer ausgeprägtesten Charakterzüge gewesen war, hatte sich gänzlich in Luft aufgelöst. Sie erkannte sich oft selbst nicht wieder, wenn sie anstatt Wut plötzlich eine heitere Gelassenheit empfand. Ihre Brüder betrachteten sie hin und wieder verdutzt, als würden sie dem Frieden nicht trauen. Kimani spürte jedoch, dass sie stolz auf ihre Schwester waren.

Sie erhob sich und spazierte durchs Dorf. Der Boden unter ihren bloßen Füßen war warm und weich. Nachdenklich lief sie an ihrem Elternhaus vorüber, das immer noch das Zuhause der drei Geschwister war. Seit einiger Zeit spielte Kimani mit dem Gedanken, in das Häuschen ihrer Großmutter zu ziehen. Sie fühlte sich dort geborgen, und dass es außerhalb des Dorfes lag, störte sie wenig. Je mehr sie darüber nachdachte, umso größer wurde ihre Überzeugung, dass sie dort hingehörte.

Bokar kam ihr in den Sinn. Und mit ihm der Tag, als sie ihm während eines Spaziergangs ihren Entschluss mitgeteilt hatte, seinen Antrag nicht anzunehmen.

Er hatte sie voller Unglauben angestarrt und nach Luft gerungen. „Wie bitte? Aber warum denn nicht? Ich bin eine gute Partie, weißt du? Und ich kann dich wirklich gut leiden."

Besänftigend hatte sie ihm eine Hand auf den Arm gelegt. „Ich weiß, Bokar. Es tut mir wirklich leid, dass ich dich enttäuschen muss. Aber ich kann dich nicht heiraten."

„Aus welchem Grund? Du hättest es gut bei mir. Nicht alle Männer sind gut zu ihren Frauen, Kimani. Ich wäre es. Das schwöre ich."

„Ich weiß, dass du ein guter Mann bist, Bokar. Genau aus diesem Grund kann ich nicht deine Frau werden. Ich würde dich nicht glücklich machen."

Er stand stumm und schwer atmend neben ihr und sah auf seine Hände. Es tat ihr in der Seele weh, ihn so zu sehen. Sie nahm ihre Hand von seinem Arm und machte eine weit umfassende Bewegung.

„Überall um uns herum", sagte sie mit ruhiger und fester Stimme, „sind die Geister unserer Ahnen. Sie haben mir den Weg gezeigt, den ich gehen werde."

Bokar schluckte heftig und er klang immer noch ein wenig ratlos, als er endlich sprach. „Und ich werde nicht derjenige sein, der an deiner Seite ist. Verstehe ich das richtig?"

Kimani nickte. Sie umarmte ihn und küsste ihn auf die Wange. Auf einmal lächelte sie. „Freu dich auf das, was kommen wird", meinte sie vage und wandte sich zum Gehen. Ihr war später nicht ganz klar gewesen, weshalb sie das gesagt hatte. Vielleicht, weil sie etwas gespürt hatte. Er würde glücklich werden. Aber nicht mit ihr.

Sie war an der Stelle angekommen, von der aus sie über die weit unten liegenden Täler blicken konnte. Sie lagen vor ihr wie dampfende Kessel. Das Ende der Regenmonate würde bedeuteten, dass es nicht mehr lange dauerte, bis der Herbst sich auf leisen Tatzen heranschlich. Die Nächte in den Bergen würden merklich kühler werden.

Suchend ließ Kimani ihre Augen über die grünen Wiesen und Täler wandern. Ihr Herz klopfte immer ein kleines bisschen schneller, wenn sie hier stand und nach *ihm* Ausschau hielt. Sie hatte keine Ahnung, wann er kommen würde. Obendrein war es auch recht unwahrscheinlich, dass sie gerade in diesem Moment hier stehen und ihn entdecken würde.

Kimani drehte sich um und sah den Weg entlang, der vom Dorf aus in die Berge führte. Würde Tobias von Semonkong aus loslaufen, so würde er von dort oben hinunterkommen. Wie letztes Mal. Plötzlich breitete sie ihre Arme zu den Seiten aus und drehte sich um ihre eigene Achse. Der kleine Hoffnungsschimmer, der sich einst in ihr Herz gestohlen hatte, war zu einem gleißend hellen Licht geworden. Fröhlich begann sie ein Lied zu summen. Es war ganz egal, wann er kam. Er würde kommen. Vielleicht noch heute. Vielleicht morgen. Vielleicht auch erst nächstes Jahr. Es spielte keine Rolle. Sie konnte warten.

***

„Schwester! Kannst du mal kommen und dir das ansehen?"

Es war Ismails Stimme, die knapp 14 Tage später von Großmutters Haus zu ihr hinüber schallte. Kimani kniete vor einem Beet und rupfte das Unkraut heraus. Sie stand auf und klopfte sich die Erde von den Händen. Mit dem Unterarm wischte sie sich über die Oberlippe.

Ismail stand mit zwei Handwerkern neben dem kleinen Anbau aus gemauerten Steinen. Als sie Kimani kommen sahen, wichen sie zurück, damit die junge Frau das Gebäude betrachten konnte.

„Was meinst du?", wollte ihr Bruder wissen. Er deutete auf die beiden Fenster, die in den Mauern eingelassen waren. „Sind die nicht viel zu groß?"

Sie schüttelte den Kopf. „Nein, sie sind genau richtig. So kommt wenigstens Licht ins Badezimmer."

Die Handwerker tauschten erleichterte Blicke. „Das haben wir uns schon gedacht", meinte der kleinere der Männer und grinste vielsagend. Er stieß seinen Kollegen an und setzte jovial hinzu: „Wir wissen, was die Frauen wollen, nicht wahr Samuel? Sie lieben es, wenn beim Duschen die Sonne zum Fenster reinschaut."

„Pass auf, was du sagst, Jon, und spar dir deine Sprüche für andere auf. Nicht für meine Schwester", ging Ismail ihn barsch an. Insgeheim musste Kimani grinsen. Ihr Bruder hatte ihr gegenüber einen Beschützerinstinkt entwickelt, wie sie es nie für möglich gehalten hätte. Wie oft hatte sie schon versucht, ihm zu erklären, dass sie sich durchaus selbst zu wehren wusste.

„Entschuldigung", murmelte Jon und sah betreten zu Boden. „War echt nicht so gemeint."

„Ist schon gut", beeilte sich Kimani zu sagen. „Wann kommt der Putz drauf? Anstreichen werde ich selbst."

„Heute ist Samstag", überlegte der untersetzte Mann und betrachtete die frischgemauerten Wände. „Wenn das Wetter so bleibt, dann können wir nächste Woche die Fenster einsetzen. Danach kommt der Innenausbau. WC, Dusche und Waschbecken habe ich bestellt, die Rohre sind schnell verlegt. Ich schätze, in etwa zwei Wochen sind wir fertig."

„Oh, wirklich so bald?" Kimani strahlte. Sie liebte das Häuschen ihrer Großmutter. Aber ohne ein richtiges

Badezimmer wollte sie hier nicht leben. Letztes Wochenende war sie eingezogen, hatte umgeräumt und die Wände neu gestrichen. Nur wenige Dinge hatte sie gelassen, wie sie waren. Auch das Schmetterlingsbild war wieder an seinem Platz.

Um ihr Bett herum hatte sie bunte Stoffbahnen gehängt, die sie in Maseru gekauft hatte. Ihr Schreibtisch stand in einer Ecke des Raumes, und sogar eine Couch würde irgendwann hineinpassen. Eine Küche besaß sie noch nicht. Großmutter hatte keine gebraucht, da sie im Haus der Familie gekocht hatten. Kimani aber wusste schon genau, wo sie eine kleine Küchenzeile einbauen würde. Sie war unglaublich stolz auf ihr kleines Haus.

„Was meinst du dazu?"

„Wie bitte?" Sie hatte nicht zugehört und wandte sich an Jon, der sie erwartungsvoll ansah.

„Wir können dir die Farbe besorgen. Welche soll's denn sein?"

Sie überlegte. Ihre Lieblingsfarbe war Gelb, aber ein gelber Anbau würde schnell schmutzig aussehen. „Rosa", meinte sie dann und sah mit großem Vergnügen, dass die drei Männer sie anstarrten, als hätte sie den Verstand verloren.

„Kimani", stieß Ismail hervor und verdrehte entsetzt die Augen. „Das ist nicht dein Ernst, oder?"

„Wieso nicht?", lachte sie, bevor sie fortfuhr. „Nein, nicht Rosa. Ein dunkles, warmes Rot möchte ich. Könnt ihr das besorgen?" Damit warf sie den Handwerkern einen skeptischen Blick zu. Jon nickte.

„Ich bring eine Auswahl mit, und du suchst dir aus, was dir gefällt."

„Ok", grinste sie. „Damit kann ich leben." Sie trat in den Anbau, der praktischerweise eine Tür nach draußen hatte. Auch eine Waschmaschine würde hineinpassen.

Es war wirklich Luxus, ein Haus für sich alleine zu haben.

„Gehst du mit zum See?", fragte Ismail, als die beiden Handwerker ihre Arbeitsgeräte zusammengepackt hatten und mit ihrem alten Pritschenwagen verschwunden waren.

„Ja, gerne! Wenn ich mit dem Beet fertig bin." Kimani sah ihrem Bruder hinterher, der zum Dorf zurücklief und dabei Steine aus dem Weg kickte. Ismail alleine umhergehen zu sehen war immer noch ein ungewohnter Anblick. Seit Ruan Noah angeboten hatte, gegen ein Entgelt bei ihm in der Werkstatt auszuhelfen, fuhr dieser jeden Tag früh morgens mit dem VW-Bus nach Semonkong und kam nach Feierabend zurück. Wenn Noah sich als zuverlässig erwies, so hatte Ruan versprochen, dann würde er ihm einen Ausbildungsplatz in Semonkongs größter Autowerkstatt besorgen.

Kimanis kleiner Bruder fühlte sich sehr geschmeichelt von Ruans Angebot. Nie hätte er damit gerechnet, dass man ihn Ismail vorziehen könnte. Hochmotiviert gab er sein Bestes, um Ruan jeden Tag erneut zu beweisen, dass er mit ihm die richtige Wahl getroffen hatte. So fuhr er auch samstags in die Werkstatt und packte an, wo Not am Mann war. Kimani erkannte Noah kaum wieder und war überglücklich über diese Entwicklung.

Das alles jedoch hatte zur Folge, dass Ismail sich mehr und mehr zu langweilen begann. Die täglichen Streifzüge und Ausfahrten mit Noah gehörten der Vergangenheit an, und wenn ihr jüngerer Bruder tatsächlich mal daheim war, so wollte er nichts anderes tun als sich auszuruhen. Hinzu kam, dass Noah plötzlich Geld hatte. Es war nicht viel, aber es reichte aus, um sich hin und wieder etwas zu leisten, wovon Ismail nur träumen konnte.

Kimani legte Schaufel und Harke in einen Korb und stand auf. Ihre Knie waren voller Erde, und das Kleid sah auch nicht viel besser aus. Sie stellte den Korb vorm Haus ab und wusch sich in dem großen Regenbottich unter der Dachrinne Hände und Gesicht. Drinnen zog sie schnell ihren Bikini an und schlüpfte in ihr Lieblingskleid. Sie freute sich auf das kühle Wasser des Sees, das ihr den Schweiß und die Erde vom Körper spülen würde.

Genauso freute sie sich auf die Stunden mit Ismail. In den letzten Wochen waren sie einander näher gekommen, da Kimani vorlesungsfreie Zeit hatte und zu Hause war. Auf ihre Prüfungen konnte sie sich auch hier vorbereiten. Vor zwei Tagen wollte er tatsächlich von ihr wissen, ob sie sich vorstellen konnte, dass er ebenso wie sie unterrichtete.

Kimani erinnerte sich daran, dass sie sich bemüht hatte, ihre Freude nicht allzu offenkundig zu zeigen. Aber sie hatte ihm von Tobias erzählt, den Ismails Fähigkeiten als Gitarrenlehrer beeindruckt hatten. Beeindruckt und überzeugt. Sie musste lachen, als sie daran dachte, wie breit Ismails Brust vor Stolz geworden war. Nun gut, sie hatte vielleicht ein wenig übertrieben bei der Schilderung von Tobias Begeisterung. Wie sie angenommen hatte, war Ismail sehr angetan von der Vorstellung, dass Tobias ihn bewunderte. Seit diesem Gespräch sah sie ihren großen, schlaksigen Bruder häufig in Gedanken versunken irgendwo stehen. Die Entscheidung, wieder zur Schule zu gehen und sich zu viel jüngeren Schülern zu setzen, würde ihm nicht leicht fallen. Kimani hoffte, dass er sich dazu durchringen konnte.

Mit der Sonnenbrille in der Hand trat sie vors Haus, ihren kleinen Rucksack über die Schulter gehängt. Ihr Haar hatte sie zu einem hohen Pferdeschwanz gebunden, und die Ringe, die sie im Ohr trug, schaukelten gegen ihren Hals. Ein leises Klappern ließ sie zurückblicken. Die Muscheln und Steine, die auf Schnüre gefädelt um Großmutters Haus hingen, schlugen in der Spätsommerbrise sanft gegeneinander. Sie setzte ihre Sonnenbrille auf und spürte leise Wehmut.

Nur wenige Wochen noch, dann war der Sommer vorbei. Sie sah zu den Bergen hinüber. Von dort zog üblicherweise das Wetter zu ihnen. Doch der Himmel war tiefblau. Von Wolken oder Unwetter war weit und breit nichts zu sehen.

Nur ganz oben auf dem Hügel, da war etwas – nein, da war *jemand*. Da war – der Rucksack rutschte von Kimanis Schulter und plumpste auf den Boden. Ungläubig trat sie ein paar Schritte vor. Das Herz schlug ihr hart gegen die Brust und sie musste sich zwingen, weiterzuatmen. Ihre Hand zitterte, als sie die Sonnenbrille von den Augen nahm.

Oben auf dem Hügel stand ein Mann. Reglos. Auf dem Kopf trug er einen Hut, auf dem Rücken einen großen, vollgepackten Rucksack. Sein Gesicht konnte sie nicht erkennen, aber – ein Schauder der Freude durchfuhr sie. Sie lächelte.

Er war zurückgekommen.

Tobias stand schon eine Weile auf dem Hügel und blickte auf das kleine Dorf hinunter. Die Gurte des schweren Rucksacks rieben seit Stunden seine Schultern wund, doch es kümmerte ihn nicht. Er war angekommen.

Seit er in Johannesburg in den Fernbus gestiegen war, um nach Lesotho zu reisen, war das Hochgefühl in ihm mit jedem Kilometer gewachsen. In Maseru war er in einen der kleinen Linienbusse umgestiegen und bis Semonkong gefahren. Es war heiß in Südafrika, und belustigt dachte er an die dicken Klamotten, mit denen er bis

vor zwei Tagen durch die märchenhaften Winterland-
schaften der Nationalparks gezogen war. Er hatte sie in
Los Angeles in einem Laden für Bedürftige abgegeben.
Bis auf einige wenige, denn der Winter würde auch nach
Lesotho kommen.

Aber so schnell wohl noch nicht. Tobias nahm seinen
Hut ab und fächelte sich Luft zu. Gerade hatte er ihn wie-
der aufgesetzt, da sah er eine schlanke Gestalt aus der
Hütte der weisen Frau treten. Er erkannte Kimani sofort.

Das maisgelbe Kleid, das sie trug, leuchtete in der
Sonne. Ihr Gesicht konnte er auf diese Entfernung nicht
erkennen. Aber die Art, wie sie sich bewegte, zeigte ihm,
dass es ihr gut ging. Jäh schoss ihm ein warmer Strom
durch den Körper, und für einen Moment schloss er die
Augen. Es war, als würde ein leiser Wind seine Einge-
weide streifen und sie zum Erzittern bringen. Mit einem
Mal wurde ihm bewusst, dass er nicht nur dieses Land
vermisst hatte. Er hatte auch Kimani vermisst. Viel
mehr, als er es für möglich gehalten hatte.

Ob sie nun verheiratet war oder nicht, er würde sie
fragen, ob er für einige Zeit im Gästehaus wohnen
durfte. Das schmerzhafte Ziehen, das er bei der Vorstellung verspürte, dass sie und Bokar ein Paar waren, versuchte er zu ignorieren. Er würde damit klarkommen.

Er sah, dass Kimani sich in seine Richtung drehte und
zu den Bergen blickte. Plötzlich erstarrte sie. Sie hatte
ihn entdeckt.

Schritt für Schritt lief er den Weg zum Dorf hinunter.
Es war ein wenig wie Nachhause kommen. Er kannte alles. Er wusste, wer in welchem Haus lebte. Wer welches
Auto – meist sehr altes Auto – fuhr. Er konnte sich daran
erinnern, wer Esel hielt und wer Ziegen. Während seine
Blicke über die Gegend schweiften, kehrten sie ständig
zurück zu der jungen Frau, die noch immer reglos vor

dem Haus ihrer verstorbenen Großmutter stand und ihn ansah.

Endlich stand er vor ihr. Sie lachte ihn an, die Augen voller Freude.

„Hallo Tobias", sagte sie leise und er hatte den merkwürdigen Eindruck, dass sie über sein Erscheinen lange nicht so überrascht war, wie er erwartet hatte.

„Hallo Kimani."

Seit Stunden hatte er überlegt, was er sagen sollte. Es war an ihm, ihr zu erklären, warum er wieder ins Dorf gekommen war. Zum zweiten Mal. Je mehr er jedoch nach Worten suchte, umso weniger fand er sie. Schließlich öffnete er den Mund und holte tief Luft.

„Ich", fing er an und brach ab. Wenige Sekunden später setzte er erneut zu sprechen an, doch sie kam ihm zuvor.

„Ich wollte gerade zum See gehen. Kommst du mit?" Sie war fröhlich und unbefangen und deutete mit ihrem Kinn in die Richtung, wo der See lag. Wieder brachte sie ihn mit ihrer direkten Art zum Staunen, wie schon so oft zuvor. Vier Monate war es her, seit sie sich gesehen hatten. Sie aber gab ihm das Gefühl, als hätten sie sich erst gestern voneinander verabschiedet.

Er nickte und stellte sein Gepäck vor dem Haus ab. „Sehr gerne."

„Immer, wenn eine Ansichtskarte von dir kam, haben wir uns auf dem Globus oder auf Maps angesehen, von wo du sie weggeschickt hast. Wunderschöne Orte in so weiter Ferne." Ihre Stimme klang verträumt. „Anschließend haben wir wie kleine Kinder darüber gestritten, wer sie bekommt", erzählte sie weiter und grinste spitzbübisch. „Ich habe die meisten, falls du das jetzt wissen möchtest. Sie hängen in Großmutters Hütte."

Tobias lachte glücklich. Sie lagen nebeneinander am Ufer des Sees und sahen den dicken, weißen Wolken zu, die aufgezogen waren und sich über den Himmel treiben ließen. Das Wasser war längst nicht so kalt wie vor vier Monaten, und sie waren ein paar Mal um die Wette geschwommen. Er hatte von seiner Reise erzählt, von der beeindruckenden Natur und seinem einsamen Leben im Wohnmobil. Mit leuchtenden Augen hatte Kimani ihm zugehört und hin und wieder eine Frage eingeworfen.

Es war, als wäre er nie fort gewesen. Schon jetzt konnte er sich nicht mehr vorstellen, jemals wieder von hier wegzugehen. Tief zog er die Bergluft durch die Nase und fühlte sich von deren würzigem Geruch wie berauscht. Am liebsten hätte er behaglich gegrunzt. Doch er konnte sich eben noch zurückhalten.

„Und du wohnst jetzt im Haus deiner Großmutter?" Es war nur eine Vermutung.

Daraufhin erzählte ihm Kimani von ihrer Entscheidung, die Nachfolge der weisen Frau anzutreten. „Es ist für mich und die Ratsuchenden einfacher, einen Ort zu haben, der nicht voller neugieriger Augen und Ohren ist", erklärte sie nicht ohne Stolz. „Immerhin bin ich alt genug für ein eigenes Heim und werde in absehbarer Zeit einen Beruf haben."

Tobias rollte sich zur Seite, stützte sich auf seinen Ellenbogen und sah sie an. In seinen Augen war etwas, das ihr die Hitze ins Gesicht trieb. Es war nicht nur die Bewunderung, die sie daraus las. Da war noch etwas anderes. Etwas Neues. Sie spürte ein zartes Beben in der Magengegend und widerstand dem Bedürfnis, ihm ihre Hand auf den Arm zu legen. Es war noch zu früh.

Er nickte anerkennend. „Es freut mich, das zu hören. Ich bin davon überzeugt, dass du eine sehr geeignete Nachfolgerin deiner Großmutter bist."

Kimani errötete. „Es wird mit der Zeit besser werden. Ich muss noch viel lernen", sagte sie bescheiden, doch sie lächelte dabei. Die Geister meinten es gut mit ihr, und sie war unendlich dankbar dafür. Tobias setzte sich auf und betrachtete die umliegenden Gipfel, die sich in der späten Nachmittagssonne bereits rötlich zu färben begannen. Nachdenklich zupfte er einen langen Grashalm ab und schob sich dessen Spitze in den Mund.

„Hättest du etwas dagegen", fing er zögernd an, „wenn ich eine Weile hierbleibe? Ein paar Wochen vielleicht, bis Juli oder August? Ich würde anpacken, wo ich kann. Aufgaben übernehmen und alles Mögliche, was der Gemeinschaft hilft. Ich könnte Esel hüten oder Ziegen." Er hatte sich unerwartet in Rage geredet und hielt inne, als er ihre Miene sah. „Keine gute Idee?", fragte er beklommen, und ihm fiel plötzlich ein, dass er immer noch nicht wusste, ob sie und Bokar ein Paar waren. Vielleicht waren sie sogar schon verheiratet.

„Es tut mir leid, ich will natürlich nicht stören."

„Du störst nicht", erwiderte Kimani sanft. „Kein bisschen. Und du kannst solange bleiben, wie du möchtest. Das Gästehaus steht dir jederzeit zur Verfügung."

„Und Bokar?" Er hatte nicht vor, Streit und Eifersucht in das Dorf zu tragen. „Wird er nichts dagegen haben?"

Ihre Augen lachten ihn an. Vergnügt schüttelte sie den Kopf, wobei die Ohrringe gegen ihren Kiefer schlugen und die vielen Zöpfchen ihrer Frisur umherflogen. „Was sollte er dagegen haben? Er ist nur ein guter Freund."

21. KAPITEL

Juli

Obwohl Tobias die Kurve vorsichtig genommen hatte, rutschte der alte Bus zur Seite. Es hatte in der letzten Nacht noch einmal geschneit, und die schmalen Wege waren kaum passierbar. Schon gar nicht mit einem VW-Bus, der sein Leben lang noch keine Winterreifen gesehen hatte.

„Ups!", rief Kimani fröhlich und hielt sich am Beifahrersitz fest. „In Maseru hat es überhaupt nicht geschneit. Erst auf dem Weg nach Semonkong war plötzlich alles weiß."

„Ja, es ist eine ziemlich rutschige Angelegenheit, hier oben mit dem Auto rumzufahren", brummte Tobias und konzentrierte sich auf die enge Fahrbahn, die ursprünglich mit Sicherheit nur als Feldweg gedacht war. Hin und wieder musste er abbremsen und warten, bis ein Hirte auftauchte, um einige Ziegen oder Esel vom Weg zu scheuchen. Die klugen Tiere fanden auch bei Schnee die Pflänzchen, die hier wuchsen und die eine schmackhafte Alternative zum Heu darstellten. Wenn die jungen Männer Tobias und Kimani erkannten, winkten sie ihnen freundlich zu und riefen ein paar Worte hinüber.

„Wie geht es mit der Sprache voran? Lernst du fleißig?", fragte Kimani auf Sesotho und wartete auf eine Antwort. Hinter Tobias Stirn arbeitete es, als er ihre Worte zu verstehen versuchte.

„Ja, ich fleißig." Es klang sehr holprig, und er wusste, dass es nicht ganz richtig war. Die Sprache war aber auch schrecklich kompliziert. „Es wird gut", meinte er dann und warf einen Blick zu der jungen Frau hinüber, auf Lob hoffend.

„Nicht schlecht." Sie nickte beifällig. *Es wird gut*, hatte er gesagt. *Ja*, dachte sie glücklich. *Es wird tatsächlich alles gut.* „Du sagtest: Es wird gut. Du meintest aber sicher: Es wird besser." Sie sagte ihm die Worte auf Sesotho.

Tobias stöhnte und wiederholte den Satz. Jeden Abend saßen er und Ismail zusammen und verbrachten ihre Zeit damit, sich gegenseitig ihre Muttersprache beizubringen. Es war eine zähe Sache. Manchmal hatte er das Gefühl, einen Knoten in der Zunge zu haben, wenn er ein Wort endlich richtig ausgesprochen hatte. Umgekehrt fiel es Ismail wesentlich leichter, Deutsch zu sprechen. Der Grund dafür war sicher der, dass sich Englisch und Deutsch nicht ganz so sehr unterschieden wie Deutsch und Sesotho. Das musste er zu seinem Leidwesen täglich aufs Neue feststellen.

„Und Ismail?", wollte Kimani wissen. Tobias wusste, worauf sie hinauswollte. Seit anderthalb Monaten drückte Ismail wieder die Schulbank und war noch nicht ganz davon überzeugt, dass seine Entscheidung richtig war. Vergangene Woche aber hatte sich bei ihm etwas getan, und Tobias musste unwillkürlich lachen.

„Was?" Sie sah ihn argwöhnisch an. Jeden Freitag, wenn sie heimkehrte, befürchtete sie, dass ihr älterer Bruder sein Vorhaben verworfen hatte.

„Ich denke", meinte Tobias amüsiert, „er kriegt so langsam Spaß an der Sache."

„Aha."

„Von den Klausuren, die er vor 14 Tagen geschrieben hat, wurde mehr als die Hälfte mit Bestnote bewertet. Die anderen waren alle noch gut."

„Wow!" Die Verblüffung stand ihr ins Gesicht geschrieben. „Das hätte ich nicht gedacht."

„Ich glaube, er selbst hat auch nicht damit gerechnet. Aber jetzt hat ihn der Ehrgeiz gepackt. Hinzu kommt, dass die Jungs in seiner Klasse ihn ziemlich cool finden. In jeder Pause stehen sie um ihn herum und wollen Tipps haben für alles Mögliche. Na, und dass die jungen Mädchen ihn anhimmeln, das muss ich dir nicht erzählen, oder?"

Kimani lehnte sich genüsslich im Autositz zurück und betrachtete die Schneelandschaft, die an ihnen vorüberzog. Zufriedenheit und Dankbarkeit legten sich wie eine warme Decke um sie. Es schien, als hätten ihre Brüder endlich ihren Platz gefunden. Wie würde Großmutter sich freuen, wenn sie davon wüsste.

„Und bei dir?", hörte sie Tobias fragen. „Wie ist es mit deinen Klausuren gelaufen?"

Sie konnte nicht anders, als ihn anzugrinsen.

„Warum frage ich eigentlich?" Er streckte den Arm zu ihr hinüber und stieß sie scherzhaft in die Seite. „Wie immer super, oder?"

Seit dreieinhalb Monaten lebte Tobias nun in der Dorfgemeinschaft. Während der Woche beschäftigte er sich mit alltäglichen Dingen, und oft kamen die zumeist älteren Bewohner zu ihm, baten um Hilfe oder wollten einfach nur ein wenig plaudern. Noah und Ismail waren den ganzen Tag über in Semonkong und kamen erst am frühen Abend wieder. Dann kochten sie gemeinsam und saßen eine Weile beieinander, bis Ismail sich zurückzog, um gewissenhaft seine Hausaufgaben zu erledigen. Wenn es nicht zu kalt war, machten sie vor einem ihrer Häuser ein Lagerfeuer und spielten zusammen Gitarre. Sie hatten sich inzwischen daran gewöhnt, dass sich an diesen Abenden noch weitere Dorfbewohner einfanden, um sich dazuzugesellen oder sogar mitzusingen.

An solchen Abenden wusste Tobias, dass er hierher gehörte. Das Einzige, was ihm während der Woche zum vollkommenen Glück fehlte, war Kimani. Sie war nach wie vor nur an den Wochenenden zu Hause. Und wenn endlich Freitag war, ließ er es sich nicht nehmen, sie von Semonkong abzuholen. Das war aber nur aus dem Grund möglich, weil Noah sich für wenig Geld einen uralten Seat gekauft hatte, mit dem er und Ismail jeden Tag in die Stadt fuhren.

Dass Tobias ihnen monatlich für die Benutzung des Busses so etwas wie Miete bezahlte, davon wollten die Brüder anfangs nichts hören. Erst als er erklärte, dass es für Ismail eine Erleichterung wäre und er nicht neben der Schule noch jobben musste, um etwas Taschengeld zu haben, stimmten sie zu.

Ein einziges Mal in diesen Monaten hatte er die Eltern der drei jungen Leute gesehen. Zu Ostern waren sie für vier Tage gekommen. Das Fest war im Dorf groß gefeiert worden, und von nah und fern waren Verwandte angereist. Tobias hatte nicht viel Zeit gehabt, Chanda und Mathew näher kennenzulernen. Es war ihm fremd, dass sich Kinder und Eltern so selten sahen. Doch er wusste, dass es bei den meisten Familien in Lesotho so war und dass dies zur Normalität gehörte.

„Ich habe jetzt vier Wochen frei!", jubelte Kimani neben ihm und holte ihn aus seinen Gedanken. „Was wollen wir in der Zeit machen?"

Tobias schwieg. Seine Fingerspitzen kribbelten und er packte das Lenkrad ein wenig fester. Es gab etwas, das er nicht mehr lange vor sich her schieben konnte. Und wollte. Er musste mit ihr reden. Das Verzwickte an der Sache war, dass er keine Ahnung hatte, wie sie darauf reagieren würde.

„Halt dort vorne bitte an."

Er tat wie geheißen, stellte den Bus an den Wegrand und schaltete den Motor aus. Sie stiegen aus. Eisiger Wind fuhr ihnen ins Gesicht, und Kimani stülpte sich ihre Wollmütze über die Ohren. „Komm mit, ich möchte dir was zeigen." Damit ging sie voran und bog auf einen schneebedeckten Pfad ab, den Tobias niemals als einen solchen erkannt hätte. Soweit er blicken konnte, waren weiße Gipfel und Hänge. Es sah nur wenig anders aus als in den Alpen.

„Wusstest du, dass Lesotho ein Skigebiet hat?" Kimani blieb stehen. „So richtig mit Skiliften und allem, was dazu gehört."

Verblüfft sah er sie an.

„Eigentlich haben wir sogar zwei", erzählte sie stolz. „Aber das zweite ist ziemlich klein." Sie suchte den Horizont ab und deutete in die Ferne. „Sieh mal. Ganz dort hinten im Nordosten sind einige hohe Gipfel. Da liegt Afri Ski. Es gab dort schon südafrikanische Meisterschaften."

Er folgte ihrem Finger und sah die hohen Berge liegen. Ein Skigebiet in Südafrika? Das musste er unbedingt Flo erzählen. „Und wer fährt dort Ski?"

„Reiche Südafrikaner. Meistens weiße, reiche Südafrikaner." Sie klang nicht bitter, eher belustigt. Als ob sie froh war, nicht dazuzugehören.

Tobias drehte sich zu ihr. Ihre Blicke begegneten sich. Die Mütze auf ihrem Kopf erinnerte ihn an ihre erste Begegnung, die nun bald ein Jahr zurück lag. Schon damals hatte sie ihn auf eine ganz besondere Weise berührt. Sein Herz musste es gleich gewusst haben und hatte es ihm immer wieder zugeflüstert. Bis es endlich in seinen Kopf vorgedrungen war, war viel Zeit vergangen.

Erst als er im März wiedergekehrt war und Kimani in ihrem gelben Kleid vor der Hütte ihrer Großmutter hatte stehen sehen, war ihm schlagartig klar geworden, was sie ihm bedeutete.

Heute konnte er sich ein Leben ohne sie kaum noch vorstellen. Sie waren in den letzten Monaten zu Gefährten geworden, verbunden durch etwas, das er nicht zu beschreiben vermochte. Er spürte es. Sie bildeten eine Einheit. Nicht nur im Herzen, sondern auch im Geist. Körperlich waren sie sich noch in keiner Weise nahe gekommen. Dabei wünschte er sich nichts mehr, als sie endlich zu berühren. Seine Hand auf ihre dunkle Wange zu legen und zu sehen, wie sie errötete. Wenn er abends in seinem Bett lag, dachte er an ihren Mund. Lippen, die meistens lächelten. Wie gerne würde er sie küssen. Ihr sagen, was sie ihm bedeutete. Doch er traute sich nicht. Zu groß war seine Befürchtung, etwas zu zerstören, das zu wertvoll war, um es unbedacht aufs Spiel zu setzen. Denn ihm war immer noch nicht ganz klar, wie sie zu ihm stand. Sie mochte ihn, das wusste er. Und dass sie sich mit ihm wohlfühlte, auch das spürte er. Was sie aber wirklich für ihn empfand, das konnte er nicht mit Bestimmtheit sagen.

„Was ist?" Kimanis Augen glühten wie Kohlen, als ihre Stimme ihn aus seinen Gedanken schreckte. Er wusste nicht, wie lange er dagestanden und sie einfach nur angestarrt hatte. Verlegen wandte er den Blick ab und wollte sich wegdrehen.

Sie legte ihre Hand auf seinen Arm und hielt ihn zurück. „Tobias." Der Kontrast ihrer dunklen Haut gegenüber dem leuchtend weißen Schnee verzauberte ihn. Fragend sah er sie an.

„Manchmal ist es Zeit zum Schweigen, manchmal ist es Zeit zum Reden", sagte sie leise. „Möglicherweise ist jetzt die Zeit zum Reden."

Ein heißer Schauer jagte ihm über den Rücken. Sie hatte Recht. Früher oder später musste er mit ihr reden. Warum nicht jetzt? Warum nicht hier? Vor dieser märchenhaften Kulisse der verschneiten Berge, deren Gipfel in der Ferne mit dem Himmel verschmolzen. Er rückte seinen Hut zurecht und räusperte sich. Schließlich holte er tief Luft. Er war sich im Klaren darüber, dass das folgende Gespräch über seine Zukunft entscheiden würde. Mit allen Konsequenzen.

„Also gut. Kimani, ich möchte dich etwas fragen. Du wirst vielleicht überhaupt nicht damit …" Er geriet ins Stocken, als er den Ausdruck in ihrem Gesicht sah. Ihre Miene war ein offenes Buch, und das, was er darin las, ließ ihn überrascht blinzeln. Erwartung. Vertrauen. Liebe? Er fasste nach ihrer Hand.

„Mir ist bewusst, dass ich in diesem Land ein Fremder bin. Auch für dich."

Sie schüttelte den Kopf. „Nein, Tobias. Du bist kein Fremder für mich. Das warst du nie."

Nachdenklich betrachtete er ihre Hände, während er zärtlich über ihre langen Finger strich. Endlich hob er den Blick.

„Du und ich, wir …"

Wie sollte er beschreiben, was er fühlte? Es war ja nicht einfach nur die Tatsache, dass er sich in sie verliebt hatte und bis an sein Lebensende bei ihr sein wollte. Da war noch etwas anderes. Etwas ganz Außergewöhnliches, das nicht alltäglich und schon gar nicht greifbar war. Er seufzte hilflos, führte ihre Hand an seinen Mund und drückte seine Lippen auf die dunkle Haut.

„Es gibt Dinge, die muss man nicht in Worte fassen, da das Herz sie schon lange erkannt hat", flüsterte Kimani und trat dicht an ihn heran. „Das mit dir und mir ist groß, Tobias. Wir haben Zeit."

Auf seinen Unterarmen stellten sich die Härchen. Auch sie spürte es.

„Es wäre also nicht vermessen, dich zu fragen, ob ich bleiben darf? Bei dir?"

„Nein, das wäre es nicht." Ihre Stimme war leise, doch er hörte die Freude darin. Er legte seine Hände um ihr Gesicht und zog sie zu sich heran.

„Du bist nicht nur die schönste und klügste Frau, die ich kenne. Ich habe noch nie einen so besonderen Menschen wie dich getroffen. Mein Herz gehört dir, und ich weiß mit Bestimmtheit, dass sich das niemals ändern wird."

Sein Mund berührte ihre Lippen, vorsichtig und zart. Als er ihr leises Seufzen hörte, schloss er die Augen und küsste sie. Winzige Flöckchen fielen auf sein Gesicht, und der beißende Wind kniff ihn in die Wange. Endlich. Er war angekommen.

„Es ist eine schwerwiegende Entscheidung, die du getroffen hast. Du wirst deine Familie vermissen."

Er nickte und schwieg. In seinen Augen tanzte das Feuer. Sie saßen eng beieinander vor dem Kamin in Kimanis Hütte, heiße Teebecher in den Händen. Einmal noch hatten sie sich geküsst, seit ihre Lippen sich zum ersten Mal berührt hatten. Das war, als sie in Kimanis Hütte gekommen waren. Sie mussten sich immer wieder ansehen. Alles war neu. Ungewohnt. Als würde ein Zauber über ihnen liegen, den sie erst noch begreifen mussten. Aber sie hatten keine Eile. Sie hatten noch ihr ganzes Leben vor sich.

„Es ist ungefähr ein Jahr her", sagte Tobias und streckte dem Kamin seine Füße entgegen, „da hat eine weise Frau zu mir gesagt: *Nur, wenn der Mensch auf sein Herz hört, findet er den Platz, der für ihn bestimmt ist. Tut er es nicht, so gibt es nur Verwirrung und Schmerz.*"

„Daran kannst du dich erinnern?" Kimani stellte ihren Teebecher zur Seite. Sie hatten sich damals gerade kennengelernt. In der Nacht am magischen Ort.

„Natürlich." Wie oft hatte er in den vergangenen Monaten an diese Worte gedacht? Es hatte immer nur eine Richtung für ihn gegeben. „Ich habe dieses Land drei Mal verlassen. Und drei Mal ist ein Teil von mir geblieben. Auch damals, nachdem ich von deiner Großmutter hierher gebracht wurde. Es ist, als würden mich unsichtbare Fäden nach Lesotho ziehen, egal wo ich bin. Es übt eine magische Kraft auf mich aus. So, wie mein Herz dir gehört, Kimani, gehört meine Seele in dieses Land. Und ich werde deiner Großmutter bis in alle Ewigkeit dankbar sein, denn ohne sie hätten wir uns damals am kleinen Wasserfall wohl nicht getroffen. Ich weiß, was das für mich und meine Familie bedeutet. Ich möchte es mir noch gar nicht wirklich vorstellen. Denn ich werde meiner Mutter das Herz brechen. Das schmerzt mich schon jetzt, als wäre es mein eigenes. Aber weil sie meine Mutter ist, wird sie verstehen, dass ich nicht anders kann. Ich bin sicher, sie weiß, dass ich sie niemals grundlos verlassen würde, nach allem, was sie durchgemacht hat." Seine Stimme wackelte bedenklich und er schluckte einige Male an dem dicken Kloß, der ihm im Hals steckte.

Kimani tastete nach seiner Hand und umschlang sie. Schweigend starrten sie ins Feuer. Schließlich holte sie tief Luft.

„Tobias", sagte sie entschlossen, rutschte ein wenig dichter an ihn heran und legte ihren Kopf an seine Schulter. „Ich werde dir jetzt eine Geschichte erzählen. Eine Geschichte, die davon handelt, dass Dinge, die passieren müssen, auf jeden Fall passieren werden."

„Aha", meinte er ein wenig heiser und legte seine Wange gegen ihr schwarzes Haar. „Das klingt spannend."

Kimani spürte, dass ihr Herz vor Aufregung raste und sie schloss die Augen, um sich zu sammeln.

„Es begann mit einer Prophezeiung …"

Das Feuer war erloschen. Hin und wieder sprang ein Funke aus den glimmenden Resten und schwebte zum Schornstein hinaus. Es war kühl geworden und Kimani fröstelte.

Seit sie vor einigen Minuten zu sprechen aufgehört hatte, war es still in dem kleinen Haus. Tobias saß neben ihr. Reglos. In Gedanken versunken. Nichts anderes war zu erwarten gewesen. Er musste verarbeiten, was er gehört hatte.

Als er sich eine Weile später immer noch nicht bewegte, hielt sie es nicht mehr aus und stand auf. Sie räumte die Teebecher weg und legte Holz nach. Hatte ihr Herz vorhin schon schnell geschlagen, so war das nichts im Vergleich zu jetzt gewesen. Es schlug so hart gegen ihre Brust, dass auch Tobias es hören musste.

Verunsichert sah sie zu ihm hinüber. Sie hatte es ihm erzählen müssen. Es wäre falsch gewesen, es zu verschweigen. Kimani trat an eines der winzigen Fenster und blickte hinaus ins Dunkel der Nacht. Die Wolken hatten sich verzogen und der schwarze Himmel über ihnen war klar. Tausende Sterne grüßten zwinkernd zur

Erde hinunter. Irgendwo dort oben war Großmutter. Ein helles Licht zwischen all den Sternen.

Endlich hörte sie ein Geräusch und drehte sich um. Tobias war aufgestanden und trat zu ihr ans Fenster. Seine Augen wirkten so schwarz wie ihre eigenen. Damals hatten sie ihr von seiner Traurigkeit erzählt, die er tief in sich verborgen mit sich trug. In den letzten Monaten war davon kaum noch etwas zu sehen gewesen. Sie würde ihn niemals ganz verlassen, diese leise Melancholie, die seit dem Tod seines Vaters in ihm wohnte. Aber er würde glücklich sein.

„Du meinst also wirklich", begann er und in seinem Gesicht spiegelte sich so etwas wie Faszination, „dass deine Großmutter Schicksal gespielt hat, weil sie den Geistern nicht traute?"

Kimani nickte. „Sie muss dein Muttermal entdeckt haben. In diesem Augenblick war für sie klar, dass du der Mann bist, der für mich bestimmt ist." Sie klang ein wenig verlegen. „Sie hätte es mir bestimmt erklärt, als ich wieder im Dorf war. Aber sie konnte ja nicht mehr sprechen."

„Ich denke, dass ich weiß, wann sie es gesehen hat", überlegte Tobias. „Ich war mit Fiona am Wasserfall, als sie dorthin kam. Sie hat mich immer wieder so seltsam angesehen. Irgendwann ging sie um mich herum und plötzlich hat sie angefangen, etwas vor sich hinzumurmeln."

„Sie muss bezweifelt haben, dass das Schicksal uns zusammenführen und die Prophezeiung sich erfüllen würde. Somit hat sie dich kurzerhand von Ismail und Noah entführen lassen und mich angerufen, um mir zu sagen, dass mein zukünftiger Mann im Dorf ist. Meine Güte, was war ich wütend auf sie!" Kimani schüttelte den Kopf, als sie sich das Vorgehen von Großmutter vorstellte. Was hatte sie sich nur dabei gedacht? „Sie muss geahnt haben, dass die Ahnen sie bald nach Hause holen werden", vermutete sie. „Sonst hätte sie sich niemals dazu hinreißen lassen, das Schicksal selbst in die Hand zu nehmen." Entgeistert sah sie Tobias an. „Etwas Schlimmeres konnte sie als weise Frau gar nicht tun. Die Geister lassen keine Einmischung zu. Ich bin mir sicher, dass sie es ganz schnell bereut hat."

„Nun ja", schob Tobias säuerlich ein, „sie haben wohl eher dich und mich bestraft als deine Großmutter."

„Hm", machte sie und betrachtete ihn zärtlich. Alles, was sie hatte leiden müssen, hatte sich gelohnt. Am Ende siegte die Liebe.

„Du hast mein Muttermal entdeckt, als wir am See waren", stellte er fest und griff sich unwillkürlich in den Nacken.

„Ja, ich habe es gesehen, als ich dir die Zöpfe geflochten habe."

„Jetzt weiß ich auch, warum du mich so bereitwillig hast gehen lassen." Er schmunzelte, seine Augen aber waren ernst. „Du hast gewusst, dass ich wiederkommen würde."

„Ja. Ich wusste, dass es eine Frage der Zeit war. Ich würde warten müssen, aber das war in Ordnung."

„Warum hast du es mir nicht erzählt, damals am See? Wahrscheinlich wäre ich geblieben."

Wieder schüttelte Kimani den Kopf. Sie trat an ihn heran und legte ihre Hand auf seine linke Brust.

„Du solltest es selbst spüren. Hier, in deinem Herzen. Ich wollte, dass du es alleine entscheidest."

„Du hattest Angst, dass ich mich manipuliert fühlen könnte?" Tobias sah sie entgeistert an. Ihre Miene war ernst.

„Es sollte keinen Grund dafür geben, dass du es jemals annehmen müsstest."

„Komm her, du schönste weise Frau dieser Erde." Er zog sie in seine Arme und vergrub sein Gesicht in ihrem Nacken. „Was sollte ich in diesem Land, wenn ich nicht an seine Magie glaubte?"

„Du bist nicht böse auf Großmutter?" Sie schloss ihre Augen und atmete seinen Geruch ein. Sie würde diesen Moment niemals vergessen.

„Nein, das bin ich nicht. Ich wünschte nur, sie wüsste, dass alles so gekommen ist, wie die Geister es vorausgesagt haben."

Sie löste sich von ihm, um ihn anzusehen. Dabei fiel ihr Blick auf die Wand gegenüber. Direkt auf das Bild, das dort seit vielen Jahren hing. Kimani lächelte.

„Sie weiß es."

EPILOG

„Ich wünsche dir ein frohes neues Jahr."

Wahrscheinlich hatte das für ihn schon lange keine Bedeutung mehr. Aber an einem Tag wie heute sagte man das eben. Der beißende Wind zerrte an den Bäumen, die mit ihren nackten Ästen aussahen wie riesige Skelette. Spindeldürre, knochige Wächter, die den Friedhof umgaben und den Tod beaufsichtigten. Veronika zog ihre Mütze tiefer ins Gesicht und schlang den Schal fester um den Hals. Weit oben zogen graue Wolken in Fetzen über einen ebenso grauen Himmel. Schnee war vorausgesagt.

„Er ist glücklich. Nur das zählt. Trotzdem ist es so schwer." Sie schluckte tapfer ihre Tränen hinunter und blinzelte so lange, bis ihr Blick wieder klar wurde. Ein eiskalter Schauer jagte durch ihren Körper und ließ sie zusammenfahren. Seit sie vor zwei Tagen aus dem Flugzeug gestiegen war, fror sie und konnte einfach nicht damit aufhören. Es lag sicher am Temperaturunterschied. In Afrika war immerhin gerade Sommer. Vielleicht aber lag es auch daran, dass ihr Sohn dort geblieben war. Für immer.

Sie holte ihre Handschuhe aus den Manteltaschen. Bevor sie hineinschlüpfte, betrachtete sie ihre braungebrannten Hände und versuchte ein Lächeln. Es geriet ein wenig schief, aber es kam von Herzen. Drei Wochen lang hatte sie – zusammen mit Flo und Fiona – Tobias in seiner neuen Heimat besucht. Gemeinsam hatten sie in dem kleinen Dorf in den Bergen Lesothos Weihnachten gefeiert.

„Weißt du", sie hob den Blick und legte ihn auf den gemeißelten Namen ihres Mannes. „Es war ein wenig merkwürdig, zu sehen, wie selbstverständlich Tobias sich in dem Dorf und unter den Menschen dort bewegte. Trotzdem war es auch schön. Diese junge Frau und er, sie …", Veronika sah versonnen über Philipps Grabstein hinweg auf einen steinernen Engel dahinter. Sie deutete ein Nicken an. „Sie gehören zusammen. Mit ihnen ist es anders als mit Flo und Fiona, die nicht voneinander lassen können. Nur wenn man Tobias und Kimani genau beobachtet, stellt man fest, dass sie sich hin und wieder wie zufällig berühren. Sie sind wie zwei Planeten in einem eigenen Universum, die sich umkreisen und eine Einheit bilden. Ich habe nicht lange gebraucht, bis ich erkannt habe, dass etwas ganz Besonderes die beiden verbindet. Unser Sohn ist dort, wo er hingehört. Die Traurigkeit in seinen Augen …", entschlossen bezwang Veronika den Kloß in ihrem Hals und ihr Blick kehrte zum Stein zurück. „Sie ist verschwunden. Allein dafür würde ich jeden Preis zahlen." Sie dachte an das Tal der Tränen und der Verzweiflung, durch das sie gewandert war. Als Tobias letzten Sommer heimgekehrt war und ihr schweren Herzens von seiner Entscheidung erzählt hatte, war ihre Welt ein zweites Mal zerbrochen. Sie hatte versucht, ihn zu verstehen. Nun aber wusste sie: Er hatte keine andere Wahl gehabt.

„Außerdem", fuhr sie fort und spürte, dass ihr Herz an Leichtigkeit gewann, „dauert der Flug nur elf Stunden. Flo hat Recht, wenn er behauptet, dass die Welt nicht mehr ganz so groß und unerreichbar ist, wie sie es früher einmal war. Wir werden uns regelmäßig sehen. Südafrika ist ein herrliches Land zum Bereisen. Und auch Tobias möchte Kimani zeigen, wie schön seine Heimat ist." Ihr Herz machte einen kleinen Freudensprung, als ihr klar wurde, dass sie sich wahrscheinlich schneller wiedersehen würden, als sie alle gedacht hatten.

„Stell dir vor", sprach sie schließlich weiter, „einen Job hat er auch. Er hat sich kurzerhand in Maseru im Umweltministerium vorgestellt und angeboten, die Behörde bei der Umsetzung ihrer Umweltprojekte zu unterstützen. Sie waren begeistert, hat er gemeint. Denn die jungen Basotho gehen nach ihrem Studium meistens fort, weil sie in Südafrika mehr Geld verdienen als in ihrem eigenen Land." Der Wind trieb ihr etwas Kaltes und Nasses ins Gesicht und sie sah überrascht zum Himmel. Weiße Flöckchen tanzten durch die Luft. Tobias hatte ihr vom Winter in Lesotho erzählt, von Schnee und Frost. Auf den Wechsel der Jahreszeiten, den er so liebte, musste er nicht verzichten. Musste er überhaupt auf etwas verzichten? Es hatte nicht danach ausgesehen, als würde ihm etwas fehlen.

„Das stimmt nicht. Du fehlst ihm sehr", hatte Kimani ihr eines Abends versichert, als sie nebeneinander am Lagerfeuer saßen. Tobias und Ismail spielten auf ihren Gitarren, und andere Dorfbewohner hatten sich zu ihnen gesellt. „Und Flo auch. Tobias vermisst euch, und ich weiß, dass kein Tag vergeht, an dem er nicht an euch denkt." Veronikas Augen waren zu ihrem jüngeren Sohn gewandert. Flo und Fiona hatten eng umschlungen der Musik gelauscht. Sie waren noch immer so glücklich wie am ersten Tag. Falls Flo tatsächlich irgendwann nach Konstanz ziehen würde, so sah sie das inzwischen ziemlich gelassen. Was waren schon 400 Kilometer? Über Zukunftspläne hatten die beiden noch nicht gesprochen. Das Einzige, das darauf hindeutete, dass sie sich Gedanken darüber machten, war die Tatsache, dass Flo sein Studienfach geändert hatte. Er studierte jetzt Theaterpädagogik. Vielleicht würden sie irgendwann ein Therapiezentrum für Kinder aufbauen. Pferde und Theater, das passte zusammen.

„Ich werde alles dafür tun, dass Tobias glücklich ist." Kimani hatte ihr eine Hand auf den Arm gelegt. Ihre Augen glänzten im Feuerschein. „Denn auch ich liebe ihn von ganzem Herzen." Daraufhin hatten sich die Frauen wortlos umarmt.

Veronika erhob sich von der Holzbank und trat ans Grab. „Die Zeit läuft einfach weiter, nicht wahr? Wir können nicht verhindern, dass es anders wird. Wer hätte jemals gedacht, dass der Urlaub von Tobias unser Leben so sehr verändern wird?" Sie zog den rechten Handschuh aus und fuhr zärtlich über den kalten Stein. Ein Lächeln huschte über ihr Gesicht, und trotz der Kälte wurde ihr plötzlich warm. „Tobias und Flo haben den Platz gefunden, an den sie gehören. Darüber bin ich sehr glücklich und dankbar." Sie warf einen Blick über die Schulter. Am Friedhofseingang stand ein Mann mit angegrauten Haaren und hob die Hand. Sie winkte zurück.

„Auch ich habe wieder einen Platz gefunden." Ein wenig verlegen zupfte sie an ihrem Schal. „Als wir letzte Nacht auf das neue Jahr anstießen, fragte mich Thorsten, ob ich mir vorstellen könnte, ihn zu heiraten." Über ihre Wangen flog ein zartes Rosa. „Ich habe ihm noch nicht geantwortet."

Erneut blickte sie zu dem Mann, der geduldig auf sie wartete. Sie hatte ihn in den vergangenen anderthalb Jahren kennen und lieben gelernt. Es war ein Geschenk, dass sie das noch einmal erleben durfte.

„Ich werde *Ja* sagen."

Ende

ANMERKUNG UND DANK

Wie kam ich auf den Gedanken, einen Roman über Lesotho zu schreiben?

In jeder Geschichte steckt ein wenig vom Autor selbst. Als ich vor einigen Jahren zusammen mit meiner Familie Südafrika besuchte, führte uns unser Weg nach Lesotho, dem *Königreich über dem Himmel*. Vom ersten Augenblick an habe ich dieses kleine Land mit seinen Bergen und den fröhlichen Menschen geliebt. Wir waren nur wenige Tage dort, und als wir weiterreisten, blieb ein Teil von mir zurück. Irgendwann, so habe ich beschlossen, werde ich Lesotho wieder besuchen. Bis dahin wird wohl noch einige Zeit vergehen, und so habe ich kurzerhand Tobias dorthin geschickt.

Mein Dank gilt meiner Familie. Es ist bestimmt nicht immer ganz einfach mit mir. In akuten Schreibphasen vergesse ich das Kochen oder ich laufe völlig zerstreut herum, ohne wirklich ansprechbar zu sein. Sie sehen mir das alles nach und unterstützen mich, wo sie können. Dafür liebe ich sie.

Meiner Freundin Tanja danke ich für ihr zuverlässiges Korrekturlesen und ihre ehrliche Rückmeldung über das, was ich geschrieben habe. Durch sie bekomme ich einen ersten Eindruck, ob meine Geschichte überhaupt salonfähig ist. Auch möchte ich Julia danken, meiner Lektorin, die eine tolle Arbeit gemacht hat. Sorry, dass ich schneller wollte als du. Bitte sieh es mir nach.

Liebe Grit, dir danke ich für dieses wunderbare Cover und für deine Geduld. Wieder einmal hast du für mich gezaubert und mich richtig glücklich gemacht.

Ein besonderer Dank geht an euch Leser. Dafür, dass ihr euch von mir auf eine Reise habt mitnehmen lassen. Wenn es mir gelungen ist, euch für ein paar Stunden vom Alltag weg in eine andere Welt zu entführen, so ist das für mich das Allergrößte.

Zur Autorin

Karin Ann Müller wurde 1964 in Aachen geboren und wuchs mit zwei Geschwistern in einem fröhlichen Elternhaus auf. Mit ihrem Mann und zwei Katzen lebt sie in einer alten Hofreite in der Nähe von Darmstadt und verbringt ihre Tage am liebsten im Garten, mit Geschichtenschreiben oder mit Handwerken. Inspiriert wird sie, sobald sie durch Wald und Wiesen läuft, durch die Berge wandert oder sich in der Bretagne den Wind um die Nase wehen lässt. Sie veröffentlicht ihre Bücher verlagsunabhängig.

Wenn dir der Roman gefallen hat, würde sie sich über eine Rezension freuen. Ein paar wenige Worte reichen völlig aus. Gerne auf Amazon.de, LovelyBooks oder wo du sonst unterwegs bist.

Falls du Fragen hast, zum Buch oder allgemein, so nimm gerne Kontakt auf.
   Mail: karinann@hotmail.de
   Facebook: KarinAnnMueller
   Homepage: www.karin-ann-mueller.de

Weitere Romane:

Tadamun – Für immer verbunden

Ein Roman um Verlust, Rache und Gewalt. Aber auch um Liebe, Hoffnung und Entschlossenheit.

Lilli steht unter Schock. Vor allem aber ist sie verzweifelt. Man hat ihr genommen, was ihr am liebsten ist und am teuersten. Nun steht sie auf dem Scherbenhaufen ihres zerbrochenen Lebens und hat keine Ahnung, wie es weitergehen soll. Hals über Kopf beschließt sie, in die Einsamkeit der Berge zu reisen und darüber nachzudenken, wie sie ihr Leben wieder in den Griff bekommt. Schnell aber stellt sie fest, dass es dort längst nicht so ruhig ist, wie sie erwartet hat. Und dann steht ein vermummter Fremder vor ihr, der behauptet, er müsse sie fortbringen, um sie zu schützen. Von einer Sekunde auf die andere steht ihre Welt auf dem Kopf – und das Abenteuer ihres Lebens beginnt.

Abenteuer, Spannung, Terror, Liebe ... und eine Portion Bergromantik vor den Kulissen der Allgäuer Alpen.

Das Lied des Prinzen

Ein Kurzroman über die Liebe und das Leben, das nicht immer so läuft, wie wir es uns wünschen.

Clemens Prinz ist 45 Jahre alt und erfolgreich. Bis vor kurzem war er es zumindest, denn vor drei Monaten hatte er einen Schlaganfall. Seitdem ist er nur noch der

Schatten des Mannes, der er einmal war. Verbittert schleppt er sich von einem Tag zum anderen und macht jenem Menschen das Leben zur Hölle, der ihm am wichtigsten ist: Ellen, seiner Frau.

Auf einem seiner mühsamen Spaziergänge begegnet er Pauline. Sie führt ihn behutsam dazu, von seinem Leben zu erzählen. Vor allem aber von seiner großen Liebe. So erlebt Clemens seine eigene, ganz besondere Liebesgeschichte noch einmal und stellt fest, dass er trotz allem ein glücklicher Mann ist. Außerdem beginnt er zu verstehen, dass manchmal Dinge passieren müssen, damit man erkennt, welcher Weg der richtige ist.

Elaine (Windbrüder Buch I)

Eine finstere Ruine, eine tragische Legende und ein Mann, der behauptet, ein Windbruder zu sein.

Die 18-jährige Marla ist weder so schön wie ihre ältere Schwester, noch so klug und witzig wie die jüngere. Sie findet sich ziemlich unscheinbar. Das ändert sich, als sie im Wald den geheimnisvollen Arvid kennenlernt. Er hält sie für etwas ganz Besonderes. Doch das ist nicht alles. Der junge Mann behauptet außerdem, er sei ein Windbruder. Das allerdings nimmt Marla ihm nicht ab. Welcher vernünftig denkende Mensch glaubt schon an Windbrüder? Andererseits kann er erstaunliche Dinge, für die es keine logische Erklärung gibt. Obwohl sie ihn für einen Sonderling hält, fühlt sie sich seltsam von ihm angezogen. Zudem ist ihre Neugier, von der sie reichlich besitzt, geweckt.

Als Marla ihn drängt, von sich zu erzählen, rückt er nach und nach mit seiner Geschichte heraus. Es dauert nicht lange und sie erkennt darin die Legende, die sich um den Klagehügel rankt – einer finsteren Ruine mitten im Wald. Dort soll sich vor vielen Jahren eine schreckliche Tragödie ereignet haben.

Fasziniert taucht Marla in das Leben der jungen Elaine ein. Je mehr sie von ihr erfährt, umso näher fühlt sie sich der jungen Frau. Bald kann sie an nichts anderes mehr denken. Als Arvid eines Tages von dem außergewöhnlichen Geschenk erzählt, das er Elaine gemacht hat, besteht Marla darauf, es zu sehen.

Von nun an nimmt das Schicksal seinen Lauf und Marla hat Mühe zu unterscheiden, was real ist und was nicht.

(im Buchhandel ab Herbst 2019)